AO MEU REDOR

Ao meu redor

1ª edição: Junho 2025

Autor:
André Vianco

Preparação de texto:
3GB Comunicação

Revisão:
Debora Capella
Daniela Georgeto

Projeto gráfico:
Jéssica Wendy

Capa:
Marcus Pallas

Impressão:
Plena Print

DADOS INTERNACIONAIS DE CATALOGAÇÃO NA PUBLICAÇÃO (CIP)

Vianco, André
Ao meu redor / André Vianco. — Porto Alegre : Citadel, 2025.
272 p.

ISBN 978-65-5047-653-3

1. Ficção brasileira 2. Literatura fantástica 3. Horror I. Título

25-2404 CDD - B869.3

Angélica Ilacqua - Bibliotecária - CRB-8/7057

Produção editorial e distribuição:

CITADEL Grupo Editorial
contato@citadel.com.br
www.citadel.com.br

André Vianco

AO MEU REDOR

LUCENS EDITORIAL

2025

Este livro é dedicado às
minhas amadas
Marisa, Bruna, Nathalia, Guilia,
e às também tão amadas
Sônia, Cida, Marina, Lígia, Amanda, Sofia, Ellen.

Meus agradecimentos vão para todas as minhas leitoras e todos os meus leitores que continuam o pacto de ler o que sai da minha imaginação incurável.

CAPÍTULO 1

– Vai dar pra ver alguma coisa com isso aí hoje ou vamos ficar esquentando o rabo aqui em cima o dia inteiro? – perguntou a investigadora, olhando o drone ziguezaguear sobre o ferro-velho.

Eram três na equipe naquele fim de manhã, e Teodora já estava impaciente desde antes das nove horas, com a demora de Felipa para conseguir fazer a câmera do drone funcionar. O vento estava atrapalhando; segundo Patrícia, jogando demais as hélices do X-9 voador. Ela alegava aquilo como uma tentativa de justificar que não era possível controlar aquela intervenção da mãe natureza durante a coleta de provas.

As três tinham passado horas treinando com os controles do aparelho, filmando todo o terreno em busca de indícios das operações de Raoni, para poder confirmar que a maior traficante de drogas da cidade usava a propriedade para dois fins: primeiro, lavar dinheiro vendendo carcaças de veículos inúteis e sem vida por valores incompatíveis, como a Promotoria já tinha dado um toque; e, segundo, para desovar os desleais. Essa era a parte que mais interessava ao trio, que trabalhava em uma operação conjunta entre a Homicídios e a Narcóticos. O cerco sobre Raoni estava se fechando, ainda que o vento e o sistema de baixa pressão não deixassem a "libélula" fazer seu papel.

– Desculpa aí, manas, mas eu não vou ficar encarcerada aqui em cima só olhando para vocês tentando fazer isso voar. Façam isso dar certo. Vou descer até a farmácia.

Teodora passou a mão pela barriga, apertando o ventre e fazendo uma careta. Detestava aquilo. Fazia cinco meses que tinha começado a ter aquelas cólicas menstruais infernais. Odiava aquilo, e contava nos dedos os dias para o tormento acabar. E começar de novo. A irmã mais nova reclamava das cólicas todos os meses, e Teodora a achava uma molenga, folgada e cheia de mimimi por conta de umas pontadinhas, mas se aquilo era o que ela sentia desde o começo da adolescência, Deus, Jéssica tinha sido uma santa por suportar sempre tudo aquilo.

Estava descendo as escadas do prédio sem energia elétrica, ainda escuro mesmo àquela hora do dia. Como detetive da Narcóticos, conhecia bem as bocadas. A Prefeitura tinha feito um rapa ali duas semanas antes, levando duas vans de *noias* para uma fazenda de recuperação de viciados. Teodora sabia que, dos duzentos que tinham sido levados, pelo menos cento e cinquenta voltariam a ocupar em menos de um mês aquela pocilga que fedia a urina e merda. Os viciados pareciam ratos: se juntavam nos cantos e se multiplicavam. Por isso aquelas duas lá em cima sonhavam em fazer a "libélula" voar e achar pistas para trancar Raoni atrás das grades; ingênuas, acreditando que a velhaca ia deixar qualquer pedaço do rabo para fora.

Teodora esboçou um sorriso, já chegando ao térreo. Ia colocando a mão na maçaneta da porta da frente, quando seu telefone tocou. Olhou para o número e viu o codinome "Banco" brilhando na tela do celular. Parou com a mão na maçaneta, no *hall* sombrio, sentindo o calor do sol no metal da porta e achando interessante a moldura de luz que se formava, enquanto torcia os lábios e erguia as sobrancelhas. Por que ela estava ligando agora? Não estava gostando daquilo. Era quarta-feira, e ela nunca chamava nas quartas-feiras, muito menos antes da hora do almoço. Parecia que a chefona tinha sexto sentido ou qualquer outro tipo de poder sobrenatural, porque era uma coincidência do caralho ligar bem agora, quando ela deixava a tocaia para ir atrás de um Buscopan para aliviar a dor em seu útero.

O telefone vibrou de novo, insistente, e Teodora recostou-se na parede descascada com fragmentos de pichações, respirando fundo. A campana no alto do prédio dos *noias*, o zum-zum-zum na delegacia desde segunda-feira, as portas fechadas, gente olhando enviesado quando ela passava. Tinha um padrão ali. E ela, que nunca ligava antes da hora do almoço. Não ia dar mole. Nunca dava. Teodora era conhecida na DP por ser casca-grossa e já ter encarcerado muita gente que achava que era mais casca-grossa do que ela. Também a chamavam de dedo mole, por conta do seu pavio curto e da lista de suspeitos que não chegaram vivos para o interrogatório. Essas eram as coisas boas a seu respeito. Mas ser uma investigadora da Narcóticos cobrava seu preço. Ironicamente, trabalhava em um ambiente tóxico e tentava ficar o máximo do tempo possível nas ruas, e não entre as paredes de sua sala apertada. Teodora era bicho solto. Gostava de pilotar seu Alfa Romeo preto, de vidros lacrados e à prova de balas, e fazer muita gente se cagar só de ouvir o ronco do motor tunado virando a esquina, ou só de escutar seu nome. Era ela quem acuava e coagia. Era ela quem dava medo quando rondava. Não aquela libélula de plástico, em quem não podia nem confiar por conta de uma brisa de merda.

Não estava gostando daquele engulho na barriga provocado por três mensagens seguidas que pipocavam na tela do celular, ainda mais naquele tom imperativo: "Vem aqui agora!". A remetente sabia que não era assim que funcionava. Ninguém podia dar bandeira.

* * *

Teodora deixou as sucatas e o cemitério de carros para trás e mandou uma mensagem de texto para Felipa, enquanto passava pelo caixa da farmácia e esguichava meio tubo de Buscopan goela abaixo antes de entrar no veículo. Estava acontecendo. As engrenagens enferrujadas às vezes se mexiam no Departamento de Polícia, e algum filho da puta, sem ter o que fazer da vida, tinha resolvido se meter no seu quintal. Era isso. Do contrário, ela não estaria mandando mais mensagens no WhatsApp, tilintando e fazendo-a sair do seu "modo suave" e empurrando-a para o "modo pulga atrás da orelha".

Preferia estar morta a estar errada, e havia ficado tão boa nessa coisa de prever e deduzir o próximo movimento do inimigo que tinha acabado ali como investigadora, policial. Se a outra parte estava rompendo o acordo e fazendo movimentos fora do programado, e se tinha aquela energia espectral e fantasmagórica eriçando seus pelos quando andava pelos corredores da delegacia na última semana, isso ia custar bem caro. Ela estava sendo exposta no pior momento, e, ainda por cima, havia aquela maldita dor no ventre que a tirava do sério, roubando seu foco e discernimento.

O aplicativo de navegação mandou virar para a direita, mas ela sabia que naquele horário podia seguir reto naquela rua do centro, que logo estaria na avenida dos Autonomistas, rumando para o QG da cliente. Virou a esquina e, de repente, um furgão amarelo dos Correios colou atrás do seu carro. Não conseguia ver o final da rua adiante, pois os automóveis estavam ficando mais lentos, enquanto o navegador mostrava a via em vermelho. No retrovisor, só enxergava a lataria amarela do furgão. Tamborilou ansiosa no volante e, de novo, veio aquela sensação ruim. Estava presa naquele carro, sobre o asfalto, sem poder andar nem dois metros para a frente ou para trás. Podia ligar a sirene, mas, olhando para o navegador, não ia adiantar nada, e ela não queria dar bandeira, ainda mais quando pulou no aplicativo de navegação um aviso de "polícia na via". Sorriu e respirou fundo. Polícia na via... Ironia.

Acionou o aplicativo de audiolivros do celular, que tomou o som envolvente e grave das caixas acústicas do seu velho e bem-cuidado Alfa Romeo, e, como um bálsamo para sua sanidade, pôde começar a viajar dentro do livro que vinha ouvindo. A voz do narrador repetia seu trecho favorito: "O amor, seja recém-nascido ou desperto de um sono profundo como a morte, sempre traz consigo o brilho do sol, pois enche os corações de luz até que transbordem no mundo exterior". Amava aquilo!

Teodora não se apegava a pessoas, mas se apegava a livros. Tinha uma biblioteca imensa e não entendia como, mesmo depois de descobrir tantas palavras lindas, escolhia sempre as piores para usar quando tinha que interagir com os outros. Não gostava de gastar aquelas joias que brilhavam depois de minerar páginas e páginas, conhecendo centenas, talvez já milhares, de vidas que tinham sido mais solares que a sua. Por isso, gostava daquele trecho de *A letra escarlate*. Tinha compaixão e entendia a coitada da Hester, e se arrepiava quando Pearl abria a boca, toda aquela coisa de injustiça a inflamava, mas Hawthorne era até previsível. Um bom folhetim era sempre ótimo para uma manhã ou para um fim de tarde, trazendo muita coisa para pensar sobre como as mulheres sempre foram tão marcadas e afundadas na sociedade, mas aquela frase em especial a mantinha nas sombras, onde ela gostava de estar, e não em seu estado natural, de proteção.

Aquela frase acionava nela alguma coisa de mesmerização, de hipnose, como se o autor abrisse um caminho e mimetizasse um lugar onde jamais ela estaria. Havia muito tempo, Teodora tinha fechado todas as portas e janelas de sua alma para que o calor do sol não se atrevesse a mudar sua temperatura, não mexesse com sua pele e a fizesse baixar a guarda de novo. Tinha decidido que seria, para sempre, senhora de seus passos, e estaria onde quisesse estar, e, principalmente, nunca mais estaria onde não queria estar. Quem mandava em seus movimentos era ela, mesmo que, para isso, talvez nunca tivesse um vislumbre daquela luz. Mas não ligava. Aceitava o simulacro da iluminação e das chamas ardentes urdidas e organizadas em pura invenção, vindas por letras ou pela voz de narradores, trazendo a ficção de um mundo distante, no qual as pessoas que sofriam encontravam a redenção. Nas ruas de verdade, as coisas não eram assim. No mundo de verdade, as histórias eram duras e áridas. Nas ruas de verdade, os culpados iam embora sem olhar para trás, sem misericórdia ou qualquer traço de lealdade.

Teodora apertou as mãos no volante, cravando nele as unhas longas, sem esmalte, marcando a borracha, e também apertou os olhos ao escutar o tilintar do WhatsApp interrompendo Hester. Aquilo não era nada bom. Nada. Ela nunca tinha feito aquilo. Eram o que agora? Oito mensagens em meia hora! Ela sabia que estava a caminho. E se estivesse dentro da DP, rodeada de colegas? Diria poucas e boas para Raoni.

Raoni até podia achar que estava no comando, mas não estava. Era ela, Teodora, quem garantia que as tocaias não davam em nada e que o drone não funcionava de uma hora para outra. Era ela quem colocava o dela na reta para impedir que a Promotoria avançasse, e era ela também quem providenciava o descaminho de toneladas de papéis que entulhavam e engessavam as engrenagens e mantinham o negócio de Raoni lucrativo.

Aquela vaca lhe devia uma fortuna. Se Raoni tinha resolvido, de uma hora para outra, que podia ficar ligando e mandando mensagens ao seu bel-prazer, ela teria que ser recompensada por correr aquele risco extra, com um adicional de periculosidade. Preferia morrer a estar errada, e ir para o inferno a ser encarcerada. Mas agora o engarrafamento a estava tirando do sério, e o idiota da van dos Correios tinha buzinado duas vezes. A vontade era de sair e enfiar uma bala no pneu daquele vacilão.

Os carros andaram mais cinco metros, e ela pôde ver os cones na pista dando guarda para duas ambulâncias do SAMU e dois policiais da ROCAM desviando o trânsito.

Teodora acendeu o terceiro cigarro do dia e abriu o vidro do Alfa Romeo para soprar a fumaça para fora, tentando não estrangular mentalmente a chefe do tráfico da cidade em sua mente, enquanto ficava de olhos fechados, em um exercício inútil de se acalmar. Fazendo as contas, o que Teodora queria era não perder a cabeça. Tinha que ser serena e focada. Só assim traria de volta seus superpoderes de estar sempre cinco passos à frente de seus adversários, como um fantasma viajando para o futuro e vendo tudo o que eles iriam fazer, obedientes, cordatos, todos previsíveis e percorrendo os trilhos que ela tinha colocado no caminho.

Começou a fazer um mapa mental, pedaço a pedaço, repassando em sua cabeça as últimas conversas pessoais que havia tido com a traficante. Não gostava de surpresas, e parecia que, em algum ponto, tinham tirado os trilhos do lugar, e ela não queria ver vagões descarrilados. Ninguém a pegava desprevenida ou saía impune se tentasse uma jogada suja, e aquela porra toda com a Raoni e com o começo da semana com caras esquisitas na delegacia estava começando a cheirar a cagada e a trilhos soltos.

O trânsito empacado que a deixava presa dentro do Alfa Romeo, sem ter mais nenhum lugar para ir, a enervava mais e mais. Pensou de novo na sirene, mas não ia ligar, não queria chamar a atenção. Raoni ia esperar mais um pouquinho. Era bom chegar um pouco mais tarde, sem parecer estar afobada, tocada emocionalmente pelo alarde e pela insistência da traficante, mesmo que algo estivesse sussurrando no pé do seu ouvido naquele exato momento, escarnecendo e cantando "Isso vai dar merda, isso vai dar uma puta duma merda, isso vai dar merda".

Retrocedeu em sua mente à penúltima conversa com Raoni. Estavam no veleiro de sete metros na represa de Guarapiranga. Foi a única vez que "saiu" com Raoni e com Marília para relaxar, meses antes. Um dia, tinha ventilado para a traficante que ela gostava de pescar, coisa de quando a infância ainda era boa, antes de sua mãe ter fodido com sua cabeça e a colocado com as obrigações de chefe da casa enquanto ainda era uma criança. E também antes de o pai desaparecer, sumir como poeira, deixando só uma anotação em um maço de cigarros, escondido como um tesouro, como uma carta na garrafa lançada por um náufrago perdido em uma ilha procurando ajuda – algo que ela, ainda muito pequena, não soube entender nem decodificar. Não tinha sido possível prever o próximo passo do pai. Puft! Esse era o seu fantasma particular.

Soltou outra baforada contra o retrovisor, e o motorista da van buzinou mais uma vez. A policial abaixou-se e puxou um volume de debaixo do banco de couro do carro. Era um 38 cromado, cano curto, ótimo para colocar trilhos no lugar. O carteiro enfiou a mão na buzina mais prolongadamente, enquanto ela prendia o 38 no clip do coldre em sua canela. Teodora abriu mais o vidro, colocou a mão com o cigarro para fora e, com a habilidade dos fumantes, ainda com o cigarro pendurado entre os dedos, ergueu o dedo do meio para o carteiro.

Ele buzinou mais uma vez. A pobre alma atrás do volante da van amarela nem sonhava com o perigo que estava correndo. Teodora não faria nada ali, à luz do dia, a coisa dela era a escuridão. Anotou a placa, digitando no celular. O cara era sortudo. Ela tinha mais o que fazer do que se preocupar com um otário que queria pagar de macho no trânsito, quando havia duas ambulâncias travando o caminho.

Se pudesse, ela gostaria de ver o pai de novo, um dia. Tinha essa vontade. Não precisava de terapia para saber por que tinha virado investigadora da polícia. Só queria entender por que diabos Raoni já tinha disparado mais de dez mensagens para ela, o que ia ficando cada vez mais fácil em sua cabeça, em uma imagem cada vez mais conectada. Sua mente descolou-se dos motociclistas da ROCAM, dos paramédicos do SAMU e dos carros que avançavam gota a gota pela rua estreita, e pousou naquela manhã distante, coisa de seis meses antes, com sol brilhante e cheiro de mofo vindo da cabine diante de uma Raoni muito diferente da que via no escritório ou nas festinhas que ela dava para os funcionários, nas quais aparecia sempre circunspecta e parcimoniosa.

Podia dizer que, naquela manhã, Raoni estava contente. Tinha um jeito de gente feliz no rosto, nos movimentos e na conversa. Estava falante. Treta e Fifi não estavam ali, como se tivesse providenciado uma lacuna na sua vida de verdade e pudesse ser mesmo só uma pessoa normal, com uma vida comum, que dava um rolê de veleiro na represa. Explicava o quanto o velho barco era confiável e que só compraria outro maior quando aprendesse mais sobre navegação e sobre as cartas da represa, mas que, mesmo assim, não ia comprar um daqueles espalhafatosos, de chamar a atenção, porque não era otária e blá-blá-blá, e abre uma cerveja, e ela e a esposa, Marília, trocando beijos que foram ficando intensos, e Raoni passando a mão na barriga de Marília, não de um jeito malicioso e danadinho, era uma carícia, uma exibição daquela barriguinha alva, trincada, depois agarrando a esposa pela cintura e a colocando em seu colo.

Teodora fazia o que havia de melhor a fazer nessas situações. Aparentava não estar vendo nada e se mantinha com afinco na tarefa de girar a carretilha. Foi inesperado o entusiasmo de Raoni ao festejar a fisgada e o abraço que Teodora recebeu de Marília enquanto puxava o peixe. Foi estranho. Ela a tinha abraçado pelos ombros, e Raoni tinha ralhado, não de ciúmes, mas porque estava atrapalhando. Raoni, calçando seus Crocs pretos, veio para o bombordo do veleiro e orientou Teodora a soltar um pouco a linha, pois, se fosse afoita, ia perder aquele peixe, que era briguento. Tinha que deixá-lo nadar, achar que o bicho estava se livrando, mas não estava nada. O anzol, com sorte, estaria enroscado em sua garganta, e o otário só precisava se cansar.

Lembrou imediatamente do pai na beira do pesqueiro falando a mesmíssima coisa: "Eles acham que estão se livrando, mas estão só se cansando! Quando ele achar que escapou, a gente pega ele". Raoni continuou com os festejos, vendo a linha afrouxar, e mandou Teodora enrolar de novo. Era assim que se pegava um peixe grande. A policial tinha aberto um sorriso estranho, a pele até tinha doído um pouquinho, igual doía agora, enquanto ela sorria de novo. Tinha achado esquisito aquele recorte de momento dentro do veleiro de Raoni, uma mulher muito diferente do dia a dia no trabalho, nada sisuda, brincalhona, que apertava firme seu braço e falava dos seus irmãos em Mato Grosso, e de como sua mãe tinha sido uma mulher difícil na sua adolescência, com elas descobrindo similaridades e os carinhos repetidos e excessivos em Marília.

O estranho era que Teodora sentia que pertencia àquele momento, àquelas pessoas. Elas tinham sido um trio por algumas horas e se divertido no fim do dia. Até se arrepiava ao se lembrar. Mas ela não se ligava a clientes. Aquele passeio de veleiro na represa, aquela coisa de as duas gostarem de pescar e disputarem quem ia pegar o peixe maior do dia era só parte de seu jogo pensado, de seu movimento para entrar no círculo de confiança da traficante. Nada ali naquele dia era espontâneo, a não ser a descontração de Raoni e aquele detalhe do cuidado e dos sorrisos radiantes para Marília, que estava se encharcando em seguidas garrafas de água mineral norueguesa.

Se não tivesse curtido a hora da fisgada e a festa da carretilha, teria ficado até decepcionada, porque tinha sido só um passeio mesmo, um dia de lazer, nada de promessas de expansão ou pedidos especiais que rendiam pilhas extras de maços de notas no seu bolso. No fim da tarde, quando se despediram no estacionamento e Marília lhe deu outro abraço apertado e disse "Aparece um dia desses", Teodora até balançou, acreditando, mas, assim que colocou a bunda no carro, começou automaticamente com seu sistema mental de separar as coisas. Tinha que ter ido lá e feito aquilo. Bastavam umas horas pescando e sentindo o vento morno da navegação, e o dinheiro entraria por mais uns dois ou três anos, fácil. *Check.*

Em seguida, saltou para o palácio da memória do último encontro ao vivo e a cores que teve com ela, no escritório de Raoni, depois de passar pela revista habitual das guarda-costas da chefona, Treta e Fifi. A sós, tinham trocado uns vinte minutos de conversa, já reapossada de sua identidade de dona do movimento, mais lacônica e intrincada, mas ela parecia preocupada e tensa com a Promotoria. Por isso, Teodora a tinha tranquilizado e dito que estava tudo suave e que continuava blindando a operação. Raoni não tinha nada com o que se preocupar, porque, quando o nome dela era levantado na Narcóticos, pauzinhos mágicos se moviam para todos os lados. Era para isso que ela era bem paga.

Recebeu seu maço de grana em dinheiro vivo, como gostava e como tinham combinado, só que normalmente o pegava com Treta, a chefe de segurança. Quando estava começando a se coçar para sair dali, uma parada estranha aconteceu. Raoni começou a falar de família e, do nada, perguntou se era verdade que Teodora tinha uma irmã mais nova. Falou no nome de Jéssica e que o condomínio onde a irmã dela morava era meio perigoso, sem muros. Teodora fingiu que não se importou nem um pouco com aquilo, mas a verdade é que tinha se importado até o útero. Não gostava de ter seu terreno invadido.

– A Fifi trombou com tua irmã numa das bocas. Falou bem dela, que é educada, mas que compra pesado.

– Faz tempo isso, Raoni. Já dei um chacoalha nela, e ela já saiu dessa vida. Tá focada no trabalho.

– Saiu mesmo? – insistiu a chefe.

– Olha, eu não fico te perguntando da tua mãe, fico? Não falo para você que o sistema de câmeras dela é patético e que você devia colocar sua mãe para morar, no mínimo, num condomínio, falo? Então, deixa minha irmã fora disso. Somos parceiras de negócios, não de família.

– A Marília já foi na sua casa?

– Para de pirar, Raoni; que pergunta é essa agora? De onde tá vindo tudo isso?

Teodora estava atenta, mas aquela pergunta tinha batido em um lugar errado, e o lance da Jéssica a havia irritado. Estavam querendo mijar no seu território. Naquele instante, achou mesmo que Raoni estivesse com ciúmes dela porque Marília tinha ligado umas três vezes chorando e reclamando de como era ruim viver presa, sem poder sair na rua sozinha, e que precisava tomar sol, e Teodora tinha tido a paciência de escutar a mulher e responder umas abobrinhas bonitas e motivacionais que tinha lido em seus livros, só para ela parar de chorar.

– Ela me ligou algumas vezes – continuou a policial. – Mas era coisa de hormônios, cara. Ela estava nervosa, reclamou que você trancou ela em casa. Igual você agora aí, falando da Promotoria. Tá tudo suave, já falei. Não mistura as bolas.

– Eu não "tranquei" ela em casa...

– Ela é sua mulher, vocês se entendem.

A reunião acabou naquilo. Teodora saiu dali puta da vida por Raoni ter colocado Jéssica na conversa. Aquele encosto só servia para arranjar problemas, mas era sua irmã. Se Jéssica tomasse um teco na cabeça de alguma segurança de Raoni, seria até um fardo a menos com que se preocupar, mas acontecia que ela era sua irmã, e ninguém ia mexer com a menina sem ela deixar. Seria uma afronta à sua autoridade. Quando ela entrou para o esquema de Raoni, tinha colocado as cartas na mesa. Ela não seria um pau-mandado nem uma secretária durante cinco dias na semana, com direito a décimo terceiro. Seria a porra de um anteparo contra os tentáculos da polícia e, principalmente, contra os rapineiros do departamento. Todo traficante precisava de um cacique no departamento de Narcóticos, e Teodora era a porra de um cacique com quem ninguém se metia. De mais a mais, se alguém tivesse que dar um teco na nuca de Jéssica, seria ela mesma a fazer isso.

O celular começou a tocar: "Banco". Era uma chamada de voz. Ela queria MESMO falar. Os carros se moveram, a ROCAM agilizando a coisa e fazendo com que os curiosos enfiassem o pé e vazassem dali. Quando o Alfa Romeo de Teodora embicou na esquina, emparelhando com as ambulâncias, um dos policiais ergueu a mão e sacou a pistola indo em sua direção. Teodora olhou para o retrovisor, viu a van parada e encostada no porta-malas de seu Alfa Romeo. Se aquele filho da puta de carteiro encostasse na tinta do carro, ia arrumar para a cabeça. O policial parou ao seu lado, com a pistola erguida.

– Mãos no volante, por gentileza, senhora. Documentos e habilitação, por favor.

Teodora leu o nome no distintivo do cabo. Noronha.

– Pega leve, parceiro. A gente é do mesmo time, Noronha.

– Documentos e habilitação, senhora.

– E eu tiro a mão do volante ou não?

O segundo policial também estava com a pistola fora do coldre, com a arma abaixada, lendo sua placa e falando com o COPOM pelo rádio pendurado em seu ombro. O celular continuava tocando, era Raoni querendo falar com ela, e um cano de arma de fogo apontava para sua cara. Teodora tirou a mão do volante e jogou a bituca do cigarro no chão.

– Não vai me multar, Noronha, por causa da porra de uma bituca de cigarro. Aqui.

A policial exibiu o distintivo da Polícia Civil enquanto o PM se aproximou.

– Narcóticos?

– Relaxa, Noronha.

O segundo policial balançou a cabeça afirmativamente e fez um sinal para o carro passar.

– É esse Insulfilm lacrado, parceira. A gente fica cabreiro.

– É pra ficar mesmo, mas não a gente. É pra não dar vacilo com eles, Noronha, os inimigos.

– Isso. Desculpe aí pelo jeito, investigadora. A gente tem que desconfiar de todo mundo.

– Qual foi o QRU aí?

– Dois irmãos, briga de faca por causa de dinheiro de pinga.

– Que merda.

***

Teodora parou o Alfa Romeo em frente ao prédio de tijolos negros que tinha uma discreta porta de ferro pintada de cinza. Deu uma tragada longa e bateu as cinzas pela janela. Olhou para o grafite na parede, um grande olho com pernas. Tirou o cinto de segurança e um alarme sonoro disparou, e só foi interrompido quando ela desligou o motor do sedã. Desceu do veículo e jogou a bituca na sarjeta. Bateu a porta, travou com o botão da chave e encostou-se no automóvel, olhando para os dois lados. Os trilhos. Ela é quem comandava o fluxo das locomotivas, mas estava cismada dessa vez.

Teodora acenou para a câmera de vigilância e ouviu o zumbido elétrico na trava da porta com leitor de digitais, que rangeu ao ser empurrada. O interior estava bem mais frio que a calçada. Puxou a porta, deixando o corredor escuro e a escada acarpetada à sua frente, com uma camada macia de cor vermelha. Sorriu ao lembrar da sua heroína sendo narrada pelos alto-falantes e imaginando como seria a textura do vestido de Pearl. Subiu os degraus devagar e, quando alcançou o patamar da sobreloja, sentiu o cheiro do cigarro de Treta, adocicado e recheado. Viu as duas guarda-costas oficiais de Raoni, como se fossem Clemenza e Abbandando da família do seu Vito, essas, sim, os anteparos da chefona. Treta era uma negra alta, de cabelo *black power*, que balançava quando ela mexia a cabeça. Tinha um sorriso bem largo que desarmava os otários, mas a bicha era sangue ruim. Levava uma escopeta pendurada pela bandeirola em seu ombro esquerdo, com o cano batendo na sua coxa grossa. O corpo sinuoso era daqueles difíceis de desgrudar os olhos, com quadril largo, calça e jaquetas coladas no corpo, tão justas que pareciam uma segunda pele de serpente.

A segunda guarda-costas era a pequena oriental do naipe K-pop, que mascava chiclete e cheirava a bala, com saias curtas e botas brancas altas, que chegavam aos seus joelhos, de onde continuava uma meia-calça listrada de arco-íris. Fifi também enganava com aquele tamanho mignon e peitos enormes, e com as pontas dos cabelos lisos e longos, presos em um ramalhete em forma de rabo de cavalo, com as pontas multicoloridas, olhos amendoados e inofensivos. Ela gostava de matar com facas. Quando as duas viram Teodora, pararam de rir e conversar e não se mexeram. Teodora suspirou com o alerta número oitocentos do dia. Elas eram sempre muito descontraídas quando a policial da Narcóticos chegava, trocavam ideias, perguntavam se ela estava sabendo de fulano ou sicrano que tinha rodado e ido parar nos CDPs do pedaço. Teodora era *habitué* do escritório de Raoni e já tinha saído umas quatro vezes com aquelas duas para beber e jogar conversa fora, fingindo estar interessada em suas vidas, descobrindo o nome da *batchan* viva de Fifi e sobre a ferida que nunca sarava atrás da orelha do labrador de Treta. Fifi fez uma bola com a goma de mascar, que estourou barulhenta tirando um sorriso de Teodora, enquanto Treta abriu seu sorriso deslumbrante e fatal.

– Ora, ora. Quem está vivo sempre aparece.

– Uma hora aparece – retrucou Teodora.

– Te-o-do-ra... eu amo esse nome – continuou Treta, fazendo um sinal com a cabeça, apontando o queixo para a policial. – Quando eu tiver uma cadela nova, vou pôr esse nome.

– O que é que tá pegando com a chefona, manas?

– Tá suave – respondeu Treta, levando o cigarro à boca e dando uma tragada.

Teodora deu mais dois passos em direção à porta. Fifi não se moveu dali, olhando para ela, segurando uma submetralhadora como se não fosse nada.

– Suave? A madame me ligou umas duzentas vezes. Não tem nada de suave nisso.

– Cola lá, Teodora. Se ela ligou tanto, é porque tá doida pra falar contigo. Vai me entregar ou vai embaçar? – insistiu Treta, ainda na frente da porta.

– Qual é, Fifi? Vai ficar embaçando aí na minha frente ou vai me dar uma geral?

Fifi estourou outra bola de chiclete e levantou a mão direita com o dedo do meio erguido.

– Vou sonhar com você hoje à noite, Fifi. Com você e com esse seu dedo ma-ra-vi-lho-so.

– Nem morta, Teodora – finalmente falou a oriental.

Teodora tirou a pistola da cintura e entregou para a K-pop, que finalmente deu passagem, abrindo a porta do escritório.

– Hum... ela já sabe que eu tô aqui?

Fifi balançou a cabeça confirmando, fazendo seus fios coloridos revolutearem do alto de sua cabeça. Treta soprou a fumaça da cigarrilha logo atrás da policial da Narcóticos, enquanto Fifi fechava a porta com Teodora lá dentro. A policial escutou o clique da lingueta da fechadura às suas costas, enquanto seus olhos se acostumavam com a luz da sala de Raoni.

– Tá com enxaqueca? – perguntou a mulher de voz rouca.

Raoni era atarracada, com ombros largos e braços fortes. Tinha o cabelo liso, preto, cortado curto atrás e com um topete estiloso. Teodora ergueu a mão contra a luz do teto, enquanto sua intensidade diminuía à medida que Raoni ajustava o *dimmer* em um aplicativo de celular.

– Isso é estresse, Teodora. Não está trabalhando demais? Tá precisando de umas férias pra relaxar?

– Tô de boa, Raoni. Um pouco de cólica, mas isso passa. Só fico estressada quando me ligam duzentas vezes quando isso não é o combinado. Isso estressa para um caralho.

– Tenho bons motivos para ter te irritado, dona Teodora. Bons motivos para mim e bons motivos para você também.

– Vamos direto ao assunto, porque não posso ficar plantada aqui dentro o dia todo enquanto tá rolando uma campana lá no seu ferro-velho.

– Seu departamento está atrás da minha sucata? E o que vão achar lá?

– Meu departamento e a Homicídios, e mais gente para pagar. Se a gente resolver logo o que tá te aporrinhando tanto para eu estar aqui no meio do meu expediente regular, acho que não vão achar nada.

Teodora finalmente conseguiu enxergar dentro do escritório da chefe do tráfico. Uma das razões de Teodora quase gostar de Raoni era que ela era esperta, *low-profile*. O escritório tinha poucos móveis, quase nada na verdade. Havia uma mesa em que ela trabalhava em suas planilhas de um tablet, da qual controlava todo o vaivém de sua mercadoria, suas bocas e seus gerentes. Tinha também uma poltrona, e ninguém que precisasse sentar ali, onde ela estava acomodada, enquanto tirava um novo cigarro do maço, pensaria que o lance de Raoni eram as bocas de crack, maconha e anfetamina da cidade. Havia as prateleiras de livros e alguns objetos de decoração, que mostravam que a mulher gostava de barcos e máscaras maias. Na parede, uma foto dela e de Marília no veleiro, abraçadas, com uma garrafa de champanhe, que era o ápice da ostentação.

– Eu fechei com a Helena.

Os olhos de Teodora, que estavam na chama do isqueiro enquanto ela acendia o cigarro, cravaram-se em Raoni. A investigadora baixou o artefato e deu uma tragada longa, mirando Raoni nos olhos.

– É. Eu sei que você vai ficar puta, mas eu esquematizei tudo.

– Puta? Fala sério, Raoni! Puta eu fico quando estacionam na minha vaga na DP. Ou quando eu trinco a tela do meu celular. Você me chama aqui para me dizer que fechou com o caralho da piranha da Corregedoria?! Não! Não tô puta! – Teodora soltou outra longa baforada. – Eu tô é muuuuito puta!

Teodora se levantou, e Raoni colocou a mão na gaveta. A policial foi até uma das estantes de madeira e puxou o móvel, que caiu com um estardalhaço.

Virou-se com o rosto rubro para Raoni e apontou o dedo com o cigarro aceso para ela.

– Você sabia que ela estava atrás de mim faz anos...

Raoni estava com sua pistola na mão. O rádio na mesa zumbiu com a estática, e logo a voz metalizada de Treta se materializou.

– Preciso entrar?

– Não, Treta. Tamo trocando ideia.

– Você que manda, mas, se a gente escutar qualquer barulho de novo, não vamos nem perguntar. Avisa a fera aí.

Raoni olhou para Teodora, que puxava os cabelos para trás, comprimindo a cabeça. Teodora olhou para a porta que as separava de Treta e Fifi. Andou até perto da parede e encarou novamente Raoni.

– Pronto? Acabou o show?

– Show? Você sabe como é que eu dou show.

– Vou ter que chamar as meninas?

– Caralho, Raoni! O que eu te disse pra fazer o tempo todo? Por que não me escutou?

– Eu não tava bem, Teodora. Não tô legal agora que tudo mudou comigo e com a Marília – disse a traficante, colocando a pistola na mesa e baixando o tom de voz para um jeito mais confessional.

– Então me pedisse uma porra de um contato de um psicólogo ou psiquiatra. Não tinha que armar nada com a Helena e melar seu império todo por causa de uma DR. Aquela vaca da corregedora quer meu couro faz uma década, e ela vai botar pra foder. Porra, Raoni!

– Não é você; sou eu, porra. – Raoni deu um tapa na mesa. – Quero paz. Não quero mais viver escondida, andando com essas duas psicopatas 24 horas atrás de mim aonde quer que eu vá. Nem na porra de um shopping eu posso ir com a Marília sem ter a japa e a garota Colgate no meu cangote. A Marília tá sentindo muito isso agora, que as coisas tão mudando. A gente tá pensando em futuro a longo prazo.

Teodora sentou-se na poltrona cor de creme, de trama grossa e confortável, e tamborilou com os dedos na mesa, absorvendo cada palavra que Raoni dizia e já desencriptando aquilo tudo, cada pedaço, cada fragmento, e percebendo que a mensagem que se formava era temerosa. As caixas de papelão com os livros dentro. O zum-zum-zum na delegacia durante a semana toda.

Já estava tudo ajeitado, tudo premeditado, aquela era apenas uma situação de formalidades e uma gentileza concedida pela desleal Raoni, que tinha feito seus movimentos às escondidas com a Helena da Corregedoria e já tinha fodido com ela.

A policial agora tinha que pescar mais peças daquele quebra-cabeças que já conhecia, mas precisava entender mais para conseguir um bom acordo. Não iria parar atrás das grades de jeito nenhum. Futuro? Longo prazo? Marília e coisas mudando. Sair de um trono que rendia milhões todos os meses, certinho. A jogada era alta. Tinha sangue envolvido. A mão na barriga de Marília naquela porra de veleiro. A felicidade descabida e volúvel daquele dia. As queixas da esposa. A chave estava em Marília.

– Queria paz? Por que você não foi viver de plantar orquídeas com a sua mãe em vez de contratar alguém pra emprenhar sua mulher?

– Vamos ficar aqui, deixa minha velha e a Marília fora da conversa. Já faz vinte anos que tô nessa vida, Teodora, juntei muita grana e muitos inimigos, não consigo nem dormir...

– Mas por que você tá fazendo essa merda logo agora? Eu falei que tava tudo suave na Narcóticos, Raoni. Eu deixo suas costas quentes lá dentro, e ninguém vem aqui te perguntar nada. Por que a Helena logo agora, mano? Ela vai me ferrar direitinho, você não tem ideia.

– Quem te falou que a Marília tá grávida? Ela, por acaso?

– Não, porra. Ela me ligou algumas vezes, mas não precisava falar nada. Ela tá sumida faz quatro meses, você tá esquisita, e aquele dia no veleiro... você só não me contou, mas foi aquele dia. Eu não estou aqui na sua frente à toa.

– A gente soube que ela tava grávida naquele dia. Você pode até ser a madrinha da minha filha. Tá vendo?

– Mais uma sofredora para este mundo. Meus parabéns, Raoni.

– Você tá me dando parabéns ou tá me tirando? Nunca sei do que você tá falando.

– Isso explica muita coisa, mas precisava me foder?

Raoni respirou fundo e pegou uma miniatura de um barquinho.

– Vida nova, Teodora. Eu tenho uma vida nova.

– Ela não vai me colocar na cadeia de jeito nenhum. Não vou passar nem uma noite sequer atrás das grades, Raoni.

– Eu e a Marília vamos sair fora assim que eu for liberada.

– Acontece que tudo isso é pra pegar quem? Você? Não, Raoni! Você é um troféu, mas quem vai puxar uma cana brava sou eu. Sabe o que fazem com policiais em presídios?

– Calma, mana. Você sempre foi parceira. É claro que eu pensei em você.

– Pensou porra nenhuma.

Raoni se curvou e puxou uma mochila cafona do chão, estampada com flores marrons, retangular, coisa dos anos 1990. Colocou na mesa e empurrou para Teodora, que puxou forte, fazendo a mochila quase cair com seu peso.

– Tem muita grana aí dentro pra você rapar fora, vazar, sumir, fazer o que quiser.

– Foi isso que você pensou? Em me dar um sossega e eu sumir?

– Melhor do que a cadeia, não acha? Te considero pra caralho, Teodora.

A policial meneou a cabeça mais uma vez.

– Quando vai ser?

– Amanhã, nove horas da manhã, eu entro na Corregedoria. Delação premiada.

– Vai passar o rodo geral. Já falou com a Damaris?

– A promotora veio hoje de manhã. Deixei a tarde pra você.

– Que porra, Raoni – a voz de Teodora estava mais baixa, mais controlada, ela já calculava as alternativas que não tinha. – A Helena tá armando toda essa presepada com você só pra me pegar. Ela quer me meter num presídio. Tô ligada na dela. E você caiu que nem um patinho. Como você foi cair nessa?

– Eu só quero paz, Teodora. Quero ter um futuro com a minha criança. Quero passar a vida inteira ao lado dela, não ser igual minha mãe e meu pai, que mal olharam para a minha cara. Vai dar o maior bafafá quando eu me entregar, vou restituir o Estado com uma grana violenta, e todo mundo vai achar que paguei minha dívida com a sociedade. Lindo. No trato da deleção premiada, vou ter que me acostumar com uma tornozeleira, depois as coisas sossegam.

– E a chácara de Mairiporã?

– Rapei tudo de lá. Vai sobrar muito. Eu disse. São vinte anos nessa vida. Não sou burra. Coloquei tudo num canto novo, barras de ouro, dinheiro vivo. A maior parte eu nunca depositei em banco nenhum.

– Tirou tudo da chácara?

– Claro. É meu tesouro de pirata.

– E pra onde levou?

Raoni também tamborilava os dedos sobre a mesa.

– Leva sua mala de grana, Teodora. É dinheiro pra cacete.

– Eu vou ter que sumir. Começar tudo de novo. Não sei se é dinheiro pra cacete, comadre.

– Seu problema sempre foi esse, tem o olho maior que a barriga.

– Pra onde você levou a grana da chácara? É um lugar grande, porque tinha muita coisa lá. Seu tesouro de pirata.

– Tive que ser precavida, Teodora. São vinte anos nessa merda.

– Eu fiquei dez do seu lado, não quero só essa bolsa. Te deixar longe da cela foi fácil, mas eu coloquei muita gente debaixo da terra pra você construir seu império. Essa mochila não chega nem perto.

– Porra, tu é gananciosa mesmo, hein bichinha?!

– Me fala pra onde levou o dinheiro. A gente faz um acerto agora. Eu te falo o quanto basta.

– Você é perigosa, amiga. Se eu abrir o bico, se te contar onde tá o dinheiro, acabou.

– Você acha que é esse segredo que te protege, Raoni? Eu não tô preocupada com o dinheiro agora. O que tá me deixando louca é que você tirou minha liberdade. Amanhã, às nove horas, quando você abrir a boca, nove viaturas virão atrás de mim e vão me algemar e me colocar atrás das grades. Eu não fui feita pra ficar presa em lugar nenhum, nunca.

Teodora colocou o cigarro na beira da mesa, chamando a atenção dos olhos de Raoni, e abaixou-se, deixando seus cabelos longos e cacheados caírem para a frente. Respirou fundo enquanto sua mão ia até a canela. Cinco movimentos à frente. Quando se levantou, o 38 estava engatilhado, e Raoni só teve tempo de arregalar os olhos enquanto sua mão ia até a pistola. O tiro espocou dentro da sala, e a cabeça de Raoni tombou para trás, enquanto a parede ficava salpicada de sangue vivo.

Teodora sempre pensava cinco passos à frente.

***

No corredor, Treta e Fifi arregalaram os olhos.

– Merda!

Enquanto Teodora largava sua pistola no chão, Treta e Fifi destravavam suas armas e entravam aturdidas na sala da chefe. A luz estava estourando, e não conseguiram enxergar de imediato. Ergueram as armas e as mãos. Quando as pupilas se ajustaram, viram Raoni, sentada em sua poltrona, com a cabeça pendendo para trás, e a parede cheia de veios de sangue que ainda escorriam. A janela estava aberta, e uma mancha vermelha pintava o batente, enquanto a cortina esvoaçava com o vento morno da tarde. Na beirada da grande mesa, um cigarro ainda queimava, cuidadosamente lá deixado.

– A otária não tem onde se esconder. Vamos catar a irmã dela – grunhiu Treta.

Fifi virou-se para a comparsa enquanto estourava outra bola de chiclete e seus olhos se arregalavam. Treta sentiu seus pelos se eriçarem. Sabia o que o olhar da amiga significava. Não daria tempo de virar para trás e ver Teodora parada bem ali, atrás delas, encoberta pela folha da porta da sala escancarada pelas seguranças e com uma arma de fogo pronta para atirar em suas mãos.

– Cê fez direitinho, piranha. *Old school* – resmungou Treta, erguendo as mãos, abrindo um sorriso e largando a carabina no chão.

Teodora empurrou a porta com a sola de sua bota. Fifi mantinha a M4 erguida, engatilhada e apontada para ela.

– Não é nada pessoal, crianças, mas a chefona não vai passar o rodo em mais ninguém.

Do corredor, ouviram-se dois disparos abafados e um silêncio longo. O prédio todo mergulhou na calma da morte. A porta pesada abriu-se com um rangido agudo, e Teodora saiu com o cigarro na boca e a mochila de dinheiro na mão, largando o 38 de numeração raspada lá dentro e pegando sua pistola do chão do corredor. Deu outra tragada no cigarro enquanto enfiava, no bolso da jaqueta, dois celulares.

***

Ali mesmo no corredor, Teodora pegou o celular de Raoni e começou a navegar por telas e aplicativos. A traficante era esperta, mas todo mundo deixava um rastro. Era muito dinheiro em espécie, muito papel, gente para molhar a mão, gente para ficar cega, gente para tomar conta. Tinha que ter uma pista em algum lugar. Tinha perdido a cabeça, é verdade, deveria ter sido mais calma, comendo pelas beiradas ou jogando no emocional, mas chutou o balde. Seu pavio curto tinha acabado de lhe custar uma fortuna, literalmente.

Onde essa cadela escondeu a grana?, pensou. Teodora, se não estivesse sendo seguida por um otário a serviço da Corregedoria, teria até as nove horas da manhã para descobrir onde Raoni tinha colocado sua fortuna feita de dinheiro vivo e barras de ouro para viver "uma vida toda".

Recostou-se na parede forrada de papel que cheirava a mofo e continuou passando as telas, enquanto sua cabeça voltava a pensar: *Que merda! Devia ter deixado a Treta viva. Ela podia abrir o bico, e ia amar ficar com um pedaço daquela grana! Nem ia precisar dar muito para ela.* Treta, com um pouquinho de cana, falava fácil. Aquela mochila aos seus pés talvez fosse o suficiente para a capanga da Raoni, mas não para ela.

A merda toda é que tinha ficado cega de ódio e puxado o gatilho. Tinha tantas opções antes de dar o disparo, mas Raoni provocou, ela só aumentou sua raiva. O pesadelo de ficar presa em um cubículo por causa do acordo com Helena a tinha desesperado. Detestava aquilo. Sempre pensava cinco passos à frente e agora sabia que estava bem fodida. Tinha encontrado duas pastas com senha, e nada no bloco de notas que pudesse dar uma luz. As pastas não abriam com a digital, senão seria fácil. Era uma senha numérica. Se fosse a digital, era só entrar na sala de novo e colocar o dedo de Raoni no leitor, mas a mulher tinha tomado precauções. Teodora vasculhou as fotos. Talvez uma fotografia dentro de um galpão ou em uma sala de cofre alugado. Não. Ela tinha dito que não confiava em bancos, e que tinha descolado um lugar.

Devia era ter apagado as duas seguranças primeiro e feito Raoni falar. Teodora era boa naquele jogo de fazer vagabundo abrir a boca. Era boa com *noias,* com gente que se achava barra pesada igual a Raoni. Sabia jogar bem esse jogo, mas Raoni já tinha estragado tudo com a Corregedoria. Ia se encontrar com Helena de manhã e cantar como um passarinho, com advogado do lado e tudo, com assinatura em acordo com a Corregedoria e a Polícia Federal. É claro que a Helena não ia deixar passar batido. Teodora tinha que se mandar, tinha que sumir, e devia ter pensado nisso antes de perder o controle e puxar o gatilho, apagando todo mundo ali dentro.

Porra, Teodora, que vacilo!, repetia em sua mente sem parar. Deu mais cinco chutes na parede e balançou a cabeça em sinal negativo. Voltou para dentro da sala infestada de morte, diminuiu a potência daquela luz ridícula e ficou olhando para a cabeça de Raoni, inerte, observando os lábios e a pele, que começava a mudar de cor devido à ausência da circulação sanguínea, sem batidas do coração. Sem Marília sonhar que estava viúva e que a criança em seu ventre chegaria órfã de sua segunda mãe. Se o que Raoni queria era paz, estava cheia dela agora.

Ainda na sala, tentando desfazer parte da merda que tinha feito com seus próprios pés, olhava para o sangue que gotejava pela força da gravidade, pingando do buraco aberto pela saída do projétil. Respirou fundo enquanto fazia os movimentos em sua mente, tentando encontrar uma saída para o dilema. Não podia deixar o prédio com o celular de Raoni ligado, pois seria rastreado. Ela estaria na cena do crime. Um sinal para uma torre e, bingo, ela estaria atrelada àquela queima de arquivo, e não queria nem um pouco aquilo.

Teodora pegou os celulares das três mortas e os desligou. Daria um jeito de deixá-los fora da sua rota, para não dar munição a Helena. Apagaria qualquer vestígio que a ligasse categoricamente ao cartel de Raoni, custasse o que custasse. A Corregedoria não teria matéria física para abrir um caso consistente contra ela, não sobrariam provas e nem mesmo testemunhas vivas para contar aquela história. Teodora suspirou com os aparelhos na mão. Seriam úteis para encontrar rastros do novo esconderijo do dinheiro. Só precisava das digitais daquelas três criaturas.

Ela tinha que ser rápida e vazar dali o quanto antes, mas precisava de uma pista de onde a fortuna estava. Olhou para as prateleiras e para as caixas de livros. Levantou a estante caída, passando o tecido de uma das almofadas em tudo o que tinha encostado. Não ia facilitar para Helena e ir parar atrás das grades. Preferia ser morta a ser encarcerada, nunca viveria presa de novo. Não seria traída de novo. Raoni tinha pisado no seu calo mais dolorido, tentando passá-la para trás enquanto desapareceria no mundo com Marília e seu bebê. Tudo bem, era um belo plano, mas podia ter falado com ela antes. Marília sabia onde o dinheiro estava, talvez até mesmo a mãe de Raoni soubesse. A traficante sabia que era bom deixar a família de fora dessas paradas, mas nesse ramo não se brinca com duas coisas: dinheiro e família. Talvez por isso tivesse citado Jéssica, estranhamente, no papo de hoje.

Jéssica! Talvez Jéssica fosse um caminho, um retorno naquele beco sem saída. A irmã caçula era um estorvo, uma viciada imprestável e um poço de lamúrias repetitivas sempre revivendo o quanto Teodora tinha sido escrota durante a infância toda com ela. Jéssica não servia para muita coisa nesta vida, mas se tinha uma coisa que ela sabia era falar com os mortos. Querendo ou não, a irmã ia ajudá-la a fazer Raoni abrir a boca mais uma vez lá dos quintos dos infernos, onde ela deveria estar, e dizer onde estava sua fortuna. Só assim conseguiria sumir de vez do país e começar uma vida novinha em folha, aonde quer que fosse, não importava. Mas de uma coisa ela tinha certeza: nunca nesta vida seria presa de novo.

CAPÍTULO 2

– Por que você está mostrando essa coisa nojenta pra mim, Teodora?

– Porque você vai ter que me ajudar. Você é a única que pode conseguir tirar o meu da reta. Ajudar a irmã mais velha uma vez na vida não mata ninguém, Jéssica.

Jéssica olhava firmemente para os três polegares amputados que Teodora segurava em um lenço cinza, já todo manchado do sangue de cada uma das donas daqueles pedaços de carne, que menos de uma hora antes faziam parte das mãos das três mulheres que ela havia matado.

Mesmo com muita agonia, e quase imóvel sentada no sofá, Jéssica deixou escapar um sorriso quando ouviu o clamor da sempre imperiosa Teodora, que agora suplicava por ajuda. Havia um pouco de graça e ironia nisso, já que ela tinha crescido com a irmã sempre manipuladora e obsessiva, sempre dona da situação, jogando-a para baixo e transformando qualquer desvio seu em uma tempestade. Era difícil ser a irmã mais nova de Teodora. Isso significava viver com medo do julgamento da mais velha, e por isso não achou nada estranho quando ela entrou para a Faculdade de Direito e prestou concurso para ser delegada da cidade.

– Eu sabia, Teodora. Agora você só aparece aqui quando precisa de mim, mesmo.

A mulher deu de ombros e colocou seu rádio monitor no tampo da mesa de centro.

– Olha, Jéssica, a gente podia começar a discutir como a vida foi injusta com nós duas e como eu fiquei assim e você se tornou essa coisinha sem importância, assustada e traumatizada, escrava dessas merdas todas que você toma para poder levantar da cama todo dia. Mas acontece que isso não vai levar a gente pra nenhum lugar novo, e amanhã, quando der nove horas da manhã e a filha da puta da Raoni não aparecer no escritório da Corregedoria, sua irmã aqui vai ser caçada igual Jesus foi, e você sabe muito bem que eu prefiro estar morta a ir mofar atrás das grades e precisar ficar lambendo o saco das carcereiras. Nem em sonho vou acabar num cubículo daqueles.

– Você achou que ia ganhar uma medalha por matar a Imperadora das Drogas?

Teodora levantou-se do sofá irritada, com sua mochila preta pendurada no ombro. Andou até a janela do apartamento da irmã e avistou seu Alfa Romeo estacionado na rua, ao lado do utilitário da empresa onde Jéssica trabalhava. Tirou um maço de cigarro do bolso interno da surrada jaqueta de couro e abriu uma fresta na janela de vidro, acendendo um deles.

– Bem que eu merecia. Aquela traidora, filha de uma puta. Achou que eu ia dar esse mole de deixar que ela me entregasse pra Helena. A corregedora armou todo o furdunço para limpar a DP. Esse circo pra me pegar já está sendo armado há meses – resmungou, com a voz distorcida, enquanto tragava o cigarro.

– E por que logo agora ela veio pra cima de você? O que mudou?

Teodora soltou a fumaça do peito, sentindo um ventinho frio passar pela fresta da janela.

Jéssica suspirou enquanto ouvia uma chamada chegar pelo rádio. A central pedia uma viatura para atender uma ocorrência em um posto de gasolina em frente ao Walmart próximo dali.

– Todo mundo ficou sabendo que a Imperadora e a Marília estão esperando um pivete, a Marília tá grávida. Alguém deve ter chegado nela, passando por mim escondido – a policial ergueu os ombros –, ou a Marília pediu pra Raoni e ela disse "chega". Elas juntaram muita grana, mana! E sem uma crocodilagem dessas, como é que iam poder aproveitar o mundo? Filho fode a cabeça da gente, faz a gente ficar responsável.

Novamente o rádio solicitou uma viatura, avisando que uma unidade do SAMU estava a caminho.

– Você vai atender?

Teodora balançou a cabeça em sinal negativo.

– Acabou meu plantão. Só preciso ficar de ouvido pregado nisso a noite inteira, porque pode ser que tenham armado pra mim antes de amanhecer, tipo quererem me colocar as pulseiras quando a Raoni abrir a boca. Preciso ter a sorte de descobrirem os corpos só depois do horário da delação.

– E vão querer te pôr atrás das grades por causa de uma traficante e duas capangas...? Tudo bem que tem os dedos arrancados, mas seu chefe não consegue colocar panos quentes?

– Sem chance. O que a Helena quer, no fim das contas, sou eu fora da Narcóticos. Elas armaram pra cima de mim, certeza! Aquela vaca quer me ver trancada, me fazer pagar por essa merda toda. A Raoni resolveu virar boa moça, estabelecer família, e a Helena não vai perder tempo, vai me mandar pra prisão. Esse gosto eu não vou dar pra corregedora nem morta.

– Eu, eu, eu, eu... tudo gira em torno do seu umbigo! A Teodora de sempre falando, né?

– Você me deve essa, Jéssica. Me deve até os ossos! – rosnou a irmã mais velha, apontando o cigarro na direção da caçula.

Teodora andou até o meio da sala do apartamento e ficou olhando para o cenário: um sofá com o tecido rasgado e uma poltrona encardida. No canto da sala tinha um triciclo de plástico que servia de aparador de um vaso abarrotado de suculentas. Na parede junto da porta, cinco vasinhos fixos com plantas secas já tinham morrido de sede. Teodora balançou a cabeça em sinal negativo e deu outra tragada longa no cigarro, enquanto batia a ponta da bota no chão.

Jéssica comia outra bolacha recheada, destacando uma delas e lambendo o creme açucarado do meio antes de mastigar as cascas do doce. Fazia isso com o olhar hipnotizado pelo lenço sujo de sangue com três dedões pálidos. Quando olhou para Teodora, a irmã estava excursionando por seu apartamento, andando pelo corredor. Que mania de policial xeretar a vida dos outros! Viu quando ela começou a voltar e parou em frente à porta do meio. Jéssica ficou quieta até que a irmã colocou a mão na maçaneta.

– Não abre essa porta!

– Qualé, Jéssica?! Desde quando você ficou tão mandona?

– Não mexe nesse quarto.

Teodora soltou uma nuvem de fumaça no corredor e ficou olhando para a irmã, que estava com outra bolacha na mão.

– Já tem o quê? Uns dez anos?

– Doze.

– Jesus, Jéssica! Esquece essa merda toda.

Jéssica pulou como uma leoa do sofá e saltou sobre a mesa de centro, apontando o dedo no meio da cara da irmã.

– Você não pode vir aqui na minha casa, trazer seus fantasmas e suas cagadas e dizer o que eu tenho que fazer com os meus, com a minha vida e com os meus sentimentos! Você é venenosa e vive me julgando! Não quero mais isso na minha casa! Sai!

– Ui! Todo-poderosa! – sorriu Teodora, endireitando a postura, ficando mais larga e mais alta que a irmã, e andando para cima dela, empurrando-a para trás. – Sua terapeuta é boa, muito boa. Só que, pelo que eu me lembre, quando o bicho pega, é pra mim que você liga, não pra ela, né?

Jéssica desvencilhou-se dos cutucões de Teodora e deu um passo para trás. Balançou a cabeça e bufou, dando as costas para a irmã e voltando para a sala.

– Me arrependo até o último fio de cabelo de ter precisado de você UMA vez na vida.

– Três, vai. Não diminui o meu valor.

Jéssica bufou e sentou-se novamente em seu sofá rasgado e voltou a olhar para os polegares.

– Você matou as três? – perguntou.

– Matei. A Raoni quis me comprar com essa merda de mochila de dinheiro. – Teodora colocou a bolsa de couro na mesa de centro ao lado dos dedos, e o fundo da bolsa fez um barulho seco, como se pedaços sólidos batessem uns contra os outros em seu interior. Quatro maços gordos de notas altas caíram sobre o tampo do móvel. – As outras iam ter um siricutico por causa da chefe. Eram gente boa, mas tive que cuidar do meu jeito.

– E onde eu entro nessa matança?

– Você me contou daquela droga, a que você está trabalhando na JML.

– A Iboga-7? Você pirou, Teodora?

Jéssica retorceu o rosto e parou de olhar para aqueles dedos. Agora sabia exatamente aonde Teodora queria chegar. Ela não queria mais saber da Iboga-7, a droga em que havia se viciado nos últimos dois anos, e que a tinha levado a um estado de quase incapacidade e desconexão com a realidade. Tinha entrado, com ajuda do Serviço Social da JML, em uma clínica de reabilitação e, mesmo depois de seis meses longe da Iboga-7, ela via não apenas três polegares sobre aquele lenço. Com o coração acelerado e os olhos pregados nos fragmentos trazidos por Teodora, enxergava mais algumas coisas além da pele decepada, das secções de nervos e dos músculos que estavam perdendo o tônus e exalando a primeira fragrância da morte.

Para Jéssica, aqueles pedaços amputados de carne humana traziam junto um pouco de suas donas. Ela não falou para a irmã, mas estava escutando a voz sorridente e juvenil de uma oriental e sabia que o dedo da negra terminava com mais ossos se juntando e formando um sorriso largo. Não as via por inteiro, mas o suficiente para saber quem era cada uma das proprietárias do dáctilo. O terceiro dedão, mais chato, enrugado e mais energizado, a fazia se desequilibrar, sentir medo e querer se afastar. Era da Raoni, certeza. Aquele terceiro dedo tocava o vazio, era frio e enregelava seu coração, transmitindo ondas de tristeza e pressa, arrependimento e desejo de ficar preso à matéria.

Jéssica sentia os pés flutuando e não parecia mais pisar em sua sala de pouca mobília. Nunca tinha percebido aquela força vinda do mundo dos mortos e já estava com medo. Os fios de seus cabelos cacheados flutuavam na água fria e, ao olhar para cima, Teodora estava lá, sorrindo para ela, achando graça, enquanto três carpas gordas passavam acima, eclipsando a luz de um céu vermelho. Jéssica não conseguia respirar. O frio tinha chegado até seus ossos, e erguer o braço para começar a nadar e voltar para a superfície foi dolorido, como se cem mil agulhas cravassem em sua pele. Um choro de bebê a fez olhar para baixo, para a escuridão do fundo daquele poço. Onde ela estava?

– Jéssica! – gritou Teodora.

A moça respirou fundo, tomando ar, recuperando-se daquela apneia súbita e batendo as costas no sofá.

– Nossa! Tira essas coisas da minha casa! Não quero ficar perto dessas pessoas nem mexer com a Iboga-7 nunca mais! Estou limpa há seis meses, Teodora.

– Eu sei. Eu acompanho suas cagadas de perto, irmãzinha. Tá vendo? Você entra no barato rapidinho. Já conseguiu ver as três?

– Não consegui ver ninguém, só você olhando pra mim!

– Porque eu estou aqui, mas preciso falar com quem está lá. Preciso falar com a Raoni, e você sabe como fazer isso acontecer.

– Com a Raoni?! Você tá louca?! Eu não quero nada com a Raoni! Dá pra amaldiçoar cinco gerações de qualquer pessoa só de ficar perto desse pedacinho dela.

– Não pira, mana. Eu não tenho nem pretendo ter nenhuma geração para amaldiçoar. Só gente egoísta coloca pessoinhas nesta vida louca, neste plano sem plano. Pra que trazer alguém aqui para sofrer como a gente sofreu?

– Você é muito pessimista, Teodora. Ninguém é obrigado a seguir os passos de seus ancestrais. Ver alguém que continua o que você é...

– É perturbador. Ando pelas ruas o dia inteiro, Jequinha, o que mais vejo é gente sem rumo.

– Antes de você cortar, de me podar, como sempre faz, eu ia dizer que ter alguém que continua a gente é reconfortante.

– É egoísta. Só vejo sofrimento nessas ruas. Nada tem muito sentido pra mim, e as pessoas ao meu redor são essencialmente más.

– Foi você que escolheu seu caminho, mana. As pessoas se juntam aos seus pares, aos seus semelhantes. O que te rodeia é o que você atraiu com suas ações.

– O que você atraiu não parece tão melhor, né? Tô vendo seu apartamento cheio de alegria. Agora mesmo você tava aí, sem ar, ficando roxa nesse sofá. Foi disso que você se cercou?

– Foi você que veio até minha casa, Teodora. Talvez você tenha razão. Para atrair você, as coisas não estão indo bem...

Jéssica levantou-se do sofá e foi até a cozinha escura. Abriu o refrigerador e tirou um pote de sorvete. Sua irmã mais velha logo chegou até a porta e ficou ali, olhando-a se servir, enchendo um copo com sorvete de chocolate até a boca.

– Você tá ligada que tá acima do peso, né, maninha? Quando eu te tirei da boca e te dei um esporro, você tava só osso, e agora tá ficando um bucho. O que te ensinaram naquela merda de retiro?

– Não me enche, Teodora! Você não é minha mãe, e eu já passei dessa fase de tentar te entender.

– Graças a Deus! Quer me ofender é me comparar com aquela maluca que deixou nós duas assim.

Jéssica parou de encher o copo com sorvete e colocou as duas mãos sobre o balcão, olhando para a irmã parada na porta.

– Assim como?

Teodora ergueu as sobrancelhas e abriu um sorriso. Adorava ver a irmã irritada.

– Deixou você fraca. Tudo te derruba. Para de se crucificar, menina! Essa porra de droga que você inventou, olha! Isso aí não dá Nobel, não? Se valoriza!

– E a mamãe te deixou como? Uma escrota sem trava na língua? Uma otária que se acha a última bolacha do pacote?

– Ainda bem que não sou bolacha! Ia ficar com medo de você.

Jéssica pegou o copo de vidro nublado com o frio do sorvete e enfiou uma colher na boca. Fechou os olhos sentindo o creme de chocolate derreter na língua e então apontou a colher para sua irmã.

– Você ficou igualzinha a ela. Uma boca-suja manipuladora. Eu tô fora, Teodora. Não quero nada com você nem com a Raoni. Se vira.

– Bela irmã eu tenho. Quando você precisou de mim, eu tava lá. Posso ser cheia de defeitos, mas eu sou leal. Não deixei você ir presa, e olha que, se eu não mexesse meus pauzinhos, você ia rodar bonito do jeito que estava.

– Eu já agradeci.

– "Eu já agradeci" – gracejou Teodora, imitando a voz da irmã. – Se enxerga, nega! Foi duplo homicídio, tá bom?

– Para de falar disso, Teodora! Para de me lembrar dessas coisas – suplicou Jéssica, com lágrimas nos olhos.

Teodora apontou para o corredor.

– É você quem não esquece! Eu não abri a porta, mas aposto que descrevo certinho aquele quarto. Acerto tudo o que tem lá ainda e que você não jogou fora.

– Era melhor você ter deixado eu ir para a cadeia. Se eu estivesse consciente, se eu estivesse em meu juízo, não teria deixado você interferir.

– Ingratidão é uma merda, Jequinha. Você sabe que eu conversei com a Raoni e amansei as coisas pro seu lado, não sabe? Prisão ia ser a parte fácil. Se não fosse por mim, você teria terminado num micro-ondas das bocas da Raoni. Eu consegui livrar sua cara, eu te tirei das roubadas. E agora eu tô numa roubada. Custa você ajudar sua irmã mais velha, caralho?

– De cada cinco palavras que você fala, dez são palavrões.

– Oi? Você ainda tá aqui comigo, Jéssica? Eu tô falando da porra do quarto assombrado que você tem aqui dentro e tô cagando pra quanto palavrão eu falo ou pra porra do seu colesterol alto. Se você tá pagando mesmo de Madalena Arrependida, faz a coisa certa: me ajuda esta noite. Me dá essa droga de ibogaína que você alterou e deixa eu falar com a Raoni.

– Eu tô limpa, Teodora. Tô limpa – tornou a falar Jéssica com lágrimas nos olhos mais uma vez. – Eu não quero voltar para a Iboga-7. A Controladoria do RH da JML está me dando uma chance, mas estou sem acesso ao núcleo da Iboga-7, o produto que eu mesma criei e do qual fui cobaia.

– Mas você, a JML, conseguiram?

– Eu trabalhei em cinco versões sintetizadas e me deram tudo para trabalhar na ibogaína modificada que eu batizei de Iboga-7, achei bonitinho.

– Você já me falou dessa jornada da ibogaína e que eu devia apresentar para a Secretaria de Segurança Pública por causa do efeito benéfico para cuidar dos viciados, mas me contou essa parada bizarra, de que ela permite conversar com os mortos. É disso que eu preciso agora, falar com a Raoni, que tá morta.

– Com a Iboga-7 você fala. Eu já conhecia os efeitos da ibogaína em rituais africanos. Essa ibogaína é uma chave, Teodora. Com ela no nosso sangue, potencializada, ela acha um lugar no nosso cérebro que está desligado das pessoas e liga, em algumas, como eu, colocando a gente no 220. Ela acende tudo na nossa cabeça. – Jéssica colocou outra colherada de sorvete na boca.

– Muito bonito tudo isso, mas o ponto é: se eu não falar com a Raoni, se eu não descobrir onde ela escondeu a grana, eu só tenho essa mochila de merda.

– De merda? Poxa, mana, pra mim já tava de bom tamanho.

– Você sempre se contentou com pouco, filha. A Raoni tem tanto dinheiro e tanto ouro guardado que eu poderia viver cinco vidas com tudo aquilo, e olha que você me conhece.

– Conheço, e sei que você não muda.

– Eu vou conseguir falar com a Raoni?

– Com a Raoni e com qualquer defunto com quem você trombar na frente enquanto estiver sob o efeito da coisa. Se você precisa falar com quem está do lado de lá, é isso que você tem que usar. A versão Iboga-7 acende o escuro.

– E quando eu acendo o escuro, o que acontece?

– Você vê... os mortos, fala com os mortos.

– Tipo Gasparzinhos?

Jéssica balançou a cabeça em sinal negativo.

– Tipo Jesus Cristo quando saiu da tumba com Madalena. A pessoa está lá e fala com você.

– É exatamente por isso que vim atrás de você, maninha. Eu tenho que fazer o que eu faço melhor.

– Manipular as pessoas?

Teodora deu outra longa tragada e depois expirou a fumaça na cozinha, dando um sorriso para a irmã.

– Tá melhorando o seu humor já? Fazendo gracinha comigo... gosto quando você faz isso. O que eu preciso é interrogar a Raoni e fazer ela abrir o bico.

– Onde está o corpo dela?

– E isso importa?

– Muito. Que nem a porra desses dedos que você trouxe. Isso aqui, se você não cuidar dessa merda, te faz cruzar da luz para as sombras sem nem perceber. Você vira uma delas e fica presa numa *ghost trip*. A chave para falar com os mortos são seus corpos.

– Tá falando do presunto mesmo, é isso?

– É isso, sim. Precisa ter um cadáver para a Iboga-7 funcionar.

– Mas por quê?

– O cadáver é tipo o hub de conexão. Precisa estar perto dele.

– Quão perto?

– Tá com medo agora, Teodora?

– Medo teu cu, Jéssica. Tá perdendo o medo de ficar sem dentes? Tá me tirando de vacilona? É o meu que tá na reta. Não tive medo da Imperadora nem quando ela tava viva. A vaca vai abrir a boca e cantar que nem canarinho. Eu quero saber onde ela guardou toda a grana do império do crime. Ela foi esperta, fez todos os movimentos debaixo do meu nariz. Ai, como fui otária!

– Você nunca usou a Iboga-7... quando você usa pela primeira vez, mesmo sendo toda macha, marrenta, vai ver muita coisa e vai sentir muita coisa que nunca sentiu. Você nunca esteve do lado de lá, Teodora. Lá, não é você que manda.

– Iboga-7? De onde você tirou esse nome?

– Quem acha o cometa pode dar o nome. Eu achei o caminho para o outro lado e batizei assim. Usei em mim primeiro. Achei que, talvez, com os objetos deles... achei que iria reencontrá-los, mas não aconteceu. A gente precisa do corpo mesmo. Mas com eles nem isso sobrou. – Jéssica baixou a cabeça.

Teodora soltou a fumaça mais uma vez e andou até a irmã, dando um abraço apertado na caçula. As duas ficaram em silêncio na cozinha, até que Jéssica começou a rir.

– Tá doida?

– Você tá precisando MESMO falar com essa Raoni.

– Vai te catar, Jéssica! Não posso mais ser carinhosa com minha irmã? Se te consola, eu sinto muito. Ninguém consegue passar inteira pelo que você passou. Eu não sou de aço, sei que foi barra pesada. Pensa que eu não chorei? Pensa que eu não sinto falta dela?

Jéssica apertou a irmã entre os braços e desatou a chorar.

– Eu sinto tanto a falta deles! Fiquei tão sozinha aqui, Teo. Eu consegui o que ninguém conseguiu com a ibogaína, e achei um caminho para o outro lado, mas eles não estão lá... – Jéssica agora soluçava. – Fui até o lado dos mortos e não consegui encontrá-los, porque essa droga só funciona com o corpo aqui.

– Vem. Se acalma. Eu não posso perder tempo aqui, preciso falar com Raoni. Com a grana, eu conserto tudo pra você, mas se acalma.

Teodora puxou a irmã pelo corredor e a levou até o banheiro, ligando o chuveiro.

***

Meia hora mais tarde, as irmãs estavam de volta à sala, sentadas em frente à mesa de centro. Teodora tirava outro cigarro do maço e brincava com o isqueiro Bic dourado, girando a pedra e produzindo faíscas curtas, mais pelo hábito do que prestando atenção no que fazia, com seu olhar penetrante concentrado nos dedos amputados das mãos da Imperadora do Tráfico e de suas capangas.

Jéssica estava enrolada apenas em uma toalha, e olhava para a mochila preta, que tinha o zíper aberto e os maços de notas saindo. A mulher roía a unha do polegar e, depois de um longo silêncio, olhou para a irmã mais velha, que estava acendendo mais um cigarro e empesteando a sala com fumaça. Jéssica tinha se afundado no tabaco e em suas variantes, e também no álcool, quando foi forçada a largar a ibogaína. A ironia da coisa é que seu trabalho com a raiz africana tinha começado com o interesse da JML no mercado farmacêutico e nos efeitos terapêuticos do seu princípio ativo de imensa eficácia na libertação de usuários de crack e cocaína de sua dependência.

É claro que ela tinha se afundado mais na faceta misteriosa daquela raiz assim que começou a estudar os rituais associados aos arbustos e às raízes de iboga. Não havia uma explicação lógica nem um chão igual para os resultados que os curandeiros e guias espirituais proporcionavam aos viajantes da iboga. Ninguém explicava o fato de que, em comum, em diferentes culturas esparramadas pela África, com relatos que indicavam o surgimento dos primeiros rituais no Gabão, quem ingeria a iboga e era "guiado" para o outro lado vivenciava uma experiência muito semelhante. Todos que se deixavam encharcar pela iboga e navegavam com os cânticos dos curandeiros encontravam um antepassado em suas jornadas, e então o espírito desse antepassado assumia o lugar do curandeiro e levava seu parente a um lugar que, em comum, chamavam de "hospital".

A chave da iboga era levar suas almas para um lugar de cura e lá, nesse hospital do mundo dos espíritos, carregados por seus entes queridos, o paciente era tratado de males em seu corpo e sua alma. Jéssica tinha ficado hipnotizada por esse caminho. Como era possível que o efeito da ibogaína no cérebro humano levasse os participantes do ritual de cura por muitos caminhos, usando descrições diversas, e terminassem sempre com estes dois pontos em comum: ver o que diziam ser o espírito de um antepassado e o caminho até o hospital de cura?

Jéssica sabia que, se compreendesse o trajeto racional dessa viagem, chegaria a um resultado transformador para a humanidade. É claro que ela tinha seus motivos pessoais para rasgar esse tecido, essa separação entre o mundo dos vivos e o mundo dos mortos. É claro que a melancolia e a saudade eram combustíveis de sua obsessão, de suas noites em claro fazendo testes e depurando a ibogaína até chegar à Iboga-7 e ver luzes se acendendo em um campo muito específico das imagens do cérebro em tomografias computadorizadas de roedores. Jéssica conhecia todos os protocolos e todas as etapas para conseguir garantir testes em humanos, mas ela não queria esperar. Tornou-se sua própria versão de *O médico e o monstro*. Conseguiu trazer para sua casa as amostras de Iboga-7 e, ali, naquele mesmo sofá, injetou em sua veia, por sua conta e risco, a primeira dose daquela droga, que ela batizou com aquele nome. Acordou no chão do corredor, deitada em frente à porta do quarto fechado, toda urinada e vomitada, sentindo que um trator tinha passado por cima de seu corpo e moído seus músculos, mas não viu nada, ninguém, nenhuma alma e nenhum hospital de cura.

Não conseguiu ir trabalhar naquele dia. Telefonou e deu uma desculpa e, assim que limpou o chão do corredor e se refez com um banho longo, colocou-se à frente de outra ampola de Iboga-7 e se pôs a imaginar o que tinha dado errado. Por que tinha apenas desmaiado e apagado por horas? Jéssica sabia que estava perto e, na segunda dose, foi tudo diferente.

– Eu preciso de você aqui. Se recompõe, mulher.

Jéssica ergueu os olhos para a irmã mais velha.

– Eu não quero voltar para o lado de lá, Teodora. Você não faz ideia de como é.

– Não é uma questão de querer, Jéssica. É hora de acertar as contas. Eu já salvei seu pescoço várias vezes, e agora é o meu que está na reta. Eu tenho que sumir, tenho que desaparecer por culpa daquela traidora da Raoni.

– Eu não puxei o gatilho, Teodora, foi você que matou as donas desses dedos. E você não tem a menor ideia do que acontece quando se usa a Iboga-7.

– Então eu preciso de você. Não é isso que você quer dizer?

– Se você quer que os mortos falem, Teodora, é disso que você vai precisar.

– Você ainda tem essa parada?

– Se eu não tivesse, eu faria. Eu inventei essa "parada".

– Mas por que eu tô sentindo que você tá dourando demais a pílula?

– Porque você é esperta, mana. Porque esse é o seu trabalho, conversar com as pessoas e descobrir o que tá rolando por trás da fala delas.

– E o que tá rolando com você, Jéssica? Desenrola.

– Eu tô limpa há seis meses, e não tô chegando perto de droga nenhuma. Entrar no reino dos mortos é viciante, e eu não vou voltar para lá de jeito nenhum.

Teodora se levantou, enfiou os dedos em seus cabelos e andou até a janela da sala de novo. Tinha começado a garoar, e ela via o seu sedã preto lá embaixo, no estacionamento.

O rádio zumbiu, e a central começou outra chamada. Teodora olhou atenta para o aparelho. Sua aflição é que dessem a notícia da boca da Imperadora. Sabia que o relógio estava correndo.

– Meu tempo está acabando, irmãzinha. Me leva pra falar com a Raoni.

– Eu já fiz muita merda na fissura de usar minhas "inas", e a Iboga-7 é diferente de tudo. Te dá paz, mas é a paz deles, entende? É a paz dos mortos. Você quer ficar cada vez mais lá do que aqui.

Teodora soltou outra baforada pela janela e encarou a irmã.

– O que você quer dizer com isso, Jéssica?

– Você pode entrar numa *ghost trip* e não voltar. Se perder no mundo dos mortos, se iludir e se perder.

– É? Interessante. Amanhã às nove horas, se eu for para a cadeia, vou preferir estar morta mesmo. Eu sei como é essa merda toda e como vocês se comportam. Quem usa crack já fica parecendo um morto-vivo, parece que a gente tá no meio do *The Walking Dead*, no meio da Cracolândia. Eu já acreditei nisso, em tirar essas coisas das ruas. Fiquei boa, muito boa em falar com os outros, Jequinha. Eu faço essa malandragem toda de abrir a boca, e ninguém me enrola. Sinto o cheiro da traição a cinco quilômetros de distância.

– Você sempre soube me obrigar a falar. Você sempre pisou em mim.

– Para de choramingar, Jequinha, não é hora pra isso. Vamos passar desse ponto, pelo amor de Deus!

– Para você de me chamar de Jequinha. Sabe como eu detesto isso! Odeio isso!

– Pode não parecer, mas eu fico feliz, de verdade, que você tá parando de parecer um zumbi e um monte de merda que só pensa em se drogar...

– Eu larguei as drogas – cortou Jéssica. – E sei que você vai conseguir, de um jeito ou de outro, fazer eu usar a Iboga-7. Você não aceita um não como resposta, não é?

– Uma vez só. Pelos velhos tempos. Duplo homicídio, lembra?

Jéssica apertou os olhos e inspirou fundo.

– Não quero voltar para esse lugar, Teodora, não posso.

– Por quê? Por causa daquele quarto? Se for por isso, eu taco fogo naquela merda e te liberto disso.

Jéssica levantou-se, segurando a toalha enrolada em seu corpo, e avançou para cima de Teodora.

A irmã policial sacou sua pistola e a ergueu na altura da testa da irmã, que ficou a um palmo da arma.

– Atira, Teodora! Quer mais um polegar naquele lenço?

– Desde quando você ficou assim tão corajosa? Você acha que eu compro essa sua ceninha? Eu preciso da sua ajuda. O que foi? Tá surtando porque eu preciso de você?

– Você não tem ideia do que eu passei nesta casa, sozinha, esperando por você, Teodora.

– Eu tô aqui, agora, apontando uma arma para a cabeça dura da minha irmãzinha.

– Atira, Teodora. Faz igual meu pai fazia com a gente.

Teodora acusou o golpe. Foi a vez de ela apertar os olhos e inspirar fundo. O tremor que se abateu sobre seu corpo foi intenso, e ela precisou controlar a raiva e o ódio. Apertou a mandíbula, e deu para perceber em seus músculos pulsantes e tesos na base do pescoço que faltava pouco para acender aquele estopim.

Jéssica sorriu. Sabia como isso irritava a irmã em um momento de crise como aquele. Tinham crescido assim, a um fio de Teodora cometer uma atrocidade contra a filha mais nova da mãe e do padrasto, depois que o pai dela tinha fugido de casa. Teodora tinha se transformado em uma bomba-relógio com o cronômetro defeituoso. Jéssica deu um passo para a frente e, para provocar ainda mais, encostou a pele da testa no cano da pistola e ergueu as mãos, deixando sua toalha se soltar e cair no chão da sala.

Teodora torceu os lábios, e agora era ela quem tinha os olhos vermelhos, vendo a irmã menor, de olhos castanho-claros, pele branca denunciando que ela não saía para a rua havia semanas, com a pele arrepiada de frio, de medo ou de puro *frisson* de um momento tão poderoso como aquele.

Teodora já tinha puxado demais o gatilho durante a tarde, e ainda tinha munição no magazine, podendo fechar a noite com chave de ouro, mas, se apagasse a irmã naquele momento, na hora da fuga, ficaria sem nada, e Jéssica sabia muito bem disso, assim como sabia que ela não conseguiria falar com Raoni sem sua ajuda. Sabia que Teodora já tinha arriscado tudo e que não queria fugir com uma mão na frente e outra atrás.

– Você é malandra. Sabe que eu não vou fazer isso. – Teodora recuou, dando um passo para trás e colocando a pistola de volta no coldre. – Sou fiel à nossa família. Eu não atiro em nosso sangue. Agora coloca uma roupa e vamos dar um rolê. Meu tempo tá acabando.

– Você não pode ir pra lá sozinha. Vai se perder e enlouquecer.

– Pois é. Por isso estamos aqui, nesse dilema.

– Tá bom. Mas então eu quero metade da grana.

Teodora abaixou-se e pegou o cigarro do chão. Tragou-o novamente, olhou para fora e soltou uma baforada longa, olhando para seu carro negro no estacionamento coberto por gotículas da garoa que tinha passado pelo terreno.

– Você é muito sem noção, Jequinha. Metade? Metade é muito! Eu te dou dez por cento do que a gente recuperar hoje. Isso vai ser mais do que você vai gastar em to...

– Sem chance. Eu não quero voltar para essa merda de droga. Eu estou limpa. Tem muito em jogo para mim. Eu já perdi tudo, e minha cabeça é o que me restou. Não vou enlouquecer por pouco porque você quer entrar numa *ghost trip*. É cinquenta por cento da fortuna da Imperadora ou nada. Pode atirar em mim aqui agora mesmo. Tô nem aí.

– Por que ficou tão gananciosa assim?

– Eu sei que vou pirar indo para lá. Eles vão se conectar comigo, e a energia dos mortos é inebriante, Teodora, principalmente enquanto eles ainda estão aqui, de verdade, e não são só um eco.

– Como assim? "Enquanto eles ainda estão aqui"... o que você quer dizer com isso?

– A grande maioria dos desencarnados ainda não sabe que morreu, porque os mortos ficam atados aos seus corpos nas primeiras 72 horas. Depois disso, eles partem, e a consciência se separa do cadáver. Então, depois desse período, o que captamos com a ibogaína é só um eco, um sinal que ficou gravado em seus restos mortais. Esse eco é a conexão com o lado dos vivos que fica vinculada ao que sobrou de seus corpos. Esse eco, esse "fantasma", ainda percebe o mundo. Mas no período das 72 horas depois da morte, é como se fosse a pessoa ali ainda, desencarnada, a consciência está ali em conexão com o mundo daqui, com toda a sua energia. Já vi muita coisa acontecendo, e você não tem a menor ideia do que é andar entre eles.

– Como assim, "conexão com o mundo daqui"? Não são só fantasmas?

– São, mas ainda tem muita energia vinculada a eles no mundo físico, mesmo sem saberem. E quando se inflamam de emoções, conseguem até tocar em objetos e, em alguns casos, podem até arrastar coisas, cadeiras, conseguem interferir aqui, no plano físico. Eu não aprendi ainda como tudo funciona, mas é estranho e muito perigoso trafegar do lado de lá. Para dar merda, é dois palitos. Por isso eu não quero voltar lá não, Teodora.

– Não tô gostando desse papo de eles poderem tocar nas coisas. Você tá dizendo que, nessas primeiras 72 horas depois da morte, a Raoni pode encostar em mim ainda e se vingar?

– Depende. Se ela estiver furiosa ou com alguma emoção forte ainda ligada ao que viveu, essa energia pode, sim, interferir em você. E se ela souber que está morta, a coisa pode ficar incontrolável, porque isso desencadeia uma reação violenta nos mortos na maioria das vezes. É como se fosse um choque, sabe, descobrir assim "de repente" que a pessoa não está mais viva, e tem gente que desprende uma energia imensa. Os mortos em geral não percebem, vivem uma espécie de ilusão, permanecem em um estado interessante, encapsulados, sabe? Então, é bom você controlar esse seu pavio curto e não contar que ela empacotou, porque a gente não sabe a reação que ela pode ter, tá?

– Não, não sei se "tá", não, Jéssica. Não faço a menor ideia do que é isso, e é por isso que tô aqui pedindo pra você. Devia ter vergonha de me esfolar em cinquenta por cento depois de tudo o que fiz por você.

– No próximo exame da JML, eles vão pegar os traços de Iboga-7 em meu sangue, e eu vou perder meu laboratório e ser mandada embora. Vou perder tudo, até meus direitos sobre a descoberta. Isso não é pouco para quem não tem nada e vive uma vida vazia em um apartamento sem ninguém.

– A culpa não é minha.

Jéssica bufou, perturbada pelas palavras da irmã e pelo rumo que a conversa estava tomando.

– Eles ficam encapsulados em uma ilusão. Vivem continuamente o que estavam vivendo antes de morrer. Não revele a Raoni que ela está morta, que estará tudo bem, ela não virá atrás de você que nem em filmes de assombração. As almas ou os ecos que sobram depois que se desvinculam, essa coisa que todo mundo chama de "fantasma", são eles presos aos seus restos mortais. Eles não conseguem, não podem se afastar mais que sessenta metros de seus despojos.

– Graças a Deus. Quer dizer que, se der uma zica, é só picar a mula e se afastar do cadáver da Raoni? Sessenta metros e pronto, tô livre dela?

Jéssica deu de ombros e balançou a cabeça em sinal positivo.

– É meio que isso. Mesmo que ela tente te perseguir, quando chega ao limite de sessenta metros, ela não consegue se afastar mais, é puxada de volta para o raio em que está seu corpo. A ibogaína funciona como um radiorreceptor. Usando a Iboga-7, a gente sintoniza o canal dos mortos, com as mãos ainda levantadas.

Como que participando da conversa das irmãs, o rádio de escuta soltou a voz da central mais uma vez. Pediam uma viatura da Polícia Civil disponível no local. A PM já estava lá, e o tenente no QRU reportou um homicídio em uma residência. Teodora fez um sinal de silêncio para Jéssica e aumentou o volume do rádio. Logo ficou aliviada. Não tinha nada a ver com sua trilha de morte. Segundo o pedido da Central, tinha sido uma briga doméstica e, por ciúmes, a esposa tinha convencido seu amante a matar a enteada do novo marido e, depois, tentando forjar inocência, tinha se virado contra o agressor seduzido e cravado uma faca em seu coração. Os populares rodeavam a casa e precisavam de perícia e proteção para a víbora acuada no sobrado. O enredo da tragédia shakespeariana deixou Teodora mais tranquila.

Jéssica continuou com as mãos erguidas e os olhos fechados, enquanto Teodora olhava para o corpo da irmã marcado com uma curvinha de sobrepeso. A policial sorriu e balançou a cabeça em sinal negativo. Mordiscou os lábios inferiores enquanto virava-se para bater a bituca e avaliar a situação. O primeiro passo já tinha sido dado, os termos eram uma questão que poderia ser reajustada no decorrer do caminho, mas deixaria a irmã sair com um gostinho de vitória naquele primeiro movimento no tabuleiro, pois conhecia muito bem Jéssica e sabia que isso ia bastar. Gostava de pensar cinco movimentos adiante do adversário.

– Vinte por cento, Jéssica.

– Você não vai conseguir andar entre eles, Teodora. Eu sei como você detesta ter que interagir com cadáveres. O lado de lá não é pra você. Você vai precisar de um guia, de um xamã. Nas primeiras 72 horas, eles podem ser um pouco... imprevisíveis.

– Você é minha irmã e a melhor guia que eu poderia ter.

– Cinquenta por cento ou estou fora.

Teodora abriu um sorriso para a irmã e jogou o cigarro pela janela.

– Eu vou conseguir mesmo ver a Raoni? Vou conseguir falar com ela, e ela vai responder o que eu perguntar?

– Se eu estiver com você, vai dar tudo certo.

– Você quer cinquenta por cento... – balbuciou Teodora. – De repente, minha irmã caçula ficou gananciosa!

– Se eu te ajudar, serei sua cúmplice, vou perder meu trabalho na JML, provavelmente serei uma foragida, acho que cinquenta por cento é o mínimo que mereço.

– Faz sentido. Você de cara limpa fica esquisita, parece que pensa que nem eu.

– E quero que me prometa uma coisa, Teodora. Prometa que não vai me sacanear desta vez.

– Te sacanear? Toma prumo, Jéssica. Para de se fazer de coitada. Eu vou pegar o dinheiro, e você pode enfiar a sua parte onde quiser. É tanto dinheiro que você vai poder comprar umas quatro irmãs pra ficarem te lambendo todo dia. Eu vou sumir no mundo, desaparecer da face da Terra, e descolar um lugar onde não tem cardápio de autopiedade.

– Só quero que você não me sacaneie. Você pode prometer isso?

Jéssica estendeu a mão para a irmã mais velha.

– Temos um trato? – insistiu a caçula, com a mão erguida.

Teodora estava com as costas na janela do apartamento. A viatura já tinha sumido no fim da avenida, e já poderiam sair. Iria decidir depois o que fazer ou dar para a caçula. Ela só tinha que acreditar que fazia parte do jogo agora.

– É claro, Jequinha. Vem cá, me dá um abraço. Serve um abraço de sua irmã mais velha para selarmos nosso pacto?

Teodora ignorou a mão de Jéssica e abraçou o tronco da irmã, envolvendo-a quase que completamente.

– Minha ex-viciadinha favorita. Você é a mina, Jéssica! Vai dar tudo certo.

– É a sua primeira vez indo para o mundo dos mortos, Teodora. É importante demais que você se cuide.

– Cuidar do quê? Não é só ir até o escritório da babaca da Raoni e interrogá-la? Não é simples assim?

– Não, não é. A Iboga-7 abre um mundo que você não conhece. Você tem que garantir que está no controle. Isso é muito importante.

– Fala logo o que é então, Jéssica.

– Você quer ou não quer a minha ajuda?

Teodora olhou para o relógio pela milésima vez.

– O que for, Jéssica. Seja lá o que for, só faz rápido e me explica as regras do jogo voando.

– Vou me vestir.

***

Jéssica levou infinitos vinte minutos para voltar para a sala com uma calça de moletom grossa, tênis de cano alto e uma camiseta do "Plantação", sua banda favorita. Ainda esfregava seus cabelos curtos em uma mescla de roxo e verde, tirando o que restava de umidade. Teodora cumpria a primeira instrução tomando três copos cheios de água para se hidratar.

– Você tem um Buscopan aí? Estou me enchendo de água e está piorando essa cólica infernal.

Jéssica voltou com uma caixa de comprimidos e estendeu para a irmã.

– Faz tempo que está tendo essa dor?

– Quase nunca tenho cólica. Logo desce e para esse inferno. Não importa que o mundo esteja de ponta-cabeça, essa porra vai descer.

– Olha, Teo, vamos passar horas juntas para resolver essa coisa louca, vou te ajudar com o que eu puder. Quem sabe a gente não se aproxima, não é? Vamos estar as duas sob influência da Iboga-7, e, como eu disse, a ibogaína, além de te mostrar os mortos, tem em sua tradição ritual levar as pessoas a um hospital de cura.

– Tá. Chega de conversa mole, Jequinha.

Jéssica inspirou fundo e ergueu as sobrancelhas.

– Então, primeiro, antes de eu te administrar uma boa dose de Iboga-7, você vai ter que baixar sua crista de galo, fechar a boca e abrir os ouvidos. Eu não estava brincando quando disse que você vai precisar de uma guia do lado de lá. Então, vamos ter regrinhas esta noite, minha irmã indomável. A primeira é: chega de tanto palavrão.

– Num fode, Jequinha!

Jéssica sentou-se no sofá, olhando para o rádio e para os dedos.

– E chega de "Jequinha". Você fala para me provocar... mas esta noite vai ser muuuuito longa. Você matou três pessoas, não é?

– Verdade. Matei três pessoas, mas só preciso interrogar uma.

– Então, uma coisa de cada vez. Vamos estabelecer nossas bases de trabalho do lado de lá. Sem palavrões e sem me chamar de Jequinha. Não é porque eu sou chata, mas é que isso me irrita, e irritação e qualquer emoção exacerbada não são bem-vindas do lado deles.

Teodora bateu as cinzas do cigarro no tampo da mesa da irmã.

– Como é que é?

– Se você se irrita, se enfurece, e vai para o outro lado em estado de êxtase ou euforia, bem... você já ouviu falar de "encosto", na umbanda, e de espíritos obsessores, no espiritismo?

– Já, por cima. Não gosto muito dessas paradas esotéricas. Sou mais ligada nos meus livros e nas minhas séries.

– O fato é que a gente precisa entrar e sair sem puxar a energia do lado de lá. Eu aprendi a duras penas como lidar com as distorções do manto. Você, com três assassinatos nas costas logo hoje, vai ser um cometa lá dentro, brilhando em cada esquina por onde a gente passar. Você está encharcada de morte, Teodora, e eles vão vir atrás de você, e você vai ter que ser forte. Não deixe suas emoções vazarem nem fique me provocando com palavrões e me chamando desse jeito que eu odeio.

– Ok. Posso lidar com isso. E como eu faço a Raoni falar?

– Essa deve ser a parte mais fácil. A gente só precisa ir até onde o corpo dela está.

– Ainda está no escritório dela. Se tivessem encontrado a Imperadora morta, já tinha dado aqui no rádio.

Teodora tragou o cigarro mais uma vez, e Jéssica estendeu a mão, dando um tapa também. As duas soltaram a fumaça olhando para aquele sinistro guardanapo com três dedões. Teodora perguntou:

– Por que o corpo é tão importante nessa sua parada de Iboga-7?

– Já te disse. A Iboga-7 nos deixa "demi-médiuns". Quem usa vira um necromante temporário.

– Necromancia. Já li muito sobre isso. Tem um livro que eu adoro...

– Só que isso aqui não é ficção, Teodora. A gente precisa ficar atenta e unida a noite toda. Precisamos do corpo, porque o efeito só aparece a sessenta metros de onde o cadáver está.

– Efeito? Como assim?

– É. O que vemos não é um fantasma autônomo, vamos dizer assim. Não é uma assombração que pode ir para qualquer lugar. E isso é o bom da Iboga-7. Você entrar em contato com qualquer pessoa que já morreu desde que haja um cadáver.

– E se a pessoa foi cremada ou morreu queimada?

Jéssica ficou olhando para a irmã e pegou o cigarro de novo.

– Por que está perguntando isso? Eu não disse para não me provocar?

Teodora balançou a cabeça em sinal positivo.

– Não vou falar mais disso. Mas é esse o problema, então?

– É. Se o corpo for destruído, você não entra em contato com o efeito.

– Que diacho é esse efeito? Me explica!

– Os fantasmas, o que a gente vê perto dos cadáveres, dos corpos, são registros da energia das pessoas. Pense em nossos corpos como uma casca, um invólucro. Nossos aminoácidos formam cadeias de carbono e macrossistemas para termos grupos celulares, formação de tecidos...

– Jéssica, fala a minha língua!

– Calma aí, Teodora, essa é a parte simples da explicação; você, que lê tantos livros, não deveria achar isso tão complicado.

– Estou sem tempo para aulas magnas, corta o assunto de nerd e simplifica. O que é a droga do efeito?

Jéssica segurou a mão da irmã e a colocou em seu coração.

– Nosso corpo é uma plataforma, uma interface para a nossa alma se expressar. Nossa organização cognitiva tem uma ancoragem em nossa alma, um lugar aonde eu cheguei e que acredito que seja a interface entre alma e corpo físico, que faz nosso corpo, nossa casa, ter razão, ter movimento. Esse lugar registra um traço de energia, e, quando morremos, o sinal de nosso espírito que parte para o outro lado fica marcado. É como se fosse uma antena em nosso corpo, um receptor do lado físico, que já traz desde o útero o nosso código, a sintonia exclusiva de cada um de nós.

– Jéssica... pô, fala logo o que é o efeito!

– É um fantasma, somos nós, vivendo nossos últimos momentos. Quando chegarmos perto de um corpo, o fantasma estará revivendo seus últimos instantes aqui na Terra para sempre e sempre e sempre.

Teodora deu outra tragada no cigarro e o apagou no tampo da mesa, juntando-o à terceira bituca.

Jéssica levantou-se, foi até a cozinha e apanhou um pirex. Raspou as cinzas do lado do lenço com os dedões e colocou sobre a mesa de centro.

– Isso é muito doido, mana. Eles não são fantasmas de verdade, então?

– São, mas são uma fatia completa de tudo o que Raoni foi, de tudo o que ela sabia. Só que ela estará fazendo o que normalmente fazia naquele escritório.

– Ela vai lembrar que eu dei um tiro nela? – perguntou Teodora, erguendo a mão e gesticulando como um revólver.

– Não. Ela não vai lembrar que morreu, não vai saber que está morta e não verá o corpo dela no chão. Isso é muito, muito importante, enquanto estivermos do lado de lá. Nunca mostre os corpos para o efeito.

– Senão...?

Jéssica levantou-se e foi sua vez de andar até a janela. Pisou nas ferramentas da casinha de madeira inacabada e empurrou com o pé o martelo até a parede, mancando duas vezes até parar, olhando pelo vidro. Tinha parado de garoar, mas a água gotejava, escorrendo dos andares de cima, da lataria dos carros no estacionamento, do Alfa Romeo negro "bad girl" da sua irmã. O carro emprestado da JML não tinha logotipos, apenas a lataria branca e sem graça. Olhando para os carros, Jéssica pensou que eram uma boa analogia delas duas. Teodora era sempre arrojada, imponente, e ela, Jéssica, era sempre sem graça, tentando cuidar apenas das coisas práticas. O dedo que havia topado com o martelo ainda latejava quando ela se virou para Teodora, que estava sentada no banquinho, segurando o rádio e esperando uma resposta.

– Eles enlouquecem, Teodora. E cada viagem para o lado deles é única. Vemos coisas, sentimos emoções sobre as quais não temos controle. Você matou a maldita Imperadora do Tráfico. Já tem muita energia do mundo dos mortos envolvida nisso. Você matou mais duas pessoas no mesmo lugar. Três cadáveres ligados com a sua energia. Eu nunca vi isso, mas temos que entrar nesse lugar metafísico, nesse lugar das energias, e perturbar o equilíbrio de lá o mínimo possível. Vai ser sua primeira vez usando a Iboga-7. Você vai sentir um torpor e pode apagar por horas antes de abrir os olhos e começar a andar no mundo dos mortos, pode alucinar e ficar falando um monte de bobagem. Eu já fiz de tudo; já acordei mijada, vomitada, já gravei vídeo no celular de duas horas e só apaguei depois, mas uma coisa é certa: você vai abrir os olhos com a pior dor de cabeça da sua vida na sua primeira ida para o mundo deles, vai parecer que um caminhão passou por cima de você...

– Andar no mundo dos mortos... Você repetiu isso muitas vezes, mas a gente vai ficar aqui na sala e viajar que nem em projeção astral ou a gente vai lá mesmo? Como é isso?

– A gente vai. Aqui continua tudo igual, a gente pega o carro e vai até o escritório da Raoni. Acontece que, no meio do caminho, nas encruzilhadas, nos cemitérios, nos pontos-chave onde existe muita energia que os vivos deixaram, os mortos se manifestam. Eu, que já viajei um monte de vezes pra lá, olho para esses dedos e só isso já me dá calafrios. Apesar de ser só um pedacinho delas e de eu estar limpa, elas encostam em mim. Parte delas entra na minha cabeça. Essa parada é séria, Teodora. Eu não queria voltar pra lá por nada.

– E lá com a Raoni, ela vai conversar comigo de boa?

– Vai. Ela vai lembrar de você. Será como te ver de novo, daí você usa seu jogo de cintura para fazê-la abrir o bico e nos dizer onde está o nosso dinheiro.

Teodora curvou os lábios em um esgar. A irmã estava bem ligada no dinheiro, e isso era bom. Então Jéssica iria ajudar mesmo a encontrar a fortuna malandramente desviada e escondida pela traficante...

– Então chega de perder tempo com conversa fiada. É hora de agir. Você tem Iboga-7 aqui?

Jéssica balançou a cabeça em sinal positivo.

– Então você estava em dúvida se ia largar ou não, não é, irmãzinha?

– Eu larguei, Teodora.

– Bora, Jequinha, pega essa porra... quer dizer, atendendo à vossa alteza, Jéssica Cubas, a boca limpa, pega essa droga e injeta em mim. Eu quero ir para o lado de lá.

CAPÍTULO 3

– Cadê todo mundo?!

Teodora abriu os olhos e notou as luzes dos postes passando pelo para-brisas da van Kangoo sem graça de Jéssica.

– Cadê meu carro?

Jéssica olhou para o lado com os olhos vermelhos, marejados. Teodora encarou a irmã por alguns segundos e levou a mão ao bolso da jaqueta, tirando o maço de cigarros.

– Deu certo?

– Você acordou. Estamos no mundo deles agora.

– E por que você está com essa cara de velório?

– Falei que na primeira vez podem acontecer mil coisas. Você ficou falando, tirando sarro de mim, lembrando das coisas.

– Falei da Linda e do "fresco"?

Jéssica bateu as mãos no volante, enfurecida.

– Porra, Teodora! Já não disse pra você não me irritar? Por que, mesmo depois de tudo, mesmo sabendo como eu me sinto, você ainda chama ele de fresco?

– Desculpa! Olha o palavrão, Jéssica.

Jéssica cerrou os olhos e balançou a cabeça.

– Eu não devia ter te escutado, não devia ter deixado você mexer com a minha cabeça. Eu sou uma burra mesmo!

– É você quem está falando.

Jéssica freou o carro no meio da via e encostou a cabeça no volante, soltando o choro e começando a soluçar.

Teodora, com o cigarro apagado na mão, olhou pelo retrovisor lateral, vendo que a rua estava vazia. Inspirou fundo, bufou e encarou o corpo cheinho da irmã que se sacudia ao seu lado. Jéssica vestia uma blusa de moletom rosa, com a estampa de um crânio de unicórnio e a frase "Ser ou não ser" estampada em um arco-íris com nuvens que soltavam raios amarelos nas duas pontas. O capuz, preto, era grosso e felpudo, dando uma impressão aconchegante ao tato. Teodora abraçou a irmã, tentando acalmá-la.

– Desculpa, Jé. Você mesma disse que isso poderia acontecer. O que quer que eu tenha dito, me desculpa, não foi de propósito.

– É, eu sei. Foi por causa da Iboga-7. Eu sei. Mas agora você me cutucou por querer.

– Eu prometo que vou tentar me controlar até a gente colocar a mão na grana. Foco na grana, mana. Depois, cada uma pode picar a mula pro seu lado. Se quiser ficar comigo, sem problema, mas o dinheiro é o grande objetivo aqui. Vamos fazer isso dar certo.

Jéssica enxugou as lágrimas nas mangas da blusa e olhou para a irmã. Teodora não ia mudar. Seria, para sempre, daquele jeito: egoísta, insensível e manipuladora. E ela estava disposta a usar aquela noite como uma prova de fogo para as duas. Seria tudo ou nada. Levaria seu plano até o fim daquela jornada, e torcia para a irmã mais velha entender que as pessoas eram mais importantes que o dinheiro, que o trabalho, e que Teodora não era a última garrafa d'água do deserto.

– Por que a gente está na merda desse seu carro, Jéssica? Cadê o meu Alfa?

– Não tem Alfa, não tem celular, não tem nada aqui, Teodora. Só o seu rádio, pra saber o que a polícia tá sabendo, eu e você indo atrás das mulheres que você matou.

– Sagaz. Meu carro ia chamar a atenção. Pensou no rádio, maninha. Mais uma esperteza que nem essa, eu acabo ficando orgulhosa de você.

– A esta altura, a Corregedoria já pode ter descoberto os corpos e estar atrás de você.

– Bem pensado. Nada de celular para rastrear. Não quero ser presa. A Helena sabe de você, mas acho que só vai conseguir um mandado depois das nove da manhã, quando a Raoni não chegar para depor. Aí a casa caiu pra mim, mas já vou estar a galáxias de distância. Sempre cinco passos à frente do oponente, maninha. Cinco passos.

Teodora calou-se por um breve instante, olhando para as luzes dos postes e depois para a rua. Viravam uma esquina quando avistou dois garotos puxando um cachorro pela coleira. O cão parecia ter medo de alguma coisa e estava com as ancas plantadas na calçada, resistindo ao passeio noturno, sendo praticamente arrastado para a frente de um muro pichado. Os desenhos mostravam os três porquinhos sendo assados em espetos no rolete, em cima de uma fogueira espichada na qual as brasas formavam seus nomes. Ao fundo, suas casas estavam derrubadas, e o lobo-mau, preso a uma camisa de força, tinha os olhos arregalados que refletiam o churrasco. De sua boca imensa saía um balão com dizeres: "Arte é verdade! Estamos todos bem!".

Teodora abriu um sorriso e leu também uma plaquinha do proprietário do muro com a clássica advertência: "Senhores pichadores, mantenham este muro limpo. Convertemos o dinheiro da tinta em donativos para uma instituição de caridade". A policial forçou a cabeça pela janela aberta, por onde entrava o vento frio da madrugada, e escutava já distante o ladrar do cão desesperado. Virou-se para a irmã, passando os dedos entre as sobrancelhas, um pouco nauseada, e, enquanto aspirava desatenta o cigarro apagado, fez uma careta e perguntou:

– Deu tudo certo?

Jéssica olhou para o lado e balançou a cabeça em sinal positivo.

– Já disse que sim. Não lembra que perguntou?

– Lembro. É que você desviou do assunto. Só quero me certificar de que funcionou, que eu já estou no mundo dos mortos – tornou a indagar Teodora, olhando para o farol amarelo à sua frente e observando as pessoas na rua, enquanto o ronco do motor aumentava com a irmã reduzindo a marcha e desacelerando, fazendo ambas se inclinarem para a frente. – Não parece nada diferente.

– É sua primeira vez. Logo vai parecer, confia em mim. Só não fica com medo.

– Ah! Essa é boa! Eu, com medo de morto! Vejo gente morta todo dia no meu trampo, filha. Já viu um *noia* incinerado num micro-ondas? A gente tem nossas diferenças, mas eu já te livrei do micro-ondas duas vezes quando você tava na *bad*.

Jéssica secou as lágrimas e tamborilou no volante.

– Quando a gente achar o dinheiro, você vai mesmo me dar a metade?

– Eee, de novo isso? Eu vou fazer o que sempre faço, maninha. Vou me dar bem. Vai dar tudo certo no final.

– Eu só quero a minha parte.

– Para de falar merda. Eu vou te dar a sua parte. Cinquenta por cento é muito! Você mesma vai ver, não vai caber nem nessa sua vanzinha Kangoo ridícula.

– Mas foi o nosso trato. Eu te trazia para o mundo dos mortos pra você descobrir onde estava o dinheiro, e você me dava cinquenta por cento. Esse é o combinado.

Teodora balançou a cabeça em sinal positivo e apontou para o acendedor de cigarros do veículo.

– Essa merda tá funcionando?

– Eu arranquei o fusível.

– Para não ter recaída, né?

– Tem gente que nem você, que é mais forte, Teodora.

– É aquele lance de vaso ruim, mana. Eu sempre fui o vaso ruim, mas um vaso duro pra caralho.

– A mãe falava isso.

Teodora deu de ombros e tirou o isqueiro Bic dourado do bolso.

– Minha cólica infernal voltou com tudo, Jéssica, e a dor de cabeça que você prometeu... já estou sentindo pontadas na minha testa. Isso já é efeito colateral dessa Iboga-7?

– A cólica eu nunca tive, mas você pediu remédio em casa, você já tava com isso. Se prepara, porque eu disse que dói o corpo todo, por enquanto você tá no lucro.

O farol abriu, mas Jéssica continuou com o carro parado. Teodora arregalou os olhos e recostou-se no banco, como se quisesse atravessar para o compartimento traseiro da Kangoo.

– Creia em Deus Pai!!!

– Ficou religiosa agora, mana? – escarneceu Jéssica.

Uma mulher com roupas esfarrapadas estava parada na faixa de pedestres segurando um cartaz carcomido pelo tempo com a frase “E quando a pílula falha? Esse filho não é meu”.

Teodora estava com o cigarro trêmulo entre os dedos, a fumaça subindo em ziguezague.

– Eu sei quem é essa aí! É um caso velho da Homicídios. Sei lá quanto tempo faz. A garota grávida que desapareceu!

– Sessenta metros. Se você colocar uma equipe de busca nessa esquina, ganha uma medalha, vai achar o corpo da grávida morta.

– Fernanda... O nome dela era Fernanda!

Teodora olhou para o fantasma no meio da rua. Era uma adolescente, vestida com uma jaqueta de moletom esfarrapada, uma barriga proeminente com a pele rasgada, e dentro daquele apêndice, através de uma película fina com um líquido amniótico espectral, dava para ver um bebê se mexendo com um longo cordão umbilical saindo daquele útero fantasmagórico e girando acima da mãe e do filho. Fernanda, a grávida morta, apontou para Teodora e começou a andar lentamente em direção ao carro.

– Você está me vendo? – perguntou a assombração. – Está me vendo?! Vem aqui! Quero falar com você!

– Puta que me pariu, Jéssica! Sai daqui, acelera! Não quero ficar vendo isso, não. Não deixa ela chegar perto de mim!

– Não quer ver? – perguntou a irmã com tom de deboche. – Tarde demais. Você vai ver isso a noite inteira e vai ser uma noite bem longa, garanto pra você.

– Quanto tempo leva pra isso sair do sangue da gente?

Jéssica riu enquanto o carro atravessava o espectro da mulher grávida com a criança, o que fez aqueles fantasmas ficarem dentro da van, provocando em Teodora um grito de terror.

– Ainda está em estudos. Não falei que, depois de mim, você é minha primeira cobaia?

Teodora olhou pelo retrovisor avantajado da van de serviço, vendo o espectro ficar para trás.

– Eu nunca ia lembrar dela. Nunca! Por que ela está parada naquela esquina?

– Sessenta metros.

– A porra dos sessenta metros! – Teodora olhou para trás mais uma vez, vendo que conhecia bem a vizinhança. – O corpo deve estar escondido ali perto.

– Está. Perto da linha do trem. Os trilhos estão bem ali.

– Tenho que falar com a Maleta. Esse caso era dela.

– E dizer o quê? Que viu a menina grávida assassinada há sete anos andando pela rua São Bernardo?

– O corpo dela tá lá. E tinha um bebezinho! Nossa! Com esse susto, minha cólica aumentou. Fazia tempo que eu não tinha isso. – Teodora passou a mão no ventre e comprimiu o abdômen. – Vou dar uma dose de Iboga-7 pra investigadora. Ela se amarra nessas paradas esotéricas.

Jéssica sorriu.

– Pode crer, Teo. Olha o adianto que a Iboga-7 ia dar para a Homicídios. As almas contariam a sua versão dos fatos.

– Se eu não fosse picar a mula, mana, me transferia para a Homicídios, te apresentava para a secretária de Segurança Pública e a gente abria um departamento de interrogatório de cadáveres. A gente ganharia até uma medalha de honra por serviços prestados.

– Teriam que inventar um nome bem louco para essa condecoração.

– Medalha de Egun. Ia ficar maneiro.

As duas riram enquanto Teodora voltava a esfregar a barriga.

– Isso foi susto ou é cólica?

– Os dois.

– Mas essa mulher foi o primeiro efeito que você viu, Teodora. Se ficou com medo de ela chegar perto de você, como pretende interrogar a Raoni?

– Eu vou interrogar. Tô preparada para a Raoni... Só foi surpreendente ver um fantasma pela primeira vez, me dá um desconto. Eu nem sou de acreditar em vida após a morte!

– Pois acredite, existe muita vida após a morte. E esses fantasmas, esses efeitos, ainda que sejam só a manifestação da energia das pessoas que conhecíamos quando vivas, são uma prova, Teodora, uma prova de que a vida continua depois da morte desta casca. De alguma forma nós continuamos. Eu consegui provar isso cientificamente, não é aleatório. Você ingere a Iboga-7, vai para a frente de um cadáver e vê seu efeito igual. Todo mundo vê isso igual, compreende como isso é louco?

– Você viu o cordão umbilical do bebê flutuando?

– Vi. Está sempre flutuando. Dizem que o pai dela a matou, com vergonha de a filha estar grávida e querer abortar. Vocês descobriram alguma coisa?

– O caso foi arquivado. Estava com a Maleta, a terceira investigadora, uma nó cego do caral... do caramba. Acho que arquivaram de propósito para o safado do pai não ir preso.

– Nossa!

– Ele era pastor, e a gente chegou até o bispo. Parece que o bispo engravidou doze garotas virgens, mas a filha do pastor não quis ficar calada nem fazer parte daquela coisa de criarem discípulos abençoados pela igreja. Então você soma dois mais dois, um bando de religiosos alucinados, gente poderosa da igreja engravidando menininhas, grana. Óbvio, caso arquivado.

Jéssica baixou a cabeça por um instante.

– Olha pra frente, mana! Se bater sua barca, nós duas é que vamos virar fantasma.

– A religião, quando usada para ajudar o próximo, de verdade, sem colocar dinheiro, traz coisas fascinantes para o nosso mundo, como esse culto da Iboga. O resultado que eu obtive tem um paralelo com os rituais africanos; a diferença é que, na viagem guiada por um curandeiro, por um xamã, você vê um antepassado. A Iboga-7 deixa você ver qualquer pessoa, só precisa do diacho do cadáver por perto. O que eu constatei, com tudo o que já vi, é que não somos só esse efeito. Nossa energia viaja e vai para algum outro lugar. Eu quero conseguir desvendar tudo, só preciso de mais tempo. Com a minha parte da grana, vou montar meu próprio laboratório e dar um jeito de vê-la, de vê-lo mais uma vez. Provar que a essência deles ainda existe e, se eu conseguir comunicação, pedir perdão pelo que fiz.

– Mas os corpos deles foram queimados! Você não disse que quando não tem o corpo...

– Eu sei o que eu disse, mas não vou desistir. Não vou deixar a JML controlar o que eu descobri. Vou conseguir falar com eles. Eu já achei o caminho até o ponto da nossa alma. Se não ficassem só olhando para os cifrões, deixariam eu trabalhar ainda mais na Iboga. Posso conseguir novas versões, novos resultados...

– Hum... minha irmãzinha está pensando fora da caixinha, adoro isso. Essa Iboga-7 já é genial. A gente brincou com a Medalha de Egun, mas já pensou se aceitam isso nos tribunais? Você leva o presunto pra sala de audiência, júri popular, e ele conta como tudo aconteceu.

– Teria que ser uma força-tarefa que agisse rápido. Depois das 72 horas eles não lembram mais nada, é só um eco da existência, e não iam saber como foram mortos. O que captamos sob o efeito da Iboga-7 é a sintonia da energia do que um dia eles foram, e você não deve revelar isso a eles, suas mortes, seus corpos ressequidos ou seus ossos empilhados. Se veem o próprio corpo, eles enlouquecem, o efeito fica infernal, e eles revivem seus piores pesadelos. Para essa versão do tribunal, eu tenho de trabalhar fora da JML. Ela é da indústria farmacêutica, vai querer botar patente e transformar essa medicação, essa droga, em algo inacessível, se é que um dia vai liberar a Iboga-7.

– Mas isso não é um remédio? Como eles pretendem lucrar com isso?

Jéssica parou o carro e pegou o cigarro da mão da irmã, dando uma tragada e soprando a fumaça.

– A medicação é até a versão 4. A que eu estava trabalhando era para buscar a conexão com os rituais e com a cura para a *noia* de cocaína, crack e morfina. A ibogaína é extremamente eficaz e age rápido no corpo e na mente do usuário, que precisa de uma internação bem menor e consegue segurar as pontas por mais tempo, e, com terapia adequada, acompanhamento psicológico, as recaídas são mínimas. Isso, por si só, já é uma revolução. Só que eu me aprofundei nas pesquisas, viajei para a África e fiz os rituais com os curandeiros.

– Conseguiu estar com eles?

Jéssica balançou a cabeça em sinal negativo.

– Mas o lance do xamã funcionou? O curandeiro te levou para algum lugar?

A caçula balançou a cabeça em sinal positivo dessa vez.

– Levou. Eu vi uma senhora e ela me falou de você, me levou até uma cabana e disse que ali era um hospital para a alma de Teodora. Não fez muito sentido pra mim, mas até entendo melhor agora.

– Falou de mim? Nossa! Tô famosa até na África?

– Ela disse que era você quem precisava estar lá. Você precisava ir até o hospital das almas para se curar.

– Vixe. Não gostei dessa velha, não.

– Eu não disse que ela era velha.

– Você disse senhora.

– Era que nem você, tinha aparência de uns quarenta anos.

– Eita! Tá me chamando de velha agora?

– Não.

– É que, quando você fala que vai ver ancestrais, parece que vai ver só velhotas corcundas, com olhos cegos de catarata.

– Não! Era uma senhora de uns quarenta anos, pele mais escura que a nossa, e era, sim, nossa ancestral. Disse que vinha do sangue da mamãe.

– Nosso bisavô tinha um pezinho na senzala mesmo.

– A mamãe sempre disse isso.

– Agora eu fiquei intrigada, mana. O que mais ela disse de mim?

– Eu queria ver a Ravena e o Alex. Eu queria muito vê-los!

– Mas não rolou, daí a velhota falou de mim, conta essa parte.

Jéssica suspirou fundo com o egocentrismo da irmã.

– Disse para eu não confiar em você nem em seus trabalhos.

– E olha a gente aqui! Tem ancestral que é burro, né?

– É sério, Teodora. Ela falou para eu te levar para o hospital das almas, porque o seu destino estava doente.

Teodora soltou outra baforada longa pela janela aberta.

– Bonito isso. Parece coisa dos livros que eu leio. Das maldições shakespearianas. "Todo o seu destino e de toda a sua família está marcado e amaldiçoado. Não há luta, não empilhe resistência, o mal já mora em cada um de vocês." Não tinha outra ancestral para te visitar, não? Alguém mais otimista...

– Não tem graça, Teodora. Apesar de eu não encontrar o que fui buscar, quando despertei, acreditei muito naquilo. Parecia mesmo que eu tinha ido pra outro lugar. Não só parecia, Teo, eu *estava* lá mesmo, igual a gente está aqui agora. Isso aqui não é uma viagem astral, nós estamos andando no nosso mundo físico, mas as barreiras do mundo dos espíritos, do mundo dos mortos, estão abertas, fendidas, e nós somos como médiuns limitados, mas estamos com os pés nos dois mundos. E somos necromantes, podemos ouvi-los e podemos falar com eles.

– Tenho que dar o braço a torcer, irmãzinha. Não é todo dia que você vai ouvir eu te dizendo isso, mas realmente preciso de você aqui para me ensinar tudo isso. É muita informação para uma cética só.

Jéssica sorriu e olhou para a irmã.

– Eu te avisei. Estou sendo a nossa tataravó aqui nessa jogada.

– Tataravó?

– É. Aquela moça, aquela senhora que me guiou e mandou eu ficar de olho em você. Ela me levou para um lugar, andamos muito na noite, com os pés descalços no berço de todo o mundo, até chegarmos a um casebre onde uma entidade, que ela chamava de enfermeira, me deu um banho de ervas do além. Me senti renovada, em paz. E soube que poderia abrir a chave para aquele mundo no meu laboratório. A benzedeira, a entidade, parecia que estava apontando na minha cabeça onde eu tinha que vasculhar mais. Voltei para o Brasil e fiquei obcecada pela Iboga-7, mas livre de toda a ansiedade que eu sentia antes, porque eu sabia que ia abrir essa passagem e que veria meus dois amores em breve. E eu abri. Abri o caminho até uma forma mais potente que os curandeiros africanos faziam. Era imediato, só uma dose, sem ritual, sem crenças. A pessoa passava a acreditar no além, assim na hora. E não era uma questão filosófica de acreditar. Se o cadáver estava ali, você via a manifestação de seu fantasma energético. A gente interage com eles, você vai ficar de queixo caído, Teo. Parece que nada mudou. Você os vê como estavam quando morreram. É inebriante.

– Mas e aquela grávida? Ela parecia apodrecida, transformada. O que aconteceu com o efeito dela?

Jéssica deu de ombros.

– Faz sete anos que ela morreu. Estou aprendendo ainda como isso tudo funciona. Ainda não tenho todas as respostas, mas confesso que vê-la daquele jeito é assustador.

– Isso tudo é muito louco. – Teodora tragou fundo, terminando com mais um cigarro, e logo puxou o maço da jaqueta de forma automática.

– Pega leve com isso! Não é bom ficar fumando ou bebendo quando a gente tá aqui.

– Dá um tempo, Jequinha.

Jéssica lançou um olhar de soslaio para a irmã.

– Para de me chamar assim, eu já te pedi. – Jéssica fez uma pausa e desceu a rua em direção ao Batalhão do Corpo de Bombeiros. – É tudo culpa dos obsessores. Eles se alimentam dos nossos vícios, da nossa raiva, do nosso ódio. Eles são viciados nisso; em sentimentos, saudades, drogas, tudo de que gostavam aqui no mundo dos vivos. Eles querem nicotina de novo, querem álcool, chocolate, querem crack de novo. Se viviam no vício e no ódio, eles procuram fontes que forneçam isso a eles.

– Nós, no caso.

– Exatamente.

– E como você sabe que tudo isso não foi uma viagem da sua cabeça? Ok você ter visto Gasparzinhos por aí, mas como sabe que não é uma projeção da sua cabeça?

– Ué, eu não sabia que aquela menina grávida era um caso da Homicídios...

– A Fernanda que o pai matou. Dizem que ele a pegou enquanto dormia no quarto dele, porque tinha chorado a noite inteira, pedindo que ele a livrasse daquele filho que ela não queria... ela confiava nele, sabe? Foi na crocodilagem, degolou a filha dormindo.

– Que tipo de pai faz isso?

– O seu era bem capaz. Aquele monstro desgraçado!

Dessa vez, Jéssica não rebateu. Ficaram quase um minuto em silêncio.

– Vimos a garota juntas. Eu não sabia o nome dela, eu não a inventei.

Teodora concordou com a cabeça e ficou calada, parecendo imersa em lembranças incômodas, com os olhos cerrados e perdidos na noite.

– Normalmente, quero que todo mundo se foda no meu departamento, só cuido dos meus casos, mas nesse aí, essa coisa de pai no meio, de matar a menina enquanto ela dormia, eu me meti. Ajudei muito a Maleta, e vou dar um toque pra ela.

– Vai dizer o quê? Que viu o fantasma da moça?

Teodora deu de ombros.

– Sei lá o que vai ser de mim quando o sol nascer. Tô aqui brisando, mas acho que nunca mais vou pôr os pés na delegacia. A Raoni me fodeu.

De novo o silêncio e a van cruzaram as ruas. Um carro buzinou atrás das irmãs, e Teodora já colou os olhos no retrovisor. Jéssica continuou a falar sobre a droga.

– Não tem como ser um truque mental, uma ilusão. Se alguém toma com você, a viagem acontece junto também – continuou explicando a caçula. – A outra pessoa vê e escuta a mesma coisa. O que acontece aqui no lado dos mortos está acontecendo de verdade, em uma outra camada do lado dos vivos, uma camada com a qual, sem a Iboga-7, a gente só não está pronto para sintonizar.

– E os médiuns, que nem a dona Louveira, a vizinha da casa do cachorro bravo?

– Os médiuns já vêm com essa parte aberta, mas esse é outro papo. Os médiuns não têm essa coisa de sessenta metros nem precisam que o corpo esteja presente. Usando essa minha analogia, os médiuns sintonizam em outra frequência, eles são rádios de ondas longas, tipo radioamadores, que pegam transmissões até de outro continente. A Iboga-7 é uma coisa revolucionária, muito louca mesmo, mas se sumir com o corpo, se afastá-lo para mais de sessenta metros, acabou o efeito, acabou a sintonia. Não projetei isso, nem sabia exatamente o que ia acontecer, mas isso é tipo uma proteção, e não vou mexer nessa parte das cadeias de conexão da ibogaína. O fantasma, a aparição, não consegue vagar pela cidade além dos sessenta metros do corpo, eu já testei isso... ia transformar nossa "realidade", nosso lado do véu, num inferno. Já pensou se todo mundo toma uma dose de Iboga-7?

– Peraí! Você disse que eu sou sua primeira cobaia. Como você sabe que eu vou ver e ouvir as mesmas coisas que você?

– Eu não descanso, Teodora, eu já testei isso, sim. Mas você acha que eu sou uma merda, eu sei.

– Eeei! Estamos em trégua esta noite. Vou pegar leve.

– Não parece que você vai pegar leve. Agora há pouco você colocou a sua pistola na minha cara e não me deu escolha a não ser injetar em mim e em você essa droga.

– Eu precisava vir pra cá. Não quero ir pra cadeia. Eu só agi para me defender.

– Atirou na Raoni, nas seguranças dela. Se eu não fizesse o que você queria, ia atirar em mim também.

– Põe uma coisa na sua cabeça, Jé. Elas são escória, são bandidas, mas você é minha irmã, é meu sangue. Eu não traio o meu sangue. Eu defendo o meu sangue. Você é minha irmã e só precisava de um susto, de um incentivo, para estar aqui. Eu nunca vou atirar em você nem que eu quisesse, nem que eu morresse de vontade de te dar uns cascudos.

Jéssica engatou outra marcha e continuou seguindo as direções indicadas pela irmã. Ficou calada por um segundo, refletindo sobre o que a irmã tinha revelado. Não estava tão certa de que Teodora não puxaria aquele gatilho. Ela estava realmente apavorada com a possibilidade de ir parar na cadeia e doente para pôr as mãos no dinheiro da Raoni.

– Não sou uma merda, uma inútil igual você pensa. Só tive uma infância difícil e vivi encurralada por você, que vivia me jogando nos cantos da casa, pisando em mim, me escondendo dos olhos da mamãe e do papai. Pra mim, é difícil acreditar que você não puxaria o gatilho. Você fez eu sentir vergonha de mim mesma, e eu deveria ser muito feia, muito burra, pra não merecer estar com vocês, os maiores.

– Não é nada disso, sua otária. Um dia a gente resolve esse espinho entre a gente. Vamos ficar numa boa agora? Podemos ficar em trégua até pegarmos essa grana? Agora não desvia do que eu perguntei. Eu não sou sua primeira cobaia, sou?

– Eu dei uma dose para uma amiga do tempo das *bad trips* e disse que tinha uma parada louca.

– Depois eu é que sou manipuladora....

Jéssica ergueu as mãos do volante e as balançou no ar, irritada.

– Eu precisava testar fora da JML! Esse negócio é maior que a JML! Eu precisava saber que eu estava aqui de verdade, que eu não estava alucinando de novo.

– E o que concluiu com essa sua primeira cobaia, que você não põe na conta?

Jéssica apertou o volante com as duas mãos. Teodora apontou para a esquina, e a caçula deu seta para entrar em uma avenida larga de duas pistas, com um canteiro no meio. Atravessavam um longo viaduto metálico enquanto Jéssica escolhia as palavras.

– Concluí o que já cansei de repetir. Que a gente vem de verdade para o mundo deles, mas "eles" não são o que chamamos de espíritos... eles são só o pedaço da alma que ficou aqui na Terra, que está presa num efeito, num sentimento, do momento do desenlace, mas são eles, as emoções deles, uma cópia deles. São fantasmas, estão aqui. Acho que são o que as pessoas de vez em quando captam, sem querer, por alguma razão, por estarem mais suscetíveis.

– Então eles são o que a gente chama de "assombração"?

– Exatamente. Por isso que pedimos e desejamos que nossos entes queridos partam em paz, Teodora. Para essa energia, para essa parte deles ficar em paz.

– E essa cólica e essa dor de cabeça? Quando vão passar?

– A Iboga-7 causa uns probleminhas mesmo. Eu vou aprimorar isso. Amo mexer com a cadeia de ligações da droga. Eu queria entender também essa coisa de sessenta metros.

– É pra valer isso?

– É, basta ter o corpo. Dá pra você trocar uma ideia com a mamãe antes de isso tudo terminar.

– A mamãe fodeu nossa cabeça. Você aponta o dedo para me culpar de um monte de merda que aquela louca plantou na gente.

– Ei, não ia ter trégua?

– É difícil eu ficar quieta quando o assunto são eles dois.

– Três.

– Três?

– Tinha o seu pai também...

– Isso foi antes do seu. Eu tô falando da mamãe e daquele escroto.

– Seu pai foi escroto também.

– Não sei... não acho. Quem ferrou comigo foi o seu.

– A mamãe era uma figura. Vaso bom. Quebrou rápido, coitada.

– Aquele vaso veio quebrado de fábrica, isso sim. E com aquele palhaço? Dá pra eu falar com ele?

– Ele foi embora. Teria que saber onde ele foi enterrado depois que morreu.

– E se eu soubesse onde ele foi enterrado?

Jéssica torceu a boca e deu de ombros.

– Teoricamente, Teodora… são sessenta metros. Se você soubesse onde ele foi morar depois de empacotar... Acho que mamãe deixou meu pai ser enterrado como indigente.

Jéssica ficou olhando para Teodora por um segundo.

– Olha para a rua, sua doida! Tem que virar na Internacional.

– Você era muito nova.

– Eu tinha quinze anos quando ele morreu. Aquele, sim, era vaso ruim. Foi um milagre ele ter sumido das nossas vidas. Você um dia vai me agradecer pelo que fiz com seu pai.

Jéssica persistiu em continuar olhando para Teodora por mais um instante.

– É. Vai ver ele não era indefeso que nem o Migo.

– Olha pra frente. Pra que esse assunto agora, que a gente tá de boa? Esquece isso. A gente vai acabar morta se você não olhar pra frente.

– Eu queria confiar mais em você.

– Quando a gente achar a grana e você catar a sua parte, você confia no que você quiser.

As irmãs seguiram pela avenida em silêncio. Um ônibus municipal passou ao lado delas, e Teodora desviou o olhar, observando as pessoas sentadas em seus assentos, algumas com fones de ouvidos, outras digitando em seus celulares, alheias à sorte das duas dentro daquela van branca, a caminho de um escritório com três cadáveres que, ao serem interrogados, poderiam liberar a informação que salvaria Teodora de ser presa. Cada uma daquelas pessoas carregava em si seus próprios fantasmas.

Teodora e Jéssica iam ao encontro de fantasmas reais, presos a seus cadáveres e que nem mesmo sabiam que tinham desencarnado, e cujos corpos já acumulavam processos da decomposição e da desagregação das células, que, em poucos meses, seriam apenas vestígios de pessoas que tinham crescido, andado por aquelas ruas e sonhado como seria sua velhice, temendo a solidão de seus últimos dias.

***

A van encostou em frente à porta azul do escritório da Raoni. Já eram dez horas da noite, e aquele pedaço do bairro ficava sem movimento bem cedo. O muro tinha um grafite, e a porta metálica azul-escura também exibia o desenho de um grande olho com íris verde e cílios que lembravam palmeiras, equilibrado no alto de duas longas pernas secas e finas, como pernas de um avestruz.

– Saco! – resmungou Teodora.

– O que foi agora?

– Eu matei todo mundo aí dentro. Quem vai abrir a porra dessa porta agora?

Jéssica suspirou e olhou para cima. O céu, depois da garoa, ainda estava cheio de nuvens, que passavam ligeiras ao sabor do vento forte. A luz velada manchava o teto nublado acima da cabeça das irmãs. Jéssica crispou os olhos, mirando os postes de eletricidade. O ar começou a enegrecer, como se a luminosidade estivesse sendo drenada. Olhou para um casal que andava do outro lado da avenida, e o cheiro adocicado de maconha chegou a suas narinas. Atrás deles vinha um grupo de sombras que se ligavam aos pés daquelas duas pessoas.

– Você que é a policial aqui, devia ter pensado nisso antes – respondeu, sem despregar os olhos do casal.

– Eu pensei num monte de coisas, Jéssica, não enche. Eu só tava puta. Eu nem ia matar essa vaca da Imperadora. Ela não queria ter uma família e tal e coisa? Podia ter. Ela e a Marília formavam um casal simpático, até me chamaram para ser madrinha do caralho daquela criança. A traidora da Raoni só não tinha que me caguetar para a Corregedoria, pisar no meu calo. Não vou ficar presa nem fodendo. Prefiro morrer a ir pra cadeia. Sabem o que fazem com policiais que nem eu nos presídios?

Jéssica contraiu as sobrancelhas e apertou os lábios ao ver o grupo de sombras aumentar, juntar-se ainda mais ao casal e, de repente, parar. Começaram a atravessar a rua, lentamente, em direção à calçada do escritório de Raoni. Em poucos segundos, estariam ao redor das irmãs. Nunca tinha visto aquilo.

– Não. Você nunca conversou comigo sobre isso. Agora, uma coisa.

– O quê?

– Lembra o que falei dos palavrões? Dá um tempo com isso, que atrai coisa ruim aqui deste lado.

– Não enche meu saco com essa coisa de palavrão! Eu tô puta! Puta para um caralho!

– Tá bom. Quando se acalmar, me chama.

Jéssica deu as costas para Teodora e foi para o lado do banco do motorista da van, abrindo a porta.

– Tá! Tá! Deixa eu me acalmar. Eu tenho problemas com isso. É uma válvula de escape para a minha raiva. Na cadeia a coisa é feia, e eu tô puta com isso. Não quero ficar num cubículo cercada de gente querendo me foder.

Jéssica abriu a porta do carro.

– Beleza, boa sorte, Teodora. Quando você se aliviar desse ódio, volta lá em casa.

– Espera, Jéssica. Eu preciso de você pra entrar e falar com ela. Você prometeu ser minha guia aqui no mundo dos mortos, e este é só nosso primeiro obstáculo.

Jéssica parou antes de entrar no carro e colocou a mão em concha nos ouvidos.

– Como é? Eu acho que não ouvi direito. O que você disse?

– Ai! Não me irrita, mana! Eu disse que PRECISO de você! Tá satisfeita?

– Um pouquinho. Mas se acalma. Essa raiva fez você matar três pessoas aí dentro.

– Eu já tô sabendo. Vou tentar me acalmar, mas pensar em ficar presa me dá coceira. Lá as coisas são feias, você não aguentaria um dia. Qualquer coisinha já fica vomitando, chorando pelos cantos, lembrando do Migo para me tacar na cara que você se drogava por minha culpa. Você fala pra maneirar e deixar as coisas fluírem, mas tem aquele quarto na sua casa. Todo mundo se ancora em alguma coisa, Jequinha. Eu explodi quando atirei na Raoni... e ainda tive que dar conta daquelas duas. Até que pensei demais...

Jéssica começou a ver que as sombras subiam pelas paredes do escritório e tomavam o céu, girando no ar e tapando as nuvens, envolvendo todo o quarteirão, alimentadas pela raiva da irmã. Ela não ia conseguir sozinha.

Teodora também olhou para cima, e seus olhos se arregalaram enquanto ela terminava o cigarro e jogava a bituca na sarjeta.

– Eles não vão periciar tudo isso aqui? Uma bituca sua aqui, teste de DNA e essas paradas? Você é da Narcóticos, devia saber que não pode construir provas contra você.

Teodora agarrou Jéssica pelo pescoço e a empurrou com toda a força contra a parede. O ar escapou dos pulmões da caçula pelo impacto bruto e produziu um gemido que chamou a atenção do casal que fumava maconha.

– Olha pra cima, Jéssica! O que é essa porra dessa sombra? Quem vai se importar com DNA amanhã? Eu só quero entrar e falar com a Raoni e descobrir onde essa puta escondeu toda a fortuna! Você tá comigo ou não tá? Quer enfiar o rabo no meio das pernas agora? Tarde demais, irmãzinha!

Teodora olhou para a velhinha e acenou dissimulada, enquanto o irritante choro de Jéssica chegava aos seus ouvidos. Quando olhou para a frente, a irmã estava sentada no chão, tremendo, sobre uma poça de urina.

– Ah, Jéssica, dá um tempo. Você não se mijou toda porque te empurrei!

A velhinha vinha na direção da van, andando bem devagarinho, com sua bengala.

Teodora estendeu a mão para Jéssica, que se encolheu ainda mais, achando que ia receber um golpe.

– Para com isso. Eu sou uma idiota, ok? Só estou nervosa. A gente precisa entrar nesse escritório para falar com um fantasma, e você fica tirando onda comigo, colocando a mão no ouvido só para escutar que eu preciso de você. Eu preciso de você, pronto, já falei e falo de novo! E quero que você me ajude, não precisa se mijar toda, eu nunca faria mal a você.

Jéssica, com a maquiagem já borrada, levantou-se, recusando a mão da irmã.

– É que eu detesto lembrar de como sou idiota e de como você sempre me tratou desde pequena. Você só vem me procurar quando tá precisando de alguma coisa; já estou acostumada, só que a tonta aqui achou que desta vez podia ser diferente. E olha para essa escuridão. Eu nunca vi nada igual a isso aqui perto de mim. É você quem está atraindo essa energia, e isso pode ser péssimo. Você pode entrar numa *ghost trip* e nunca mais sair daqui, eu não quero ficar presa deste lado, nem você.

– Me desculpa, tá? É que eu não pensei em tudo. Foi tudo muito de repente pra mim.

A velhinha parou em frente à porta azul e olhou para Jéssica, que estava limpando as lágrimas.

– Tá tudo bem, filha?

– Tá tudo certo, dona. – Teodora exibiu seu distintivo da Homicídios. – Sou policial, só estou interrogando essa viciada em heroína aqui. Agora vaza.

Jéssica olhou rancorosa para a irmã, fechou os olhos e respirou fundo, passando as costas das mãos sobre as pálpebras e espalhando cada vez mais o rímel, formando uma máscara grotesca sobre o rosto.

– Eu posso te ajudar, se você quiser – tornou a velhinha.

– Tá tudo bem. A gente só briga de vez em quando, e hoje foi um dia difícil pra nós duas.

A velha apontou para a porta azul e para a fachada do prédio.

– Eu sei o que fazem aí dentro. Eu sei. Eu fui advogada por muito tempo. Se precisar de qualquer ajuda, não deixa te baterem nem te colocarem na parede. Se eu fosse você, não ficava muito tempo do lado dessa daí. Tem cara de quem não vale nada.

– Tia, vaza! Esse é um problema velho, de irmãs. A gente tá resolvendo.

A velha suspirou e colocou a mão no ombro de Jéssica.

– A minha irmã só tá nervosa, sério. Tá tudo bem, e obrigada por parar.

– Reza, filha. Confia no senhor Jesus Cristo, ele vai salvar sua alma desse poço escuro. – A velha fez uma pausa e olhou para Teodora, erguendo sua bengala e batendo a ponta no peito da policial. – Esse poço, aí no seu coração, aqui no ar, só vai ficar mais escuro e mais escuro esta noite. Se endireita e trata bem sua irmã.

Teodora fechou uma carranca e bateu na ponta da bengala, que voou longe. O céu ficou ainda mais escuro, e a pálida luz da lua desapareceu.

– Teodora! Para com isso! – gritou Jéssica.

– O que tá acontecendo?

A velha abriu a boca, e um ronco grave e assustador saiu de sua garganta, fazendo a policial dar três passos para trás, bater contra a porta de ferro e derrubar de sua jaqueta um saco plástico com os três dedos. O som da risada de Fifi, Treta e Raoni começou a emanar daquele saquinho plástico, e Teodora caiu de joelhos, tapando os ouvidos, enquanto a velha se tornava uma nuvem de grânulos brilhantes e evaporava diante dos olhos das irmãs.

Jéssica abraçou a mulher, enquanto Teodora fazia careta de contrariedade.

– Faz isso parar, Jéssica! O que é que tá acontecendo?

– Eu nunca vi isso, Teodora. Controla a sua raiva, fica de boa. Você matou as três pessoas que estão aí dentro, isso deve estar mexendo com os mortos.

– Eu só não quero ir presa, Jéssica! – Teodora começou a bater em sua jaqueta, em seu rosto, e levantou-se agitada. – Eu não quero ficar presa! Elas vão me deixar numa cela apertada, eu não vou aguentar, eu vou me enforcar na primeira semana, eu sou bicho solto, Jéssica.

– Se acalma, Teodora. Por que você arrancou os dedos delas?

– Para usar as digitais no celular da Raoni e das seguranças, se precisasse. Elas tão rindo de mim, você tá ouvindo?

Jéssica balançou a cabeça em sinal negativo.

– Então anota isso nas suas pesquisas, eu tô ouvindo as risadas vindas do saquinho plástico! Agora parou, mas eu escutei! Eu juro que escutei elas rindo de mim.

Jéssica abraçou a irmã.

– Calma e pensa. Você que é a policial, você que é a malandra aqui. Como a gente vai entrar?

– Eu tô com os nervos à flor da pele. Você viu o que eu vi, pelo menos? Viu a velha virar pó na nossa frente? Como eu vou pensar na porra dessa porta?

– Você tem que se controlar, Teodora. Se você se entregar a esse ódio, já era, acho que essa escuridão vai devorar nós duas, vai nos prender aqui, nessa *ghost trip*, para sempre, e não vai adiantar nada você interrogar a Imperadora.

– Eu não consigo, Jéssica, eu não consigo. Essa raiva é mais forte do que eu! Tudo culpa do seu pai! Tudo culpa da nossa mãe maluca e omissa! Aaaah, Jéssica, eu não consigo me controlar!

Teodora tremia dos pés à cabeça. Jéssica, com a blusa de crânio de unicórnio, aproximou-se da irmã e a abraçou com força.

– Eu estou aqui, Teodora. Eu estou aqui. Se acalma. A gente tem que passar por essa porta.

Jéssica olhou para o alto e viu o negrume formar um vórtice, como um ciclone que tomava todo o céu e obliterava as estrelas. Era como se um buraco negro dentro do mundo dos mortos pairasse sobre elas.

Ela apertou ainda mais a irmã, vendo as paredes grafitadas do muro do escritório ganharem pelos, que se alongavam como cabelos flutuantes e iam se descolando da parede vindo em direção às duas. Jéssica teve vontade de agarrar Teodora e jogá-la dentro do carro, para partirem e nunca mais voltarem àquele lugar em que os cadáveres feitos pela irmã repousavam no chão, esquecidos pelo tempo, pela vida, apenas aguardando serem encontrados e carregados para um mausoléu. Mas seus olhos se fixaram na fechadura da porta azul-escura que tinham que atravessar. Havia um teclado alfanumérico e também um retângulo que, de cinco em cinco segundos, emitia um tímido brilho vermelho.

– Aquela vaca me traiu. Se tem uma coisa neste mundo do crime que é sagrada, é a lealdade, a camaradagem. Sem um confiar no outro, a porra não vai pra lugar nenhum. Já eram nove anos de tudo indo direitinho. Nove anos e eu não sei a merda da senha dessa porta de *bunker*! Sabia que elas mudavam a senha toda semana?

– Você não precisa mais da senha, Teodora. Não precisa.

– Ah, não, bonitinha! A gente toma essa porra e fica igual a eles? Vira fantasminha? É só atravessar a porta?

Teodora se desvencilhou do abraço apaziguador da irmã e andou até a porta, batendo os seios contra a chapa metálica azul-escura.

– Não. Eu sei como abrir, mas me promete uma coisa?

– O que mais, além de me esfolar em cinquenta por cento, a madame quer nessa buceta?

– Exatamente isso.

– Isso o quê? Buceta?

– Não! Para de falar tanto palavrão. Cada frase que você cospe pela boca tem uns vinte palavrões. Abandona essa fúria por um instante. As coisas estão ficando esquisitas aqui, e eu nunca vi um céu tão escuro assim do lado deles.

– Bela guia eu fui arrumar.

– Você tem que parar.

– Eu preciso falar palavrão, senão eles não me respeitam no trabalho.

– Desisto. Esta noite está perdida mesmo. Está tudo acabado, pra que ficar protelando uma coisa que eu já sei o final?

– Tá! Não prometo cem por cento, mas vou tentar. Vou respirar fundo e tentar evocar toda a minha força zen.

Jéssica balançou a cabeça em sinal negativo.

– Para de tentar e evoca. Se você quer mesmo falar com a Raoni, você precisa fazer o mundo dos mortos parar de olhar para você. Toda essa sua raiva é um tipo de alimento neste lugar, Teo. Eles gostam dessa energia pesada, então pega leve na raiva e nos palavrões.

A irmã caçula abaixou-se e apanhou o saco ensanguentado com os três dedos amputados.

– Merda! – exclamou Teodora, abrindo um sorriso amarelo.

– Cadeado digital. Certeza que um dos dedos vai servir.

– Retiro o que eu disse, Jé. Você é uma ótima guia.

***

As duas começaram a subir o lance de escadas acarpetadas. O cheiro da morte estava lá, impregnado nas paredes e infestando os carpetes grossos e disparatados que cobriam os degraus da escada do quartel-general da Imperadora.

Teodora parou no topo da escadaria e congelou. Tinha ido atrás da irmã para isso, para reencontrar o fantasma de Raoni, mas, mesmo com todas as advertências, todos os avisos e o longo sermão de como seria aquele encontro, ela não estava preparada para aquilo. Treta e Fifi estavam ali, em seus postos de trabalho, como em um dia qualquer. Teodora tentou dar um passo, mas não conseguiu. Não era medo, nem terror, não era receio de avançar. Era pura fascinação.

Como Jéssica tinha conseguido criar aquilo? Não estava dentro de uma emulação digital com dispositivos de realidade aumentada. Elas, as seguranças da Imperadora, uma fumando e outra mascando a característica goma açucarada, sua marca registrada, conversavam como se nada tivesse acontecido. Suas vozes reverberavam pelas paredes e chegavam aos ouvidos de Teodora, com o mesmo tom, o mesmo ritmo. Não eram cópias, não era mágica. Elas estavam ali. Teodora virou a cabeça para Jéssica sem esconder o sorriso que nasceu em seus lábios.

– Viu? Eu disse que eu sou foda – sussurrou a irmã caçula.

– Sem palavrões! – brincou a policial.

Teodora tocou o papel de parede do corredor e tornou a olhar para a dupla de seguranças. Elas riam, enquanto Fifi fazia aquelas irritantes bolas de chiclete dentro das roupas de adolescente K-pop, com saia curta, dois palmos de coxas finas e brancas como mármore, depois encobertas por um par de meias longas e listradas com estampas de minúsculos unicórnios, cintura sinuosa e suspensórios de que não precisava, ali presentes só para compor mesmo o estilo. Também uma submetralhadora HK MP5 a tiracolo, como se fosse uma bolsa felpuda de unicórnio de Otakus, nesse caso, uma fã incorrigível de compactas e mortíferas armas de fogo, sorrindo e estourando outra bola de chiclete, enquanto Treta, dona de uma bela e encorpada voz grave, contava um caso.

Treta amava aquele conjunto que vestia, era bem a sua cara: calça colada em suas curvas generosas, bunda empinada e uma jaqueta de couro com o mesmo padrão de pele de cobra da calça. Seu rosto negro era emoldurado por cachinhos que balançavam quando ela ria ou se movia mais rápido, realçando sua beleza e exuberância, rematado por um sorriso largo e amistoso que enganava muita gente.

– A gente tem que ir – sussurrou Jéssica bem baixinho, para não chamar a atenção das guardiãs de Raoni.

O sorriso no rosto de Teodora se apagou. Era raro, mas sentiu algo no peito, nostalgia talvez, e uma lambida de melancolia na alma. Tinha acabado com tudo aquilo. Apesar de sentir a presença real de Treta e Fifi ali no fim do corredor, selando a porta da Imperadora, sabia que os corpos das duas, sem vida, caminhando minuto a minuto para a irreversível desintegração neste mundo, estavam caídos e cercados por poças de sangue. Elas estavam mortas, e ela estava diante de seus fantasmas.

– É difícil acreditar que elas estão mortas mesmo.

– Não conte isso a elas! Já falei mil vezes – repetiu Jéssica. – Por isso deixei os dedinhos no carro. Se elas sonharem que já eram...

– E os corpos? Elas verão os corpos quando eu abrir a porta.

– Não, Teodora. Já te expliquei isso mil vezes. Não vão ver, e não mostre. Só veem se você chamar e contar a elas que estão ali, mortas.

– Isso não faz o menor sentido; se eu apontar para o corpo, se eu mostrar...

– Elas piram! Já te expliquei isso, Teo. Não sabem que morreram, mas suas almas, ou consciências, não sei bem, ainda estão aqui, e isso dura um tempo. Já li muita coisa de Kardec, de doutrina espírita, para tentar entender o que acontece, mas nunca pude fazer um estudo fechado, controlado, científico. Eu estava organizando tudo, tentando entender tudo, mas me perdi nesse mundo, Teodora. Só estou aqui de novo porque você me obrigou a isso, eu não gosto mais de vir para cá.

– Tá, a parada das 72 horas. Eu só preciso salvar minha pele e saber de tudo que pode acontecer.

– Eu não escrevi as regras desta viagem, deste mundo, Teo. Só faz o que você veio fazer e vamos embora daqui. Essas duas me dão calafrios.

– Elas vão ficar paradas nessa porta sem perceber que a Raoni não sai até quando?

– Elas estão presas nesse efeito por enquanto. Se ninguém interferir, elas ficam aí, revivendo suas últimas horas antes de morrer para sempre, contando as mesmas histórias, a outra ali mascando o mesmo chiclete, sabe esse lance de vida eterna? Então, o efeito é uma coisa sem fim.

– Credo. Ficam presas?

– Ficam. Elas ainda têm muita energia, é a alma delas aí ainda, mas depois fica só o fantasma. É esse cenário que você encontraria daqui a anos se ninguém tirasse o corpo delas da sala onde você as matou, e se tomasse Iboga-7 para sintonizar. O "efeito" fica vagando em um raio de sessenta metros dos corpos. Ou seja, elas ficam beeeem presas.

– Tá. Vamos lá. Não fala nada.

***

As duas avançaram pelo corredor, chamando a atenção de Treta e Fifi.

– Porra, Teodora, que demora! – gritou Treta.

Teodora olhou para a irmã.

– Eu sempre venho, Treta. A chefe que tá doida, me mandando mensagem de cinco em cinco minutos, isso pode fod... é, complicar minha vida.

Fifi estourou outra bola de chiclete, olhando para Jéssica, que estava quase se escondendo atrás da irmã.

– Não precisa se enfiar embaixo dela, não, gatinha. Só porque a gente é *trafica*, a gente não sai por aí arrancando pedaço de ninguém.

– É minha irmã, pega leve, Fifi.

Fifi apontou o cano da MP5 para Jéssica, como uma vareta, e não como uma ameaça.

– Ei, eu te conheço, não é? Cara de *noia*, jeito de *noia*. Eu já te vi em alguma boca...

– Ela tá limpa agora. Não tá mais mexendo com essas merdas.

Treta revistou o tórax de Teodora e segurou o distintivo da Narcóticos. Fez um sinal para a caçula se aproximar e ser revistada também.

Teodora balançou a cabeça em sinal negativo.

– Ninguém mexe na minha irmã. A gente é deste mundo. A gente vive nesta merda, ela não é daqui.

– Ih, tá nervosinha hoje? – perguntou Fifi, fazendo outra bola de goma de mascar explodir em sua boca, circundando seus lábios pintados de roxo vibrante e cintilante. – Não vem cantar de galo aqui, não, Teodora.

Teodora sentiu uma tontura, e o chão abaixo dos seus pés ficou mole. As paredes ondularam, e ela viu um garotinho oriental saindo de trás do papel de parede, parando ao lado de Fifi. Ele tinha um buraco na cabeça e faltava um olho. Teodora ficou olhando para ele, e já ia abrindo a boca para dizer algo quando Jéssica saiu de trás dela.

– Não esquenta com isso, Teo. Eu sei me cuidar. Não estou nem um pouco preocupada com suas amigas, só estou te acompanhando. Não ando armada, não, japa.

– Lembrei! Peixinho, né?

Jéssica encarou a guarda-costas, que abriu um sorriso largo e hipnótico.

– O quê? – perguntou Jéssica, enquanto Teodora continuava imóvel, hipnotizada pela visão do garoto.

– Não esquenta. A gente não se preocupa com peixinho pequeno. Não lembra, não? – disse a negra. – Mas é sempre bom dar uma conferida.

Treta revistou os ombros e o tórax da caçula, enquanto Teodora olhava para o menino, que a encarava com aquele olho único de ciclope do inferno. Pedaços de massa cinzenta estavam colados em sua pele. Ele se agarrou à perna de Fifi, que não notou a criança. O menino abriu a boca, e um turbilhão de formigas começou a sair por seus lábios e a descer por seu corpo, cobrindo-o em questão de segundos até que ele se transformasse em uma mancha negra, enquanto ela perdia o equilíbrio e batia contra a parede às suas costas, sentindo o corredor muito mais estreito que antes.

Outro ploc das bolas de chiclete de Fifi estourou, e parecia que nenhuma delas estava vendo aquilo. Ao final, um esqueleto branco e alvo restou, enquanto as formigas entravam pela parede e Teodora lutava para não abrir a boca e tentar obedecer ao conselho da irmã. Se falasse daquilo, ia ser muito esquisito, e talvez aquelas duas seguranças de uma chefe que já estava defunta se ligassem de que eram duas almas perdidas em um limbo e com uma missão eterna de vigiar aquela porta.

As mãos de Treta foram para dentro do moletom de Jéssica, passaram por baixo de sua camiseta e começaram a alisar sua pele fria. Jéssica trocou um olhar com Treta, e a traficante se demorou olhando para ela, fixando o olhar no fundo dos seus olhos, o que fez Jéssica sentir um frio na barriga. Treta era linda, mas ela nunca tinha sentido prazer com mãos femininas passando bem de leve em sua barriga e descendo pelo cós de sua calça e roçando o elástico de sua calcinha, até as margens de seus pelos pubianos, procurando por uma arma ou por algo que, ironicamente, pudesse ameaçar suas vidas. Era erótico, era quente, e era inesperado.

– Tua irmã gostou, Teodora. Acho que ela quer uma revista completa.

– Para de falar merda, Treta, e acelera aí a bagaça, porque a Raoni não para de me mandar mensagens e de me ligar. Tem algo muito sério pegando.

– Gostei da sua blusa. Unicórnio, né? – perguntou Fifi, apontando para o crânio da criatura mítica com a ponta da submetralhadora.

– Galeria do Rock. Eu curto essas paradas. Você também tá cheia de unicórnios.

Fifi e Treta trocaram um olhar.

– A Raoni tá cagando para unicórnios, meninas. Vamos acelerar esse processo – apressou a policial. – Tô na minha hora de folga e quero rapar fora daqui rapidinho. Vou com minha irmã ao cinema ainda.

– Tá certo. Você tem razão, mas acho melhor sua irmã ficar aqui fora com a gente. A conversa vai ser quente – advertiu Treta.

– Melhor não. Ela tá meio perdida, quis ficar comigo hoje, quer que eu a carregue pra cima e pra baixo. Ela vai comigo.

– Eu não acho uma boa ideia – juntou Fifi.

– Ela vai comigo. Ponto-final.

Treta e Fifi se olharam de novo e ergueram os ombros.

– Elas tão limpas. Foda-se.

– Olha a boca, Treta. A gente tem visita na casa.

Treta riu e balançou a cabeça.

– Você? Achando ruim palavrão? Eu aprendi toda essa porra do caralho no seu cursinho expresso de elegância. – O sorriso de Treta se apagou, e ela olhou seco para Jéssica. – Eu também já te vi por aqui. Você queria vender umas paradas pra Imperadora. Falou que era irmã da todo-poderosa, deusa talarica, da Teodora. Eu lembro de você.

– Você tá viajando, dona Treta. Eu nunca vim aqui.

– Entra logo e acaba com isso, Teodora. Ela só quer explicar umas paradas pra você. Hoje o dia vai ser longo.

Treta finalmente abriu a porta. Teodora respirou fundo e entrou, seguida pela irmã. Raoni não estava em sua mesa. Provavelmente, mesmo no efeito, tinha ido até o banheiro ou ao seu armário, apanhar alguma coisa. Teodora fez um sinal para esperarem enquanto Jéssica olhava para o chão e tomava cuidado para não pisar em uma poça de sangue ao lado do corpo de Treta, que estava caído sentado junto à parede. A garota K-pop estava esparramada no chão, com sua submetralhadora em ângulo em relação ao seu corpo, empoçando parte do sangue já coagulado.

– Aqui está bem mais forte – resmungou Jéssica.

– O quê?

– A presença à nossa volta, ao nosso redor. Esta viagem está diferente de todas as outras que eu já fiz. Talvez, se a gente tiver tempo, eu precise voltar em casa. Quero entrar naquele quarto.

– Desencana daquele quarto, você precisa dos corpos. Eu não lembro de sobrar muita coisa naquele dia.

– Eu só... só tenho esperança ainda.

– Você fala cada merda, Jéssica.

Teodora, rompendo a inércia enervante, andou até a mesa de Raoni à procura do seu corpo. Tinha dado um tiro bem no meio da testa da Imperadora, e ela tinha ficado estatelada na própria poltrona, e talvez, pela ação da gravidade e do tempo, sua carcaça corpulenta tivesse desabado do assento e estivesse agora caída no chão.

Jéssica observava o assoalho, ainda atraída pelos corpos das seguranças. Treta olhava para o nada. Sua pele negra já tinha perdido o viço, ficando acinzentada, e sua escopeta tinha voado longe. Fifi, com a pele pálida, já apresentava o toque da morte, com algumas veias enegrecidas nas maçãs do rosto e nos braços. Certamente estavam duras, obedecendo ao lógico processo de *rigor mortis*. Na mão direita de cada uma delas, a prova da selvageria de Teodora: os polegares amputados. Somente ao lado da ferida na mão de Fifi tinha se formado uma poça de sangue.

– Que merda é essa?! – explodiu a voz nervosa de Teodora. – Vem aqui e me explica isso agora, sua imbecil!

Jéssica, alarmada com o tom de voz ferino da irmã, franziu o cenho e andou até a mesa da Imperadora.

– Eu dei o tiro nela aqui, ela estava sentada nessa poltrona cheia de firula, importada sei lá de onde... Ela não cansava de se gabar desses móveis que a esposa escolhia na internet.

Jéssica olhou para a poltrona vazia. Podia ver respingos de sangue na parede e na cortina, que tremulava pela janela aberta com a passagem suave do vento. Sobre a mesa, também havia uma mancha de sangue, provavelmente formada quando Teodora arrancou o dedo de Raoni.

– Cadê o corpo dela? Como eu vou interrogar uma morta que não está aqui igual às outras?!

Jéssica ficou olhando para a cadeira vazia. Uma trilha de sangue ia até a janela.

– Ela se arrastou até aqui, Teodora. Você tem certeza de que ela estava morta?

Teodora explodiu em pura raiva e agarrou a irmã pelos colarinhos da blusa de moletom pueril, sacudindo-a como uma boneca de pano e batendo-a contra a parede. Jéssica desvencilhou-se dos braços da irmã.

– Não faz mais isso comigo! A gente não mora mais naquela casa!

Teodora sacou sua pistola e enfiou no meio da testa de Jéssica, que arregalou os olhos.

– Vai me matar agora? Que típico! É assim que você resolve tudo, né, Teodora? Por que você não me ensina como é que se faz isso para ver se eu aprendo a matar os outros sem dó?

– Eu puxei o gatilho assim, bem no meio dos olhos. Só tô te mostrando como não tem erro. Me diz você se ela estaria viva, doutora Jéssica.

Risadas vindas da parede invadiram o cômodo. Teodora baixou a pistola, assustada.

– O que você fez, Teodora?

Duas sombras indistintas surgiram no canto da sala. Eram sombras escuras, com formas humanas, mas não definidas, sem ser possível ver seus rostos. Ficaram paradas no limite entre a sala e a parede, manifestando-se no mundo dos mortos. Elas não tinham bocas, mas o ambiente se encheu de uma vibração que batia nos tímpanos, como um zumbido, e então elas começaram a gargalhar, mantendo a assustadora imobilidade junto às paredes.

– Me diz você, maninha. Que diabos são essas coisas?

– Eu falei pra você controlar sua raiva. Você tá fresca aqui no mundo deles e tá carregada de mortos nas suas costas. Acho que, quando você mata alguém, você cria um tipo de "feromônio da morte".

– "Feromônio da morte"? Tá de sacanagem, Jéssica? Você tá inventando isso agora.

– Não estou inventando nada. Eu disse "tipo". Eu nunca tinha vindo com uma assassina pra cá. Você atraiu aquele céu esquisito, aquela velha na rua, e agora essas coisas aí. Controle suas emoções, controle sua raiva. Você está emitindo um sinal, exalando emoções que estão chamando essas coisas.

Teodora ergueu a pistola em direção às sombras. As irmãs ficaram paradas por um instante, enquanto aquelas sombras, também de forma enervante, ficaram ancoradas entre as paredes e a sala de Raoni.

– Raoni? – tartamudeou Teodora.

As sombras lentamente flutuaram para dentro da sala, e um zumbido se misturou com as risadas, que começaram a diminuir.

Teodora ergueu a pistola novamente. Às costas das irmãs, da porta, vinham as vozes dos efeitos de Treta e Fifi do corredor. Elas falavam alto e também riam, aumentando a sensação de perigo e desconforto na policial, que arregalou os olhos. O que eram aquelas sombras? Ou melhor, quem eram?

– O que é isso, Jéssica? O que tá acontecendo aqui?

– Eu te avisei que você não estava pronta, Teodora. O lado de cá não é pra qualquer um. Devagar, abaixa essa pistola.

Teodora olhou para a irmã. Ela estava confusa e deslocada.

– Como a gente faz pra voltar a ser como era antes?

– Não tem como. A droga está nas suas veias, no seu cérebro. A Iboga-7 só abre caminhos para você sintonizar a presença de quem já atravessou. Seja lá quem forem essas duas, seus corpos estão perto daqui, e só temos que sair devagar. E abaixa essa arma, Teodora. Aqui isso não adianta de nada. Uma hora você entende e se acostuma.

As sombras se aproximaram mais. Continuavam sombras, sem um rosto definido, mas tinham movimentos mais consistentes, vozes mais audíveis e reconhecíveis. Quanto mais se aproximavam, seus rostos, que se apresentavam líquidos e dinâmicos, pulsando em convulsões, iam tomando forma de narizes e olhos e ganhavam identidade de vez em quando. Jéssica não conhecia aquelas feições, mas Teodora segurou o ar por um instante, enquanto um arrepio subiu por seus braços quando reconheceu uma delas.

– Marelene? Marelene Dedo Leve?

As sombras riram ainda mais.

– Você tem boa memória, assassina. Foi aqui, não foi?

Teodora olhou para o chão do escritório. Agora tinha um saco plástico negro tomando metade da sala, surgido do nada.

– Teo, seja lá quem elas forem, vamos embora. Você tá entrando numa *ghost trip* e tá me levando junto. A gente precisa sair daqui.

– Eu não falei com a Raoni ainda. Eu vim até aqui, admito que tô me cagando, mas de que vai adiantar todo esse esforço e esse risco se a gente não souber onde está o dinheiro?

– Se a gente ficar travada numa *ghost trip*, dinheiro nenhum vai ajudar. Você não vai ter cabeça, não vai ter vida para aproveitar a fortuna.

Teodora empunhou a pistola, apontando para o fantasma de Marelene, o que estava mais próximo agora.

– Você pediu para eu te ajudar a pintar o escritório. Você, Teodora, me disse que a Imperadora Raoni ia gostar dessa surpresa, e que eu podia confiar em você. Quanto era mesmo que ela ia pagar pra gente?

Teodora balançou a cabeça em sinal negativo.

As sombras riram, e a policial continuava com a arma erguida até que Jéssica se aproximou e baixou a mão da irmã.

– Não as irrite, Teodora, essas aí sabem que já morreram.

– Sua memória para dinheiro nunca foi muito boa, não é mesmo? Você disse que, se eu ajudasse, ia dividir meio a meio.

Jéssica olhou para a irmã.

– Era um trampo fácil. Metade para cada uma e, uma hora, quando eu tava olhando para o quadro ali na parede, bangue. Nem senti nada, sabia? Morrer não doeu. O que doeu foi ver que você me enrolou nesse saco e se livrou de mim como se eu fosse uma ratazana morta. Acordei lá no porão, na cova que você cavou do lado da parede em que você cimentou a Dani. Colocou a coitada na parede!

– Isso foi coisa da Raoni. Eu não ia colocar ninguém na parede. Ela disse que era um castigo.

Teodora apontou o dedo para a sombra mais alta.

– Você tava dando mancada. Eu não queria fazer aquilo, Dani. Você era minha amiga, minha parceira, porra.

A segunda sombra roncou, seus olhos se abriram e tinham os fundos amarelos. A sombra começou a se esparramar pelo ar, aderindo às paredes da sala de Raoni, perdendo a forma humana e recobrindo o chão, a mobília, e subindo pelo teto enquanto drenava a luz do ambiente de alguma maneira inexplicável.

Jéssica só conseguia ver um metro e meio diante de si, e, olhando para trás, a porta do corredor começava a ser obscurecida, e ia desaparecendo.

– Eu tô falando, sério, Teodora. Me escuta – sussurrou Jéssica.

– Era ela? Disso eu não lembro. As coisas começaram a evaporar. Eu só lembro do quadro, todo dia, e do barro frio e do choro da Dani na parede. Vocês pegaram pesado com ela, porra. Foram só uns beijinhos. Ela nem pode te responder agora. Lembra o que você fez com a língua dela? Lembra?

– A Raoni era muito possessiva, ela morria de ciúmes de você, Dani. Ela que pediu a língua, eu não ia fazer um troço nojento e cruel desses.

– Não foi o que eu vi aqui. Você levou os dedos delas, você gosta de pegar pedaços dos mortos.

– Eu não peguei nada de você, Marelene. A coisa da Dani foi a Imperadora que mandou. Não tive escolha.

– Pegou minha parte do dinheiro, eu lembro muito bem. Era pra ser meio a meio, e você levou tudo. Podia ter atirado na Dani antes de arrancar a língua dela, não podia?

– Aquela grana não era para a sala, porra! Não caiu a ficha ainda?

A sala começou a ficar mais fria, cada vez mais fria. Os pelos de Jéssica se arrepiaram, e uma nuvem de vapor escapou de sua boca, enquanto a escuridão aumentava e a voz de Teodora e do fantasma pareciam envasadas em uma garrafa.

– Vamos sair daqui, Teodora. Vamo embora agora!

O fantasma de Marelene começou a chorar mais forte e caiu de joelhos diante de Teodora.

– Ela gemia naquela parede o tempo todo. Um inferno, o tempo todo.

A sombra de Dani foi tomando cada vez mais a sala, e um gemido gutural manifestou-se no ar. Jéssica retrocedeu até bater na mesa de Raoni, evitando o lugar em que o carpete tinha escurecido, e conseguiu voltar a ver a porta, enquanto Teodora, afastada alguns passos, ia sendo apagada pela escuridão. Então, a sombra fantasmagórica tocou os cadáveres de Treta e Fifi.

– Acabou nosso tempo aqui, vem! – Jéssica puxou Teodora pelo braço, arrastando-a em direção à porta.

A policial olhou para a irmã e fez um sinal negativo. Voltou a encarar a fantasma, que se ajoelhou aos seus pés, e suas mãos manifestaram-se esquálidas, cadavéricas, agarrando o próprio pescoço. Era uma visão apavorante aquele conjunto, uma mulher quase de osso puro, negra como breu, emoldurada por um espectro de sombra que ia devorando toda aquela sala.

– Você sabe para onde foi a Raoni? Ela estava aqui mais cedo, naquela poltrona. Ela... ela estava morta. Sabe para onde ela foi?

Marelene encarou Teodora com olhos amarelos e a boca cheia de dentes serrilhados. Não era mais humana.

– Não consigo respirar aqui nessa cova, Teodora. Você era minha amiga, minha melhor amiga.

A mulher ergueu uma das mãos e caiu de costas sobre o carpete. Seu rosto ficou ainda mais sulcado, e seus dedos puxaram a pele enegrecida do pescoço, enquanto ela se debatia e parecia lutar contra algo ao redor de seu rosto.

Teodora, paralisada de assombro, olhou para trás e viu que os corpos de Treta e Fifi estavam sendo levantados pela sombra da garota emparedada. A sala toda estava eclipsando nas trevas, e a policial via os pés cercados pelo vazio. Parecia que, se desse um passo, cairia e seria devorada por um poço escuro sem fundo.

– Jéssica! Cadê você? Jéssica, aonde você foi? Eu não quero ficar presa aqui.

– Sai daí agora! – gritou a irmã mais nova.

Teodora viu uma mão pálida surgir das sombras e agarrar sua jaqueta pelo ombro, puxando com potência, fazendo-a se deslocar, guiada pelo tranco que a arrancou dali. Quando a luz voltou aos seus olhos, estava parada no corredor, depois da porta, com Treta e Fifi conversando, fumando e rindo de suas próprias piadas, sem nem sonhar que seus corpos mortos estavam do outro lado da porta. Teodora, pasma, ficou parada olhando para elas por alguns instantes.

Fifi e Treta pararam de conversar. A atenção das duas tinha sido capturada por aquela expressão inédita no rosto da policial, sempre arrogante e prepotente. Teodora estava lívida e com um ar assustado.

Treta ergueu a carabina e cutucou o ombro da policial.

– E aí, detetive? Ficou boladona com a dispensa da Raoni? O passaralho pegou geral hoje, né?

– Pega sua grana e vaza, Teodora. É o que todo mundo que tem juízo tá fazendo. Ela até que foi legal de dar a letra pra você.

As irmãs continuavam caladas, e Jéssica insistia em puxar Teodora, que se movia a passos lentos, afastando-se de Treta e Fifi, olhando para as duas capangas com a boca selada pelo terror que tinha acabado de viver.

– Que foi, detetive? O gato comeu sua língua? – escarneceu Treta, abrindo aquele sorriso mágico e colocando os dedos próximos à boca, imitando um aparelho de telefone. – Vê se não some. Me liga quando passar a raiva.

Teodora e Jéssica passaram pelos dois espectros inadvertidos de sua morte parados no corredor. A porta do escritório começou a se abrir lentamente, sem que os fantasmas se dessem conta.

– Vem, Teodora!

– O que acontece mesmo quando descobrem que estão mortos? – sussurrou Teodora, entredentes.

– Nem pense nisso, sua doida varrida! Eu vim aqui e quero sair com minha alma viva. Você quase foi engolida por uma *ghost trip*, sua alma ia ficar presa aqui.

– Até amanhã, chefona! – gritou a negra.

Teodora encarou Treta, enquanto Fifi estourava outra bola de chiclete.

– Até depois, Treta. Sei certinho o buraco onde vai se esconder – respondeu a policial civil, dissimulando calma.

Jéssica puxou a irmã pelo ombro conforme a fresta da porta aumentava.

– Tchau, peixinho! – balbuciou Fifi, erguendo sua submetralhadora e mirando Jéssica.

***

Teodora bateu a porta de ferro cinza com o grafite do grande olho com pernas longas, enquanto andava nervosa de um lado para o outro.

– Não dá pra entender isso. Por que só o corpo da Raoni não está aqui?

– Você que é a detetive da família, Teo!

– Não faz o menor sentido, não faz sentido. Se fosse a polícia, aqui estaria fervendo de viaturas.

Teodora andou até o lado do prédio e avançou pelo beco, olhando para a janela de Raoni. Ela mesma tinha mandado Raoni gradear todas as janelas, reforçando a segurança.

– Alguém tirou ela daqui. Temos que descobrir onde o corpo dela foi parar. Alguém a levou.

– Por quê?

– Essas coisas são complicadas, Jéssica. Isso é coisa de gente próxima, é coisa de família. A Raoni tinha planos até para a morte.

– Do que você está falando?

– Se ela fosse levada pelo IML, se alguém denunciasse esse assassinato...

– Massacre, você quis dizer.

– Eu tive que fazer, para de ficar me julgando. Quem vai pra cadeia amanhã sou eu.

Teodora pressionou a cabeça e dobrou-se para a frente.

– Que foi?

– Primeiro essa cólica que não passa, agora essa dor de cabeça que só tá aumentando. Eu tenho que achar a Raoni, e essa parada tá muito esquisita. Se fosse a Corregedoria, se tivessem grampeado o escritório dela, se tivessem plantado escutas, eu já teria rodado, e esse lugar ia estar apinhado de gente. A Marília tá grávida e nem sabe que a mulher morreu. Não foi a polícia.

– E também teriam carregado os corpos de Treta e Fifi...

– Exato! É por isso que estou dizendo que foi coisa de gente de perto, gente da família. Alguém veio aqui e encontrou a Raoni, alguém que conseguiria abrir aquela porta, alguém muito próximo.

– A Marília ou a mãe dela!

– Não. Elas não foram, estão fora do jogo.

Jéssica se aproximou da irmã e cruzou os braços.

– O que você quer dizer com "estão fora do jogo"?

– Essa coisa da Corregedoria é pesada, maninha. Você não entendeu o quadro todo, não tem nem noção do que está acontecendo, nem de como eu fiquei puta com a Raoni por causa dessa delação, dessa trairagem.

– Quem não tem noção aqui é você, Teodora. Eu tô bem de boa, passeando no mundo dos mortos para ter metade da minha grana, mas o que você quis dizer com isso? Me conta agora ou eu vou embora e te largo aqui, sozinha.

Teodora desdobrou o abdômen, sentindo que a cabeça latejava. Encarou a irmã.

– Ficou marrenta de repente, hein, Jequinha? O que está acontecendo com você? De onde veio toda essa coragem agora?

– Você joga sujo, sempre jogou. Para de me chamar de Jequinha! Esqueceu o que acabou de acontecer lá dentro por conta das suas emoções? Não atraia mais mortos para você. Você tá muito carregada e me colocou nessa, no mínimo tem que ser leal comigo e me contar no que estou me metendo. Eu não sou policial, mas as primeiras pessoas que eu iria procurar para saber da Raoni seriam a esposa e a mãe dela. Você disse que elas são cartas fora do baralho. O que tá pegando, Teodora? Você matou as duas também?

– Eu estava fora de mim, Jéssica. Não podia deixar nada para trás que me ligasse à Raoni. Não posso deixar nenhuma ponta solta pra Corregedoria provar minha ligação com ela. Tudo que eu complicar pra Helena tira mais o meu da reta, vai ficando tudo circunstancial, tudo no gogó. A Marília e a dona Ana sabiam demais. Confesso que foi uma cagada, juro por Deus que não queria fazer aquilo, mas eu tava fora de mim, uma cagada das mais gigantes... a Marília não merecia aquilo.

– Cagada?

– Desculpa o palavrão, eu só não tô bem. Eu achei que a gente ia chegar aqui e pronto. Era só encontrar o fantasma dela, igual a Treta e a Fifi. E o que foi aquele negócio da sombra levantando aqueles cadáveres? Você disse que elas estavam mortas.

– Isso não foi uma cagada, foi uma diarreia, minha irmã! Quanta gente você matou hoje? Eu preciso saber! Foi tudo de tarde, na mesma hora? Puta que pariu, Teodora! – Jéssica cobriu a boca com as mãos para não dizer mais nada e recostou-se na parede, visivelmente transtornada.

– Mais ou menos na mesma hora. As três aí na mesma hora. A dona Ana, eu ainda tava furiosa, foi mais vingança, mais raiva do que outra coisa, mas eu já tava com essa ideia de me livrar da Corregedoria. Mas o que isso tem a ver com o cadáver da Raoni?

– A sua carga com o mundo dos mortos transbordou, caiu a barragem. Você encheu o lado de cá hoje com mais fantasmas do que eles iam receber, digamos, naturalmente. Você tirou o equilíbrio deste lugar dos trilhos. Essa energia está ligada a você, e do lado de cá tem umas coisas, umas criaturas, que adoram essa energia.

– Os obsessores. Você já me falou...

– Não são só eles... Essa sua força, essa sua impulsividade misturada com sangue, isso brilha aqui. Você quer chamar a atenção da Helena no mundo dos vivos, mas está chamando atenção demais no mundo dos mortos.

O rádio apitou dentro do carro, e as irmãs escutaram a voz abafada do operador passando outro chamado. Teodora andou até a porta do passageiro e a abriu, deixando a voz da Central chegar mais clara. Não era relacionado a Raoni, mas outra briga doméstica e um pedido de reforços. Virou-se para a irmã e inquiriu:

– Por isso os corpos delas estavam se levantando?

– Por causa disso e por causa dos dedos que você arrancou delas. Você não pode ficar com nada delas. Aquela na parede, você também arrancou a língua. Tá vendo? Você não pode tirar pedaços dos corpos e usar ibogaína depois, você tá carregada de morte, e a Iboga-7 potencializa essa energia da morte. Se os fantasmas descobrem que você está com um pedaço deles, te assombram para sempre, podem te perseguir aonde quer que você vá, muito mais que por sessenta metros.

– A língua da Dani foi a Raoni que pediu pra cortar. Eu guardei para ela uns dias em casa num potinho, não fiquei com aquela coisa nojenta pra mim. Só guardei até aquela psicopata decidir o que ia fazer com a língua da mulher que tinha lambido a esposa dela. A gente tem que achar a Imperadora rapidinho, essa mulher é doida, é traficante, é assassina. Ela ainda acha que é tudo isso?

– Acha. Pra ela, está nesse escritório aí ainda.

– Mesmo tendo sido levada?

Jéssica fez que sim com a cabeça.

– Sabe o que me assustou vendo Treta e Fifi no corredor?

– Achei que você tinha se cagado com medo dos corpos se levantando do chão.

– Claro que aquilo foi sinistro, mas eu achei mais sinistro ainda as duas no corredor.

– Por quê? Eu tinha te falado como é...

– É, você falou, maninha, mas elas pareciam de verdade, sabe? Dava pra gente tocar nelas. Eu senti o cheiro do chiclete da Fifi, senti o cheiro do perfume da Treta. Elas estavam ali, na minha frente, como se fossem de verdade.

– E estavam. É isso que faz essa droga que a sua irmã caçula inútil conseguiu aprimorar para sintonizar o mundo dos mortos. Se eu começo a vender isso aqui, eu fico rica.

Teodora apontou o dedo para Jéssica e sorriu.

– Boa! Boa ideia. Fica rica mesmo, num instante. Vamos sair daqui e parar de dar bandeira na frente do quartel-general. Com essa coisa do corpo sumir, a Helena já pode estar no meu cangote e eu não tô nem vendo. Não quero ser presa, mana. Quero achar o dinheiro da defunta e rapar fora, catar tudo e desaparecer.

– Catar metade, você quer dizer.

Teodora olhou para a irmã e sorriu.

– É. Catar minha metade e sumir.

As duas embarcaram na van Kangoo da JML, e Jéssica deu partida.

CAPÍTULO 4

O carro estava parado em uma esquina, em frente ao parque da cidade. Ali era um lugar onde trafegavam poucos veículos, e a escuridão do bairro favorecia o anonimato das irmãs necromantes químicas.

Teodora, pela primeira vez, roía a unha de sua mão direita, sob o olhar apreensivo de Jéssica. Para a policial civil, era estranho estar se sentindo protegida ali, pela irmã caçula, naquele momento. Era sempre ela quem resolvia tudo, quem dava o comando, e agora estava ouvindo de Jéssica que o mundo dos mortos era perigoso para se estar. Teodora só sabia lidar com o mundo dos vivos e não entendia como aquelas coisas trazidas pela Iboga-7 funcionavam, apesar de estar sendo martelada pelas recomendações de Jéssica.

– Lá atrás, você falou que eu posso ser assombrada pra sempre, que, tendo esses pedaços, elas podem vir atrás de mim. O que isso quer dizer, afinal de contas?

– Eu disse que elas virão atrás de você. Antes que esta noite acabe, temos que nos livrar deles. Fogo é uma boa opção.

– Fogo? Sério?

– Não fico feliz em saber disso, mas eu sei.

– Ainda bem que essa parada de sacos de dedos está no seu bolso, e não no meu. Não quero nem ver isso depois do que aconteceu lá.

– Ficou com cagaço agora, Teodora? Se está com medo, a gente racha o que tem na mochila e vaza. As coisas não vão ficar mais fáceis agora que você tem um cadáver desaparecido para encontrar.

A irmã ficou calada e continuou roendo a unha.

– Só tava pensando: se o dedo da Imperadora tá aí... como a gente não consegue ver a diaba?

Jéssica suspirou.

– Não é assim que funciona. Não é assim. Esse dedão é uma fração muito pequena do que ela é... Tem energia nele, eu mesma ouvi a risada da Treta lá na minha casa quando você me mostrou os dedos e senti o cheiro do chiclete da Fifi...

– É por isso que você deu aquela pirada, ficou até sem respirar.

– Não. Aquilo foi a Imperadora. Ela me jogou num vazio.

Teodora franziu a testa sem entender.

– Que diacho de vazio é esse?

– A Raoni não era muito religiosa, pelo visto, não acreditava em vida após a morte. Ela era muito melancólica e não aceitava a programação padrão que a maioria das pessoas tem... de se defender desse pensamento opressor de que um dia acabaremos, e ela não estava preparada para acabar naquela hora. Ela sabia que você era casca-grossa e que ia ser zica falar com você, mas não esperava levar um tiro na testa, acabar ali. Ela caiu no vazio de imediato e ainda está querendo alguma coisa muito forte. Você disse que a Marília estava para ter neném.

– Tava barriguda. Ia ter o neném semana que vem.

– Ia?

Teodora olhou para Jéssica.

– Tá com amnésia agora? Acabei de te falar a parada. Tive que tirar dona Ana e a Marília do meu caminho.

A caçula balançou a cabeça em sinal negativo.

– Ninguém tem valor pra você? São seis mortes num dia!

– Cinco.

– O bebê... você matou a mãe e o bebê!

Teodora coçou a testa e tirou outro cigarro do maço. Começou a batucar no painel do carro.

– Mas... isso é meio estranho, não é? Você está falando que ela não acreditava em religião e que, por isso, não acreditava em vida após a morte?

– Provavelmente, não. Acontece que existe vida após a morte, só não é como está escrito na Bíblia de nenhuma religião do mundo. Todo mundo tentando adivinhar como é, mas ninguém chega nem perto. Algumas até falam dessa energia, dos rastros que nossa presença deixa, mas tem mais a ver com nossos átomos e com os rastros da nossa energia pura, corpórea... como se fossem pegadas deixadas no trânsito do planeta no Universo.

– Puta que pariu, Jéssica! Vai entrar numa brisa de multiverso, de física quântica agora?

Jéssica deu de ombros.

– Quero entender o que acontece com a gente quando o que chamamos de corpo e consciência se desagregam. Tudo vale. Você manja de física quântica? Estou impressionada.

– Leio de tudo, você sabe. Quando preciso ficar plantada no DP, sempre tenho um livro na mão.

– Faz tempo que eu não leio. Eu lia *O pequeno príncipe* pra Ravena. Ela adorava, adorava.

– Ela era bem esperta. Lembrava um pouco a mamãe.

– Sério? Você acha?

– As sobrancelhas e aquele jeito de coçar o nariz quando focava alguma coisa.

Jéssica sorriu e apertou o volante entre os dedos, novamente suspirando fundo.

– Não vai começar a chorar de novo. Imagino como foi difícil abrir uma porta e não achar nada lá do outro lado.

Jéssica olhou para a irmã, segurando as lágrimas. Aquela noite seria assim, uma montanha-russa de lembranças, mas, de uma forma ou de outra, teria que valer a pena. Tinha que ajudar Teodora a se livrar daquelas mortes e tentar fazê-la entender que nem sempre estaria no comando das coisas, que não podia sair matando quem quisesse só porque estava com raiva. Não podia querer estar sempre com a razão.

Jéssica não sabia se aquilo lhe faria bem ou não, era difícil ficar ao lado de Teodora e evitar o passado, deixando a mente longe de como ela a tratava quando era pequena, sempre pregando peças, prendendo-a em armários e trancando-a em guarda-roupas por pura maldade, para estar no controle, para ser o centro das atenções. Se encontrasse o caminho para o hospital, o da cura, o hospital para o qual os xamãs carregavam seus guiados pelo mundo dos espíritos, talvez alguém estivesse lá, um antepassado, e, no meio daquela noite sem pé nem cabeça, a Iboga-7 fizesse o que faz de melhor. Curar Teodora.

– É por isso que eu estou aqui, Teo. Quando eu pegar minha parte do dinheiro, terei como montar meu próprio laboratório, meu equipamento fora do controle da JML. Depois dessa noite, eles vão saber de tudo isso, eu sei... e não vão deixar eu voltar. Você me obrigou a vir pra cá, mas entendi que se você me escutar, me seguir pelo mundo dos mortos e tirar a informação da Raoni, eu vou poder me conectar de novo com eles, vou descobrir um jeito.

– Vai vencer os sessenta metros?

Jéssica balançou a cabeça em sinal positivo.

– Mas por que você surtou quando te mostrei o saquinho com os dedos?

Jéssica segurou o rosto da irmã com as duas mãos.

– Me escuta e entende de uma vez, Teodora: a gente está em outro lugar, em outra frequência, e aqui coisas sinistras acontecem. E quando você brinca com a energia dos mortos, com essas pegadas, com essas vibrações, coisas imprevisíveis também acontecem. Eu nunca tinha visto corpos se levantando como vimos lá na sala da Raoni. É essa parte na ibogaína que eu não entendo direito. Eu cuido da parte química, da parte racional, mas essa droga abre uma coisa maior que a gente pode compreender com números, ela atravessa a matéria, é metafísica, usada em rituais. Aqueles dois corpos no chão eram carne morta, sem alma.... não deveriam se mexer. Pareciam Eguns.

Teodora, provocada, repeliu as mãos da irmã e recostou-se contra a porta.

– Você já me falou essa parte. Quer dizer que essas coisas de candomblé, de magia e de fantasmas existem mesmo?

– Como pode estar me perguntando uma coisa dessas depois do que você viu, Teodora?! Como é o nome da sem língua?

– Dani. Eu não gostei de fazer aquilo, mas era paga para fazer. Para cuidar das tretas da Imperadora.

– Você tinha dito que só cuidava da segurança dela no departamento, que não deixava a papelada andar. Agora eu tô sabendo que você também apagava quem entrava no caminho. O espírito delas estava entrando nas mortas. Eguns. Iam assombrar você.

– A gente faz o que tem que fazer para pagar o leitinho das crianças.

– Para de falar de criança. Você não sabe o que é isso.

– Ah, não enche! Eu não falei de propósito, não quero te provocar nem mexer com isso, quero sair logo daqui e não quero saber de fantasma aparecendo atrás de mim.

– Matou muita gente para ela?

– Matei. Uma porrada de nó cego e de gente que achava que podia melar o negócio dela.

– É por isso que você é mais valiosa para a Helena do que a própria Raoni. Ela tá parecendo uma paladina, quer colocar o Departamento de Polícia em ordem.

– Eleição chegando... aparece de tudo.

– Avisei que isso não ia dar certo. Temos que correr para você se redimir com essa gente que você matou hoje.

– Me redimir? Tá louca? É uma mais suja que a outra.

– Até a dona Ana, a mãe da Raoni?

– Ela é toda doce, fofinha, dá chocolate e chá para todo mundo, é doente por seu orquidário no fundo do quintal, mas só foi arrancada lá dos confins do Mato Grosso depois que o marido dela morreu. O pai da Raoni nunca quis vir visitá-la. Dizia que não era filha dele, era filha do Satanás. E adivinha o que dona Ana fez quando ele expulsou a filha de casa? Nada.

– A família sempre nos etiqueta, e se a gente não cuida da cabeça, essa etiqueta vai embora, pesando em nossas costas a vida toda. Você tem noção de que está aqui para romper com a sua etiqueta? Que está aqui no mundo dos mortos não para fazer mais mortos, mas para se redimir?

– Eu sei lá. Você me drogou no seu apartamento, e eu acordei já no estacionamento, na sua van. Pelo que me consta, eu ainda posso estar deitada lá atrás, na sua casa, tendo o pesadelo mais doido da minha vida, e nada disso pode estar acontecendo.

– Está acontecendo, Teodora. Nós estamos aqui, agora, para acertar nossas contas.

Teodora olhou para a grade do parque, e duas corujas negras pousaram no alambrado, fixando o olhar nela.

– A ibogaína é uma droga que os xamãs usam para curar – continuou a irmã mais nova. – Na África, quem a usa costuma ter uma visão com um ancestral, senta-se com ele e conversa com alguém que já foi do seu sangue.

– Coisa mais doida.

– Doido é que, em todas as culturas que usam a ibogaína, quando induzem as pessoas a essa viagem abrindo esse portal do mundo dos vivos para o mundo dos mortos, a viagem é sempre a mesma, a mesma. As pessoas são levadas a um hospital de cura e curam suas doenças em um lugar que não está na Terra.

– Você falou isso, que estamos em outro lugar... mas como estamos dirigindo o seu carro, nas ruas da nossa cidade? E se eu for na delegacia agora? Meus amigos do plantão vão estar lá como se nada tivesse acontecido? Se eu conversar com eles, não vão saber que eu estou vendo mortos para todo lado?

– A gente está no meio. Não saímos do mundo, muito pelo contrário. A gente só deixou o outro mundo vir até nós, sintonizamos a energia dos mortos como se tivéssemos uma banda mais ampla.

Teodora voltou a observar o alambrado e tomou um susto, pulando no banco do carro.

Jéssica viu os dois vultos do lado de fora, olhando para a irmã. Eram duas criaturas altas, com braços longos que pareciam asas cobertas por penas, absolutamente negras, com cabeças enormes e olhos amarelos, que lembravam corujas, mas tinham bicos longos, projetados para a frente.

– Meu Deus do céu! O que é isso, Jéssica?!

– Não se mexa. Elas só olham pra gente na maioria das vezes. São médicos-coruja.

Teodora olhou para o muro do parque, mais meia dúzia delas pousaram lá.

– Elas não estavam assim, parecendo gente com sobretudo. Estavam lá, em cima do alambrado do parque, que nem aquelas que chegaram.

– São mais médicos-coruja. Nunca vi tantos. A sua matança não está passando despercebida, Teo. Elas estão vindo atrás da energia que você liberou. Elas são a única coisa que já vi aqui que parece ter a ver com o hospital dos espíritos de que acabei de te falar.

– Então liga essa merda e vamos sair daqui antes que façam alguma coisa. Não estou gostando desses olhos amarelos nem quero tomar nenhum remédio que venha desses bicos longos nem desse mundo de gente morta.

– Não converse com elas. Elas abrem a boca para cantar e fazer seus olhos se encherem de lágrimas. Pelo pouco que as conheci, elas drenam as tristezas da nossa alma, qualquer emoção que nos carregue para as sombras. São boas meninas, mas me dão medo. O problema é que elas te arrastam para a *ghost trip*, você fica querendo voltar e voltar para ouvir o canto delas.

– Eu não estou triste com porra nenhuma. Só estou puta da vida com a cachorrada que a Raoni ia fazer comigo amanhã.

– Elas estão atrás do seu trilho de ódio e raiva, Teodora. Elas podem tirar isso de você, aos poucos. Elas sugam tudo isso e vão levando embora aos poucos.

– Vixe, mana, vão ter que me sugar uns cinco meses. Não temos tempo pra isso. Toca pra casa da velha, agora.

– Então mantenha essa pistola no coldre. Não deixe o piado delas entrar em você. Se começarem a cantar, tape os ouvidos. Elas não são do mal, não são obsessoras, mas é o que eu disse: elas viciam a gente.

– Esse papo dos obsessores me assusta. Imagina que tipo de Egun eu vou chamar?!

Jéssica olhou para a irmã com os olhos abertos e atentos, vigiando as corujas que circulavam ao redor do carro. Ela percebia que Teodora estava mesmo impressionada com o lado dos mortos, suas criaturas plurais e suas missões eternas de controlar as energias entre os dois mundos. Gostou de ver Teodora curiosa e precisando perguntar a ela o que as coisas significavam e como se desviariam de tudo aquilo para desvendar o primeiro mistério que tinha se apresentado às duas. Onde estava o corpo de Raoni?

– Os obsessores querem fumar o que você fuma, querem drogas que você usa, querem se misturar ao seu sangue e dar uma volta em seus neurônios. Eles entram em você para se alimentar das suas viagens e ligam o seu espírito em visita ao mundo dos mortos na desgraça da *ghost trip*. Querem vibrações. Querem sentir-se vivos mais uma vez. Gostam de sentir a saudade que você sente, querem estar montados em sua carne quando você goza na hora da transa e, no seu caso, querem reviver a embriaguez da vingança e da violência. Amam assumir o corpo de quem está na *ghost trip* para se vingar de quem os matou. Os obsessores querem entrar em você e viver de novo.

– Você disse que os fantasmas que íamos encontrar não sabiam que estavam mortos, não lembravam de sua morte, mas não foi isso que aconteceu no escritório.

– Normalmente, não. As duas do porão sabiam o que tinha acontecido. Uma contou para a outra o que viu, e tem o fato de você ser uma alma carregada, Teodora. Eu nunca vim para cá com tanto ódio e tantas mortes ligadas a mim. Estou vendo coisas que eu nunca vi.

– Pelo amor de Deus, Jéssica...

– Agora você fala em Deus? Que esquisito, acho que desde que você tinha quinze anos não te ouvia falando de Deus.

– Tira a gente daqui, por favor? O mais rápido possível. Vamos achar minha grana e rezar para o dia amanhecer logo e ficar bem longe de qualquer cadáver que tenha ligação com a Imperadora. Eu só quero pegar o dinheiro e sumir. Tenho que saber onde ela está. Só isso vai me tirar dessa cilada. Com dinheiro eu compro todo mundo e desapareço.

– Tá bom, irmãzinha. E pra onde a gente vai neste exato momento?

– Vamos para a casa da dona Ana. As mães sempre sabem mais que todo mundo, até mesmo mais que as noras e os genros. Elas conhecem a natureza de suas crias.

Jéssica arrancou com a van quando os médicos-coruja ergueram suas mãos e se aproximaram da janela de Teodora.

– Você sempre vê essas coisas quando usa isso?

Jéssica ligou o rádio da van, ouvindo as batidas da música e balançando a cabeça no ritmo.

– Não é toda vez que eu vejo, mas já vi quando fui falar com a mamãe. Vejo muuuuuita coisa sinistra naquele cemitério, parece curva de rio.

Teodora encarou a irmã.

– Você falou com ela? Com a mamãe?

Jéssica confirmou com a cabeça, enquanto se estendia e encostava em Teodora ao tirar um maço de cigarros do porta-luvas.

– Por que não pediu pra eu pegar seu cigarro? Acha que vou te envenenar? Que vou brigar com você, te repreender?

– Normalmente, é isso que você faz comigo. Só fala mais mansa quando precisa de alguma coisa, como hoje, e depois vem a picada, esse veneno aí que você está falando. Há quanto tempo você não aparecia na minha casa? Você sabe?

Teodora deu de ombros. Tinha coisa mais importante para fazer do que ficar visitando a irmã. Manter Raoni na zona fria dava trabalho, e precisava manter seus sentidos ligados o tempo todo para já ter a solução pronta antes de o problema surgir.

– Meu trabalho consome muito do meu tempo, e você não me escuta quando falo com você. Desisti.

– Tem sempre que ser do seu jeito, né, Teodora?

– Ignorante. Você que tá falando pra gente ficar numa *nice* hoje. Não está parecendo calma agora. Daqui a pouco os bicho-doutor vão se levantar para ir atrás de você, não de mim. Você sempre teve inveja da minha força.

– Médicos-coruja. Não bagunça a minha praia.

Teodora inspirou fundo e se debruçou, sugando o cigarro e avivando a brasa para que Jéssica se inclinasse e acendesse o seu cigarro com aquele enjoativo aroma de hortelã. As irmãs deram uma baforada longa pela janela, ao mesmo tempo pensativas e silenciosas. A noite estava avançando, já passava das onze horas. As pessoas iam rareando nas calçadas, e seus passos eram mais acelerados. Nada de garoa. O céu tinha ficado aberto depois daquela chuvinha fina, e as estrelas e a luz começavam a dar o ar da graça, parecendo um outro tempo.

Jéssica gostou de ver o céu limpo e sem nuvens, sem aquela gosma negra, ectoplasmática, atraída pela vibração de Teodora. Os mortos estavam calados.

– O que você conversa com ela?

A pergunta da irmã mais velha pegou a caçula de surpresa. Jéssica deu outra tragada no cigarro, soltou a fumaça devagarzinho, ficou olhando para fora e, depois, encarou a irmã. O carro estacionado estava com o motor ligado, e a fumaça quase invisível do etanol saía pelo escapamento enquanto dos vidros abertos escapavam os fios nublados do fumo.

– Tá falando da mamãe?

– É, claro. Já sei que você não pode falar com eles dois.

Jéssica coçou a testa igual a irmã fazia e bateu as cinzas na beira da janela.

– Não muita coisa. Eu gosto mais de ir vê-la, só isso. Ela sempre está lá, fazendo a mesma coisa. Faz tempo que não falo com ela. Como eu disse, parei de usar a Iboga-7... Nunca encontrei mais ninguém que eu queria além da mamãe.

– Amanhã seria aniversário dela.

Jéssica sorriu com a lembrança da irmã. Ela mesma tinha se esquecido do aniversário da mãe, e a durona, casca-grossa, indócil e impenetrável assassina da Narcóticos lembrava do aniversário da genitora.

– Verdade. Ela dizia que não gostava de comemorar o aniversário, mas, quando meu pai trazia um bolo pra ela, a mamãe ficava com aquele sorrisinho bobo no rosto.

– Ficou marcado na minha cabeça. É o mesmo dia em que recebi meu distintivo da Narcóticos. – Teodora olhou para fora. O horizonte ia se afunilando, causando uma sensação estranha, parecendo que o céu estava mais baixo que o comum, como se estivesse forrado de nuvens roxo-acinzentadas, que iam descendo mais e mais ao encontro do chão. – Este lugar é muito esquisito. Tá vendo esse céu?

– Pra mim está normal. Noite estrelada.

– Eu estou vendo uma mancha roxa. – Teodora esfregou os olhos e abriu mais a janela, enquanto Jéssica olhava pelo vidro do para-brisa. – A mamãe gostava dessa cor e de ficar assistindo aos desfiles de escola de samba.

Jéssica ergueu as sobrancelhas e sorriu.

– Vai-Vai! Nossa! A mamãe adorava a Vai-Vai. Você sabe por quê?

Teodora tragou de novo o cigarro e tornou a olhar cismada para o céu antes de responder:

– Acho que é porque conheceu meu pai lá na quadra.

– Ela nunca me falou disso! De quando conheceu seu pai.

– Não tô gostando dessa mancha, ela tá cobrindo todo o céu.

– Você que quis vir, pediu e insistiu, agora não reclama. Vamos achar logo onde está essa grana e ir embora. Tô detestando ter entrado na sintonia dos mortos e só ver o que eu não quero ou o que me dá medo. Parece que vou encontrá-los em qualquer esquina, que vou vê-los mais uma vez, mas isso nunca acontece... E quando a conexão se desfaz, eu vou para o fundo do poço, e advinha o que eu faço?

– Me desculpa por não ter te tratado como irmã. Minha cabeça é uma merda, Jéssica.

Jéssica só balançou, acenou em sinal positivo e foi tomada por pensamentos, saudade e melancolia. Tragou seu cigarro de hortelã, avivando a brasa, e olhou para os olhos escuros da irmã, emoldurados por suas madeixas longas e encaracoladas, que se desprendiam do coque que segurava o resto do cabelo.

– Fomos forjadas na mesma forma, Teodora. Aquela casa não fazia bem pra ninguém. Às vezes, sinto que ainda estou presa lá, debaixo do mesmo teto. Só queria aprender a rasgar direito essa parede e me encontrar com eles nem que fosse uma vez, para pedir perdão e depois acabar com tudo.

– Você acha que seria bom?

Jéssica balançou a cabeça em sinal positivo. O remorso que sentia tinha gosto e era palpável. Sempre que se lembrava de como tinha acontecido e por quê, sentia a culpa subindo por suas pernas, penetrando em sua carne e corroendo seus ossos, enquanto a bile tomava a garganta, a língua e as papilas, até que ela caía e vomitava tudo aquilo no vaso sanitário, com vodca e cachaça.

– Ao menos eu pediria desculpas. Eu é que deveria estar morta, não eles.

Teodora continuou com seu cigarro e começou a refletir sobre seu problema. Raoni era tão podre de rica que tinha todas as possibilidades do mundo, até mesmo de ter enfiado toda a sua fortuna em alguns contêineres e mandado para o outro lado do mundo. Sentia-se bem fodida agora, só que Teodora era uma investigadora, uma leitora de pessoas. A Imperadora era possessiva e orgulhosa, não ia querer ver seu dinheiro muito longe. Era discreta, mas amava comprar obras caras e colocar em sua casa. Gostava de "comprar" bom gosto. Alguma coisa dizia a Teodora que ela estava mais perto do ouro e das joias do que pensava, e Raoni iria querer ter aquele dinheiro neste mundo e no outro como um tipo de Xian de Osasco, enterrando-se com um exército de terracota.

– Se eu estivesse com meu celular, colocaria o endereço da mãe da Raoni no navegador. Pra onde a gente vai?

– Segue pro Adalgisa, ela mora dentro do Parque dos Príncipes. Tem uma biblioteca bonita. A gente troca uns livros de vez em quando... ou melhor, trocava. Tenho que devolver o *Queda para o alto* pra ela. Gostei do livro. Década de setenta, gente lutando para ser gente na capital. Engraçado esse meu lance com a dona Ana. Ela coleciona rosas e orquídeas, tem aquelas estufas de vidro no fundo do quintal, chocolates importados. A Raoni não economizou com a mãe depois que a arrastou do Mato Grosso pra cá assim que o velho morreu.

– O que é engraçado?

– Eu ter conversado mais com a mãe da Raoni do que com a mamãe. E de ela ser também uma mulher que tinha medo do marido.

– O que tem de engraçado nisso?

– A dona Ana, quando chegou aqui vinda do interior, era bem diferente da que você vai conhecer hoje. Quando veio, estava se sentindo bastante deslocada, mas a Raoni queria dar uma boa vida pra mãe. Ela estava viúva e com um tumor no seio.

– Que merda.

– Pois é, mas o dinheiro ajudou, e rapidinho a Imperadora colocou ela no melhor hospital e pediu que eu fosse babá da mulher por uns dois meses. Pensei na hora que ia ser um saco, mas sempre levava um dos meus livros debaixo do braço pra me distrair.

– Por que você parou de ler pra mim? Eu lembro que você lia...

– Gulliver! Você adorava. Eu tinha uma dúzia de livros, e você sempre pedia aquele, o mesmo. Por quê?

Jéssica engatou a marcha e começou a deslizar pelo asfalto de novo. As pontas vermelhas dos cigarros das irmãs se intensificaram na mesma hora. A caçula, com a voz embargada pela tragada, abriu um sorriso e respondeu enquanto soltava a fumaça de hortelã ao mesmo tempo que tossia:

– Não sei bem, eu gostava de você lendo. Você virava outra pessoa, tinha paciência comigo quando lia.

– Mas sempre o diacho do Gulliver, né? Eu sabia de cor.

– A Ravena amava *O pequeno príncipe*.

– É sua cara ler isso pra menina. Eu leria *Condenada*, ela ia adorar.

Jéssica franziu a testa e perguntou:

– Que livro é esse?

– É de uma menina que morre de overdose de maconha e vai cumprir pena no inferno. Mano! Overdose de maconha! Hahahahaha! Se fosse heroína, cocaína, você entende disso, mas maconha? – Teodora calou-se de súbito, percebendo a falta de tato. – Você pode ter outra pessoa, sabia? Pode ter outros filhos. Quando a gente sumir com a nossa grana, pode deixar, eu monto uma biblioteca para o meu novo sobrinho.

Jéssica acelerou o carro e ficou calada. Fez uma curva, com os pneus cantando e o velocímetro subindo. Teodora olhou de soslaio para o painel e segurou no "putaqueupariu", fingindo não se importar muito com a reação da irmã. É claro que ela tinha ficado enervada. Ia soltar mais uma de suas provocações, mas ponderou, pois Jéssica tinha toda a razão de ter ficado irritada, de ter se sentido mais uma vez atacada.

Acontece que a decisão de acelerar o máximo que aquele Kangoo aguentava pelas ruas da cidade não era nem de longe a melhor opção no momento. A velocidade aumentava, e a irmã não diminuiu nem mesmo quando o sinal amarelo acendeu no cruzamento do campo de golfe. A luz ficou vermelha, e Jéssica entrou rasgando à direita, bem em frente a uma viatura da PM parada num posto de gasolina. Teodora olhou para os policiais, que ficaram apenas observando a van ganhar a avenida, com o motor roncando e o giro aumentando.

– A gente podia chegar viva na casa da dona Ana, né? – soltou Teodora. – Não seria nada mal terminar esta noite inteiras, e não em pedaços.

Jéssica enfiou o pé no freio, e a van deslizou de lado, fazendo as coisas que estavam no compartimento de cargas baterem na divisória da cabine e Teodora voar para a frente, quase metendo os cornos no para-brisas.

O carro ficou parado no meio da avenida, com fumaça escapando sob o capô, e não demorou para que os carros que vinham atrás, assustados com a derrapagem a que acabavam de assistir, começassem a buzinar.

– Me desculpe! Me desculpe! – gritou Jéssica, saindo do carro e batendo a porta.

Teodora desceu atrás da irmã, que tinha ido se sentar na guia, com a cabeça no meio dos joelhos, pranteando descontrolada. Os carros continuaram buzinando insistentemente, e um sedã vermelho abriu o vidro do passageiro, enquanto um moleque colocava a cabeça para fora e começava a gritar um monte de palavrões.

Teodora tirou a pistola do coldre e andou em direção ao carro com a arma empunhada.

– Não atira! Não mata mais ninguém hoje, pelo amor de Deus! – berrou Jéssica da calçada.

O rapaz, assustado com a situação e com os gritos da mulher, enfiou a cabeça para dentro do carro, e o piloto arrancou na avenida. Os carros que vinham atrás começaram a desviar mansamente e a seguir seu caminho para o bairro Adalgisa.

Teodora baixou a pistola e colocou-a no coldre, enquanto virava-se para a irmã.

– Eu sei que pisei na bola. Sou bocuda mesmo, mas foi sem querer a parada do livro. Tava te falando da dona Ana, só isso. Desculpa o mau jeito, Jés.

Jéssica continuava chorando com a cabeça baixa.

– Não precisamos de mais mortes. Ninguém tinha que ter morrido hoje, Teodora. Eu só queria ter a chance de pedir perdão a eles, por isso me empenhei em abrir esse canal com os mortos, e olha o que eu fiz agora?

– A gente tá perto da casa da mãe dela. Levanta essa cabeça. Amanhã vai ser tudo diferente, prometo. Quando eu pegar meu dinheiro...

– *Nosso* dinheiro! Você sempre esquece que vai dividir comigo. Você tem que falar *nosso* dinheiro! Eu sabia que você ia me enrolar e não ia cumprir com sua palavra. Eu sabia, Teodora!

Teodora sentou-se ao lado da irmã e olhou para baixo, para o fim da avenida. Ao menos o giroflex da viatura continuava lá no posto de abastecimento, imóvel. Ao que parecia, estavam fazendo vista grossa para aquela presepada no meio da via.

– Eu vou dar a sua parte, fica tranquila, Jéssica. Vamos para o carro, você vai gostar da dona Ana. Ela cresceu no mato, no interiorzão mesmo, os pais dela eram tão chucros que nem rádio permitiam dentro de casa. Ela pegava livros escondida na biblioteca da igreja e dizia que ganhava o mundo, que ninguém a segurava. Ela viajava para qualquer canto do planeta.

Jéssica enxugou as lágrimas nas mangas do moletom cor-de-rosa e começou a controlar o choro. Minutos mais tarde, com a caçula apaziguada, o carro embicava na rua de casas amplas e classudas do bairro mais abastado na divisa de Osasco.

– Depois daquela iluminada, é a terceira à direita – indicou Teodora.

– Vou ter que desviar dos cachorros. Eles não vão deixar a gente passar por ali.

– Que cachorros?

Logo Teodora compreendeu. A rotatória à frente estava tomada por sombras que se moviam abaixo das árvores e do concreto que delimitava a passagem dos veículos. Eram centenas de velhos cãezinhos de madame que tinham vivido naquele condomínio, todos reunidos ali. Alguns apenas espectrais, como fantasmas; outros horrendos, sacos de ossos e pele, rosnando assustadoramente para as visitantes.

– Você sabe que eu odeio esses bichos, Jéssica. Tira a gente daqui!

– A gente passa por eles, são espectros, resquícios.

– Eu não quero passar por eles, me dão calafrios.

– Tudo isso é por causa do Migo?

– Tira a gente daqui, pelo amor de Deus! Eles vão querer me pegar.

– Calma, Teodora. São só fantasmas de cães mortos.

– Eu não gosto disso, não tô gostando desse passeio, tira a gente daqui!

Jéssica deu ré com a van e contornou o quarteirão.

– É difícil ver você com medo, é até esquisito, mas quem tem culpa no cartório tem sempre um fantasma.

– Para de fazer graça.

– Uma hora você tem que pagar seus pecados, né, Teodora?

– Aquele saco de pulgas vivia me mordendo.

– Não era culpa dele. Quem deixava ele com pulgas era o papai.

– E por que estou vendo esses cachorros e aquelas pessoas-coruja se a sua Iboga-7 faz a gente ver só os efeitos de quem está a sessenta metros?

Jéssica afundou a bituca de cigarro no cinzeiro e parou o carro na esquina.

– Eu já disse. Você está embebida em morte esta noite. Eu nunca tinha visto tanta coisa se juntando ao mesmo tempo.

– Você que é a especialista do mundo dos mortos, você que me diz.

– Para que lado vamos?

– Sobe à esquerda e passa duas quadras. A gente já está quase lá.

***

As duas encostaram em frente ao casarão, que parecia grande demais para alguém que vivia sozinha, com a frente pintada de rosa bem claro e bordas em branco, uma casa antiga e que não chamava tanto a atenção como os exageros arquitetônicos na avenida dos novos-ricos. Aquela era perfeita para a mãe de uma traficante, passava despercebida.

Jéssica deu ré, colocando a van no gramado da garagem sem portões do casarão, e desligou o carro, apagando as luzes. Desceram do carro e adentraram por um corredor escuro na lateral da casa. Os cães ladravam distantes, e Teodora olhou para trás umas duas vezes, cismada com os cachorros. Uma brisa serena varreu o chão de lajotas, empurrando folhas secas recém-caídas das árvores sobre aquelas umedecidas pela garoa do começo da noite, com um odor pitoresco, um aroma misturado ao das flores cultivadas pela senhora. O aroma sortido pareceu entrar fundo e fazer luzes se acenderem na memória de Jéssica. Certamente, um efeito cinético colateral que ela tinha que colocar no seu bloco de notas sobre a Iboga-7. Quando viu Teodora tirando a arma do coldre ao chegar à porta do corredor, as luzes desapareceram, e ela voltou para a realidade, aquela em que ela e a irmã estavam atrás do cadáver de uma traficante.

Teodora fez um sinal para ela e entrou na casa. A sala ampla unia-se à sala de jantar, onde havia algumas velas em forma de rosas, exalando cheiros florais de essências feitas de óleo que crepitavam dentro das réplicas de parafina. A iluminação parca conduziu a dupla até a cozinha, no fundo do terreno do sobrado. Junto a uma janela grande no ambiente espaçoso, dona Ana estava sentada em uma cadeira, choramingando, enquanto colava os pedaços de um vaso de cerâmica, tentando unir os cacos da peça quebrada. Mesmo que a policial soubesse que a veria ali, ainda não tinha se acostumado a ver fantasmas e ficou fascinada por alguns segundos. Era hipnótico ver o espírito de uma pessoa morta movendo-se, juntando pedaços de uma coisa que já tinha sido inteira, ensimesmada e alheia às viventes que invadiam sua casa, sua intimidade de morta.

– Dona Ana! Boa noite!

A velha ergueu os olhos por baixo de um par de óculos, encarando a dupla de visitantes parada em sua cozinha. Olhou rapidamente para trás, procurando alguma coisa, estendeu o braço até o balcão ao seu lado, quase tocando as latas pintadas que decoravam o ambiente, e estalou os lábios desgostosa.

– Diacho! Isso nunca está aqui quando eu preciso... – resmungou a senhora, voltando a encarar Teodora.

– O que a senhora tanto procura aí atrás?

Jéssica olhou ao redor. Sabia que aquela idosa sentada na cadeira era apenas a materialização da mãe da traficante sintonizada pelo uso da Iboga-7. O fantasma estava agora parado, encarando sua irmã, que ia avançando cada vez mais na direção dela.

– Coisas da minha filha! – disse dona Ana. – Que bom receber a visita da minha amiga de livros.

– Isso aí não tem mais conserto, não – rebateu Teodora, olhando para os cacos sobre a mesa.

Jéssica ficou imóvel, contemplando a aparição. Sentia sempre aquele fascínio quando visitava o mundo dos mortos, aquela embriaguez de estar diante de uma possibilidade de continuidade. A primeira vez que pisou naquele território, quando insistiu em ser a cobaia de seu próprio experimento, foi como uma doutora Hide que, em vez de assumir uma segunda persona, abriu uma porta para uma dimensão que ampliava os sentidos e a deixava em contato com mundo visível para poucas e especialíssimas pessoas que tinham a habilidade inerente de se comunicar com os mortos. Foi inebriante desde o primeiro instante, e demorou até ela entender que os fantasmas que via repetiam encenações deles mesmos, presos em uma fatia de um momento que tinham vivido antes de se desconectarem de seus corpos, e grandes emoções que extravasaram de sua matéria criaram um elo, uma ranhura que rompia o manto entre os mundos. O grande aprendizado foi quando entendeu que aqueles fantasmas que via e eram palpáveis quando injetava a Iboga-7 na sua corrente sanguínea eram visíveis porque a droga abria um receptor em seu cérebro, permitindo essa sintonia com a energia que emanava dos cadáveres, como uma radioatividade do além que faria qualquer contador Geiger explodir.

Seus inúmeros mergulhos do lado dos mortos foram ensinando a ela um pouquinho de cada vez. O poder de sua "animação" estava comprometido com aquela distância sem explicação, sessenta metros. Além disso, essa representação de quem aqui já tinha existido não evoluía, eram só ecos do que tinham sido, com tudo o que tinham vivido impresso em seus restos, em seus ossos, e em um tipo de emanação que se prendia aos seus despojos.

Podia ver um fantasma em uma manhã pondo a mesa para o café e, se voltasse à noite, podia vê-lo em outro trecho de memória, no lugar onde havia acumulado mais energia, agora colocando a mesa para o jantar, revivendo alguma noite que tinha marcado sua alma, seus músculos, suas juntas, e sendo projetado como o transmissor de um radioamador, propagando-se pelo ar, enchendo-o com a melancolia das emissões, da voz, das vontades e da interação com quem um dia tinha sido presente no mundo dos vivos e nem sequer sonhava que seus dias tinham acabado.

Existiam também as outras criaturas, como os médicos-coruja e as serpentes-fluidas, que, até onde ela compreendia, eram inofensivas. Poderia ficar noites e noites como um deslumbrado Darwin, catalogando e decifrando criaturas insulares em uma Galápagos invisível aos olhos humanos. Invisível até que comprassem um ingresso em forma de uma ampola de Iboga-7 e ganhassem a habilidade temporária de desbravar aquele arquipélago de possibilidades assombradas, trazendo em silêncio seu maior dilema e medo.

E se encontrasse os dois, finalmente? O que teria sido tão poderoso que havia gravado sua transmissão? Jéssica tinha passado noites chorando, encolhida em posição fetal, tapando os ouvidos por temer ouvi-los gritando de dor e clamando por socorro.

Ela tinha parado no degrau de mármore que separava a sala de jantar da cozinha aberta, bem onde estava o corpo da mãe de Raoni, que mostrava um tiro no meio do rosto. A brutalidade e a frieza de sua irmã não eram inéditas para a caçula, mas aquilo não a afastava do compadecimento das vítimas daquela chacina egoísta. Ergueu os olhos para o fantasma de dona Ana quando ela respondeu ao julgamento de Teodora.

– Era o favorito da minha filha. Queria tanto que ela viesse aqui!

Teodora viu dona Ana debruçando-se ainda mais sobre os cacos do vaso e ajustando os óculos para melhorar sua visão. Estar ali como uma *voyeur*, observando aquela senhora, era muito diferente do que havia ocorrido um pouco antes, ao ver Treta e Fifi. No escritório da Imperadora havia certa tensão no ar, pois, mesmo sendo as duas cães de guarda apenas fantasmas, tinham sido seu primeiro contato mais íntimo com aquelas coisas do mundo dos mortos. Se não tivesse ela própria enfiado uma bala no meio da testa de dona Ana, não saberia que estava diante de um fantasma. Não havia nada daquela coisa translúcida e enfumaçada que a gente vê em filmes de terror. Era só a dona Ana sentada em sua mesa, colando com Super Bonder os estilhaços de um vaso, e, quando a mãe da traficante ficou satisfeita com o encaixe e procurou a próxima peça daquele quebra-cabeças de cerâmica, deu uma olhada rápida para Teodora e, de novo, para trás, procurando alguma coisa que deveria estar ali na bancada ao lado.

Teodora se aproximou da mesa e continuou a conversa. Não podia ficar perdida naquele deslumbre, precisava encontrar o corpo de Raoni para interrogá-la ou então extrair daquela mãe o lugar em que a filha tinha escondido a fortuna do tráfico.

– Ela vem. Fica tranquila, dona Ana. Logo ela estará aqui com a senhora.

A mãe de Raoni abriu um sorriso largo e resplandecente e ficou encarando a detetive. Teodora puxou uma cadeira e se sentou de frente para a velha, enquanto Jéssica, olhando aquele quadro, imaginava se era aquela pose clichê que a irmã incorporava para interrogar seus suspeitos na sala da delegacia.

– Ela vai voltar pra mim?

– Vai, sim. Ela é louca pela senhora. Me fala toda vez que quer se aposentar para botar a senhora e a Marília naquele veleiro e viajar.

– Louca... – tartamudeou dona Ana. – Eu fiquei louca... eu sei que estou louca agora. Depois que ela fugiu de casa, eu comecei a endoidecer, sabia? Um filho que desaparece, que some, deixa a gente doida.

Jéssica teve sua atenção capturada por aquela parte do relato e ficou olhando para o fantasma, que vivia um verdadeiro sofrimento. Um arrepio percorreu sua coluna.

– Ela me falou muito dessa época, dona Ana. Por isso a gente ficou bem unida, sabia? A gente confiava uma na outra.

Dona Ana mexeu nos óculos e tornou a encarar a investigadora, abrindo a boca sem dizer nada, parecendo buscar palavras para prosseguir.

– Ela era tão novinha. Meu marido não gostava dessas coisas dela, ele era cheio de santa pra cá, santa pra lá. Não deixava o coração da gente na frente da fé.

– Pais. As mães é que comandam, dona Ana, as mães é que comandam. A Raoni adora a senhora.

– Adora? Ela te disse?

– Disse, claro! – carregou no entusiasmo a investigadora. – Eu só estou preocupada com a senhora. Ela pediu para eu vir ver se estava tudo certo. Ela anda aflita com a polícia, sabe? Ainda mais agora que a Marília...

– O pai mandou ela embora do Mato Grosso – cortou a fantasma. – A Raoni nem sabia o que ia ser da vida ainda. Eu estava pensando nisso antes de você e essa mocinha aí chegarem. Fiquei pensando nisso a tarde toda, me lastimando do quanto não vivi com minha filha só porque os outros diziam que ela era diferente, que ela era doente, e a luz da salvação de Deus nunca ia tocar o coração dela. Eu não queria que ela mudasse nada por mim, tinha medo de ver ela sofrer, só isso. Não me importava com a igreja, me importava com ela, mas meu marido era mandão, não dava o braço a torcer, e, para ele, isso não existia...

– Eu imagino. Se toda mãe fosse assim, como a senhora, interessada em fazer o que é possível para ajudar uma filha... A senhora tem essa oportunidade agora. Pode dizer tudo isso a ela agora. Ela precisa da sua ajuda e da sua compreensão.

– Ajudar a Raoni? Eu?

– É. Ela está precisando da mãe dela, bem agora, neste exato momento.

Jéssica entendeu a tática de persuasão da irmã e ficou no balcão, olhando para aquela senhora presa em suas culpas, mesmo após a morte, remontando um vaso quebrado e roendo-se de remorso por ter deixado o marido pôr a filha para fora de casa. A garota olhou para o chão e andou até o corpo, vendo o mesmo vaso caído ao lado do balcão central da cozinha. Provavelmente a velha estava montando alguma decoração, um enfeite, quando Teodora deu fim à sua carne. Abaixou-se, olhando a cerâmica em cacos.

– Cuidado aí, Jequinha, não fica espalhando suas digitais – advertiu a irmã mais velha.

Jéssica suspirou ao ouvir o apelido odiado outra vez. Ainda ao pé do balcão, viu um pedaço de tecido embaixo, mergulhado nas sombras. Era um pedacinho de pano felpudo de feltro verde. Jéssica curvou-se mais enquanto a voz de Teodora voltou a reverberar:

– A senhora tem ideia de onde a Raoni está agora? Eu tenho que protegê-la.

Dona Ana ergueu os olhos dos cacos e estalou a língua, sem conseguir encontrar o encaixe daquele novo fragmento. Premeu os lábios, balançando a cabeça em sinal de negação.

Teodora suspirou fundo e tirou o maço de cigarros do bolso da jaqueta. Batucou com o isqueiro de plástico dourado no tampo da mesa e olhou para trás, vendo a irmã brincar com um fantoche. Ela estava segurando um sapo, mexendo a boca do bicho e falando sozinha. Doida. Olhou novamente para dona Ana. As rugas, os olhos atrás dos óculos, a blusinha de lã rosa-claro, os botões, tudo tão real! Como era possível ela ser uma coisa sentada à sua frente, inconsciente de que seu corpo estava ali, caído logo atrás do balcão da cozinha? Como é que ela não sabia que seu corpo estava frio, que seu sangue já tinha corrido, por força da gravidade, para a pele em contato com o chão?

– Senhor Sapinho! Vamos pular? Cuach, Cuach!

– Jéssica! Para com isso, não fica fuçando nas coisas da dona Ana!

– Tá me chamando pelo nome agora?

– Para de implicar! – Teodora olhou novamente para a irmã.

– Deixa a moça brincar. Ninguém vem aqui brincar mais.

– A Raoni, ela me contou que a senhora vai ter uma netinha.

Dona Ana olhou mais uma vez para Teodora.

– A Raoni, ela precisava voltar. A Imperadora é ocupada demais.

– Eu estou aqui para isso, mas a senhora tem que me falar onde ela pode ter se escondido. Ela me pediu para protegê-la.

– Ela disse para eu não confiar em você, Teodora. Ela disse que você é muito perigosa. Perigosa demais.

Teodora tragou o cigarro e soltou a fumaça lentamente, que subiu, nublando a lâmpada acima de sua cabeça.

– Você não quer sua netinha aqui, brincando no meio das suas pernas? Você pode dar a ela agora o que não pôde dar a Raoni. Cuidar dela, defendê-la, arrumar as coisas, fazer o que a senhora não conseguiu fazer com sua filha.

– Eu a deixei ir embora, fui fraca. Mães não podem ser fracas. Jesus nunca vai me perdoar e vai me mandar para o inferno, sozinha, sem ninguém.

– Então... vamos arrumar as coisas, dona Ana. Não precisa ficar assim, com medo de ficar sozinha. Me fala onde a Raoni está. Aonde ela iria se esconder com segurança? Eu preciso salvá-la.

Dona Ana estendeu a mão e tocou a de Teodora. A policial puxou os dedos, impressionada com o toque do fantasma. Sua pele tinha ficado gelada no local em que dona Ana encostou.

– Jéssica, ela pegou em mim.

– Não deixa, Teodora. Não facilita para entrar na *ghost trip*. Não quero ver você presa aqui deste lado – falou a caçula, preocupada, soltando o fantoche de feltro verde no balcão e chamando a atenção de dona Ana novamente.

– Quem é ela?

– É minha irmã mais nova. A gente está se acertando esta noite. Estamos arrumando nossas coisas de família. A senhora também está preocupada com a sua família, que está aumentando. Eu só quero ajudar a senhora a ver a Raoni, dona Ana, mas eu não sei onde ela está agora. A senhora precisa me dizer.

– Ela não me conta as coisas que faz. Eu não sei onde ela está. Ela só estava muito ansiosa, muito falante da última vez. Acho que foi a primeira vez que vi minha filha feliz.

– O que ela disse pra senhora?

– Para eu não confiar em você. "Tome cuidado com a Teodora." Ela falou bem assim. "Tome cuidado. Ela é cobra criada, mãe."

Teodora, impaciente, olhou para a irmã, que deu de ombros. Jéssica andou até a geladeira e a abriu, vasculhando as prateleiras.

– Eu já disse para você não ficar esparramando suas mãos por aí, Jéssica.

– Jéssica... Eu acho esse nome tão bonito! Eu ia colocar Jéssica na Raoni, sabia?

Jéssica virou-se para dona Ana e sorriu, enquanto Teodora dava outra tragada profunda em seu cigarro, evocando paciência para sua alma com aquela assombração, atenta ao discurso da mãe da Imperadora para encontrar uma brecha e conseguir extrair o que tinha ido buscar. Cinco passos adiante.

– Não, isso a senhora nunca me contou – disse a policial, batendo as cinzas do cigarro ao lado da mesa. – A senhora falou de toda aquela coisa do seu marido ser católico fervoroso, do padre tentar converter a Raoni, mas nunca falou do nome Jéssica.

– Deixa a menina comer. Você está com fome, Jéssica?

– Infelizmente, dona Ana, fome é tudo o que me resta. Parece que tem um dragão morando dentro da minha barriga ultimamente. Posso ver se tem sorvete por aqui?

– Na quarta, a Raoni acabou com o pote, Jéssica. Você está sem sorte hoje, filha. Aquela lá só para quando raspa o pote.

– Qual era o sabor favorito da Raoni, dona Ana? A senhora sabe?

Dona Ana voltou a olhar para a policial à sua frente. A imagem da velha senhora parou com a boca aberta.

– Não tem nada de sorvete no congelador – reclamou a caçula. – Queria um doce agora. Estou ficando agoniada.

Jéssica bateu a porta do congelador e abriu os armários. Pelo jeito, a coisa ia demorar. Talvez vasculhar as gavetas deixasse Teodora mais calma, deixando-a notar que ela também estava interessada em descobrir onde a Imperadora tinha ido parar.

Dona Ana levantou-se da mesa de repente e andou até o armário atrás de Jéssica.

– Eu sempre escondo meus segredinhos aqui, menina, olha. – O fantasma espichou a mão para dentro das prateleiras, afastando três sacos brancos e apontando para as barras de chocolate. – Atrás da farinha, do lado das chaves.

– Dona Ana! Isso aqui é importado! Que delícia, posso comer mesmo?

– Pode, filha. Sinta-se em casa. Tem muito mais desse chocolate guardado. A minha filha não economiza comigo. Eu brigo com ela, mas ela me enche de coisas.

– Sua filha eu não tive o prazer de conhecer, mas ela parece ser muito maneira.

– Conhecer, de verdade, ela só conhecia a sua irmã, e muito bem, ainda por cima.

Teodora se aproximou das duas. "As chaves" tinham tilintado em seus ouvidos, acendendo sua mente. Dona Ana escondia segredinhos e chaves atrás da farinha. O cheiro das flores na casa conflitava com o odor almiscarado do sangue morto no chão. Teodora encarou Jéssica, que estava sorridente, parecendo uma tonta com uma barra de chocolate na mão. Quando a irmã caçula a viu, apontou com o queixo para o cadáver.

– Ela não vai ver. Só se você mostrar para ela, então não faz isso. Eles enlouquecem, perdem as estribeiras, não é nada legal.

– Eu não fico mais louca do que fiquei, filha, passei a vida toda com caraminholas na cabeça porque deixei minha filha se perder aqui na cidade. Sua irmã aí falou a verdade; eu e meu marido, a gente era muito católico, não aceitava essas coisas da Raoni, não.

– Dona Ana, a senhora não é louca. A senhora é uma fofura – respondeu Jéssica. – Obrigada por esse chocolate. Eu posso levar um para a Raoni?

– Ah! Por favor. Eu não sei qual é o sorvete preferido dela, mas esses chocolates, ela ama todos! Leva, sim.

– Mas para onde ela foi? Onde a Raoni está?

A senhora pôs a cabeça de lado e sorriu de leve.

– Ela e a Marília estão cheias de fuxico, sabe? A Raoni não me conta todas as coisas. Ela diz que é pra me poupar.

Teodora fez menção de interferir, mas Jéssica ergueu a mão, pedindo mais um tempo para a irmã.

– Mas toda mãe sabe de uma coisa ou outra, dona Ana. Eu sei que a senhora sabe onde ela está. – Jéssica forçou um sorriso. – Ela deve ter te dado uma pista, poxa! Ia ficar sem os chocolates da mamãe? Como eu vou levar esse chocolate para a Raoni? Eu já estou me vendo lá, entregando essa barra para ela e dizendo que foi a senhora que mandou.

– Pede para ela me perdoar também? – O rosto de dona Ana se transformou, indo da alegria para uma máscara de angústia. – Diz pra ela que eu não quero mais ficar aqui sozinha. Eu tenho pavor de acabar aqui, presa nesta casa, sozinha, sem ninguém e sem o perdão da minha filha. Ela tinha só catorze anos. A gente não pode abandonar um filho nessa idade. Hoje é tudo tão diferente; se eu pudesse sonhar que o mundo ia ficar assim... o pai dela não me deixava vir. Eu fui a mãe que pude ser, mas não podia ter abandonado a pobrezinha; ela deve ter morrido de medo, viajando naquela estrada sozinha, com raiva da gente, sem entender por que tudo estava acontecendo.

Jéssica ficou muda por um instante. O que aquele fantasma dizia bateu fundo nela. A garota gaguejou antes de responder, andou até o armário, afastando Teodora, que estava com a mão fechada, segurando um molho de chaves, sem fazer barulho para não atrair a atenção do fantasma.

Teodora viu os olhos de Jéssica marejados. A irmã era fraca para aquelas coisas, estava absorvendo demais. Quando interrogava suas testemunhas, tinha só que fingir que embarcava na delas, como ela estava fazendo agora. A irmã até que tinha mandado bem; estava, na verdade, impressionada com a malícia de Jéssica, mas agora, na última revelação dos sentimentos daquele espírito desencarnado, a irmã tinha acusado o golpe. Era melancólico escutar da boca de alguém que já estava morto que não queria morrer sozinho. Bem, era exatamente isso o que tinha acontecido, e Teodora normalmente não se importava com o fardo de seus suspeitos e testemunhas, mas tinha que dar o braço a torcer, porque era um bocado bizarro escutar aquelas coisas; só não podia se envolver, ou o seu pescoço é que iria para o vinagre.

– Não fica assim, dona Ana. A senhora não vai morrer sozinha. Também não está sozinha agora, olha a Teo aí, eu aqui. Estamos todas juntas.

– Ele era tocador de gado, essas coisas antigas, sabe? Ia na igreja duas vezes na semana, não faltava a uma missa, e dizia que Deus não deixava a menina ser daquele jeito.

– Pais. Meu pai era bravo também, dona Ana – confessou Jéssica.

– Seu pai era o cão.

– E o seu, que sumiu? – retrucou Jéssica – Acha que isso não ajudou a mãe a ficar louca e a dar mole pro meu pai? Tá vendo, dona Ana? Aqui tá todo mundo falando a mesma língua.

Dona Ana olhou para o lado enquanto a garota a abraçava. Teodora franziu a testa, achando a atitude da irmã meio estranha. Como ela conseguia abraçar um fantasma?

– Ela sente você?

Jéssica ergueu a cabeça do ombro e a balançou em sinal positivo.

– A Raoni só deixou uma chave aqui. Eu coloquei junto com as minhas, do lado do chocolate; se isso te ajudar a encontrar onde ela está... Ela estava muito preocupada com o futuro.

Teodora ergueu a mão, mostrando as chaves, e apontou para a porta ao mesmo tempo que perguntava:

– A senhora sabe que porta essa chave abre?

A velha mãe da traficante virou-se para a policial e balançou a cabeça em sinal negativo.

– Pede para ela me perdoar?

– Eu vou pedir. Conta para a Teodora que portão essa chave abre. Eu vou trazer ela aqui para a senhora, mas me fala onde ela se escondeu...

– Eu não sei, filha. Não sei.

– Puta merda, dona Ana, não fode! A senhora precisa me falar! – irritou-se Teodora, agarrando e sacudindo o fantasma pelos ombros, sentindo as palmas de suas mãos começarem a se enregelar.

– Para com isso, Teodora! Larga ela!

– Sai daqui, Jéssica! Ela vai ter que me contar alguma coisa. Ela sabe onde a Raoni está e fica escondendo da gente!

Jéssica se contraiu, surpresa e assustada com a explosão da raiva da irmã. A luz da cozinha se distorceu, as velas e as lâmpadas perderam seu brilho, e uma mancha cinza começou a vazar pelas janelas para dentro da casa.

– Minha filha precisa voltar.

– Ela não vai voltar nunca mais para te ver. Ela sempre me falou como doeu quando ela saiu de casa, quando foi expulsa. Ela não ficou com raiva do pai, não, aquele boiadeiro cego! A ferida que apodreceu no peito dela e a transformou num monstro seco e sem amor pelos outros foi a senhora quem abriu, dona Ana. A senhora! Que nunca ligou, nunca procurou a Raoni. Só a Marília deu amor pra ela. E só depende da senhora ter a chance de arrumar as coisas com ela. Só depende de abrir essa boca para falar uma coisa de útil. É hora de salvar sua filha de novo, dona Ana. De ter ela aqui com a senhora!

– Teodora... você está indo para um lugar muito perigoso. Esvazia sua raiva, você está chamando a energia ruim para cá. Eles vão te jogar numa *ghost trip*.

– Eu já estou numa *ghost trip*! Pouco me importa o que essa energia quer. Eu preciso saber onde sua filha está, dona Ana. Agora!

– Eu só tenho a chave, mais nada, Teodora.

– Nada? Legal a senhora falar sobre nada bem agora. Vem!

A policial segurou a fantasma pela cabeça e a apontou para o chão.

– Você nunca mais vai ver ninguém! Ninguém! Olha isso aqui!

Jéssica ficou pálida. A irmã estava desobedecendo a uma regra poderosa do mundo aberto pelo Iboga-7.

– Teodora! Não!

Teodora ergueu a pistola na direção da irmã.

– Fica quieta aí.

Jéssica deu um passo para a frente enquanto dona Ana caía de joelhos no piso frio da cozinha.

– O que é isso? – perguntou a fantasma assombrada. – Eu... eu...

A cozinha escureceu mais, e Teodora deu um passo para trás, finalmente se dando conta de que sua atitude tinha mesmo afetado a energia ao redor.

– Eu avisei!

– Vamos sair.

– O que eu estou fazendo... meu vaso. Meu vaso quebrou. Minha filha, ela era pequena... eu... eu era pequena também.

Dona Ana, horrorizada ao ver seu corpo deitado no meio de uma poça de sangue, tentava apanhar os cacos do vaso material, enquanto o chão da cozinha começava a tremer e a ondular.

Teodora colocou as mãos sobre as cabeça, tropeçando e caminhando mais para trás. Virou-se para Jéssica e soltou um grito ao ver a irmã sendo engolfada por uma sombra que a cobria como limo, e viu que os olhos da irmã caçula estavam baços, como os de um defunto, enquanto ela erguia a mão e a escuridão a cercava no canto da cozinha, sendo devorada por aquela força que subia do abismo dos mortos.

Teodora subiu no balcão da cozinha e pisou dentro da cuba, saltando para o guarda-pratos que ficava debaixo de uma janela, procurando um jeito de escapar dali e pular para o quintal. Novamente ela congelou seus movimentos por um instante.

– Não, não, não! Isso não está acontecendo!

Teodora viu mãos carcomidas e cheias de vermes batendo contra os vidros, enquanto ouvia grunhidos misturados a latidos de cães vindos da escuridão. As sombras tinham ganhado vida, e vários tentáculos espiralados giravam, saindo da parede, subindo pelos móveis, vindo em filamentos que preenchiam os sulcos dos azulejos e forçavam Teodora ainda mais para o canto. Uma garra monstruosa rasgou a blusa de lã do cadáver de dona Ana, saindo do meio de suas costas, engolfando o fantasma da mulher, que gritou desesperada:

– Eu não quero ir! Eu quero a minha filha!

O fantasma foi arrastado para dentro do seu corpo e engolido pela escuridão, que tomou todo o chão. Teodora afastou-se da janela, parando no único ponto da cozinha em frente àquele corpo agora maculado pelo rasgo. A policial tremia dos pés à cabeça, apavorada com o fenômeno. Um grito explodiu às suas costas e a fez virar para uma massa negra de onde vinham dezenas de vozes que entraram em seus ouvidos. Eram gritos que Teodora já tinha ouvido mil vezes em pesadelos, daqueles que um dia imploraram por perdão diante do cano de sua arma. Eram seus inimigos sendo libertos do inferno pela força da Iboga-7 e que agora vinham cobrar a vingança.

A massa sombria ganhou uma protuberância em forma de crânio, e os traços de Jéssica assomaram aquela gosma espectral, avançando para o refúgio de Teodora. A irmã caçula estendeu a mão para a policial, e Teodora gritou novamente, apavorada, dando um passo para trás e pisando no calcanhar do cadáver de dona Ana. Sentindo-se encurralada, Teodora ergueu a pistola e mirou naquele crânio assombrado e monstruoso, dando dois disparos e soltando um grito, enquanto seus braços tremiam incontroláveis. As feições da criatura com traços de Jéssica se fecharam, carrancudas, e Teodora, percebendo que não havia como combater aquela assombração, fechou os olhos e atirou de novo.

– Teodora! Você... você tentou me matar? Sério?!

Teodora ainda tremia, com os olhos fechados, as mãos na pistola, firmando a arma, com os ombros encolhidos pela tensão, apavorada com o que tinha acabado de ver. Seu entorno tinha mergulhado em um silêncio sepulcral, e só a lamúria da irmã entrava em sua cabeça.

– Teodora, abra os olhos – insistiu Jéssica.

– Não me prende, eu não quero ficar aqui, Jéssica!

– Então abra os olhos e vem comigo. Vê se me escuta! Você não pode mostrar o corpo para ninguém. Vamos logo antes que algo pior aconteça.

Teodora finalmente abriu os olhos. A cozinha não estremecia mais, e a luz tinha voltado ao normal, como se aquilo que haviam visto nunca tivesse acontecido. O corpo de dona Ana ainda estava no chão, envolto pela poça de sangue, com um pequeno furo de saída de um projétil nas costas sujas de sangue. Jéssica apontou para a mesa da cozinha onde o fantasma de dona Ana estava concentrado, com os cacos do vaso também fantasma.

– Ela explodiu quando você revelou seu corpo, mas eu a sintonizei de novo, ali na mesa. Nunca vi isso assim, Teodora. Você está com muita sorte hoje.

– Eu... eu...

– Você tem que me ouvir e fazer o que eu estou pedindo! Olha o que aconteceu com você! Você pirou mais que ela.

Teodora não conseguia acreditar. Jéssica estava parada diante dela, segurando aquela irritante barra de chocolate. Teodora olhou para suas mãos, vendo o molho de chaves. Uma era mais comprida que as outras, e, mesmo com a falta de claridade do ambiente, percebeu que era bem diferente das demais, adornada e peculiar. Ela queria ver aquilo de perto. Esticou a mão para pegar as chaves, mas Jéssica puxou o molho para longe, enraivecida.

– Por que você atirou em mim? Estou te protegendo, estou te guiando nessas trevas, e você quase me mata?!

– Você tinha se tornado um deles, um desses mortos do caralho!

– Olha a boca e fala baixo. Vamos sair daqui – comandou Jéssica, puxando Teodora pela jaqueta.

CAPÍTULO 5

Jéssica e Teodora estavam sentadas em uma lanchonete. Jéssica comia uma batata frita atrás da outra, balançando os pés enquanto sugava um milk-shake pelo canudinho. Teodora tinha pedido uma dose de uísque caubói, mas ainda não havia tocado na bebida. Estava afundada em pensamentos e memórias, tentando juntar as pontas para entender o maldito sumiço do corpo de Raoni, enquanto batia o maço de cigarros no tampo da mesa. A bebida podia esperar, pois o que ela queria mesmo era fumar mais um, mas em menos de um minuto a garçonete viria encher a paciência por conta do ambiente fechado, falando todas aquelas coisas politicamente corretas. Com a outra mão, ela roçava as chaves, deslizando-as de um lado para o outro sobre a superfície de madeira coberta de uma fórmica bege encardida que, com toda certeza, já tinha sido um dia alva e limpa. Olhava para a irmã mais nova com vontade de pular pela mesa e enfiar aquele sanduíche gorduroso e cheio de bacon pela garganta dela de uma vez, mas continha-se.

Jéssica reparou no olhar demorado da irmã e depositou o sanduíche na mesa, limpando com guardanapo os restos de maionese e ketchup em seus lábios e parte de seu rosto.

– Tô faminta. Isso é que nem larica da maconha: vem e desce pro nosso estômago, é um inferno.

Teodora só balançou a cabeça em sinal positivo e não disse nada, lançando aquele olhar especial de irritar a irmã.

– Você tá ficando inchada. Inferno é colesterol alto. Daqui a pouco começo a te chamar de dona Dadá.

Jéssica sorriu e jogou os guardanapos sujos sobre a irmã, que os debelou no ar.

– Para de me sacanear. A gente foi no enterro da dona Dadá. A gente não entendia como ela cabia dentro do caixão, e eu fiquei berrando alto no velório que não ia dar pra fechar o caixão, e fui nessa toada até a mamãe torcer a minha orelha e me tirar de lá.

– Nossa! Dona Dadá e os geladinhos! Eu gostava dos de graviola, de maracujá e de limão. Ela mandava bem.

– Tudo azedo, Teodora, credo! Eu amava o arco-íris, não sei que droga ela colocava naquilo, e o céu azul.

– Tudo ilusão, minha amiga. A gente pede o que quer da vida. O tempo todo.

– Eu chamava de jujuzinho.

– Você vai ficar igualzinha a ela se não tomar cuidado. Eu não sofro desse mal. Nunca fui de banquete.

– Tô vendo. Nem tocou no seu uísque, não aceitou minha batata. É magra de ruim, Teodora, porque já vi você batendo altas pratadas nesta vida. Não vem com esse papinho de "nunca fui de banquete".

– A mamãe ficou uma pilha naquele velório. A gente ficava perguntando a toda hora como iam fechar aquele caixão.

As duas riram alto com a memória de um dia em que as três mulheres da casa estiveram unidas por forças da dona Dadá, mas em que estava tudo bem, apesar da morte da vendedora de geladinho da vizinhança.

As pessoas ao redor olharam para a mesa das irmãs Cubas, incomodadas com as risadas, e logo voltaram às suas rotinas, encarando cardápios e corrigindo pequenos e importantes desvios em seus pedidos, como a presença de pimenta em um molho ou a textura da batata rústica em uma porção.

– Menina, você não vai morrer de overdose, disso eu sei – disse a policial.

– Eu não fico te enchendo o saco toda vez que você acende esse cigarro, e você tá morrendo de vontade de acender um agora mesmo, que eu te conheço. Isso não faz bem pro carma também.

– Você mandou bem lá na dona Ana, reconheço, tenho que dar o braço a torcer. Se ela tivesse o que contar de útil, teria se aberto com você. É como o meu pai dizia: uma maçã nunca cai longe da macieira.

– Você é minha irmã, não minha mãe, Teodora.

– A mamãe era boa em tirar a verdade da gente.

– Não fiz nada de mais. Policial bom, policial ruim. A gente aprende nos seriados.

– De vez em quando aparece na DP alguém que acha que sabe como fazer o nosso trabalho.

– É, vocês devem saber todos os macetes para se livrar das grades.

– Saber eu sei, mas olha eu aqui! Trabalhada na ibogaína, vendo defunto para tudo o que é lado porque deixei minha emoção falar antes da razão.

– Eu sei que seu plano é fugir, mas, se tivesse que sumir com esses corpos, o que você ia fazer? Como ia desaparecer com um cadáver para não ser pega?

Teodora suspirou fundo e ergueu as sobrancelhas.

– Não sei se você vai querer escutar essas peculiaridades.

– Podia picar tudo e jogar no caminhão de lixo.

– Amadora.

– Congelar e esperar a poeira baixar. Alugar um desses compartimentos para guardar tralhas.

– Amadora. Viu isso onde? *Santa Clarita Diet*?

A caçula mordeu seu hambúrguer e ficou com um ar contemplativo.

– Os mortos sempre voltam para assombrar a gente – disse, após engolir um pedaço do sanduíche.

– A Raoni tem duas formas eficazes, mas eu disse que você não tem estômago pra isso.

– Sou mais forte do que você pensa, Teo. Manda. Quero saber o que você faria.

– A Raoni usa o fogo ou a água. O fogo destrói quase tudo, disso você sabe até mais do que devia, mas, se quiser uma coisa bem-feita, tem que se livrar dos ossos também. Ela manda bem no micro-ondas.

– E a água?

– Ela tem o poço. Pega o pacote, prende correntes e afunda no poço. Ninguém entra lá no sítio dela. Ninguém escuta os gritos. Já a vi jogando gente ainda viva dentro do poço. Nenhum dos dois jeitos é bonito, mas são eficazes.

Jéssica coçou a orelha e colocou uma mecha de seu cabelo roxo de pontas verdes para trás, sugando o milk-shake com vontade. Teodora ficou olhando para a irmã. Tinha notado o desconforto dela, que parecia querer falar alguma coisa. A policial conhecia aqueles movimentos quando interrogava os culpados na delegacia, aquele cheiro de estar mexendo em coisas que eles queriam esconder, e Jéssica tinha levado a conversa para um campo que tinha acendido o lado intrigado da investigadora.

– O que foi?

– Eu avisei que você não ia gostar, Jés.

Jéssica encarou a irmã.

– Você diz que é forte... – continuou Teodora. – Mas sei que ainda te dói toda aquela história. Você se culpa todos os dias, Jéssica. Você quer ouvir da boca deles que te perdoam.

Os olhos de Jéssica nublaram na hora.

– Não fala deles.

– Por que não?

– Você sabe.

– Eles já estavam mortos, ok?

– O quê? Do que você está falando agora?

– Eu conversei com o legista. Ele teve que mudar um monte de coisas para encobrir o que aconteceu, mas me disse que eles já estavam mortos. Não inalaram fumaça.

– Você nunca me disse isso, por que está falando logo agora?

Teodora girou a chave no tampo da mesa e torceu a boca para baixo.

– Sei lá. Achei que você ia gostar de saber.

A caçula abriu um sorriso fingido e olhou pela vidraça ao lado da mesa em que estavam. Parecia que tinha voltado a garoar, e avistou uma mulher de sombrinha do outro lado da rua.

– Eu ia amar ter sabido disso desde o primeiro dia, Teo. Sabe quantas vezes eu acordei gritando, sofrendo com eles em pesadelos intermináveis?

– Pelo menos não acordou gritando na cadeia.

– Essa dívida eu estou pagando pra você, hoje, agora.

– Eu avisei que você não ia gostar. Eu avisei.

– Vamos mudar de assunto, então. Não estou me sentindo bem.

Jéssica limpou os lábios com a manga da blusa do moletom e comprimiu as pálpebras.

– Eu sei. Eu sei como você está quebrada por dentro. Lido com gente quebrada todo santo dia.

– Isso me intriga. Quantas pessoas você atende por dia? Assim... quantas pessoas chegam lá pedindo ajuda?

– Depende. Um monte. Acontece que eu sou investigadora, já pego o bonde andando, depois que o delegado abre o inquérito.

– Mas as pessoas te param na rua e contam histórias. Como é que você sabe quem tá falando a verdade e quem tá mentindo? Como é que você escolhe quem você vai ajudar?

Dessa vez foi Teodora quem ficou contemplativa, olhando para o molho de chaves sobre o tampo da mesa e para o formato inusitado daquela que era a maior e mais chamativa, com o adorno em forma de uma pomba.

– Você me fez lembrar do poço. Aquele maldito poço.

– Volta pra cá, Teodora. Eu te perguntei outra coisa, esquece esse poço. Como é que você sabe quem tá falando a verdade e quem tá mentindo?

– Não é assim que eu funciono. Eu escuto todo mundo. Essa gente envolvida com drogas vive num mundo mais pesado que o dos outros, de quem vai todo dia para o trabalho, de quem tá preocupado com o IPTU. E olha que não tô falando dos usuários, não. Tô falando das mães que vêm pedir ajuda para tirar as meninas das drogas, das bocas. Pais que falam que perderam os filhos e que tão atrás de moleques por conta de quinze contos.

– E como você separa quem você tem que escutar?

Teodora tirou um cigarro do maço e colocou ao lado do molho de chaves. Inspirou fundo e encarou os olhos da irmã, que mordia o sanduíche.

– Eu escuto todos. Quando alguém vem até a polícia, tem todo um inferno por trás dela acontecendo. Para alguns, a última esperança é um pastor, um padre... para outros, é a polícia. Muita gente acha que a gente não tem coração, que é tudo corrupto. Tá, eu dava meus pulos com a Raoni, mas ajudava muita gente. – Teodora ergueu os ombros e pegou na longa chave que se destacava no molho. – No fim das contas, você me acha uma escrota mesmo.

– Imagina, não acho, não. Você só acabou de quase me acertar três tiros na cara, passou o rodo em todo mundo no escritório da Raoni e ainda matou a mãe dela, a mulher dela, grá-vi-da. Supernormal para um dia na polícia.

– Eu perdi o controle lá na casa dela, ok? Não queria acertar você.

– Não entendi por que aquela crueldade. Onde você estava com a cabeça?

– Na raiva, na fúria. Eu fico puta quando tentam me... opa! A polícia do palavrão não gosta. Eu fico P da vida quando começam a me enganar. Aquela va... aquela inútil da Raoni disse para ela não confiar em mim?! O que está acontecendo com este mundo?!

– Você não viu o que a sua fúria fez? Quando você fala palavrão, com raiva, com esse ódio, você ajuda a sintonizar essa energia. Nunca ouviu aquele papo de espíritos obsessores? Aqui isso existe. A Iboga-7 faz o seu rádio funcionar, e ele, pelo que eu aprendi até agora, tem uma antena imensa e mais poderosa que já vi sintonizando de tudo por aqui, sintoniza e atrai. A sua raiva só vai chamar mais as sombras pra você. Eu não vi nada disso, não vi nada de sombras na casa da dona Ana, mãos saindo do cadáver, o chão tremendo. Só vi você mirando na minha cara.

– Não acredito. A mulher sem língua você viu?

– Vi.

– E por que na casa da mãe da Raoni você não viu aquelas coisas?

– É o que eu estou tentando te dizer. Se você não parar de ter ataques de raiva aqui do lado deles... – disse Jéssica, baixando um pouco a voz e balançando a cabeça em sinal de não. – É a *ghost trip*, Teo. Você não vai gostar nem um pouco de ser assombrada a toda hora, para sempre. Você paga de fodona, mas ficou se borrando nas calças lá na dona Ana. Você pode não admitir, mas tem medo de fantasmas.

– Eu não quero ficar presa nessa *ghost trip* nem na sala da corregedora amanhã. Tenho mais medo da cadeia do que desses bichos aqui.

– E você ia me matar? Colocou a pistola na minha cara; se eu não me abaixo, tinha tomado um tiro na fuça.

– Tá louca, Jequinha? Eu não vou matar você. Eu posso ser estourada, mas você é minha irmã. A gente tá junto nessa, vamos até o fim juntas. Não fica encanando com isso; eu te falei, só tinha bicho na minha frente.

– Ela falou para a mãe não confiar em você. Ela te conhece bem, tanto quanto eu.

– O que você quer dizer com isso? – inquiriu a policial, dando um soco na mesa, fazendo Jéssica bater as costas no banco estofado com o susto e chamando a atenção de outras pessoas na lanchonete. – Quando foi que eu te machuquei?

Um rapaz com o rosto coberto por espinhas ficou olhando para Jéssica por alguns segundos, até que Teodora deu uma encarada no garoto, que acabou virando de volta para o balcão.

– Fisicamente? Bem, tenho que pegar meu bloquinho lá na van, tenho marcado.

– A gente era criança, Jéssica! Eu era pequena e só te defendia da mamãe e daquele crápula.

– E já era assim, geniosa, prepotente.

– Você nunca vai entender mesmo? Ele não fez com você o que fez comigo. Seu pai era um porco psicopata.

– Pelo menos ele não fugiu que nem o seu, que era um covarde, e largou a mamãe.

– Graças a Deus o seu pai morreu.

– Morreu mesmo? Quantos anos você tinha? Dezessete?

Teodora balançou a cabeça em sinal negativo.

– Você tinha seis para sete, era criança, eu já tinha quinze. Tá querendo chegar aonde com esse papo?

– Você sempre foi pavio curto, só isso.

– Eu não era assim antes de ele chegar. A mamãe também nunca acreditou em mim. Tem coisas que eu e a mamãe nunca te contamos, porque você é uma maria-mole. Graças a Deus, depois de tudo o que aconteceu, nos inscreveram naquela ONG, a Coração Esmeralda. Eles nos uniram lá, cuidaram da gente, e a gente pôde ter uma profissão.

– A dona Esmeralda! Nossa, como fui me esquecer dela?

– Tá vendo como você é? Eu nunca me esqueço de quem me estende a mão. Você era pequena, mas, se não fossem eles, como você acha que eu teria estudado Direito? Eu queria ser delegada, mas me encostei na Raoni. Tá tudo certo.

– Eu sempre gostei de entender como a cabeça das pessoas funcionava, não queria fazer Psicologia nem Psiquiatria, eu queria entender as trocas e negociações que o cérebro faz com as substâncias e, ingenuamente, entender onde é que a gente mora de verdade. Quando a dona Esmeralda me colocou pra estudar no cursinho e ainda pagou minha faculdade, nossa, parecia um sonho.

– Digamos que a vida nos deu tanta porrada que fizemos por merecer.

– Só que a gente levou a sério a ajuda da ONG, Teodora, porque um monte de gente se perdeu no caminho...

– Deveria ter deixado essas coisas de química e virado psicóloga mesmo. Talvez tivesse curado aquela louca.

– Ela gostava de você, ela...

– Então por que ela me batia? Por que ela não acreditou em mim e não me protegeu? Em vez disso, ela me tratava que nem uma escrava, berrando comigo por qualquer coisa.

Jéssica e Teodora pararam de falar por um instante. A irmã caçula voltou a tomar o milk-shake, parecendo adolescente, olhando para a irmã com os olhos virados para cima.

Teodora olhou para o balcão. Tinha três pessoas sentadas quando entraram, agora via quatro. Bem no fundo, uma mulher com um vestido longo e um casaco cinza pesado fez os pelos de sua nuca se arrepiarem. O vestido era longo, de um tecido brilhante e rodado, com bolinhas brancas, mas era enterrado pelo casaco grosso. No topo da cabeça, tinha um chapéu preto de abas longas, com um véu negro descendo pela frente do rosto, enquanto ela balançava a barra de um grande carrinho de bebê, todo negro, para a frente e para trás, com as mãos envolvidas por luvas brancas, e a roda do carrinho fúnebre cheio de babados rangia a cada vaivém.

O visual retrô, como se tivesse saído de um fotograma de *O bebê de Rosemary*, só que com a babá sendo do time do mal, não era o que mais tinha impressionado Teodora, mas o perfil da mulher, suas formas físicas e o jeito de sentar, que acionaram sua memória. Estava falando dela com Jéssica nesse exato momento. A mulher evocava a figura de sua mãe, e isso tinha lhe dado um calafrio na espinha. Antes que pudesse falar algo para Jéssica, um ruído tomou a lanchonete. O som ambiente tinha se distorcido, como se estivessem debaixo d'água. Jéssica estava falando com ela, olhando em seus olhos, mas sua voz parecia distante, como se estivesse encapsulada, abafada.

Teodora sentiu-se sem ar por um momento, como se alguém estivesse tapando sua boca e seu nariz. Novamente o calafrio percorreu sua espinha, pois as lembranças do demônio que tinha infernizado sua adolescência se intensificaram. Teodora reclinou a cabeça para trás, tentando inspirar o ar. Estava novamente sentindo os efeitos da droga de ver os mortos que sua irmã tinha injetado em suas veias. Só isso explicaria o que estava vendo agora, um tipo de serpente, imensa, larga como uma manilha de esgoto, passando pelo teto da lanchonete, como se fosse um tipo de monstro fluido, com escamas de cobra, evocando um dragão chinês, mas sem aquela cabeça de carranca. A serpente enrodilhou-se por um instante e mergulhou do forro para o piso, passando por baixo das banquetas e afundando sob os azulejos, passando por baixo de seus pés e reaparecendo do lado de fora, na calçada contígua à janela da lanchonete. Teodora recuperou, então, o fôlego e soltou um gemido, arfando.

– Calma, Teo! O que está sentindo?

– Falta de ar. Estou sem ar, me afogando!

– Você está respirando agora. Está respirando.

– Tinha algo me sufocando, me prendendo.

– Acho que injetei droga demais em você. Tenho que anotar aqui que você é fraca para a ibogaína.

– E você largou as drogas, mas trocou por chocolate. Isso tá te deixando uma bola.

– Tá vendo? Você sempre tem que me colocar pra baixo. Eu estou tentando não pensar nessas coisas, e só hoje você colocou essa porra de pistola duas vezes na minha cabeça. Você tem que melhorar. Eu posso te levar pra um hospital. O que acha?

– Acho que não temos tempo.

As pessoas no balcão olharam novamente para a mesa das irmãs.

– Isso, grita mesmo para todo mundo lembrar que ouviu esse papo de arma na cabeça com duas drogadas na mesa da lanchonete.

Teodora separou a chave longa do molho e colocou-a no meio da mesa.

– Já descobriu o que essa chave abre?

– Tô aqui pensando ainda. Tem alguma coisa fora do lugar. Consigo sentir, aqui na minha cabeça – disse Teodora, cutucando a testa com a ponta da chave. – Por que você disse "portão"?

Jéssica enrugou a testa e continuou mastigando seu sanduíche.

– Portão? Não sei. Parece uma chave de portão, não parece?

– Você falou bem assim: "Conta para a Teodora que portão essa chave abre".

Teodora continuava arfando fundo, retomando o controle de sua respiração e olhando para a irmã, analisando suas reações.

Jéssica tomou a chave da mão da irmã e olhou para aquela peça singular. A empunhadura era um trevo folheado em prata e ouro, e o corpo da chave era uma barra triangular terminando em múltiplos serrilhados que compunham o segredo que destravaria a fechadura.

– Quanto dinheiro tem lá?

– Muito. Muito mesmo.

– E quanto deve ser isso?

– Sei lá, Jéssica. É muito dinheiro. A Raoni é muito boa no que faz. Não é só ter cano e capangas, não, ela sabia fazer direitinho, tudo no tablet.

– No tablet?

– É. Administrava tudo, sabia onde estava cada grama de pó, cada centavo daquele império todo. Ela era boa, não precisava ter me ferrado com a Helena. Foi o que não me desceu. Parece que queria fazer isso só pra me foder.

– A mulher dela tava grávida. Às vezes, ela queria mesmo curtir essa coisa de família sem dar uma de Escobar.

– Deve ter, no mínimo, separado uns R$ 200 milhões em dinheiro e ouro. No mínimo. Acho que tem até mais. Ela disse que ia devolver um pouco para a Corregedoria. É uma vaca mesmo. Desculpa aí, mana, mas eu tô furiosa ainda.

– Você tem que cuidar disso. Já pensou em fazer análise?

– Tá de sacanagem, Jéssica? Análise? Pra quê?

– Para controlar essa sua raiva, esse ódio que te consome. Isso faz mal para o coração, para o espírito. Você viu lá a dona Ana com os cacos daquele vaso?

Teodora balançou a cabeça em sinal positivo, pegando o maço de cigarros mais uma vez.

– Ai, que vontade de fumar! Você vai demorar ainda para beber essa porcaria?

– Eu só estou esperando você se acalmar e essa sua energia da Iboga-7 baixar um pouco. Nunca vi tantas criaturas aqui deste lado igual a hoje. Você tá atraindo muita coisa ruim. Daqui a pouco não tem lugar para sentar nessa lanchonete. Nunca vi isso.

– É porque eu sou ruim. Sou péssima, igual a essas criaturas. Ninguém mexe comigo mais. Elas devem estar sentindo o meu cheiro.

– Só que isso não é bom quando você está aqui. Elas não podem interagir assim com você. Aqui é o mundo deles, nós estamos na vibração deles, na sintonia deles. Você tem que ficar na miúda, só de passagem.

– Por que você está falando isso de novo?

– Porque isso tem que entrar na sua cabeça de uma vez por todas. Você não pode chamar essas criaturas pra você. Eu não vou ficar aqui pra sempre, eu quero viver muito tempo ainda. Não quero mais você apontando essa merda da sua arma pra mim, por isso perguntei se você não quer ir ver um psicanalista ou deixar eu te levar em um hospital. Isso tem cura. Você precisa se controlar hoje, mas pense nisso. Em se cura

– Eu acho linda essa conversa de cura, mas você deu uma volta danada quando segurou a chave e não me explicou por que disse que ela abre um portão. O que você sabe?

Jéssica deitou a chave sobre a mesa e apontou para o trevo. Os detalhes folhados em prata e ouro formavam o desenho de um portão com uma pomba branca em cima.

– Um portão, uma pomba. É só um palpite, Teodora. Vai que a velha abria a boca.

Teodora pediu a conta para a garçonete ao mesmo tempo que Jéssica se levantou e foi para o caixa.

– Deixa que eu pago essa, Teodora.

***

Dentro da van, Teodora religou seu rádio para ouvir a Central e aumentou o volume, enquanto baixava o vidro e colocava o aparelho no console do carro da irmã.

– Tem novidade rolando aí?

– Tô tentando descobrir isso agora – resmungou a policial, apanhando o maço de cigarro da jaqueta junto com o isqueiro dourado.

As vozes no rádio iam e vinham, e um chiado irritante pipocava em cada cruzamento que Jéssica avançava em baixa velocidade, olhando para as ruas da cidade devoradas pela escuridão da noite e pelo véu do mundo dos mortos.

Teodora soprou a fumaça para o lado enquanto escutava a conversa da Central.

"A viatura do IML está chegando ao necrotério em dois minutos, viatura 32."

– Esse é o Douglas. Conheço.

"Aqui é a 32, copiado, Central. É a traficante e duas comparsas, ok. Homicídio. Vou avisar a Corregedoria."

"Copiado, 32. Desligo."

Jéssica olhou para Teodora e ergueu os ombros.

– Acharam a Raoni. "A traficante", só podem estar falando dela.

– Você entende desse mundo aí mais do que eu, mas a gente foi lá, e ela não tava com as "comparsas".

– A gente tem que ir para o necrotério.

– Pensa no pior lugar para você ir, Teodora. Você tá muito carregada, tudo o que tiver de ruim lá vai querer colar em você.

– Você quer o quê? Que eu me cague toda nas calças? Eu tô detestando essa merda de precisar de você e de precisar falar com gente morta. Não gosto nada disso, mas prefiro arriscar com os mortos a ir presa. Tô lutando contra o meu asco para me livrar dessa.

– Asco? Admite logo, Teodora. Você não é de ferro, tem medo dos mortos.

– Sempre tive medo de livro e de filme de terror, mas achava que isso tudo era conversinha, blá-blá-blá. Agora, vendo essas coisas aqui, sabendo que todo mundo que eu já matei ainda tá por aí... me dá calafrios.

– Por aí a sessenta metros de onde seus corpos foram enterrados.

– É. Minha sorte é essa coisa dos sessenta metros. E gente que morreu faz tempo... que nem aquela mulher com o carrinho do bebê de Rosemary?

– A regra dos sessenta metros vale para todo mundo. Pelo menos é o que observei vindo pra cá. Teve uma época em que ficava só zanzando, perdida, e parei de fazer anotações. Eu só queria achar um rastro deles dois.

– Mas o que acontece quando o corpo vira só osso... como o da mamãe?

– Eles continuam lá. É como uma antena de um transmissor que vai ficando mais distante, o sinal fica mais fraquinho, vai decaindo.

– Você foi até lá?

Jéssica balançou a cabeça em sinal positivo. Seus olhos estavam mais uma vez cheios, marejados pela emoção da memória.

– É uma droga não ter sobrado nada dela para você sintonizar. Você merecia, ela merecia. Até o seu marido merecia. Ele era maneiro.

Jéssica sorriu e olhou para a irmã.

– Era, sim. Ele era muito maneiro. Eles eram tudo pra mim.

Jéssica virou à direita no cruzamento seguinte.

– Por que está indo por essa rua? Por que não segue pela avenida dos Bombeiros?

– Porque eu acho que por aqui a gente chega mais rápido. A avenida tem mais semáforos. Não tá acostumada com semáforos, né? Parar pra quê?

– Tá toda pimpona! Toda folgada. Segura sua onda, Jéssica. Você parece criança às vezes.

– Eu? Eu tive que crescer, querida. Sozinha.

– Lá vem o mimimi da irmã abandonada.

– Você tá me chamando de criança! Só estou dizendo que faz tempo que virei adulta, faz tempo que me viro para me manter. Nunca tive você do meu lado.

– Eu também tive que crescer sem aquela louca me culpando do que eu nunca fiz, Jéssica. Nós duas colhemos os frutos que ela plantou dentro da nossa casa, e, quando eu te chamo de criança, é pelas outras coisas que você faz. Fica aí repetindo o negócio da arma. Eu nunca ia atirar em você.

– Mas me ameaçou com a arma na minha casa quando eu disse que não queria me drogar de novo.

– Você precisava de um estímulo, porque, se eu não conversar com a Imperadora, se eu não achar a minha grana, eu vou ter que fugir da cidade sem ter onde cair morta!

– Tá vendo? *Minha* grana, você disse de novo! É *nossa* grana!

– Tá vendo? Você de novo tá agindo que nem criança! O que foi aquela coisa na casa da dona Ana, brincando com o sapo dela? Com fantochinho!

– Eu tô de boa aqui dirigindo a noite toda para você! Você pediu para eu ser sua guia, não se esqueça. Eu tô no comando hoje. Isso é tão ruim pra você que precisa me reduzir de novo a criança?

– Eu não te reduzi, meu Deus do Céu! É você que é infantil com essa coisa de brincar de fantoche e tomar milk-shake! E tá engordando pra caralho. Para de comer chocolate e tomar sorvete antes que morra de diabetes ou fique com as veias entupidas. Nem sei por que eu me preocupo com isso. Você só trocou as drogas pelo açúcar.

Jéssica acelerou o carro e virou à direita com tudo, fazendo Teodora balançar ao frear subitamente diante de uma bomba de gasolina dentro de um posto. A garota baixou o vidro e desligou o motor. Pediu ao frentista que enchesse o tanque.

– Melhor você apagar esse cigarro enquanto a gente está aqui.

Teodora fez que não ouviu e aumentou o rádio da polícia.

– Quem é a criançona aqui agora?

– Não enche, Jéssica.

– Vou pagar a gasolina lá dentro. Não sai daqui.

– Vou para onde, irmãzinha? Não estou pensando em fugir antes de pôr a mão na MINHA grana.

Jéssica abriu a porta da van, que rangeu. A noite estava esfriando. Olhou para o posto, o rapaz continuava abastecendo o carro e olhando para ela. Contornou o veículo pela parte de trás e caminhou até a loja de conveniência, tirando a carteira de sua pequena bolsa verde.

Teodora ouvia a troca de informações entre a Central e as viaturas. Com algum pedaço da conversa, poderia antecipar os movimentos e traçar uma estratégia para interrogar Raoni dentro do IML, o que não seria uma das tarefas mais fáceis, mas não tinha como se desviar daquele destino, era impossível. Fechou os olhos por um instante, varrendo sua memória, lembrando de suas últimas conversas com a traficante. Tinha que ter alguma pista, algum indício do que Raoni poderia ter deixado passar ou transparecer, mesmo que pequeno, que ligasse tudo, incluindo aquela chave triangular.

Não vinha nada em sua lembrança. Desde quando ela estava tramando aquilo? Desde o passeio de barco? Desde a tarde em que pescaram juntas? Não era possível. Teodora teria percebido alguma coisa, algum deslize. Nos últimos meses, ela estava distante. Não tinha dito à sua irmã, mas já andava pensando em largar a polícia e, de alguma forma indireta, farejava a podridão e a muralha que se aproximava. A vida de agente dupla, com um pé na polícia e outro no crime, não tinha destino muito diferente do que ela encarava naquele dia: medo, clausura ou uma bala na nuca.

O fato é que, visitando o IML, encontraria um monte de seus colegas da delegacia e, logo que pusesse os pés lá dentro, alguém falaria naquele mesmo rádio, avisando à Central que ela estava ali. Teria pouco tempo para interpelar Raoni e fazê-la abrir o bico. Talvez fosse bom seguir o conselho da irmã e pular Raoni, indo direto para a casa de Marília. A esposa de Raoni tinha que saber onde a traficante havia escondido todo o futuro delas e conheceria aquela chave. Teodora segurou a chave novamente. Um portão e uma pomba. Talvez aquilo fosse uma logomarca, uma dica importante. Raoni não seria otária de colocar seu dinheiro em galpões de aluguel. Para onde aquela chave a levaria? Onde a Imperadora tinha despejado seu dinheiro? Olhou para dentro da loja e viu que sua irmã tinha ido até a prateleira de bolinhos e doces, e estava lá, se entupindo de açúcar. Voltou a olhar para o posto quando o frentista removeu o bico de abastecimento do tanque e retornou para a bomba, ao mesmo tempo que sua visão periférica pegava um movimento no retrovisor. Um homem com um chapéu de palha se aproximava pelo lado direito do veículo, pisando em botas de couro e com uma camisa puída.

– Mais essa agora... – balbuciou a policial, olhando pelo espelho.

O homem passou por ela e parou na margem da rua, como se alguma força o detivesse ali, já que ele empurrava o ar, parecendo encontrar um muro invisível. Teodora viu a imagem do homem tremeluzir e esvanecer. Abriu a porta e ficou olhando para aquele ponto em que a aparição tinha evaporado em pleno ar. Mirou para dentro da loja de conveniência e viu que Jéssica estava no caixa, que o frentista também tinha entrado lá e falava com sua irmã, e que a idiota estava toda sorridente para o rapaz.

Teodora assustou-se quando voltou a olhar para o lugar da assombração. O homem estava lá novamente, mais para trás, perto da esquina. Ela estava sintonizando aquele fantasma, era isso. Ele era de outro lugar e de outro tempo, um jeito de caipira, de caboclo, andando novamente até onde tinha desaparecido, mas dessa vez deteve-se. Ela via uma expressão de desagrado, de tristeza, no rosto do homem, enfiado naquele chapéu de palha.

No rádio, uma voz invadiu a frequência da polícia. Teodora arrepiou-se dos pés à cabeça pela décima vez naquela noite de visita ao mundo dos mortos. Já tinha providenciado tantos deles para aquele lugar, e até aquela noite não acreditava de todo que as almas ficavam como aquele homem, aprisionadas em um posto de gasolina. Não acredita em vozes fantasmas no rádio da polícia. Sempre que uma amiga falava dessas coisas, ela se benzia, Teodora era a primeira a fazer graça e pouco-caso. Tinha medo era dos vivos, como os policiais que estavam agora no IML formando um obstáculo até Raoni. O rádio chiou, e a estática se sobrepôs à voz da Central, e então ela ouviu mais uma vez, com o coração disparado, aquela segunda voz. Era uma voz de mulher, que ela conhecia e que estava trancada em sua memória. Uma voz que não gostava de ouvir. Ela cantava enquanto o homem andava pelo posto, voltando sempre ao limiar que o impedia de sair para a rua.

– Suzana! Suzana! Por que você fez isso comigo, ô cabocla ingrata?! Eu te dei um tudo, minha filha! – lamentava o homem-assombração.

Teodora ouvia duas vozes do além naquele instante. Olhou pelo retrovisor. Viu que o frentista tinha saído da loja e que, no compartimento onde faziam a troca de óleo, ele estava colocando uma blusa, porque o ar da madrugada se enregelava. A policial, pela experiência das últimas horas, também sabia que podia ser efeito da presença do homem com roupas de caipira, derrubando das botas vestígios de barro onde pisava e fazendo ruído contra o concreto. Achava isso estranho nos fantasmas. Já tinha se pegado muitas vezes pensando nisso, quando achava que aquelas criaturas espectrais pudessem existir do outro lado... ou seja, do lado que ela visitava agora.

Quando assistia ao fantasma Gasparzinho na televisão, atravessando paredes para pregar peças, ou nos filmes de terror, parecia impossível fugir dos fantasmas, pois eles atravessavam a matéria, mas parecia existir uma regra que os impedia de afundar no chão. O chão era duro para a gente e para as assombrações. Tudo bem que tinha visto o bicho minhoca gigante nadando no piso da lanchonete, como se fosse um rio, afundando pelo chão e deixando suas corcovas deslizarem, reavivando a memória de gravuras de monstros marinhos, que saíam para a calçada em frente ao estabelecimento e singravam pelo asfalto, desaparecendo, camuflados no negrume do piche da rua. Só que seu coração não estava disparado pela lembrança do monstro da lanchonete, nem pelo fato de estar sozinha dentro daquele carro.

Não era porque tinha um caboclo moreno e de nariz pontudo, andando e tirando o seu chapéu de palha, soltando um cheiro real de suor e de chuva que chegava até o carro da irmã. Seu coração estava disparado por conta da voz que tinha invadido a frequência da Central, que se propagava dos autofalantes e entrava em sua cabeça, rasgando sua memória, e aquela música rara que tinha visitado seus ouvidos algumas vezes na infância. Rara porque era difícil ouvi-la lúcida e sem gritos, sem ameaças ou dirigida com exclusividade e algum cuidado para ela, a menina Teodora.

A música era cantada muitas vezes para Jéssica, para ninar a nova criança da casa, e dificilmente era dedicada a ela. Teodora começou a tremer de novo e, apesar de criticar a irmã o tempo todo por conta da emoção transparente, ela também ficou com os olhos rasos d'água. A voz era de sua mãe. Os olhos de Teodora se cravaram sobre a irmã, que conversava com o atendente do caixa. Eles dois riam enquanto a caçula erguia uma barra pequena de chocolate e parecia se despedir.

Teodora se pegou pensando se era algum tipo de ardil, se aquela voz não era falsa, causada por Jéssica só para perturbá-la, mas não, não podia ser. O homem com jeito de agricultor, parado na esquina do cruzamento e que gritava com uma Suzana que não estava ali, não era criado por Jéssica. Ele estava ali mesmo. A voz tinha aparecido por um instante e cantarolado uma cantiga de ninar por um segundo. Uma cantiga que só ela e Jéssica conheciam. Agora tinha voltado o chiado, e ela ouvia uma voz entrecortada de uma nova operadora da Central. O assunto era de novo a viatura 32 e o IML. Ninguém parecia estar atrás dela.

Voltou então a estática e, em seguida, um hiato que ergueu seus pelos. Ela estava esperando mais uma vez pela voz dela, de sua mãe, a voz que tinha assombrado toda a sua infância e adolescência e que nunca a tinha deixado em paz até que ela, Teodora, tivesse tomado o rumo de seu destino com os próprios pés, fugindo daquele antro que a devoraria viva, inteira.

– Eu sinto falta de vocês... – murmurou a voz pelo rádio. – Vocês me deixaram sozinha.

Teodora voltou a tremer, em um misto de medo e emoção.

– Jéssica... – Teodora tentou chamar a irmã, mas a voz não saiu plenamente.

– Olha o coitado do Venâncio, andando que nem louco pelas terras depois que ela o deixou também.

– Do que você tá falando? Por que tá falando dele?

O fantasma nomeado agora de Venâncio encarou Teodora da calçada do posto de gasolina e veio andando direto para a van estacionada. Parou a dois metros, como se soubesse que não podia dar nenhum passo a mais. Estática. Teodora o estava sintonizando, e ele vinha de outro tempo.

– Você viu aquela ingrata?

Teodora só balançou a cabeça em sinal negativo e recostou-se no banco do veículo, buscando apoio quando o ar da noite vibrou, chacoalhando a lataria do veículo e fazendo vapor misturar-se à fumaça do seu cigarro. Os passos do fantasma estalavam contra o chão molhado ao redor do carro parado no alto da clareira iluminada pela lua. A luz prateada fazia o chão inundado cintilar e o seu reflexo fragmentado espelhar-se sobre uma vegetação rasteira. O caminhar cadenciado do caboclo foi ficando mais alto, e os ouvidos de Teodora se encheram do cricrilar de insetos noturnos que voejavam perto de seu rosto, forçando-a a espantá-los com as mãos, que ainda seguravam o cigarro, e dar uma nova tragada, perturbada com a mutação do terreno.

– Jéssica! – gritou a policial, virando-se para trás, procurando a irmã no topo côncavo daquela campina empoçada e sem mais nada do posto de gasolina em torno do carro. – Jéssica! Eu tô cansando dessas coisas!

– Eu confiei tudo que era da gente pra viver com ela. Achei que ela tava feliz, mas ela me trocou, ela me trocou! A infeliz partiu quando a ventania retinia e chiava nas janelas de pau da nossa casa.

– A vida é dura, chefe.

O homem parou. Ele tinha uma barba cerrada grossa e de fios negros. Cheirava a fumo de corda, gasolina e tecido podre. Os olhos dele estavam amarelo-escuros, e sua pele parecia agora esverdeada por baixo da barba e do braço peludo. Ele ficou batendo com o bico da bota no chão ao lado de Teodora e a encarou por um instante.

– Não me olhe assim. Eu sei que não era pra eu tá aqui, na sua frente. Eu tô debaixo da terra, mais morto que vinte bezerro que arranquei as cabeça no nosso casamento. Não precisa fazer cara de espantada. Eu sei que sou morto. Mulher ingrata! Não adianta nadinha tudo o que eu fiz pra ela. Ninguém fica fazendo as vontades de muié nenhuma aqui nesses pedaço. Mas ocê não acredita! Não bastava me enganá. Ela queria esse chão, essa terra pantanosa e estragada. Quis dar tudo que era nosso pra esse moleque da cidade inventar isso aqui! Nossa Senhora no Céu, sabe como eu só queria saber dela e trabaiava de sol a sol para ter tudo pras nossas crias, pra cuidar de nossos menino. Aturei de tudo, o choro das crianças ruim do peito, montei em mula pra ir atrás de doutor do outro lado do rio, o cheiro do couro dos vinte bezerro. Matar bezerrinho dá muita dó, moça.

Teodora olhou em volta. A escuridão da noite se intensificava, enquanto nuvens cobriam rapidamente o disco iluminado da lua. Ela continuou calada e não estava fazendo nada para enfurecer ainda mais aquele espírito sofredor, preso em suas lembranças de ódio, sabendo que já estava morto. Ia obedecer à irmã, afinal de contas. Jéssica dizia que era ela, Teodora, que estava tirando o equilíbrio dos mortos. Talvez fosse ela também que tivesse feito a mulher do vaqueiro de olhos puxados ter desaparecido naquele momento. O homem, cheio de vermes, que iam tornando a sua figura esbranquiçada, puxou um facão da cintura.

– Calma aí, amigo. Não precisa ficar nervoso.

– Eu queria colocar as minhas mãos naquele moleque, descascar o couro dele na minha unha, servir o lombo dele no nosso casamento! – urrou o caboclo. – Eles me pegaram do jeito mais covarde que existe, dona. Me deram veneno. Como é que uma muié dá veneno pro marido?! Isso não é coisa de Deus. A minha barriga parecia que tava sendo aberta com caco de vrido.

Teodora abriu a porta do passageiro, soltando um rangido e chamando a atenção da aparição.

– Por que vocês gostam tanto dessas carroças? Foi culpa disso aí! Ela me trocou porque queria andar numa dessa aí, sem cavalo, sem coração batendo. Eu não confio em coisa que não tem coração. Vosmecê devia ir pro hospital. Ainda dá tempo. Ainda tem cura pro seu espírito.

O fantasma cuspiu em direção à van e tirou um facão da bainha de couro, batendo de chanfro na água. Teodora ficou imóvel quando ele se aproximou. O cheiro de barro molhado misturado com gasolina e fumo de corda parecia se solidificar em suas narinas. Sua roupa estava corrompida, com as tramas apodrecidas e rasgos que pareciam crescer a cada instante em que mantinha os olhos cravados sobre a aparição, de pele cada vez mais esverdeada, apodrecendo diante de seus olhos. A tinta estava se desvanecendo, e, de alguns pontos, surgiam vermes que andavam por sua pele, como se o devorassem constantemente.

– Me enterraram aqui, no meu sítio. Nunca ninguém me achou, nunca ninguém veio atrás de mim. O sangue dessas carroças sem coração desceu até meus ossos, me comendo mais ainda. Meus filhos não sabem quem eu sou, acham que eu abandonei eles aqui. É nisso que acreditam. Tem coisa que é pior que tá morto, dona… É não saber com quem você anda e quem pode colocá vrido no seu de comê.

– Não o escute, Teodora. Isso é tudo invenção. Ninguém esquece dos outros.

A policial virou-se para a van. A voz da mãe vinha do seu rádio monitor, colocado em cima de uma pedra recoberta de musgo. Nada de carro, nada de posto. A colina encharcada parecia ainda mais vazia e desolada. Teodora começou a sentir falta de ar mais uma vez, e um medo crescente com aquela visão. O que aquele morto queria com ela, afinal de contas?

– Você pode ficar aqui comigo, sabia? Eu cuido docê, mato os bezerros pra moça também, e não deixo o choro das criança te acordar de noite. Eu falo com a freira e toco ela da nossa terra – disse o homem, mostrando os dentes e exalando o bafo de fumo e gasolina perto do pescoço de Teodora. – Vosmecê é tão cheirosa! Tem cheiro de mulher de fora. Não tem catinga de sangue de bicho sem coração.

Teodora sentiu o coração acelerado. O cheiro de carne podre impregnou suas narinas, e a mão gelada e molhada do homem cheio de vermes enrodilhou seu braço.

– Não o escute, filha. Não fique perto dele!

– Cala a boca, vaca velha. De onde você tá falando? Te inventaram em radionovela? A falecida gostava de ouvir esses trastes – gritou a assombração, virando para o rádio e erguendo o facão.

Teodora puxou o braço, afastando-se do homem. Levou sua mão à empunhadura da pistola e preparou o saque. Nunca teve medo de homem desde que se livrou do traste do pai da Jéssica, e se não tinha medo de homem vivo, não ia ter de homem morto. O caboclo virou-se com um sorriso no rosto e apontou para o rádio.

– Fuja, Teodora! – ordenou a voz da mãe.

A policial, pisando em falso sobre a grama encharcada, deu passos imprecisos para trás, caindo sentada no pântano. A voz da mãe se amplificava nos alto-falantes, reverberando pela colina que formava uma imensa panela clareada pela lua, represando toda a água doce em sua coroa e criando uma película que salpicava em gotículas quando a voz da mãe atravessava o terreno.

O encanto provocado pelo mundo dos mortos entorpecia Teodora, que demorou para se levantar com a calça encharcada, procurando o caboclo que se queixava do passado. O homem, com o facão na mão, deu mais um passo em sua direção com um sorriso perturbador na boca, apontando para o rádio sobre a pedra.

– Quantos fantasmas tem aqui? – perguntou o homem, aproximando-se ainda mais.

Teodora tirou a pistola da cintura e apontou para ele, que perdeu o sorriso e fechou a cara.

– Todas ocês são iguais. Se quisesse, já que tá aqui na minha terra, podia viver comigo. Ia te dar do bom e do melhor. Quer ouvir as crianças chorando a noite todinha? É isso? Quer me matar igual elas me mataram?

– Não sei quem te matou, meu amigo, mas fica longe de mim com esse facão. Não tô a fim de sair picada dessa história.

– Filha... não acredite nele, seu lugar não é aqui. Seu lugar é com sua irmã.

Teodora arregalou os olhos quando os vermes começaram a se mexer mais rapidamente sobre a pele do boiadeiro morto.

– Não fique com medo, isso acontece com todos que vêm pra cá. Eles comem a gente, mas a gente fica livre, livre para sempre, Teodora. A mamãe não conseguiu entender esse mundo, eu vivia com medo, com raiva do meu passado. A culpa não era sua, Teodora. Não era, filha.

– Eu... eu não quero mais ver isso, não quero ficar assim – disse, virando-se para o rádio com as mãos sobre os ouvidos, segurando a pistola rente à cabeça. – Não quero ouvir você, mamãe. Isso é uma mentira. Você não está aqui. Não está!

A policial caiu de joelhos aos prantos, enquanto o boiadeiro se aproximou dela.

– Vem comigo, moça. Vosmecê não tá boa. Eu não gosto daquela freira, mas eu peço a ela para te deixar no hospital. Eu não alcanço aquele terreno por causa dos meu osso enterrado aqui, mas eu consigo ajuda, confia em mim. Lá eles cuidam de você; eles vão curar o seu espírito e você não vai ser mais assim.

– Assim como? – perguntou Teodora, levantando-se e dando passos para trás, para onde deveria estar a avenida naquele exato momento.

– Vazia por dentro. Você é muito vazia, dá até pena.

– Pena? Hahahahaha! Essa é boa, vaqueiro. – Teodora secou rapidamente as lágrimas e recuperou a postura, apagando os sinais de fraqueza. – Melhor ser vazia que nem eu do que cheia disso aí, de vermes comendo a sua pele.

O homem olhou para seus braços e arregalou os olhos, batendo sobre os vermes com o facão, raspando milhares deles e jogando-os na grama ao seu redor. Os bichos continuavam se agitando sob a sua carne, emergindo em sua pele, e os que caíam aos seus pés voltavam a subir pelas botas, que dançavam sobre as poças d'água.

– Eles são rápidos. Bicho danado! Levam todos nós, moça. Eu só queria te ajudar, te levar para ver o que é que você tem. Todo mundo pode se curar se quiser de verdade. Eu conheço aquela voz do rádio esquisito. Pequeno esse rádio.

– Conhece? – indagou, acelerando a respiração e perdendo a pose ao ver os vermes subindo e cobrindo todo o fantasma.

O homem guardou o facão na bainha de couro e cuspiu no chão empoçado. Continuou de costas para Teodora, enquanto sua silhueta era tomada pelas larvas, e só virou a cabeça e fez um sinal positivo.

– Ela não chorava.

– Jéssica! – gritou a policial.

O homem virou-se, e seu corpo continuou se enchendo de vermes, até que toda a sua pele submergiu em uma massa em movimento, que tombou no pasto pantanoso e mergulhou no fio d'água.

– Mas que merda é essa?

Teodora ficou parada, tiritando de frio. De sua boca e de seus pulmões quentes escapavam nuvens de vapor. Guardou a arma e olhou para as mãos, colocando-as em seu pescoço, sentindo o coração bater forte, enquanto aquela sensação de falta de ar ia e vinha, deixando-a tonta. Olhou ao redor. A pedra tinha desaparecido, e o carro, debaixo de uma luz suspensa no céu negro, tinha voltado. Ela estava presa em uma *ghost trip*, era isso. Nada mais fazia sentido. Só sabia que ainda estava viva porque seu coração estava batendo a milhão, quase saltando por sua garganta, e sua boca aberta buscava mais ar.

O rádio estava lá dentro. Teodora precisou dar quinze passos para alcançar o veículo, com os pés afundando na água congelante, e aquele frio subia por seus ossos e fazia suas bochechas parecerem pedras de gelo. Olhou para a água e viu duas carpas nadando, calmas e distraídas de um mundo irreal. Ergueu a cabeça em direção ao posto de gasolina, procurando pelo fantasma que tinha se desintegrado. Nem sinal do boiadeiro. Da paisagem antiga, só reconhecia agora a encruzilhada junto do posto no cume embaciado. Do outro lado do pasto pantanoso, onde os caminhos se encontravam, um grupo de crianças maltrapilhas estava encarando a irmã mais velha. Teodora bufou e abriu a porta do carro, girando o botão do rádio e colocando no volume máximo.

– Mãe! A senhora está aí? Alguém está me ouvindo agora?

Teodora passou a mão pelos cabelos soltos e prendeu novamente o coque, tentando reorganizar sua aparência e seus pensamentos. Tinha que se acalmar. Jéssica tinha falado daquilo mil vezes. Ela estava presa em algum momento dos mortos, em algum compartimento de um fantasma que ela sintonizou com a Iboga-7. Encostou na lataria do carro com a respiração entrecortada, buscou a irmã com os olhos e viu que não havia sinal dela em lugar algum, exceto o alumbre de um cavalo branco pastando naquele campo, baixando a boca e arrancando pedaços e folhas de um arbusto.

Teodora via a pelagem brilhante do bicho e se pegava imaginando se aquela criatura reluzente estava mesmo ali, pisando naquele chão, ou se fazia parte do mundo dos mortos. O cavalo virou-se por um segundo para ela, e seu reflexo reluzente fazia a água empoçada brilhar. Os olhos do equino eram encimados por um chifre curto e único, deixando Teodora entender finalmente que ele ou ela não estava ali de verdade. O animal começou a galopar em sua direção, e seus olhos se acenderam, cegando Teodora, que apenas ergueu as mãos. O unicórnio galopava e roncava, acelerando em sua direção, fazendo o chão todo vibrar. Não conseguiria escapar dele nunca. Seria carregada por ele, para onde quer que ele quisesse carregá-la.

– Jéssica! – gritou a policial, na direção em que a loja de conveniência deveria estar. – Eu estou aqui! Aparece logo! Precisamos ir embora, nosso tempo está acabando. Me ajuda! Eu vou te escutar, eu prometo, Jéssica!

A luz do animal continuava sobre seus olhos, e ela não conseguia ver nada, dando passos imprecisos e seguindo em frente. O rádio chiou dentro da cabine do carro, e um choro de bebê chegou aos seus ouvidos. Teodora colocou a mão sobre o ventre, que voltou a doer, fazendo-a se lembrar da cólica que a tinha incomodado quando estava a caminho da casa da irmã no início da noite. Mais uma vez, desorientada e assustada, ajoelhou-se na água fria, e o som do galope da criatura estava em cima dela. Seria atropelada por um unicórnio. Como iriam explicar isso para o legista?

– Jéssica! – gritou Teodora, mais uma vez. – Me tira deste pesadelo!

Teodora ouviu a buzina de um caminhão, ao mesmo tempo que era puxada pelos ombros.

– Cuidado, Teodora. Não tá vendo a rua?

– Cadê você? Ela veio me pegar.

– Do que você está falando?

– Ela estava no rádio, falando comigo, e tinha um homem, um caboclo aqui, com um facão, cheio de vermes.

– Quem estava no rádio? A Imperadora?

– Não! A mamãe, Jéssica! Ela estava falando comigo no rádio. Depois ela apareceu ali... no rádio ainda, mas em cima de uma pedra. Eu tô confusa. – Teodora apontou para a esquina.

– As encruzilhadas... você tá apontando para a encruzilhada.

– Ela estava lá, em cima da pedra.

Teodora parou de falar e ficou olhando para a blusa da irmã, que tinha um crânio de um unicórnio. A droga entrava na cabeça das pessoas e bagunçava com tudo. Era dali que a tal visão tinha vindo, como que sugestionada.

– Você já ouviu falar da fazenda dos tuberculosos?

Teodora respirava apressada. A fazenda dos tuberculosos? Todo mundo na cidade já tinha ouvido falar daquilo. Tinha uma casa sustentada por um fazendeiro onde uma freira recebia as crianças que estavam tísicas, morrendo de doenças respiratórias, e eram deixadas pelos pais, que pediam aos santos que curassem suas filhas, seus filhos, e os abandonavam com a freira. A lenda dizia que a freira obrigava as crianças que se recuperavam a jogar os mais fracos no poço, mas era tudo conversa, nunca tinham provado nada. A história tinha começado quando construíram a farmácia, que estava ali, do outro lado da esquina, ao lado da igreja protestante, sem freira nenhuma, mas, durante as escavações das fundações da igreja pentecostal e da farmácia, tinham encontrado vinte ossadas de recém-nascidos. Contavam que ali também tinha vivido uma velha parteira, que dava fim nas crianças que não eram desejadas ou que nasciam com má-formação.

– Eu lembro de falarem dessa fazenda, a história da freira.

– É antiga, aconteceu ali, perto da farmácia, onde a freira vivia. Eu já vi criancinhas por aqui. Sessenta metros, lembra?

Teodora balançou a cabeça em sinal positivo e olhou em direção ao cruzamento, agora sem vestígios da clareira empoçada.

– Eu escutei a mamãe. Ela estava cantando aquela música de novo.

– As encruzilhadas que têm mortos são muito mais carregadas. A gente vê muita coisa por aqui.

– Não vi criança nenhuma. Só um caboclo corneado, um unicórnio e a mamãe cantando.

Jéssica puxou Teodora de volta para o carro, tirando-a da beira do asfalto.

– Aí é impossível.

– Ela estava no rádio da polícia, entrou na frequência da Central.

Jéssica balançou a cabeça em sinal negativo.

– Você a viu? É impossível, Teo!

– Eu a ouvi, e senti. Eu a senti aqui perto, ao meu redor.

– Olha, você tá falando da mamãe a noite toda. Ela não pode vir aqui. O corpo dela não está aqui, entende?

– Eu sei. A gente enterrou a velha no cemitério.

– Quer ir lá? Lá você vai vê-la.

Teodora encarou Jéssica, enquanto acendia mais um cigarro.

– Ver a mamãe?

– É. Ela não está aqui, Teo. Acho que te dei mesmo uma dose muito forte. Você está vendo e sentindo coisas que eu nunca senti. Você está atraindo essas coisas, Teo.

– Eu já matei muita gente. De repente, já tenho um pezinho aqui deste lado. – A policial tragou o cigarro. – Eu quero ir vê-la, sim. Se a gente for até lá, ela estará perto do túmulo?

Jéssica só balançou a cabeça em sinal positivo.

– Você já falou com ela? Já viu a mamãe antes? – indagou a mais velha.

– Já, Teodora. Eu não era forte como você. Quando eu precisava de alguém da família, eu ia ver a mamãe. Essa merda de ver quem já foi vicia a gente. Eu voltei e voltei e voltei, até não saber mais o que era estar aqui, com eles, e estar lá, só com os vivos.

– Podia ter me ligado. Se você tava mal, por que não me chamou?

– Dá um tempo, Teodora. Você fala tanto de como ela gritava com a gente, de como ela era venenosa. Você se saiu igualzinha. Só falava comigo para me lembrar de como eu estava no fim da linha, de como eu era irresponsável, e nunca perdeu uma chance de dizer que eu estava deprimida por minha culpa, por minha escolha de me chapar e dirigir. Eu só queria ter alguém comigo, do meu lado, diminuindo a distância dessa margem.

Teodora desviou o olhar da irmã e fixou-o na encruzilhada. Tanta gente já tinha passado por aquele mesmo caminho, que já tinha escolhido, bem ali, para onde seguir.

– Me leva até a mamãe enquanto eu penso em como entrar naquele diabo de IML sem ninguém me ver.

Jéssica entrou no carro e deu partida, baixando o vidro do seu lado. Teodora tomou seu lugar e aumentou o volume do rádio da polícia, apurando a audição.

– Você ouviu a voz dela nos dois rádios? Eu nunca ouvi nada vindo nos rádios.

– Pois é, irmãzinha. Você veio aqui para ser minha guia, e não para ficar me interrogando sobre essas coisas.

CAPÍTULO 6

Jéssica e Teodora ficaram em silêncio enquanto andavam com a van pelas ruas escuras da cidade, rumo ao cemitério, que ficava a poucos quarteirões do posto de gasolina onde estavam. As vozes no rádio continuavam trocando informações sobre o movimento das viaturas e as ocorrências que iam surgindo na madrugada, sem voltar a falar do IML, para impaciência de Teodora.

– Eles estão calados agora, não estão falando nada, deixaram a Raoni esfriar na gaveta do Instituto Médico Legal.

– Não acha que é uma armadilha pra colocar as mãos em você?

– Como, Jéssica? A gente tá cinco passos na frente dessa turma aí! Eles nem sonham que eu preciso entrar no IML, não faz o menor sentido eu voltar para ver o corpo de alguém que eles acham que matei.

– Acham, Teodora. Você matou mesmo! Com o negócio da Corregedoria, eu não sou especialista, mas você é a suspeita número um. Eu estou aqui para ajudar, mas não queria ser presa por tirar a vida dessa gente. Precisamos descobrir o que essa chave abre e colocar a mão na nossa grana.

– Fica fria, maninha. O que é seu tá guardado. Você vai receber sua parte, eu garanto. Vou entregar com minhas próprias mãos o seu presentinho final. Se quiser vir mostrar para a mamãe, eu posso até providenciar.

Teodora apoiou o cotovelo no batente da porta, que estava com o vidro aberto, e soltou mais uma baforada, enquanto Jéssica se empertigava no banco do motorista, passando as marchas com raiva e acelerando. A policial ergueu o queixo na direção da irmã, já a inquerindo.

– Minha parte? Minha metade, você quis dizer!

– Para de ser gananciosa, Jéssica! Sua parte vai te deixar com as costas tortas de tanto peso que vai carregar, e vai ficar enterrada debaixo de tudo o que você merece. Não quer a grana para tentar outra versão da Iboga-7? Não me disse que queria esse dinheiro para conseguir ver os dois de novo? Vou te ajudar – disse, dando outra tragada e soltando em seguida –, e fica satisfeita com o que eu tô te oferecendo, porque neste mundo da Narcóticos você pode acabar sem nada ou debaixo da terra.

– Debaixo da terra todo mundo chega um dia, irmã. Olha onde a gente veio parar. Aqui é a casa de todos eles, a necrópole.

– "Necrópole", olha só, você falando bonitinho. Tá lendo o que ultimamente?

– Eu me formei em Química e Farmácia, Teodora. A jagunça aqui é você. Eu sempre me virei sozinha, nunca pude contar com você, nem com ninguém. Você só me pôs pra baixo a vida toda, e esta noite eu só cansei.

Teodora segurou o queixo de Jéssica e ergueu a cabeça dela quando o carro freou em frente ao portão. Jogou o facho de luz da lanterna do carro para dentro do cemitério, chamando a atenção do vigia, e voltou a olhar para a irmã.

– Tá toda corajosa agora, tá andando muito comigo. Tô gostando de ver! Mas quem salvou seu rabo dizendo que você não estava na direção? Quem era amiga dos peritos e alterou todo o laudo da cagada que você fez?

– Para, Teodora. Para.

– Você foi para a lama e foi encarcerada na pior prisão que existe, Jéssica, a da culpa e do remorso. Você sabe que foi você que matou eles dois.

– Não tenho mais medo de você, Teodora. Cansei de viver com medo de você.

– Criei essa casca grossa de propósito, maninha. Quanto mais longe você ficar de mim, melhor pra você, sua ingrata! Você é igual a todas elas: a mamãe, a Raoni, a Marília. Quando precisam que o serviço sujo seja feito, me procuram, cheias de biscoitinhos e boas-tardes.

– Só que hoje foi você que precisou de mim, foi você que me procurou. A gente entrou nesse mundo juntas e só vamos sair juntas.

– Tá bom, Jéssica, não muda de assunto.

– E você não pode dar mole para o que vai ver aí dentro. Eles são muitos e vão querer te afundar aqui no mundo deles.

– Uuuuu, uma ameaça da Jequinha? Acha que sem você eu não resolvo esse caso, esse mistério? Você não tem ideia do que sou capaz de fazer por dinheiro.

– Não me chama de Jequinha, principalmente aqui. Tudo o que você sente, cada pedaço de raiva que você solta, eles sentem o cheiro, Teodora. Eles vão sentir o meu cheiro – confirmou Jéssica, com um aceno de cabeça. – Mas o seu perfume vai ser como abrir as portas de uma doceria. Eles vão vir loucos por tudo o que você sente.

– Eles quem?

– Já falei, os obsessores. Gente viciada em cigarro vai querer fumar através de você, dos seus lábios, gente viciada em raiva, gente que ainda quer vingança vai querer usar a sua fúria, entrar no seu sangue e ter o controle dos seus músculos. Eles vão querer você inteira, Teodora. Você se gaba de tudo o que é capaz de fazer para pôr a mão naquela fortuna, então se prepara, porque, com essa sua ganância desmedida, quem está aí deitado e estava na beirinha – Jéssica baixou o tom de voz e juntou as pontas dos dedos – vai querer beber de você, maninha, para conquistar alguma coisa.

– Para de falar isso! Você disse que eles não podem machucar a gente.

– Eu nunca disse isso. Nunca disse que eles não machucam. Você foi atrás de mim porque tinha medo de vir ao mundo dos mortos sozinha. Você tem muita dívida para pagar aqui entre os falecidos. Eu sou sua guia aqui, então esfria a cabeça e deixa tudo de ruim escondido enquanto estiver aqui.

– Eu só fiquei nervosa com você me peitando. Para de me peitar que eu me acalmo. Eu sei, eu sei que preciso de você hoje. Eu sei.

– Eles enganam a gente e nos machucam pra valer quando querem. Eles nos iludem, criam uma ilusão e carregam a gente como Jonas foi carregado na barriga da baleia, e quando você acha que está saindo, está escapando, bam! – Jéssica deu um soco na própria mão.

Teodora tomou um susto e bateu as costas contra a porta do banco do carro. Começou a respirar com dificuldade. A voz da irmã parecia vir do fundo de uma piscina, como se as duas tivessem caído dentro d'água.

– Para com isso, Jéssica, sua ingrata – praguejou a mais velha, abrindo a porta.

Assim que Jéssica desembarcou, viu um sinal de luz em resposta do porteiro. Teodora não tinha ideia do que era andar entre eles, e Jéssica não tinha aquela excursão ao Maelstron como parte do passeio da noite, mas a irmã se recusava a abrir-se para a cura e entender que precisava de ajuda, precisava descer daquela pedra que a deixava mais alta que todo mundo ao seu redor. Estava cega e enterrada numa escuridão da qual nenhuma ibogaína no mundo a salvaria.

Em frente à necrópole, as duas se juntaram e seguiram para o portão principal. Teodora acenou para o vigia e tirou seu distintivo, que foi iluminado pela lanterna do homem.

– Libera a passagem aí, meu amigo. Vamos fazer uma visitinha oficial.

– Está meio tarde para entrar aqui, não é, policial?

– Não cria caso, Reinaldo. Tá tudo certo com o seu carimbo no Fórum? Tá andando na linha? Se eu for dar uma olhada na guarita, vou achar alguma coisa?

– Não vamos demorar aí, Reinaldo – completou Jéssica, repetindo o nome revelado pela irmã.

O vigia jogou a luz no rosto de Teodora, que ergueu a mão contraindo as pálpebras.

– Vira esse trabuco pra lá, parceiro.

O vigia obedeceu, iluminando a passagem e jogando o facho de luz para o corredor de entrada do cemitério.

– Sem baderna aí dentro, policial. Não quero ter que ficar explicando nada para a administração de manhã.

– Você tem chefe, é?

– Quem não tem chefe nessa vida, dona?

– Quem tá aqui dentro, deitado nos caixões.

O porteiro virou a lanterna para as irmãs, que ergueram as mãos novamente.

– Já vi muita coisa aqui, dona. Até esses pobres coitados têm que obedecer.

– Obedecer a quem? – agora Teodora parecia intrigada com a figura do vigia, e sua voz soou do mesmo jeito quando interrogava os outros.

– Um monte de regras. Começa com a barriga inchando e os vermes chegando. Depois, vêm os primeiros inquilinos e chegam os ratos, e o que sobra, o chefe de todos vem cuidar.

– Ah! "*Quantos anos leva um homem para apodrecer?*"

O porteiro sorriu novamente.

– Nunca fui coveiro de verdade, mas me disseram que alguns começam a apodrecer assim, que nem a dona está, de pé, fedendo, e nem percebem.

– Jéssica do céu! Esse homem conhece Hamlet!

– É o que eu disse, dona, aqui o tempo passa devagar. Quando não estou falando com os mortos, vigiando esse sono eterno até virarem só pó, com as costelas aparecendo até que as ligas lhes soltem os ossos, eu leio outras vozes, que ficaram vivas e são sintonizadas de um outro reino.

– Eu já gostava de você, Reinaldo, gostava mesmo, mas nunca soube por quê. Pergunta na DP amanhã.

– É tanta coisa ruim à nossa volta que a gente esquece dos amigos.

– Agora virei fã. Além de ter se emendado e parado com o crack, tá lendo Shakespeare?

O porteiro deu de ombros e saiu andando, deixando as irmãs em frente ao corredor central do cemitério.

– Sempre li, mesmo quando eu era *noia*, até li a Bíblia inteirinha. Não perturbem minha gente, depois eles não me deixam dormir.

Jéssica olhou para a irmã e a convidou com a cabeça.

– Peraí. Deixa eu acender meu cigarro. Já faz tempo que fumei o último e, se ela tá mesmo aqui, vou precisar de um. Ah, como vou precisar!

– Ela está mesmo aqui, Teodora. Sempre. Por isso eu me viciei na Iboga-7, por poder reencontrar meus antepassados.

– Duvido que você vê seu pai aqui.

Jéssica aproximou-se da irmã enquanto ela girava a espoleta do isqueiro e aspirava o cigarro para acendê-lo.

– Não. Nunca vi meu pai, nunca mais. Desde...

Teodora soltou a fumaça na direção da irmã, que deu um passo para trás.

– Continua, Jéssica. Põe pra fora.

– Desde que ele sumiu. Igual ao seu pai.

– Não. Olha, seu pai não sumiu igual ao meu pai. Pode estar certa disso.

– Você deu um fim nele?

– Eu tinha quinze anos, não tinha força para matar ninguém. É isso que você quer saber?

Jéssica balançou a cabeça em sinal positivo.

– Seu pai era um puta de um escroto, guria. Um merda. Só que eu não o matei, não. Não precisei fazer isso, não mexi um dedo. A vida cuida de quem é filho da puta que nem ele, e nem vem me encher o saco por causa de palavrão. Já basta o porteiro do cemitério querendo me passar sabão hoje.

– Passar sabão? Você tá louca? Eu estou querendo saber se você assassinou meu pai ou não. Ele era meu pai. Eu cresci sem referência, eu queria ter um pai, sabia? O meu não fugiu que nem o seu, dizendo que ia comprar cigarro, e te largou para trás porque ele não aguentava seu gênio e sua marra!

Teodora sacou a pistola a colocou na testa de Jéssica.

– Não fala do meu pai! Ele cuidava de mim! Ele me protegia! Se a maluca da mamãe não tivesse feito ele ir embora, se ela não tivesse conhecido o monstro do seu pai, nada disso teria acontecido.

– O que falta para você puxar o gatilho de uma vez? Acha que eu tenho medo de morrer depois de ficar sem ninguém do lado dos vivos? Acha que eu não daria tudo para estar com eles se tivesse certeza de que seria simples assim? O que está te impedindo tanto de me acertar na cabeça, Teodora?

– Continua me provocando que você descobre.

Jéssica inclinou-se mais para a frente, pegou o cano da pistola e afundou na pele.

– Atira.

Teodora contraiu os lábios e ficou com a respiração entrecortada.

– Meu pai não fugiu por minha culpa! Ele fugiu por causa dela, daquela louca. É por isso que eu nunca fiz questão de vir aqui neste chiqueiro de esqueletos. Ela não esperou nem três meses pra pôr o cachorro do seu pai para dentro da nossa casa! E adivinha? Tava grávida de você!

– E por que será que ela fez isso, Teodora? Por que será que ela sabia que o seu pai não ia voltar? Vai me matar por culpa dele? Vai me matar porque eu cresci na sua sombra, sempre engolindo tudo o que você me fazia porque tirei seu lugar de filha única, de princesinha da casa?

– Você é tão cega que dá pena. Não entendeu nada mesmo.

– Eu era pequena, você é nove anos mais velha que eu. Já era grande quando eu cheguei.

– Oito anos e meio, Jéssica.

– Você fez eu engolir cada um dos seus desaforos e das suas maldades! Eu não sou mais uma menininha desprotegida e não tenho culpa que o seu pai sumiu.

– Sorte a sua crescer engolindo só desaforo! Sorte sua eu estar lá. Eu só... – Teodora começou a tremer e baixou a arma.

– Só o quê? Eu preciso saber.

– Eu nunca ia atirar em você; sabe disso, não sabe? Eu posso ter todos os defeitos que eu tenho, mas nunca mataria a minha irmã. Nunca deixaria nada acontecer com você, Jés. Prefiro matar meu pior inimigo do que ser traíra com quem é do meu sangue. Minha irmãzinha, minha caçula.

Os olhos de Teodora estavam vermelhos. Baixou a mão direita, que segurava a pistola e balançava com o tremor. Na outra mão, o cigarro fumegava, com a brasa vermelha cintilando como um ponto na escuridão.

– Você não vai atirar? Não vai acabar comigo aqui no cemitério? – insistiu Jéssica. – O que mudou?

Teodora recolocou a pistola no coldre e deu um passo para a frente, abraçando a irmã com toda a força.

– Não, Jéssica. Não. A gente passou por tanta coisa, mas tenta lembrar, eu nunca faria mal a você! Nunca. Eu explodo com o mundo, eu brigo com qualquer pessoa, eu não levo desaforo pra casa... e na nossa casa tinha eu e você contra eles. Eu tinha que salvar você daqueles dois, eu sentia que eu precisava salvar você, eu precisava te proteger.

– Você me xinga o tempo todo, me fez crescer acreditando que eu era uma inútil que não ia chegar a lugar nenhum sem usar a força, sem ser violenta igual a você. Toda vez que pôde, esfregou na minha cara que me salvou de um duplo homicídio. Você acha mesmo que isso me fortalece?

– A gente era pequena. Eu só queria que você não fosse uma fraca, e isso me dava raiva, porque você sempre foi assim, mole e toda cheia de meiguices. Você precisava ser forte, mais forte do que eu era. Senão ele... ele era um porco, Jéssica.

A irmã mais nova afastou-se da mais velha e deu dois passos para trás. Teodora agora estava sombria, iluminada apenas pela luz da lua, enquanto Jéssica caía de joelhos no concreto do corredor central, chorando.

– Por que você sempre fala assim dele?

– Me perdoa por toda essa raiva. Eu só precisei criar essa Teodora que você conhece pra sobreviver ao que ele fez comigo. Foi ele, o seu pai, que me deixou assim. Me destruiu por dentro, dentro de mim e dentro da minha cabeça. Eu queria coisas de você que você nunca ia poder entender. Nem eu entendia essa raiva, Jéssica. Ele estragou tudo o que eu era, cada parte doce e gentil que eu tinha ele devorou.

As irmãs ficaram em silêncio por um momento, enquanto sombras vinham pelos corredores em direção ao portão.

– Meu Deus! Eu não entendia e tinha inveja de ele dar mais atenção pra você do que pra mim. Agora eu sei qual é sua dor com ele. Você nunca me contou o que acontecia quando ele entrava quieto no seu quarto à noite e deitava com você. Eu achava que ele ia fazer você dormir, e ficava triste por ele não me fazer dormir como fazia com você. Aiii, Teo, é isso, não é? É por isso que você xinga ele o tempo todo, xinga todo mundo e tem raiva dos homens?

– Jé, você está vendo isso também?

Jéssica começou a chorar e agachou-se, dobrando-se em si mesma, chafurdando nas inúmeras possibilidades que as fizeram chegar àquele ponto do caminho.

– Você precisa parar e ser forte, Jé. Olha, o que é que está acontecendo? Me ajuda aqui.

Teodora correu até a irmã e a ergueu pelos ombros, apontando para as sombras que surgiam e decolavam dos galhos das árvores e começavam a cercá-las com grandes olhos amarelos. Foram ficando imensas, com 1,90 metro de altura, com braços plumados, como sobretudos cinzentos.

– Estão nos cercando, Teo. Estão vindo até nós.

– Você está vendo isso também? Preciso saber!

– Sim. São os médicos-coruja. Olha o tamanho do bico deles! Nunca vi nessa quantidade, nunca vi tantos!

Jéssica vislumbrou uma bruma esverdeada como fogo-fátuo, esparramando-se pelos corredores do cemitério, emanando debaixo das criaturas aladas que caminhavam pelas alamedas. As duas começaram a andar de mãos dadas, assustadas com aquela visão única.

Teodora apontava para ao menos três corredores. As sombras vinham em direção às irmãs, e vultos humanos surgiam debaixo das árvores, que chiavam com a passagem do vento, e passos cadenciados começaram a ser ouvidos.

– Dá pra escutar os passos dos mortos, Jéssica? Lá no posto, o sitiante batia a bota contra o concreto antes de virar um pântano.

A irmã caçula finalmente encarou Teodora e balançou a cabeça em sinal positivo.

– Dá. Você tem que entender que estamos em contato com o mundo deles. Eles nos tocam, estão aqui, de verdade, enquanto estamos sintonizadas, visitando-os. Quando tomamos a ibogaína, a gente vibra na frequência deles.

A luz da lua revelou as formas dos vultos que se aproximavam por trás dos médicos-coruja. Eram pequenas meninas, com suas peles acinzentadas e carcomidas pelo tempo. Algumas apontavam para Teodora quando ela passava, e ela sentia o coração se enregelar cada vez que isso acontecia. Tinha defendido tanto Jéssica e a deixado tão cega para a monstruosidade que acontecia em sua casa que a caçula não se conectou àquelas almas infelizes e não compartilhou daquela sororidade do além.

Contudo, Teodora, alheia ao que Jéssica captava, não via as mães que tinham perdido suas crianças, almas que vagavam pelos corredores, pegando pequenos bebês no colo ou simulacros de crianças, e se juntavam como se estivessem em uma tarde no parque, compartilhando do mormaço e deixando seus pequenos interagirem e aprenderem o que era vida. Confiavam umas nas outras e eram irmãs naquele fel que lhes enchia a boca e embebia suas almas, marcando-as como mães de ninguém.

– Teodora, é neste corredor. Temos que seguir por aqui e não podemos perder o portão do cemitério de vista, está vendo? Não podemos ficar longe dele, precisamos de uma passagem de saída rápida. Eu nunca senti tanta força aqui, nunca vi tantos médicos-coruja de uma vez, e não faço a mínima ideia do que eles estão fazendo com essa bruma. Se precisarmos correr para nos afastarmos da mamãe, da tumba dela até o portão, dá uns quarenta metros.

– Então ela alcança nosso carro. Não estaremos longe o suficiente.

– Não fica longe de mim, eu cuido de você. Não quero você presa nessa *ghost trip*. Você, com toda essa energia acumulada, e com esse tanto de médicos-coruja rondando atrás de nós, pode ser a chave para eles abrirem a trilha até o hospital das almas. A ibogaína traz isso com ela.

– Sem desvios. Nada de hospital. Eu quero é saber qual portão aquela chave abre. Preciso falar com a Raoni.

– Vem ver a mamãe e podemos partir.

Teodora parou, olhando para o corredor central, e viu os túmulos reluzindo sob a luz da lua cheia, com a bruma verde e cintilante rente ao chão, fina e fraca. Apertou as mãos da irmã contra a sua. Jéssica sabia o que estava fazendo e sentia-se segura andando em meio àqueles vultos entre as covas.

– Eles ficam todos revivendo momentos antes do fim de suas vidas?

Jéssica balançou a cabeça em sinal positivo, esperando a irmã.

– Para sempre. Depende da hora em que você vem, depende da emoção que você carrega. A Iboga-7 abre essa sintonia, mas é como se tivéssemos um dial, sabe? A gente faz a sintonia fina da energia que está correndo para fora do cadáver. Somos necromantes químicas, artificiais, sei lá! Ainda não dei nome ao meu cometa.

– Que inferno, Jéssica. É isso que é ser um fantasma? Uma prisão em uma existência próxima de seus despojos?

– Já acho um avanço conseguirmos ver e interagir com os mortos. É uma fronteira e tanto a que eu atravessei com a Iboga-7.

– Isso vai te deixar rica, já disse. Fica aí falando da sua parte da grana da Raoni, mas você já vai ficar rica com essa droga.

– Eu acho que eu consigo ir além. Acho que essa energia residual é só o começo, é só uma camada. Acho que consigo ir além.

– Você quer vê-los, eu sei. Boa sorte com isso.

Jéssica parou e olhou para a irmã.

– Eu desisti. Essa perseguição foi o que me levou a me viciar e a querer ficar mais aqui do que lá.

– Acha que isso é porque eles foram cremados? O que acontece?

– Os restos mortais, se ficam todos em um lugar, é a mesma coisa. O fantasma estará lá perto das cinzas reunidas.

– E se você faz aquelas paradas de filmes?

– Jogar no mar? Jogar do helicóptero? Hahahahaha!

– É. Jogar do alto da montanha. Fica uma montanha assombrada?

– A energia se dissipa. O que a Iboga-7 faz é deixar você captar o sinal, como uma antena, de uma vida que já existiu. Esses fantasmas são a energia, na frequência em que eles sempre viveram. Quando você pica o corpo em pedaços e separa tudo, quando solta as cinzas ao vento... o sinal vai ficando fraco, rarefeito, até que a amplificação da Iboga-7 não consegue captar mais nada do fantasma.

– Qual é a frequência da mamãe, dona Nerd do Além?

– Vem, vou te mostrar. Ainda lembra do corredor?

– Não. Nunca mais vim aqui, eu te disse.

– Eu sempre venho. Trago flores no Dia das Mães. Também visito no Dia de Finados.

As irmãs avançaram enquanto os vultos se mantiveram à distância, apenas rodeando-as ao largo.

– Hum... sorte dela você ter essa paciência. Eu falo que não pareço com ela, mas a gente é igualzinha nessa coisa de rancor.

Teodora olhou para as sombras bicudas e segurou mais forte a mão de Jéssica. A caçula olhou para os dedos entrelaçados e depois para o rosto da mais velha.

– Não é medo, é que você some quando eu me encontro com eles. Você que disse que minha energia é muito forte aqui.

– É. Não aperta tanto a minha mão, eu não vou a lugar nenhum, já disse que vou cuidar de você enquanto visitamos a mamãe.

– Ela não te merece, Jéssica. Você vir ficar aqui penando, larga mesmo essa droga. Ficar aqui, olhando para eles, não faz bem.

Um rosnado elétrico vindo de perto do vulto da mãe sobre o túmulo fez os pelos de Teodora se arrepiarem.

– Esse barulho... é o que estou pensando? – perguntou a policial.

Jéssica balançou a cabeça em sinal positivo, esboçando um sorriso.

Teodora via a mãe sobre a sepultura. A lápide atrás dela trazia as duas datas antípodas da passagem humana pelo lado materializado de sua existência. Muitos acreditavam na continuação, mas aquilo que ela via com a ibogaína era o fantasma de sua mãe, e não uma continuação. Jéssica tinha falado da fatia, da impressão de emoções, e ela olhava para uma senhora amarga, enclausurada em algum de seus momentos captados pela antena química inventada por sua irmã e injetada em sua corrente sanguínea.

Aquele dia das fantasias de Halloween tinha acontecido havia muito tempo, e Teodora já tinha fugido de casa, então não se lembrava muito do que a mãe fazia naqueles dias. Podia vê-la debruçada sobre a máquina de costura com alguns alfinetes na boca. Ela pisava na máquina, e o som do motor elétrico da agulha indo e vindo encheu os ouvidos da policial, o que a teletransportou daquele cemitério decrépito e a envolveu nas paredes e nos cheiros da casa onde cresceu, com a mãe gritando ordens em seus ouvidos. Acima da máquina de costura havia um pequeno aparador com uma Bíblia aberta, na qual descansava, entre as páginas, um terço de contas azuis-claras e, acima do livro sagrado, a imagem de Maria, com seu também manto azul e dourado, clareada por uma pequena vela que tremulava.

A mãe fez um estalo com a boca e reclamou, zangada com a máquina, puxando a peça que cerzia com um fio laranja. Teodora não conseguiu segurar a emoção daquela lembrança, daquela nostalgia repentina, e aquele estado de prazer em ver o espectro da mãe refletido em um sorriso raro e genuíno desabrochou em seu rosto. Mesmo com tudo o que tinha acontecido, com todas as escolhas erradas feitas pelos dois lados, com todos os mergulhos no fel que tinha impregnado suas almas tantos anos antes, naquele momento ela era a sua mãe, a mamãe.

– Ahhhh... que porcaria! A Teodora vai detestar isso aqui. Nunca tá feliz com nada. Vai achar defeito, que eu sei.

Teodora sorriu, vendo o tecido branco da fantasia de um fantasma flutuar diante da mãe, que balançava o pano em ondas. Os cheiros da casa eram os mesmos, e nada restava do cemitério naquele instante. Teodora olhou para as mãos e via-se novamente com quinze anos, como se estivesse mesmo lá, com a mãe, naqueles últimos dias que tiveram naquela casa, antes de o conselheiro tutelar chegar procurando pelo pai monstro.

A policial se virou para a irmã e a chamou com a mão, no entanto encontrou Jéssica com um rosto espantado e olhos arregalados enquanto atravessava o piso de tacos velhos da casa, e também crucifixos e contornos de túmulos, vendo o vulto dos corredores e as imagens que assomavam acima das tumbas rarefeitas. Depois viu a porta e a janela da casa, e a garota parecia mais baixa, com a pele ainda mais alva e os passos miúdos de seus sete anos de idade, quando era a pequena princesinha da casa, protegida por Teodora dos olhos do predador doméstico.

A mãe, quando não bebia, ficava com as meninas e não deixava o homem sozinho com elas, e se irritava porque ele ria mais com Teodora e não se continha em tocar no ombro da enteada mais velha a todo instante, em toda brincadeira ou comentário, enquanto também se embriagava. Havia dias em que a mãe ficava lúcida e colocava as crianças no quarto. Teodora não se lembrava daquilo, estava vendo acontecer naquele instante, como um assalto, uma invasão em sua memória abarrotada de momentos ruins, indignações e raiva por a mãe não ter mandado aquele homem embora antes que aquela desgraça toda se desse no chão do lar.

Os olhos da policial se encheram d'água salgada mais uma vez, e uma emoção forte veio quando assistiu à mãe ir até o quarto e olhar para o espectro de suas crianças, que ressonavam em suas camas. Ela as vigiava quando podia, quando estava com a cabeça inteira. Aquelas memórias tinham se esvanecido em seu cérebro assombrado por aquele monstro. Teodora tomou um baque quando a voz da mãe soou forte, bem perto dela, e o espectro passou pelo corredor sem se dar conta de sua presença naquele instante.

– A festa é amanhã, e eu não terminei. Estou tão atrasada, tão atrasada!

O fantasma voltou atarantado para a máquina de costura, sem notar as duas visitantes. O som monótono do motor do equipamento voltou, e a agulha ziguezagueou por outra peça, mais escura e com detalhes em branco. Era a mimetização de um esqueleto, feito em tecido grosso, preto, com ossos em pano branco, que Jéssica guardaria por anos, até não caber mais em seu corpo, que se inflava por conta de chocolates e salgados comidos com avidez, na tentativa de tampar uma fome e um desejo que não estavam em sua barriga, mas em sua alma.

Teodora a perseguia pela casa e brigava com ela. As duas irmãs viajavam pela sintonia da ibogaína daquele dia típico em suas vidas e se assistiam andando pela casa naquele momento, como crianças enchendo tudo de barulho e risadas, e a mãe ralhando com elas. Jéssica viu seu pai entrando pela porta, andando apoiado na parede e sorrindo para ela. No corredor, Teodora a agarrava pela mão e começava a puxá-la para trás. Jéssica lutava para se desvencilhar da irmã mais velha, querendo brincar com o pai.

Ele cumprimentou a mãe e apertou sua bunda, e ela o afastou, reclamando do bafo de pinga. Já no corredor, Jéssica fazia força para se livrar da mão invencível como uma algema de Teodora, que, com brutalidade e pressa, a puxou e tapou sua boca para que não gritasse. Jéssica assistiu à irmã levá-la para o quarto e empurrá-la para o fundo do guarda-roupas, fechando com uma tramela improvisada, deixando seus gritos abafados ecoarem dentro do móvel. Viu então, fora do seu corpo infantil, Teodora escorar a porta com uma ripa de madeira.

Era aquela fatia de lembrança que tinha feito uma marca em sua memória, e agora, como em um hospital, como se estivesse atada em um leito de cura, assistia a uma reencenação do que tinha sido sua infância, que gotejava para dentro de suas lembranças completando lacunas e fechando buracos, como um soro que entrava em seu corpo, fazendo-a entender por que Teodora era sempre dura e parecia uma carrasca infernal com aquelas brincadeiras estúpidas de enfiá-la em cantos, de tapar sua boca e de calar sua voz, chamando--a de pequena e desprotegida.

Aquela marra de Teodora, que lutava do jeito que podia e entendia contra um mal incompreensível, tinha plantado uma semente torta na cabeça ainda pura de Jéssica, e a menina transformou todos aqueles atos em brutalidade, em maldades de criança, o que criou escamas em sua pele e gerou cicatrizes que a fizeram sempre temer Teodora. A necessidade de vencer a irmã mais velha virou um veneno em seu sangue, sua incapacidade tornou-se uma fome invencível por guloseimas, e a compulsão durou até ser preenchida por drogas leves como a maconha, até a chegada do bálsamo do amor.

Enquanto ela se afundava em desvios, o destino a colocou em frente a alguém que tocou sua alma e a renovou por dentro em todos os sentidos possíveis que um encontro com uma pessoa que entende você e te completa pode ter. Jéssica encontrou o amor de sua vida, um voluntário de uma ONG que lutava para tirar pessoas do vício, até que ele mesmo se tornou um vício. Anos mais tarde, cada vez mais juntos e apaixonados, empolgaram-se em dividir um pequeno apartamento e se inflamaram em suas semelhanças e seus desejos, e logo Jéssica estava esperando um bebê. Fim de sua história feliz.

A mãe ergueu a cabeça da costura e olhou para as visitantes, dando-se conta das irmãs ali paradas, de mãos dadas.

– Vocês chegaram cedo, não me apressem! Eu sei que estou atrasada. Lá na venda do seu Moreira, agora ficam embaçando pra me dar a comida da semana e pegar linha. Não me deixaram assinar a caderneta, e tive que sair caçando um carretel emprestado. Dona Dadá, eu que xingo tanto a coitada, é quem me estendeu a mão. Tão dizendo que seu pai não tá trabalhando, Jéssica. Tá sabendo de alguma coisa sobre isso?

Jéssica deu de ombros e continuou ao lado de Teodora, segurando a irmã pela mão. As duas apertavam os dedos entrelaçados, e Jéssica olhou para a irmã mais velha. Ela tinha que perdoar a mãe e livrar-se daquele sentimento ruim que nublava seu rosto sempre que falavam do passado.

– Ele tá enchendo a cara no boteco de frente pro cemitério, mãe, como faz todo dia.

A fantasma levantou os olhos da máquina de costura, colocou os óculos grossos e olhou para a filha mais velha.

– Estranho. Ele tava com você no banheiro, disse que ia te dar uma coça por causa do menino que você arranjou de namorado.

– É uma amiga, já falei que ela não é menino.

– É sapatão, então.

Teodora respirou fundo.

– Vira de costas, quero ver o ombro da sua fantasia. Deixa eu tirar essa *meça*.

O tecido cobriu os ombros da policial com precisão.

– Filha forte! Aguenta porrada essa menina, não é, Jequinha? – brincou a mãe, arregalando os olhos por cima dos óculos e abrindo a boca para a caçula. – Vem aqui, princesa delicada – disse a mãe, apontando o dedo e fazendo um anzol com o indicador, puxando a caçula. – Vem, Jequinha.

Jéssica sentiu-se leve. No quadro do tempo, as coisas estavam fora do lugar no momento, mas ela não ia interromper aquele fluxo de existência fantasma apenas para colocar os eventos de forma cartesiana, em sequência. Deixou-se estar. Às vezes, era assim que acontecia no mundo deles, que furavam as camadas cronológicas sempre que uma emoção mais forte disparava o fantasma para suas memórias. Aquilo criava variantes, algumas sutis, outras imensas, mas todas muito genuínas, daqueles pedaços de energia, presos em uma imitação de um tempo passado e vivido por aquela alma, ainda de alguma forma conectada inadvertidamente aos restos mortais que estavam lá a poucos metros, debaixo do piche, do concreto, do barro, do cimento e da madeira podre que embalavam os ossos envelhecidos de sua mãe.

Teodora olhou em volta da casa. Era humilde e recheada de pequenas coisas que existiam e eram de um cotidiano que ela simplesmente tinha esquecido. Não lembrava daquele aparador de madeira com um abajur em cima, do lado de uma cadeira com estofamento remendado. A mãe lia para ela ali às vezes. Soltou a mão de Jéssica, deu dois passos e já estava no meio da sala, de uma casa um tanto claustrofóbica para ela na adolescência, e por isso a rua tinha sido um ótimo lugar para permanecer e fazer amigos, sobretudo os meninos, que começavam a ficar mais educados e menos moleques agora que Teodora tinha peitos e pernas bem formados, bem como uma carranca para os mais engraçadinhos.

Todos eles achavam Teodora atraente, mas sempre que um se engraçava além da linha, descobria como ela era boa de braço e sabia derrubar os afoitos com uma joelhada rápida nas bolas. Ela era diferente das patricinhas da escola, gostava de jogar bola e brincar de esconde-esconde, e sempre defendia a irmã mais nova quando começavam as brigas. Ela era a que tentava ficar até mais tarde na rua brincando. Não era incomum pedir para dormir na casa de uma amiga; muitas vezes conseguia, mas a voz da mãe chamando na rua e dando chilique na porta das casas onde Teodora tentava se esconder, chamando-a de vagabunda, para desgosto da vizinhança impotente, e para sua vergonha, acabava fazendo a menina, a contragosto, voltar para seu casebre, mas nunca ninguém abria a boca. Ela entrava com raiva e escondia as lágrimas, porque sabia que de nada adiantariam.

Descontava toda a fúria na irmã mais nova, dando logo um tapa no rosto de Jéssica para que ela fosse para a cama e ficasse encolhida lá. Quando a casa ficava quieta de novo, vinha aquele maldito bicho monstruoso, falando que ela fazia a mãe passar vergonha e que agora ia aprender uma lição. Teodora chamava a mãe, que, bêbada, trancava-se em seu quarto. Àquela altura, Teodora já tinha entendido. Ela teria que lutar, mesmo que acordasse de manhã com hematomas no rosto, com marcas na perna e queimaduras de cigarro. Não seria o cordeirinho daquele doente.

Um dia, porém, o desgraçado fez algo inesperado, que deixou Teodora em pânico. Ele tinha dito que iam conversar, que ele ia começar a cuidar dela direito, que tinha ido à igreja e mudado, porque havia descoberto que eles dois estavam a meio caminho do inferno. Perguntou se Teodora queria ir para o inferno, a menina disse que não, era católica na época, por causa do curto contato com a avó paterna e pelas idas da mãe ao grupo de ajuda aos alcoólicos na igreja matriz. Sabia que a igreja tentava coisas boas para a mãe, mas também enchia a cabeça dela com o ódio pelo simples fato de ela não aceitar que o caminho para se juntar às suas filhas seria protegendo-as e amando-as. A mãe dizia que não acreditava em Teodora; isso simplificava as coisas para ela, fazia a mãe lidar com o cotidiano inventando uma história para si mesma, e espalhou que Teodora era mentirosa e que se queimava sozinha quando roubava cigarros do padrasto, que dava uns esculachos nela, e por isso a menina sofria de tanta raiva, que só aumentava a cada visita e investida daquele verme.

Quando Teodora o acusava de mexer com ela, a mãe dizia que ela deveria ter vergonha, porque já era grandinha e não deveria deixar suas coisas à mostra, aquilo não era de Deus. A primeira vez que ouviu isso da mãe, Teodora conheceu a raiva... não a que explode em movimentos de puxar panelas de cima da pia, como a mãe fazia quando gritava querendo assustá-las, dizendo para a apavorada da Jéssica que era ela quem mandava lá. Veio uma raiva mais aracnídea, que andava por baixo de sua pele e se alojava na ponta de seus dedos, assomando por seus olhos quando observava o pinguço e a pinguça que só falavam a mesma língua quando estavam mamados de cachaça.

Ele era bom naquilo. Ele conhecia toda a sequência de ação e os limites da esposa e a embriagava, vigiando cada estágio perversamente, montando o cenário que se repetia várias e várias vezes. O pai colocava Jéssica na cama e depois ia para cima de Teodora, oferecendo um copinho de pinga, dizendo que faria uma caipirinha e que ela já era mocinha e tinha que ajudar a mãe com as coisas de casa, e ajudaria muito mais sendo simplesmente mais amiga dele, mais compreensiva com ele. A raiva aracnídea, a raiva nova, percorria seu corpo e tinha olhos próprios quando ele mostrava para Teodora os objetos pontiagudos ao seu alcance. Ela sabia que, na prática, era fácil. Era só focar a raiva e esquecer o fator "merdas que poderão acontecer se esse bosta conseguir de novo". Não ia conseguir nunca mais.

Ela já se sentia morta por dentro naquele dia, morta desde que ele conseguiu pela primeira vez. Queria deixar a raiva que rastejava debaixo da sua pele tomar o controle, era mais forte do que ela, a pequena e adolescente Teodora. Ele, o imbecil, tinha assassinado o seu futuro de garota sorridente e despreocupada, e que poderia viajar com amigos, mulheres e homens, quando tivesse vontade e antecipasse um final de semana colorido e cheio de diversão à beira do mar, como via na televisão, correndo em campos perto de represas aonde o pai de verdade costumava levá-la. A raiva que percorria por baixo, entre a pele e os músculos, a picava e também mandava impulsos contínuos para seu cérebro, lembrando que o pai de verdade nunca voltaria; sua mãe o tinha mandado embora por causa da bebida e o expulsado dali com seus ataques de raiva e sua fúria. Foi assim que ela tinha conseguido o que queria, aos berros, com tapas e injetando medo em todos ao seu redor.

E a mãe tinha recebido o quê? Outro homem cachaceiro, e já estava grávida dele quando o sujeito entrou em casa pela primeira vez. Com oito para nove anos, Teodora ganhou uma irmã, a menina chorona e alérgica no berço, que enervava a mãe porque não lhe permitia fumar por perto. Ela era o prêmio daquele relacionamento? Não! Tinha sido o novo homem, que logo começou a beber também? Não. O prêmio era um aliado! Sim! Um novo controlador, um porteiro, que a vigiava o dia inteiro. Um duplo da mãe que ajudava a manter a mais velha nos trilhos e longe da rua e dos prazeres infantis, longe da televisão e das brincadeiras. Isso tinha machucado Teodora.

A mãe tinha deixado caminho para aquela aranha entrar. A dor maior tinha sido a mãe não acreditar nela e ainda esbofeteá-la, apontando um dedo com culpa quando Teodora contou. Ainda menina, descobriu que a mãe também devia ter um tipo de bicho por dentro que a picava, porque ela ficava envenenada e irreconhecível, virava um monstro de lágrimas e espuma, balançando-a pelos ombros que iam crescendo com a idade. Teodora ficava na frente de Jéssica quando esses surtos chegavam e tapava os ouvidos da irmã ainda bebê quando os pais brigavam.

A caçula também cresceu enquanto Teodora ficou cada vez mais dura e mais vigilante, sabendo decodificar cada sinal que o maldito enviava através de seus olhos, e a aranha fincou suas presas em sua carne quando ela percebeu os olhos do maldito sobre Jéssica, e não demorou para soar um alarme na cabeça da menina quando notou que até a voz do monstro tinha mudado, ficando melíflua quando falava com sua irmã caçula. Teodora entrou em pânico. Era por isso que ele, o vigia, o padrasto que a enclausurava dentro de casa, a deixava sair para a rua havia semanas, permitindo que ela respirasse fora do cativeiro, voltasse a hora que quisesse: para que ele tivesse a chance de observar a nova presa, para que ele tivesse uma oportunidade de machucar Jéssica também!

Em suas memórias infantis, aquele período parecia ter sido tão enorme, uma pena muito longa a cumprir. Tinha feito amigos, tinha brincado depois da escola, tinha andado de bicicleta pelos quarteirões e tinha sido durona também. Havia gostado daquilo, de enfrentar os moleques e ser uma líder entre as meninas. Era admirada e gostava daquela sensação, daquele poder fora de casa, mas não podia mais viver aquela ilusão, nem queria mais ficar presa naquela gaiola sem a mãe acreditar em uma palavra que dizia. Teodora estava diante de uma encruzilhada. Era justo ter que escolher um caminho? Tinha que fazê-lo.

Em uma noite, sob a luz de uma vela que roubou daquele mesmo altar em que o fantasma da mãe costurava imitando o passado, Teodora carregou a luz até o quartinho e investigou o corpo da irmã de cima a baixo, procurando marcas ou sinais. Nada. Era como estar lá novamente, no casebre, no quartinho, com o coração disparado. Jéssica era pequena demais para entender, e nem lembrava daquela primeira tentativa de protegê-la. Ela resmungava demais, chorava demais, e ia colocar tudo a perder. Teodora tinha enfiado umas peças de roupa em uma bolsa escolar feita de papelão grosso acartonado, fechada por uma fivela amarela de plástico. Foi assim que elas partiram de casa pela primeira vez. Teodora andou até a janela da frente da casa e podia ver ela mesma e a irmã indo pela calçada, sob a garoa, até onde a imagem se dissolvia e o cemitério retornava o presente.

– Olha, Teodora!

Teodora viu a irmã com o capuz de uma caveira. A mãe passava a parte de baixo da fantasia na máquina de costura, enquanto a luz tremulava com a corrente elétrica, imitando a vida real que tinham tido um dia.

– Isso é sufocante... – murmurou Teodora.

A mãe parou de costurar e olhou para a filha por cima dos óculos.

– O que você disse?

Teodora sentiu a pele formigar, como se insetos percorressem seus poros. Sua cabeça latejava, e ela apertou os olhos, batendo o cigarro através da janela fantasmagórica. A mãe ainda a encarava, esperando uma resposta. Queria dizer que não importava e que ela já estava morta, mas sabia que a irmã iria detestar que ela fizesse aquilo com a mãe, afinal ela mesma tinha pedido para irem juntas até ali. Talvez fosse só a hora de pôr as cartas na mesa.

Jéssica tirou o capuz, olhou para uma casinha de bonecas no canto da sala e se aproximou com um sorriso no rosto.

– Minhas bonecas, mãe! Você ainda tem todas aqui!

A mãe e a irmã olharam para o brinquedo ao lado do qual Jéssica agora estava ajoelhada, tirando um cachorrinho minúsculo, que cabia todo na palma de sua mão.

– Não disse nada de mais, mãe... – começou a responder a mais velha, quando foi interrompida.

– Não está feliz com a fantasia? Não está bom pra você, Teodora?

– Não é isso, mãe...

Jéssica recolocou o cachorrinho na casinha e olhou para a irmã.

– Nada basta nunca para você, não é? O que vai fazer? Pegar minha filha e fugir de novo?

Os olhos de Jéssica se arregalaram.

– Ela... ela não fala dessas coisas, Teodora.

A irmã mais velha deu outra tragada no cigarro e andou até perto do fantasma de sua mãe.

– Não bastaram para você os três meses lá naquela instituição? Não foi bom o castigo? – indagou o fantasma.

Teodora balançou a cabeça em sinal negativo.

– Eles acreditaram em mim, mãe. Eles me protegeram, não foi castigo nenhum, foi um alívio.

– Você foi presa? – perguntou Jéssica. – Eu não lembro disso!

– Tem um monte de coisas que você não lembra, irmãzinha. Um monte.

– Aquela gente da prefeitura ficou vindo aqui com a polícia. Foram eles que mexeram com a cabeça do seu pai.

– Ele não era meu pai! – rebateu Teodora.

– O que disse para eles, hein? Por que queriam levar a Jéssica também?

– Eu não deixei tirarem a Jéssica da senhora. Fiquei com pena e menti. Ele, que você defendia e em quem acreditava tanto, não valia nada, mãe. O policial acreditou em mim. Só assim para você enxergar o que ele estava fazendo comigo.

– Ele não estava fazendo nada! Você é que cresceu esses peitos aí, você que ficava com roupa miúda! Eu te pedi tanto! Não se mostra, não se exibe!

– Você fugiu e foi presa, Teodora? – Jéssica estava confusa. Não lembrava dessa parte da história.

– A primeira vez que ele olhou para você, Jés, eu te levei comigo. Eu não queria que você passasse pelo mesmo inferno que eu passei. Eu nunca deixei que ele encostasse em você. Nunca!

– Onde você ficou?

– Ficou junto das outras vagabundinhas e daquela sapatão com cara de índia. Foi lá que ela se criou, Jéssica. Lá que ela aprendeu a ser ruim.

– Aprendi a me defender daquele monstro e aprendi a gritar, a pedir sua ajuda, mas a senhora não me escutava e acreditava mais nele do que em mim, sua própria filha!

– Filha pecadora. Filha que se misturou com aquelas perdidas, acha que eu não sei?

– Cara de índia? É quem eu estou pensando?

Teodora olhou para Jéssica e balançou a cabeça em sinal positivo, enquanto soprava a fumaça sobre o fantasma da mãe.

– Começou a usar droga depois que voltou daquele antro.

– Nunca usei nada, mãe. Tenho nojo de droga e de drogado. Aquele lugar serviu pra me ensinar como quem é fraco precisa dessas coisas, e me ensinou a ser forte. Eu precisava estar com a cabeça no lugar para não deixar o pervertido colocar um dedo em mim de novo.

– A polícia ficou falando tanto que o coitado era culpado, que ele acabou acreditando, Teodora. Você o condenou, o sentenciou. Ele acreditou em você.

– Ele percebeu que a casa tinha caído, mamãezinha. A senhora sabe o que acontece na cadeia com cabra macho que faz o que ele fazia? A senhora sabe, não é? A senhora sempre sabia de tudo, só fazia que não sabia, enchendo o rabo de pinga.

– Você me respeita, Teodora! Eu sou sua mãe! Não fala "rabo" pra mim. Eu te pus nesse mundo e te dei tudo o que eu pude!

– Só não me estendeu a mão quando eu precisei, quando pedi socorro de mulher pra mulher! Eu pedi ajuda. A gente tem que se proteger, sabia? Você era minha mãe!

– Você é minha filhinha, não é mulher – lamentou a fantasma. – Você nasceu pequenininha... cabia na palma da minha mão... uma menininha pequenininha.

– É por isso que você me trancava no quarto, Teodora? É por isso que você dava suas bonecas pra mim, brincava de esconde-esconde comigo e me trancava? Eu chorava quando você me trancava no fundo do guarda-roupa, eu não entendia até ver tudo hoje.

– Era pra ele não te achar no escuro. Eu já tava toda fodida mesmo, mas você era a queridinha da mamãe, era minha irmãzinha. Eu não era sua fã, te detestava, porque, por sua causa, meu pai foi embora, mas, no fim das contas... eu sabia que precisava fazer o que era certo. Irmã protege irmã. Quando escutamos uma mulher pedindo ajuda, não importa a idade da mulher, temos que ajudar. Eu não queria que ele tocasse em você, minha irmã.

Jéssica abraçou Teodora com força e apertou as costas da irmã.

– Não chora, Jequinha. Não chora.

– Você me levou com você.

– Levei. A gente saiu à noite, na garoa, com minha mochila da escola. Eu fui para a delegacia, e um policial acreditou em mim. Acredita nisso? Um policial me ouviu, olhou nos meus olhos e acreditou em mim. Foi a única pessoa que me escutou, ouviu tudo o que eu contei. Ele podia ter virado as costas para duas crianças sem eira nem beira, mas ele deu comida pra gente, deu café, colocou uma blusa em você, e te colocaram pra dormir enquanto esperavam amanhecer para nos levar de viatura para o Conselho Tutelar.

– Tomaram minhas bonequinhas... levaram embora o brilho da minha casa!

– A senhora vivia bêbada, não cuidava da gente...

– Ele me amava! Ele fazia tudo por mim e pela minha filha. Ele se importava comigo!

– Você gritava comigo, Teodora, dizia que ia me levar embora e que eu nunca mais ia ver a nossa mãe.

– Dizia, Jéssica. Eu estava preparando você, mas fiquei com dó da mamãe ficar sozinha.

– Você não podia levar nem suas calcinhas, Teodora. Você ficou presa lá no orfanato, eu deixei você lá. Você era perigosa! Eu peguei a Jéssica de volta e deixei você.

– Eu? Perigosa? Por que a senhora não conta a história direito, mamãe? A senhora lembra mesmo o que aconteceu com o Conselho Tutelar? Lembra? Eles queriam ficar com a Jéssica, porque ela era menorzinha. Iam tirar você desses dois monstros, Jés. Eu que menti, disse que a mamãe era boazinha com você e que você era doente, precisava dos remédios, precisava ir para o hospital direto.

– Da minha asma eu me curei. Eu fui estudar tudo para ajudar as pessoas, dar remédio. Tudo que eu conhecia eram enfermeiros e médicas, a gente parava em tudo que é farmácia procurando o genérico mais barato. Eu lembro disso.

– Eu cuidei de vocês duas como pude. Quando seu pai foi embora, a gente sofreu muito, filha. Eu já estava com a Jéssica na barriga. A gente passou fome, por isso eu fiquei com o outro.

– Que desgraçou com a nossa vida.

– O que você sabe sobre desgraça, Teo? O que sabe? – inquiriu o fantasma, ficando em pé. – A polícia e o Conselho Tutelar... eles não paravam de vir aqui olhar a Jéssica, enquanto você tava se criando naquela casa.

– Com a Raoni... – balbuciou Jéssica.

– É, eu conheci a Raoni lá, mas ela ainda não era do movimento. Foi coincidência pura. Ela falava das drogas, falava que entendia a cabeça de quem usava aquilo, e não tava mentindo.

– Encurralaram ele nesse banheiro, iam levar ele preso, por sua culpa, Teodora. Sua culpa!

Teodora franziu o cenho e cerrou os punhos, esmagando o cigarro aceso em sua mão enquanto Jéssica a abraçava.

– Eu só estava tentando me salvar, mãe. Você deixou ele me prender aqui, me prender dentro da minha própria carne. Você não tem ideia do que é passar pelo que eu passei.

– Iam levá-lo para a cadeia por causa das coisas que você inventou. Eu... eu contei também. Acho que ele me escutou aqui de fora dizendo as coisas que você me disse. Eu tava com medo. Eu tava sozinha. Não queria perder a Jéssica.

– E bêbada, mãe. Você sempre estava bêbada.

Jéssica ergueu a mão e a colocou nos lábios de Teodora.

A mãe ergueu os olhos para as filhas e forçou um sorriso, segurando a fantasia de esqueletos de Teodora.

– Fazia tempo que eu não via vocês assim, tão juntas. São tão bonitinhas assim! Alivia a minha dor, a minha solidão. Queria que vocês ficassem assim para sempre, unidas.

Jéssica apertou Teodora, que retribuiu o abraço.

– Eu só quis te proteger, Jéssica. O tempo todo.

– Eu só estava com medo de ficar sozinha, Teodora. Seu pai tinha ido embora, e eu já estava com a Jéssica, não ia conseguir sozinha.

– Mãe, você não acreditou em mim! Você queria que eu ficasse calada! Só quando consegui uma testemunha que ouviu o pai da Jéssica falando barbaridades é que eles voltaram.

– Eu não queria ficar sozinha aqui. Eu não queria terminar sozinha nesta casa.

Teodora soltou-se de Jéssica e se afastou da tumba da mãe.

– Não vai, filha. Fica comigo.

– Eu não vou ficar aqui...

Jéssica levou o dedo em riste para a frente do rosto.

Teodora viu a casa se dissolvendo, e os túmulos voltaram ao seu campo de visão. A policial girou nos calcanhares e foi em direção à saída do cemitério.

De repente, um bando de meninas espectrais de cor cinza veio ao seu encontro e parou ao seu lado. Tinham as maçãs do rosto brilhando com o reflexo da lua. Teodora se assustou e deixou os restos moídos do cigarro caírem de suas mãos no chão asfaltado da alameda do cemitério.

CAPÍTULO 7

Teodora começou a vagar pelo cemitério, ainda se recompondo do susto de visualizar aqueles espectros das meninas de cor cinza e de ter revivido momentos dolorosos em uma conversa difícil com o fantasma de sua mãe.

De repente, avistou uma senhora obesa, que estava com um vestido de bolas amarelas e vinha subindo por um dos corredores da necrópole, com o rosto corado por uma maquiagem carregada, toda sorridente. Teodora lembrou-se dela, talvez porque a mãe tivesse mencionado a coisa do carretel de linha, ou porque tinha rido muito lembrando-se dela na lanchonete, um pouco mais cedo. Mas era ela ali... ou melhor, o fantasma dela: dona Dadá.

Lembrou-se também do dia do enterro daquela senhora, quando uma garoa fria caía do lado de fora do velório, e de como tinha ficado impressionada com o tamanho da barriga estufada da morta dentro do esquife, perguntando para a mãe como iam fechar aquele caixão. A mãe a tinha puxado para fora do velório, pedindo que não desrespeitasse a defunta, mas Jéssica tinha escutado e repetia a pergunta da irmã mais velha em voz alta, fazendo pescoços se torcerem para o lado e pessoas levarem a mão até a boca para esconder o riso. "Como vão tampar o caixão?"

– Oi, docinho! Vai querer um geladinho hoje? – perguntou a mulher com uma voz fina.

– Tem de limão?

As calçadas em frente à sua casa surgiram diante de seus olhos. Teodora olhou para as moedas em sua mão e para a boneca de pano na outra, enquanto a vizinha, ainda jovem e cheia de carnes viçosas e roliças, se abanava com um leque de palha seca.

– Que calor que Deus trouxe hoje pra nós! Ainda bem, né? Assim eu vendo mais. Quem prova do meu doce sempre volta. Tem de todos os sabores que a sua irmãzinha gosta. Groselha, uva, céu azul, arco-íris. Quantos você vai querer?

Teodora virou-se para a entrada da casa, que agora tinha seis degraus. Jéssica também tinha uma boneca de pano e estava sentada no topo da escada, com os olhos brilhantes dos seus cinco anos de idade, e o cachorrinho vira-latas, o Migo, lambendo seu calcanhar e fazendo-a soltar risadinhas.

– Teo, quero mais geladinho! Mais!

– Dona Dadá! Já disse para não aparecer mais aqui! Para de entupir minhas filhas com essas porcarias cheias de açúcar. A menor tem diabetes, sabia?

Teodora estava com o coração acelerado. Olhou para as moedinhas e para o sorriso já sumindo no rosto da morta, que passava em frente à sua casa, relembrando o velório dela, que seria dali a algumas semanas.

– Tá bom! Tá bom! Não ofereço mais – ela berrou de volta, mas se virou para a pequena Teodora antes de ir, falando baixinho. – Guarda essas moedinhas pra titia que eu guardo uns geladinhos pra vocês. Sua mãe é muito severa, nossa! Deixa eu sumir daqui antes que ela me estrangule ou me afogue em um tacho de pinga.

Teodora viu a mulher balançar de um lado para o outro, parecendo muito maior do que quando tinha chegado à sua visão no cemitério, trazendo aquela *ghost trip*, invadindo seu passado e abrindo janelas que estavam fechadas. Ela se afastou, então, andando com dificuldade. Não parecia tão brilhante e reluzente agora que estava indo embora, enquanto Teodora revivia o dia em que a vizinha tinha sido encontrada morta dentro de casa, vítima de um infarto fulminante, e o lamento da mãe, que tinha ficado até uns dias deprimida, porque dizia que não era bom brigar com morto.

Dias depois do enterro, elas voltaram àquele mesmo cemitério, deixando Jéssica em casa, e pararam em frente à cova fresca da dona Dadá. Teodora sabia que, pelo tanto de dias, os vermes já estavam comendo a mulher ali debaixo, e ficou com o rosto com uma careta de nojo.

– Será que a barriga dela já explodiu, mamãe?

A mãe sacudiu a mão da menina.

– Respeito pelos mortos, garota! A gente está aqui para pedir desculpas.

– A senhora é que brigou com ela.

A mãe não disse nada, só soltou um olhar de reprovação para Teodora.

– Para de falar besteira, Teodora! Não me tira do sério.

– A senhora tem medo de fantasma?

– Não! Tenho medo dos vivos. Tenho medo de quem está do meu lado e pode me fazer mal. Quem morreu, morreu... mas minha mãe dizia para não ficar brigado com um morto.

– Então a senhora tem medo.

– Não me torra, Teo. Vou te enfiar uma bolacha se repetir isso de novo – ralhou a mãe, erguendo a mão.

Teodora se encolheu toda e caiu de joelhos sobre uma coroa de flores secas. Moscas varejeiras zuniam, saltando pelas flores murchas.

A mulher abriu uma sacolinha de pano e de dentro tirou um copo e uma vela branca. Da sacola pegou também um copo de água vedado e tirou a tampa metálica. Tomou um gole da água doce e soltou um estalo com os lábios.

– Também tô com sede, mamãe.

– Calma. Em casa você bebe.

– Mas você bebeu! Eu quero um golinho só.

A mãe suspirou.

– É pra morta. Preciso deixar um pouco de água na sepultura dela.

– Por quê?

– Porque na última vez que eu a vi ela tava se abanando, e eu nem ofereci um copo de água para a coitada. Ela tava com calor, tava com sede.

– Ela queria vender geladinho, e você brigou com ela.

– Agora eu preciso arrumar as coisas com a morta.

– Dá pra arrumar as coisas depois que as pessoas morrem, mamãe?

– Sua vó acreditava nisso. Dizia que dava. Ia em terreiro e tudo.

– Queria ter conhecido a vovó. Acho que ela ia acreditar em mim e não ia deixar o seu marido me machucar.

A mãe ficou olhando para a menina caída sobre a coroa de flores murchas sob o sol escaldante. O zumbido das moscas verdes aumentou e fez a mulher espantar um grupo com as mãos e maldizer, enquanto começava a reclamar com a filha.

– De novo isso? Você tá falando disso o tempo todo. Você não muda de assunto.

– É que dói muito, mamãe. Eu não gosto do cheiro de bebida dele.

– Eu também bebo. Não gosta de mim também? Não sirvo pra você que sempre quer tudo melhor, tudo mais, tudo maior?

– Eu só queria que a senhora acreditasse em mim.

– Eu acredito, filha. Acredito.

O rosto de Teodora se acendeu enquanto a mãe estendia a mão, a colocava em pé e espanava o corpo da filha, tirando as folhas e pétalas secas.

– Calor dos infernos.

– Minha boca tá seca, mãe.

– Toma. Beba só um pouco.

Teodora começou a beber a água fresca enquanto a mãe se ajoelhava em frente ao túmulo da vizinha e olhava pela grade que dava acesso ao fundo das gavetas.

– Tá fedendo muito, mãe. Ela deve ter explodido.

– O coveiro fez isso aqui igual à bunda dele. Esse Reinaldo era pedreiro, tinha que ter mais carinho com os mortos. Um dia vai acabar aqui como todo mundo.

A mulher puxou a lingueta do portãozinho, que rangeu um som agudo ao ser arrastada.

– Eu queria que todo dia fosse assim, mãe. Igual aqui no cemitério.

A mulher abraçou a filha, apertou-a contra o peito e começou a chorar. Os soluços da mãe pegaram de surpresa Teodora, que ficou miúda no meio do corpo da mãe, contra seu vestido suado e sua pele com cheiro de perfume, que se intensificava por conta do calor escaldante daquele verão. Teodora ergueu os braços e abraçou a mãe pelo pescoço.

– Não chora, mãezinha. Por que você tá chorando?

Teodora virou o copo, e a água escorreu pelas costas da mãe.

– Droga, menina! Falei para tomar cuidado! Dá aqui essa merda desse copo.

Teodora ficou de olhos esbugalhados, assustada com a mudança de humor da mãe. A mulher arrancou o plástico da filha e saiu pisando duro pela alameda ensolarada, deixando Teodora sozinha em frente ao túmulo. Ela viu a mãe ir até uma torneira embaixo de uma árvore distante e chamar o coveiro para abrir o registro de água, que era trancado com um cadeado prateado.

A garota ficou escutando as moscas voejarem sobre as flores e viu muitas delas reluzirem esverdeadas entre a faixa de luz que invadia o túmulo. Ela sentia o hálito quente e úmido escapando de dentro do jazigo. Ergueu os olhos para a lápide e viu três fotografias encravadas no mármore avermelhado. O rosto de dona Dadá estava lá, com a mesma maquiagem colorida e viva que usava todos os dias ao passar pela rua anunciando seus geladinhos.

– Dona Dadá, eu até que queria um geladinho.

As moscas aumentaram o zumbido, e Teodora abanou a mão em frente ao rosto quando duas colaram em sua pele.

– A senhora virou fantasma já?

Teodora ficou olhando para o escuro do jazigo através de um portãozinho. Ela tinha ficado um instante bem ali, naquele mesmo ângulo durante o funeral, e tinha visto o coveiro, seu Reinaldo, colocando os tijolos, encerrando o caixão em uma gaveta. Ela estava lá dentro agora, morta e enterrada, e nunca mais venderia geladinhos na rua. Teodora se assustou quando uma pomba pousou em cima do túmulo, parando bem em cima do portãozinho, como um guardião daquele pequeno mausoléu. A pomba parecia olhar para ela diretamente nos olhos. Teodora deu outro passo para trás e caiu sentada. A pomba arrulhou e saiu batendo asas, perdendo-se no clarão do dia.

– Sai do chão, Teodora. Vem, me ajuda aqui – ordenou a mãe, voltando com água. – Vamos deixar uma luz com essa pobre alma e um pouco de água. É só disso que a gente precisa.

Teodora ficou do lado da mãe, que puxou o ferrolho do portãozinho do túmulo.

– A senhora vai entrar aí?

– Ainda bem que o seu Reinaldo deixou destrancado, eu falei com ele. Não sei por que essa gente toda tranca essas coisas. Parece que escondem tesouros aí dentro. Ninguém leva nada desse mundo para o outro, não. Isso era crença daqueles imperadores malucos, faraós que queriam levar ouro para o mundo dos mortos. Pra que isso?

A mãe riscou um fósforo, que se apagou com o vento, enquanto Teodora ficou parada, perplexa, olhando para o portãozinho e para o fundo escuro da cova, onde o zunido das moscas ia se intensificando e ficando cada vez mais potente. A mãe protegeu o palito do vento e aqueceu o fundo da vela, fazendo a parafina amolecer, para então cravá-la no fundo do copo de vidro. Acendeu a vela e encheu o copo até a metade com água. Um copo, água e uma vela com luz para a defunta.

– Entra aí, Teodora. Me ajuda a deixar um pouco de luz nessa coisa.

Teodora olhou para o fundo escuro e jurou ter visto o rosto de dona Dadá sorrindo para ela, ali no fundo da tumba.

– Eu tenho medo, mãe. Tenho medo de gente morta.

– Deixa de ser desobediente e larga de besteira. Entra logo aí. Deixa o copo em cima da gaveta, e a gente vai embora.

Teodora, a contragosto, virou-se de costas e começou a descer para dentro do túmulo, com os pés tateando no vazio, procurando um lugar para se apoiar, para acreditar que podia ir em frente. A mãe estava na contraluz e era uma sombra, segurando um copo com uma vela. A menina achou apoio em uma lata e tocou o fundo frio e úmido da cripta. O cheiro era insuportável, e as moscas tocavam seu rosto e sua pele, fazendo-a se abanar, lembrando a própria dona Dadá andando sob o sol lascado e incomodada com o calor.

– Pega! Põe em cima da gaveta.

A mão da mãe desceu na escuridão da cova, Teodora segurou o copo, e uma frágil luz laranja revelou um pouco do cenário. Havia ramalhetes de rosas murchas no chão, e ainda uma coroa de flores sobre a gaveta, que protegia o caixão e o corpo em decomposição. Teodora pinçou as narinas com os dedos e, com a outra mão, colocou o copo de vidro com a vela, baixando a cabeça em respeito à dona Dadá. Olhou para cima e não viu a mãe no portãozinho.

– Mãe! – chamou Teodora.

A menina subiu na lata e tentou alcançar a portinhola. A tampa soltou-se, e a lata virou com a menina, que caiu sentada sobre as rosas e soltou um gemido quando sentiu a perna ser arranhada pelos espinhos.

– Mãe! – gritou mais forte.

Teodora respirava em descompasso, apavorada com a possibilidade de ter sido deixada ali no fundo daquele túmulo por sua mãe. Olhava para o alto e via as grades encostadas da cripta e a sombra de uma pomba revoluteando do lado de fora, enquanto as lágrimas brotavam em seu rosto. Estava presa. Presa no fundo de uma cova.

Uma sombra entrou na frente da grade.

– Ei, menina. Me dá a mão.

Teodora levantou a lata e logo foi içada pela mão forte do coveiro Reinaldo.

– Sua mãe tá ali, tomando água. Disse que deu tontura nela. Vai lá com ela.

– Obrigada, seu Reinaldo. Dá um medo danado ficar lá no fundo.

O coveiro ficou olhando para a adolescente por um tempo. Olhou para os braços da menina por onde a tinha puxado, e depois para as pernas dela, no local em que terminava a saia. Teodora constrangeu-se e agradeceu mais uma vez.

– Espera.

Teodora lembrou-se de sentir um frio na barriga e um engulho desconfortável.

– Não é certo o que ele faz com você. Essas marcas... Ele te bate?

Teodora balançou a cabeça em sinal negativo.

– É pior que bater.

– Eu queria te abraçar agora, menina, mas sua mãe vai perceber.

Teodora olhou para trás, e a mãe estava se abanando, perto da torneira e com o olho comprido para ela. O homem estava com os olhos vermelhos. Ela não sabia se era de raiva ou de tristeza, mas era um tipo de aranha também.

– Ele quer pegar a minha irmã também.

O homem balançou a cabeça em sinal negativo.

– Não vai. Não vai, não. Eu posso ser testemunha. Isso não se faz com nenhuma criança.

– Minha mãe fala pra todo mundo que é mentira. Ela diz que eu invento.

– Não inventa, não. Eu conheço aquele demônio do bar. Eu acredito em você, menina.

Teodora ficou olhando para o coveiro enquanto a cena se dissolvia à sua frente, devolvendo-a ao cemitério escuro naquela noite enluarada. Tinha sido naquele mesmo dia que, voltando para casa com a mãe, viu o pai de Jéssica bebendo no boteco perto de casa, e que ela, prevendo mais uma noite de trevas, encorajada pelo coveiro, a segunda voz a acreditar em seu martírio, encheu-se de determinação para escapulir de casa e salvar a si mesma e a sua irmã, voltando ao Conselho Tutelar.

Tinha acabado de assistir àquela cena, enquanto estava no fundo da cova da dona Dadá, olhando pelos portões daquela velha cripta, enquanto o pombo voejava do lado de fora, com um medo brutal de ficar ali presa, em um depósito de gente morta, de carne apodrecendo e ossos se desfazendo, com a necessidade de lutar, com unhas e dentes, por sua vida. Foi o dia em que foi mais forte que o fraco do pai da Jéssica, que, encurralado no banheiro, entregou os pontos e ceifou a própria vida com os cacos de vidro de um espelho.

Conforme o combinado, quando deixou a casa, Reinaldo estava lá, ao pé da escada, um homem que não tinha nada com sua vida, só a raiva de saber que uma criança era levada à loucura por um louco pior ainda, esperando para ser sua testemunha. Foi ele quem a levou até o Conselho Tutelar novamente, porque ela se recusava a voltar para casa sem o socorro definitivo para ela e para a irmã. Teodora precisava ser forte para pôr fim àquilo, mesmo que essa força significasse separar Jéssica da mãe e colocar as duas em uma linha sem fim de dias em instituições. Mas não podia mais deixar aquele mal crescer dentro de sua casa.

A menina já era conhecida na autarquia, e um conselheiro foi chamado de urgência. Teodora contou sua versão, e o coveiro Reinaldo revelou também sua amizade de balcão de bar com o monstro que morava na casa da criança, e, depois de se entupir de cachaça, falou com boca mole sobre como aquela menininha, ainda em fase de crescimento, era uma boa potranca. Logo estava armada uma diligência, com o primeiro policial a ouvir Teodora, que conhecia muito bem aquele caso, e batiam à porta da casa das irmãs Cubas. O inimigo estava lá, caído no sofá, com a boca aberta e babando, enquanto o som da máquina de costura vagava pelo ar.

Teodora, adulta, olhou para sua irmã no cemitério, e seus olhos se encontraram. Jéssica estava com ela, naquele fluxo, naquela viagem, preenchendo com luz as lacunas de sua memória de criança de nove anos e compreendendo a luta diária que tinham travado naquela coexistência doentia e machucada por um ser daninho e por uma mãe sem pulso para proteger as filhas. As irmãs se abraçaram mais uma vez dentro do cemitério, e foi o abraço mais longo de que se recordavam.

– Queria tanto lembrar de tudo isso antes, Teodora! Você estava só cuidando de mim!

Teodora colocou o dedo nos lábios da irmã e apontou para a mãe fantasma, alheia à viagem que as filhas faziam nas camadas de transmissão dos mortos, remontando seus passados, remendando suas feridas. A mãe continuava cerzindo a fantasia na máquina de costura, o motor batia cadenciado, e ela seguia concentrada, deslizando o tecido. Jéssica era pequena aos seus pés e brincava com a bonequinha de pano, enquanto a Jéssica adulta via os homens batendo na porta e chamando. Naquela noite, a adolescente Teodora não tinha voltado para casa, e o padrasto ficou gritando com a esposa quando escapou da embriaguez, perguntando onde a menina estava. A mãe não disse uma palavra e mandou ele ir curar a cachaça antes de berrar por Teodora.

Assim que bateram à porta com violência, ordenando que abrissem, o padrasto se escondeu no banheiro. A mãe, de olhos esbugalhados e simulando espanto, segurou a pequena Jéssica no colo e abriu a porta depois que as batidas se intensificaram. Os agentes perguntaram pelo padrasto e foram até a porta trancada do banheiro. Quando escutaram o espelho se estilhaçando lá dentro, a mãe de Teodora estava aos prantos, agarrada à filha caçula, que chorava aos gritos, assustada com todo aquele estardalhaço e com os brados dos policiais e do conselheiro tutelar. O homem, acuado, tinha colocado algum reforço contra a porta do pequeno banheiro e ganhado tempo suficiente para que uma poça de sangue ocupasse o corredor e calasse o vozerio, deixando apenas o choro da viúva e da criança dentro da casa.

Teodora nunca tinha visto aquela cena e só havia conhecido o destino do padrasto pelos fuxicos do internato em que ela passou dois meses com a irmã antes de serem devolvidas para a mãe. Falavam nos corredores que elas eram filhas do suicida e que, se olhassem no espelho à meia-noite, veriam o pai com as artérias perfuradas por imensos cacos de vidro, assombrando cada uma das crianças do orfanato. A irmã mais velha tapava os ouvidos de Jéssica quando as outras começavam com as histórias assustadoras, pois não queria que a caçula ficasse impressionada com fantasmas que tinham ficado para trás. A única que ajudava as duas que retornavam ao internato era a que nunca tinha saído dali, a garota com jeito de menino e cabelos grossos e negros que desciam lisos até a nuca. Raoni, quando mandava, calava todo o dormitório.

– Foi por isso que ela morreu sozinha, Jéssica. Você, mesmo não sabendo, de forma inconsciente, nunca a perdoou.

– Eu achei o corpo da mamãe três meses depois.

– Eu sei. Eu que agilizei a papelada para você poder enterrar ela aqui. Fiz isso por você, por mim, porque ela apodreceria naquela casa.

– Você lembrava de tudo?

Teodora puxou mais um cigarro do maço e balançou a cabeça em sinal negativo.

– Não lembrava da missa a metade. A cabeça da gente dá um jeito de apagar coisa ruim. Sabia que ela me jogou na tumba da dona Dadá?

– Você sempre cuidou dos meus mortos, mana. Sempre cuidou de mim.

Teodora deu uma sequência de tapinhas nas costas de Jéssica.

– Toda irmã mais nova acha que é ótimo ser a irmã mais velha. É assim com todo mundo.

Jéssica sorriu.

– Toda irmã mais velha tem ciúmes da mais nova.

– Eu me borrei toda no fundo da tumba da dona Dadá. Aquele portãozinho, aquele cheiro de podridão... O porteiro era o coveiro daqui, seu Reinaldo. Ponta firme. Isso eu tinha esquecido. Por isso que eu me cago de medo de assombração. Não acredito nessa papagaiada toda de Bíblia, mas que existe espírito, nunca duvidei. Você tem uma coisa nas suas mãos que prova isso, mana. Pra mim, está explicado. Nunca mais quero passar por aqui. Quando eu morrer, me queima e joga minhas cinzas do alto da montanha, igual no filme. Assim nem presa em lembranças eu fico.

– Eu sabia que você tinha medo de fantasma. Tá vendo? – brincou a caçula, secando as lágrimas dos olhos.

O rádio preso à cintura de Teodora trouxe uma voz espectral para dentro do cemitério, misturada à voz monótona do locutor da Central, que pedia apoio e um rabecão para o endereço da velha casa da infância de Teodora e Jéssica. O código da Central avisava que era um caso de suicídio. Nem Teodora nem Jéssica se lembravam do funeral daquele homem, e a mãe nunca disse onde o corpo tinha sido enterrado. Melhor assim.

As duas se abraçaram mais uma vez. Um abraço longo. Enquanto estavam com os corpos unidos, a névoa verde foi retrocedendo até os pés das sombras distantes dos médicos-coruja. Os vultos, de bicos longos e olhos amarelos, voltaram para as árvores, diminuindo no percurso, e seus braços se tornaram asas mais uma vez.

– Me perdoa, Teodora. Me perdoa! – suplicou Jéssica.

– Vamos embora daqui, Jés. A gente tá sozinha. A gente sempre foi sozinha nessa vida.

– Você ainda quer achar o dinheiro da Raoni?

Teodora deu uma tragada longa no cigarro e ergueu as sobrancelhas.

– Mais do que nunca, minha irmã. Mais do que nunca! Quero o meu dinheiro, ele inteirinho pra mim.

Jéssica mudou a expressão de súplica naquele instante.

– Todo?

– Todo, Jéssica. Ah... já sei... eu te dou um pouco. Fica tranquila. Eu não ia enganar minha irmãzinha, não é?

A mãe levantou os olhos sobre os óculos e sorriu para Teodora.

– Filha! Como você cresceu! Nem sei se essa fantasia vai caber em você. Vem aqui com a mamãe pra experimentar.

Teodora virou as costas e começou a andar em direção ao portão, ignorando o fantasma.

Jéssica ainda tinha lágrimas descendo pelo rosto quando viu Teodora se afastar depois do que ela disse. Queria o perdão da irmã. Pelo que entendia da Iboga-7, as duas tinham acabado de passar por uma experiência de cura, mas ela tinha repetido aquela coisa de ficar com todo o dinheiro para ela. Teodora parecia que não estava aprendendo nada naquela noite, e isso entristeceu Jéssica. Teodora era uma rocha por dentro, mas precisava ser demolida para aprender. A caçula olhou para trás e levantou a mão para a mãe, foi até seu encontro e abraçou-a.

– Adeus, mamãe. A senhora não vai ficar sozinha, eu volto, tá? Prometo.

A mulher passou a mão no rosto da mãe, que a encarava enquanto perdia o sorriso.

– Você já vai? Eu ia passar um café...

Teodora virou-se do meio da alameda e chamou a irmã.

– Eu preciso ir com a Teodora, mamãe. Ela cuidou de mim. Hoje eu estou cuidando dela. – Jéssica olhou para as fantasias costuradas pela mãe e apanhou a sua de fantasma, acarinhou o rosto espectral da mulher mais uma vez e lhe deu um beijo na face. – Tchau, mamãe!

As irmãs pararam no entroncamento da alameda, iluminadas pela lanterna do porteiro Reinaldo. Teodora abriu um sorriso para o homem de quem tinha esquecido. Teodora tinha apagado quase todos eles de sua vida, mas Reinaldo tinha sido uma luz em sua luta. A policial olhou para trás e viu a mãe parada no corredor de seu túmulo, imóvel, presa no passado.

Teodora virou-se para Reinaldo, ergueu as sobrancelhas e lançou:

– Quem diria que a morte também é um banquete de consequências, hein, Reinaldo?

– Você também gosta de Lovecraft?

– Como não gostar?

– Segue em paz, menina. Segue em paz – murmurou o porteiro, iluminando o caminho para as irmãs até o portão.

– Vamos seguir, Reinaldo! Vamos seguir! Obrigada por essa luz.

***

As irmãs pararam caladas na rua paralela ao IML. Jéssica ainda achava uma péssima ideia entrar naquele lugar, e Teodora tinha concordado, finalmente, com a caçula, ao ver a quantidade anormal de viaturas da Polícia Civil paradas em frente ao prédio. Dois camburões da PM pareciam tratar de uma ocorrência fazendo alguns adolescentes descerem da viatura.

– Montaram uma arapuca pra mim. A Helena já deve estar atrás de mim, já deve até ter ido bater lá na sua casa.

– Mas como? Por que ela iria atrás de você antes do horário da delação?

– Isso tudo que você tá vendo é para me pegar, Jéssica. A Helena se investiu dessa de limpar a banda podre da polícia, e aqui, nesse pedaço, o peixe grande sou eu e a Raoni.

– Mas ela não precisa de um mandado, de uma expedição do juiz? Eu não faço a menor ideia de como esse mundo de vocês funciona.

– Funciona assim: quando querem te foder, te fodem. Eu não deixo mais ninguém me foder, Jéssica, ninguém. Só quero o que é meu. Se a Imperadora está aí dentro, ela vai falar comigo e vai abrir o bico. Quero saber que merda de portão com pomba essa chave dela abre. Tô me coçando aqui, mas não faz sentido. Alguma coisa no cemitério tá me apontando, mas não estou ligando as pontas ainda.

– Você não pode entrar lá, Teodora.

– Eu entro onde eu quero, Jéssica. Na polícia, ninguém manda em mim. Tá todo mundo com o rabo preso. Aposto que querem me ver morta. Se eu pisar lá dentro e não for um conluio da Helena da Corregedoria, minha irmãzinha, já era.

– Eles não vão matar você, Teodora.

– Você não conhece meus amigos. Todos eles carregam fantasmas na barriga. Todos eles têm medo de eu dar com a língua nos dentes também, era o que a ratazana da Raoni ia fazer. Depois de tantos anos de dedicação, de proteção, larguei minha carreira para proteger aquela vaca, para fazer meu pé-de-meia, mas para ser leal também. Ela me ensinou a ser forte quando eu mais precisei, quando a gente ainda era criança. Não se trai alguém que dedica sua vida a você; não se faz isso, irmã. Ela fez, e esse cão que existe dentro de mim não aguentou. Acontece que tem uma porção de gente no departamento que também tem o rabo preso.

– Eu quero te ajudar, quero te proteger, Teodora. Eu não entendia por que você era brava comigo, por que me maltratava.

– Esquece isso, Jéssica. Estropiaram nossa cabeça naquela casa, nenhuma de nós podia dar conta daquilo.

Jéssica estava chorando novamente. Ainda estava comovida com a *ghost trip* vivida no cemitério ao lado da irmã e da mãe.

– Você não precisa entrar aí. Não precisa. Por que a gente não vai direto na casa da viúva? Não falaram nada no rádio sobre a mãe e a esposa da Raoni.

Teodora passou a mão na testa e pareceu ponderar.

– Só quero resolver isso logo. A resposta pode estar do outro lado dessa rua, e a casa da viúva é fora da cidade. Eu nunca tive medo de andar por essas ruas, nunca precisei fugir de ninguém. Que merda que a Raoni foi arrumar!

– Calma. Lembra das energias?

– Lembro. Não quero mais trazer aquelas coisas pra cá, mas não tem como me acalmar. A Raoni pode estar aí. Eu sei que é uma armadilha, eu sei que tô colocando meu pescoço na forca, mas preciso saber onde está aquele dinheiro antes de fugir. Eu não quero ser presa, mas não vou dar o gosto pra Helena de me ver com o rabo enfiado no meio das pernas, me tornando uma foragida sem eira nem beira.

– Ela te deu uma mala de dinheiro, Teodora, com barra de ouro e tudo!

– Eu não quero aquela merreca, Jéssica. Eu sei muito bem o quanto aquela ratazana juntou de grana e ouro e imóveis e os caralhos nas minhas costas em mais de quinze anos servindo de cão de guarda pra ela. Eu não mereço a porra de uma mochila com migalhas. Eu tenho que ter muito mais para vencer. A Helena vai rir de mim se eu fugir sem nada, todos vão saber que eu me fodi bonito com essa história de delação premiada.

Jéssica sentiu o carro esfriar e viu vultos assomarem do outro lado da rua, atravessando o muro do IML. A irmã estava tendo uma explosão de ira, e não era por esse caminho que tinham que seguir. Sua vontade era ligar o carro e partir para a casa de Marília.

– Você quer mesmo entrar, Teodora? Mesmo sabendo que pode ser uma armadilha?

– Eu preciso falar com ela. Preciso espremer aquela ordinária e descobrir onde ela colocou o dinheiro. Eu quero tudo o que ela guardou, tudo o que ela juntou! Não vai ficar barata essa traição. Não vou deixar ninguém me foder de novo.

Jéssica apertou o volante entre os dedos e desligou o tique-taque da seta apontada para a calçada. Olhou pelo retrovisor e viu que um carro tinha encostado um pouco atrás e apagado os faróis. Podia ser qualquer pessoa, mas também podia ser algum policial procurando Teodora. Percebeu que a irmã tinha se ligado no visitante e olhava pelo retrovisor, colocando a mão em sua pistola.

– Não precisa disso, chega de mortes por hoje. Eu estou com você, Teodora.

A irmã mais velha olhou para a caçula, juntando as sobrancelhas sem entender o que ela queria. Aparentemente, Jéssica tinha um plano e voltou a falar, colocando um volume em seu colo.

– Tá ficando doida, Jéssica?

– Não. Eles estão procurando você. Ninguém sabe quem eu sou. Eu vou lá primeiro e dou um jeito de você entrar. Veste isso.

– Não é por nada, mas uma fantasia de esqueleto, à noite, na frente do IML, parece que vai chamar mais atenção do que a minha cara lavada.

– Confia em mim, Teodora – disse Jéssica, abrindo a porta.

– E como eu vou entrar com essa porra... er... essa coisa de fantasia?

Jéssica apoiou as mãos na janela de Teodora e sorriu.

– Confia em mim.

Teodora assistiu à sua irmã com blusa de moletom cor-de-rosa atravessar a avenida e andar em direção às viaturas com luzes giroflex acesas. A irmã subiu os degraus do prédio do Instituto Médico Legal, chamando a atenção de dois ou três policiais, que olharam de soslaio para a mulher com jeito de adolescente. Teodora bufou, afundando-se no banco e olhando pelo retrovisor, vigiando os movimentos dos passageiros do carro que tinha encostado.

Uma senhora chorosa desceu e foi amparada por um homem bem mais moço. Talvez fossem mãe e filho indo para um fatídico encontro para reconhecimento de corpo. Teodora tirou um cigarro do maço e rodou a pedra do isqueiro, dando uma tragada longa e se afundando ainda mais no banco, olhando para a frente do IML, imaginando o que se passava pela cabeça da irmã e como ela conseguiria liberar aquela entrada.

***

Jéssica passou as portas de vidro da portaria. No saguão, encontrou um policial militar com uma escopeta abaixada, um quepe enfiado até o meio das sobrancelhas e a cara amarrada. Ele estava parado, observando a frente do prédio, com um rádio pendurado no ombro esquerdo. Mais quatro pessoas encostadas no balcão esperavam o moroso atendimento dos funcionários públicos, e Jéssica, atenta, não se sentiu entrando em uma arapuca. Preferia mil vezes ir direto para a casa da viúva a encarar aquela etapa do IML, mas precisava ganhar a confiança da irmã e mostrar que ela também já sabia se virar quando a coisa apertava. Se ela queria entrar no IML, ela ia entrar no IML.

A porta de vidro abriu-se às suas costas, e uma lufada de vento frio entrou junto com um casal que chegava: uma senhorinha na casa dos setenta anos de idade acompanhada de um homem mais novo, com cara de quarenta. A velha trazia um lenço nas mãos, e ambos pareciam bem abatidos. Logo encostaram no balcão. Jéssica procurou sinais para entender se eram pessoas presentes ou a sintonia de uma dupla de espíritos que rondava o IML, pessoas que muito bem poderiam estar atrás da grade que separava a recepção do necrotério.

Um rapaz bateu a grade do corredor e veio até o atendimento.

– Quem é o próximo?

A mulher chorosa colocou a mão trêmula no balcão e olhou para Jéssica, que fez um sinal positivo com a cabeça, enquanto colocava a mão no ombro da anciã. O acompanhante da senhora aquiesceu, e o jovem se concentrou na mulher mais velha.

– Pediram para eu trazer minha sogra para cá. Parece que meu cunhado sofreu um acidente.

– Qual é o nome dele?

– Erasmo Francisco de Oliveira – murmurou a velha –, filho de Glória Francisco de Oliveira e Clemente...

– Só um segundo.

O rapaz digitou no teclado e levantou os olhos para o homem.

– O senhor é que vai entrar? É melhor só o senhor entrar.

– Ai, meu Deus! Então é verdade? É verdade mesmo, moço? – gemeu dona Glória.

Jéssica viu que logo após a grade um senhor estava ali parado, olhando para o balcão. Tinha a barba cheia, era baixo como dona Glória e estava com olhos tristes. Atravessou as grades como se elas não existissem e veio até o lado da mãe. Ele olhou para o cunhado e também para Jéssica, e seus olhos se fixaram nela quando notou que ela o encarava.

– Então é isso? – perguntou Erasmo para Jéssica. – Acabou?

Jéssica não estava acostumada a conversar com fantasmas que acabavam de descobrir sua partida do mundo dos vivos. Aquele momento, para a grande maioria, era de um impacto brutal, contudo aquele senhor se mostrava, em certa medida, sereno. Jéssica, ainda com a mão no ombro da dona Glória, abriu a boca tentando juntar palavras sem parecer uma doida varrida, quando se assustou com a mulher, que estremeceu.

Dona Glória cambaleou para trás e foi amparada pelo policial militar e por seu genro. O rapaz, acostumado com as comoções e o desespero das notícias de morte, estremeceu e deu um passo para trás.

– Ai, meu Deus! – benzeu-se o atendente. – Odeio quando isso acontece.

Jéssica segurou a mão enrugada da mulher que estava com os olhos brancos, virados nas órbitas, e com o corpo se desfalecendo, enquanto sua cabeça, erguida para o teto, tinha a boca aberta e um som gutural vinha de sua garganta.

Ela puxou a mão da senhora e olhou para a agitação das pessoas no átrio, vendo o fantasma do filho recém-morto aproximar-se da mãe.

– Dona Glória! – gritou o genro.

O som saindo da boca da mulher ficou mais forte e mais rouco e se transformou em uma onda de esferas luminosas, que tomou todo o teto. Enquanto todos estavam aterrorizados com o grunhido repentino da senhora, Jéssica e o filho morto, Erasmo, espantavam-se com o torvelinho cintilante que se derramava para o alto, empoçando no teto, fluido e rodopiante.

– Traz um copo d'água pra mulher, Caíque – pediu outro funcionário a um rapaz que ainda se benzia.

Um médico legista, com avental e touca, abriu a grade e andou até o balcão, curioso com a situação. Era legista, e não clínico geral, mas, se a coisa engrossasse, socorreria a pobre mãe nas convulsões do luto.

Jéssica, ainda surpresa com as esferas minúsculas valsando da boca da velha para o teto, percebeu que era sua oportunidade de atravessar aquela grade, ainda que o espetáculo perpetrado pela mãe do cadáver estivesse apenas começando. Da boca da velha senhora, uma voz aguda tomou o ambiente e fez os vidros da entrada do IML vibrarem.

– Peixinho! Veio sem sua irmã desta vez?

Jéssica estancou a caminho da passagem aberta e virou-se para a velha, sentindo um arrepio gélido percorrer toda a sua pele.

A velha assumiu uma postura altiva, ficou com as mãos em uma posição como se segurasse uma espécie de barra entre elas e mexeu a boca como se mascasse chiclete.

Jéssica sentiu seus poros se contraindo e seus pelos se arrepiando. Reconhecia aquela voz. Ela e o fantasma de Erasmo. Olharam para o teto e viram milhares de esferas luminosas começando a se destacar do vórtice, do giro intenso assemelhado a um funil, como um redemoinho invertido, sugando tudo para o alto. Algumas das esferas que se destacavam eram novamente engolidas e desciam pelo giro rápido e hipnótico daquele espetáculo invisível aos olhos dos viventes que tinham a antena fechada para a sintonia com os mortos.

– Fifi – sussurrou Jéssica, sem ser notada pelos funcionários entre curiosos e assustados, que se juntavam ao balcão.

A velha ergueu o dedo apontando para Jéssica.

– Agora eu lembrei bem de você, Peixinho. Ela não quis te apagar porque você é irmã da outra. Ela já descobriu que você tentou passar o rodo nela, *noia*?

– Dona Glória? Dona Glória? O que é isso? – perguntou o genro, segurando e agitando a sogra pelos ombros.

A mulher virou-se para ele com aqueles olhos brancos e aterrorizantes, firme em seus pés, como não estava segundos antes, como se seu corpo fosse só um fantoche de outra coisa.

Um silêncio brutal varreu o lugar, e os presentes se apoiaram uns nos outros, cochichando e repetindo o sinal da cruz, enquanto a mulher, ainda com os olhos brancos, apontava para Jéssica.

– Não tá vendo que eu tô armada, não? Babaca. O que vocês tão fazendo aqui? Têm hora marcada?

O médico legista aproximou-se do genro, perguntando se a sogra sofria de algum problema psiquiátrico ou se já tinha tido aquele comportamento antes. O homem balançou a cabeça confuso.

– Minha esposa disse que ela *recebia* quando frequentava o terreiro, mas era só lá. Eu nunca tinha visto assim.

O genro se benzeu e se ajoelhou aos pés de Fifi.

– Dona Glória, eu vou fazer uma prece.

Ele colocou a mão no quadril da sogra e começou a entoar um Pai-Nosso. Ao menos mais cinco pessoas juntaram-se em coro, e o som da oração pareceu ganhar força e dar coragem para que os que rezavam erguessem as mãos e aumentassem o tom de voz, fazendo, de forma catártica, com que o restante dos crentes também se unisse à oração.

A mulher abriu um sorriso largo e bateu com a ponta dos pés no chão.

– Dona Glória é o caralho, filho. Aqui é a Fifi. Eu vou descer fogo em todo mundo se não pararem com essa palhaçada de reza aqui no meu trabalho.

– Pai amado, tira esse demônio do corpo dessa mulher e faz como teu filho fez, bane para os porcos esses demônios, Senhor!

– Aleluia! – resmungou uma senhora, aproximando-se da mulher que começava uma oração ao estilo protestante.

– Dá força e luz para nós que cremos no Senhor e para enfrentarmos esse mal.

– Me dá paciência – rebateu Fifi, de dentro da velha.

Os policiais do lado de fora começaram a entrar, atraídos pelo coral de missa que estava acontecendo ao redor da velha de olhos virados e voz rouca. Não estavam entendendo nada.

Jéssica passou ao lado do atarantado Erasmo e atravessou a grade que tinha sido esquecida aberta. Olhou para o corredor e para as portas do necrotério. Não precisava visitar a sala de corpos, só queria que Teodora tivesse a chance de ver com os próprios olhos que ela, sua irmã mais nova, conseguia ajudar e ganhar mais da sua confiança. Jéssica olhou para trás e viu dois volumes fantasmagóricos de esferas luminosas se soltarem do vórtice e pararem junto às grades, do lado de fora. Aos poucos, eles foram tomando os contornos de seres humanos. A irmã caçula nunca tinha visto aquilo em suas visitas ao lado dos mortos, e sabia que tinha uma porção de páginas de anotações para juntar à sua visita àquela Galápagos assombrada. Uma das esferas se desprendeu da forma menor e, cintilando em cor verde, veio e pousou em sua mão. A esfera tinha asas que tiritavam e vibravam, como um pequeno inseto do mundo extrafísico, uma joaninha dourada com brilho esmeralda.

Ela olhou para as sombras que ainda estavam paradas junto à grade e rompeu sua imobilidade, olhando mais uma vez para a parede do corredor e descobrindo como aumentaria ainda mais a confusão do lado de fora. Entrou no banheiro feminino e, apressadamente, verificou cada box, apanhando os rolos de papel higiênico que estavam disponíveis. Coitada da dona Glória, sua conta ia sair cara aquela noite. Certamente colocariam a culpa do incêndio nela também, como uma manifestação do próprio diabo visitando aquele necrotério. Colocou todos os rolos dentro de um cesto metálico e tirou o isqueiro dourado da irmã de seu bolso, abaixando-se junto ao vaso para atear fogo bem embaixo. Logo o banheiro começou a se encher de fumaça e, novamente no corredor vazio, com todos assistindo ao espetáculo de dona Glória na recepção, Jéssica pegou o martelete de metal na parede, quebrou o chassi de vidro e acionou o alarme de incêndio. As cornetas soaram em um volume ensurdecedor, e os primeiros fantasmas começaram a apontar no corredor quando a fumaça também escapava do banheiro, subindo para o teto.

O corre-corre no mundo dos vivos não demorou a se iniciar. Ao celular, o balconista mais jovem já ligava para os bombeiros, enquanto a unidade de PMs do lado de fora comunicava ao COPOM pelo rádio sobre o incêndio no necrotério. Jéssica parou no balcão e viu que o tempo parecia correr bem devagar, enquanto o genro arrastava lentamente Fifi para o lado de fora, sem que o fantasma sonhasse que tinha impregnado o corpo de uma velha, se debatendo, se contorcendo e gritando: "Chama a Treta, Peixinho! Chama a Treta!"; ao mesmo tempo, uma caveira passava pelas portas de vidro, no contrafluxo das pessoas, fugindo da possuída e da fumaça que se esparramava pela recepção do IML. A caveira andou até seu lado e ergueu o capuz tecido por sua mãe pouco antes no cemitério.

***

– Caraca, Jéssica! Por essa eu não esperava. Você tacou fogo no bagulho?

– Faz o seu trabalho, Teodora. Interroga a Raoni – disse a caçula, em voz baixa e imóvel.

Teodora deu dois tapas firmes no ombro da irmã e andou para o necrotério.

Enquanto esperava, de repente Jéssica viu duas sombras paradas à sua frente. A menor soltou-se da maior e veio andando até ela. As joaninhas de luz que formavam aquele corpo infantil revoaram até sua mão, deixando trilhas cintilantes em sua pele. A criança abraçou sua cintura, e Jéssica estremeceu da cabeça aos pés. Pela milésima vez naquele seu mergulho mais emocionante na viagem da Iboga-7, Jéssica debulhou-se em lágrimas, apertando entre seus braços aquele espectro que tinha volume, que tinha resistência, que estava, de fato, presente entre a sua carne.

A segunda sombra veio até ela e pôs a mão em seu queixo, erguendo seu rosto. Jéssica ainda chorava e não conseguia soltar a pequena, apertando-a ainda mais e sentindo todo aquele carinho, toda aquela graça por estarem juntas naquele instante, e retornaram em torvelinhos de luz em sua pele, aquecendo seu rosto, seu peito, e iluminando todo o seu ser com aquela luz verde-esmeralda do rio da vida.

Ela não conseguia pôr o que sentia em palavras, apenas chorava de soluçar, mas sabia que aquela conexão não era apenas uma sintonia. Sentia-os quentes e felizes, sentia-os presentes. Finalmente conseguiu se levantar e olhar para cima, como sempre tinha que fazer, para olhar na altura do que seriam os olhos dele. Abraçou-se a ele, e seu corpo se incandesceu. Os três se atracaram em um abraço infinito, quase rompendo suas fronteiras e se mesclando. Jéssica sentiu uma poderosa onda de amor invadindo cada partícula de seu corpo, tão poderosa que a fazia perder o ar e sentir os pés se descolarem do chão.

"Existe um caminho traçado para nos reencontrarmos, Jés. Você não precisa de perdão, você só precisa saber que estaremos juntos de novo, meu amor."

A voz dele estava dentro de sua cabeça. Jéssica apertou-o ainda mais.

"Viemos para você se curar, mamãe. Cure a titia também. Ainda dá tempo."

"Não peça perdão, Jéssica. Você não precisa ser perdoada. Limpe seu coração e liberte sua irmã. Ainda dá tempo de salvá-la também."

"A titia fez uma coisa terrível, mamãe. Ainda dá tempo."

Aquele trio esmeralda brilhava no meio do salão da recepção do IML, que estava tomado pelo alarme de incêndio, com um redemoinho de luz acima de suas cabeças, girando infinitamente, agarrando partículas e esferas que iam subindo, desintegrando lentamente aquelas presenças tão caras para aquela jovem mulher, que jamais os soltaria de novo, não fosse a força das mãos do soldado da PM que adentrou o local e a agarrou pela cintura, tirando-a do meio da fumaça e trazendo-a, soluçando e tossindo, para a calçada, sob o céu negro da noite.

Ela se debatia e gritava, tossindo e socando o soldado. Acabou sendo imobilizada com a ajuda de enfermeiros do SAMU que tinham chegado para conter também a velha que, assim que recebeu a notícia de que seu filho havia falecido em um acidente de carro, supostamente tinha incorporado o espírito de uma traficante morta naquela tarde.

– Me soltem! Me larguem! Eu quero abraçá-los de novo! Me larguem! Eles estão lá dentro.

– Só os mortos ficaram para trás, senhora. Se acalme, a senhora inalou muita fumaça.

Jéssica estava descontrolada, seus olhos estavam manchados de rímel que tinha escorrido por sua face, ressaltando sua expressão de desespero.

– Essa aqui precisa ir para o hospital também.

Jéssica balançou a cabeça em sinal negativo e inspirou fundo na máscara de oxigênio colocada à força em seu rosto. Relaxou os músculos, diminuindo a resistência. Tinha que se controlar. Baixou a máscara e começou a respirar devagar. Não disse nada enquanto o soldado a mantinha sentada na beira da ambulância, e os socorristas lidavam com a senhora, que era atada ao leito ainda berrando com a voz cavernosa e com as palavras e os xingamentos de Fifi escapando de sua boca.

Jéssica secou as lágrimas, evocando o máximo de calma que conseguia fingir. Sabia que tinha que sair dali urgentemente, antes que Teodora deixasse o necrotério. Não adiantava mais se debater. Aquele vórtice de luz, aquele redemoinho esmeralda já tinha se dissipado, e ela sabia que os tinha perdido mais uma vez, mas com uma coisa nova dentro dela; com o vazio que a empurrava para baixo preenchido, de alguma forma mística e inexplicável, por aquelas palavras que reverberaram em sua cabeça, como se tivessem saído de cordas vocais, como se tivesse estado com eles de verdade.

E esteve! Ela sabia.

Inspirou fundo e notou que a atenção sobre ela foi diminuindo quando um grande caminhão do Corpo de Bombeiros chegou e encostou na esquina do IML e os bombeiros saltaram da viatura. Jéssica conseguiu ficar em pé e andar pela calçada, afastando-se lentamente da ambulância.

***

Quando entrou no carro, Teodora já estava tirando a fantasia de esqueletos do lado de fora da van Kangoo e jogando-a no chão em meio a xingamentos.

– A maldita não estava lá! Vi o corpo da Fifi e conversei com a Treta. Não sabem nada da Raoni, as duas ainda acham que estão lá, na porra da porta do escritório. Entrei de novo, mas só fazendo cena, sabia que dessa vez eu não estava lá de verdade, mas nem sinal da Raoni.

– Aconteceu uma coisa naquele lugar, Teo.

– Caralho! Você arrebentou, Jés! Arrebentou! Quando eu vi o furdunço que você causou, bati no peito e falei: "Minha irmã é foda!". Deu tudo certo, só não achei a ratazana da Raoni.

Jéssica esfregou a testa angustiada, porque queria falar com Teodora, compartilhar o que tinha acontecido, aquela experiência ainda mais surreal do que estar ali, ao lado da irmã, no mundo dos mortos, em uma perseguição a um fantasma, enquanto ela, dentro daquele mundo, tinha reencontrado a vida.

– Teo, eu preciso te dizer o que aconteceu...

– Eu vi aquela coisa de luz verde no teto e você muito louca, mas corre logo para dentro e vamos sair daqui. Se você não tivesse armado toda essa presepada, o pessoal da Helena teria me visto.

– Teo...

– Temos que ir para a casa da Marília. Ninguém sabe que eu também atirei nela. Ela, com aquele bebê na barriga... Ainda dá tempo.

Jéssica ergueu os olhos para a irmã.

– Ainda dá tempo – repetiu a caçula.

– Então bora. Senta o pé. Quer ficar milionária, maninha? A viúva vai ter que abrir o bico!

Jéssica ficou muda por um instante. O "ainda dá tempo" reverberava em sua mente. De palavras, tantas sequências que a irmã tinha para dizer naquele preciso instante, ela tinha repetido aquelas exatas e mesmas palavras.

"Ainda dá tempo."

Jéssica estava entrando em uma parte do jogo da *ghost trip* em que não conhecia mais as regras.

CAPÍTULO 8

– Você não acha que a Raoni pode ter escondido uma boa grana na casa da Marília? Porque a ratazana disse que ia "dar uma parte" do patrimônio como acordo na delação premiada... – Teodora teorizou para Jéssica, soltando fumaça aspirada de seu cigarro para fora do carro. – Isso não é justo comigo. Aquela vaca teve o que mereceu, sabia?

– Então por que você não quis ir direto para a casa dela quando saímos do escritório da Raoni? – quis saber Jéssica, pisando fundo no acelerador, ao dar seta para sair da rodovia.

Teodora, com a pistola sobre suas coxas e com a janela aberta, exalava outra coluna de fumaça de seu maço de cigarros, olhando para o pacote quase vazio.

– Eu devia ter comprado outro desses no posto de gasolina... Daqui a pouco fico sem, e aí você vai me ver irritada. – Passou a mão pelo rosto enquanto, pelo rádio, a voz da Central pedia reforços no IML. – Olha os caras ainda tentando resolver a confusão no Instituto Médico Legal. Você mandou bem lá, Jéssica. Mandou bem! Obrigada, viu?

Teodora bateu a mão na coxa da irmã, que suspirou, olhando para as placas que indicavam Barueri na rodovia Castelo Branco.

– Isso não responde à minha pergunta, Teodora. Nem explica por que você precisou fazer isso com a Raoni. Você parece que gosta de maldade, que gosta de fazer os outros sofrerem só porque respira perto deles.

– Tá rebelde agora, Jequinha? Só porque deu uma dentro? Acha que aquele melodrama todo com a mamãe vai afrouxar meu coração? Eu vi você saindo de lá chorando que nem criancinha.

– Eu fiquei tocada, só isso. Eu não sabia que você tinha me defendido tanto... e descobri também que, apesar de ter dito a vida toda que não tinha medo de nada, você se caga com fantasmas.

– Fala sério, Jéssica! Eu tinha dúvidas se eles existiam ou não. Agora vou pensar se fico com medo ou não. Você tem ideia de quanta gente eu passei fogo nessa vida?

– Não.

– Pois é, se essa gente toda vem de Gasparzinho pra cima de mim, tô ferrada. Ainda bem que tem essa treta de sessenta metros. Pensar nisso, e neles, me dá calafrios, sim. Mas eu nem sempre faço o que quero. A Marília mesmo, eu fiz porque precisava.

– Ela tinha uma criança na barriga! Um bebê. Que nem eu fui, que nem você foi.

– A Raoni que pensasse nisso antes de me encurralar. Eu não raciocinei na hora.

– Mas raciocinou quando foi para a casa da dona Ana, quando foi para a casa da Marília e quando foi me procurar pra me colocar nessa viagem sem volta. De que adianta ter me defendido lá atrás e estar fazendo comigo a mesma coisa, me obrigando a ser quem eu não sou e a fazer coisas que eu não queria?

– Caramba, Jés. Não acredito que tô ouvindo isso depois de tudo o que passamos, e de tudo o que você viu. Essa doeu.

– Eu sei que você cuidou de mim, que me defendeu, Teodora, mas você tem que se livrar dessa sua raiva antes que seja tarde demais.

– Te defendi de quem, Jéssica? Da louca da mamãe? Da inconsequente? É isso que você está dizendo?

Jéssica parou no farol vermelho, em um cruzamento vazio. A alta madrugada tinha devorado o trânsito da cidade, e os olhos das irmãs viam apenas espectros vagando nas calçadas, vestígios de vidas que já tinham estado ali.

– Não...

– Ah. Então você estava prestando atenção na conversa? Que bom! Você não sabe da missa a metade.

– Eu não sabia que ele fazia aquilo com você, daquele jeito...

– Não sabia? Eu sempre disse. Eu sempre falei para a mamãe. Você não sabe de muita coisa sobre mim. E meu ranço com ela, minha raiva, é que ela não acreditava no que eu dizia. E olha que coincidência incrível eu ser policial hoje?! A primeira pessoa que acreditou em mim foi um desconhecido, a porra de um policial.

– Calma, Teodora, olha a raiva. Tem alguma coisa muito louca acontecendo agora que estamos indo pra Marília. A gente devia ter vindo antes.

– O que foi agora? Você saiu lesada lá do IML? Eu que tô lascada sem a Imperadora e você tá me dando uma comida de rabo?

– Eu era pequena, Teo, o que eu podia fazer? Eu não sabia que ele ia fazer isso comigo também. Eu não acredito.

– Pois acredite, ele era um escroto e teve o fim que mereceu. Ah, me conta: o que acontece nesse mundo da ibogaína com os suicidas? Estou curiosa agora. Você já pensou em dar um fim na sua vida patética quando era uma *noia* desandada?

Lágrimas escorreram até o queixo de Jéssica e pingaram em suas pernas. Ela estava cansada, sua cabeça doía por conta da ação da Iboga-7, e a voz de Teodora alfinetava seus ouvidos. Ela acelerou um pouco o carro quando a luz verde acendeu. Uma solidão avassaladora a fazia se mover naquele instante. O vazio frio e escuro que devorava seu peito riscou sua pele, tentando voltar, mas ela inspirou fundo e tornou a canalizar a energia boa que tinha sentido no IML em chamas, com aquelas joaninhas douradas rodopiando no teto e com o presente que recebera da voz de suas duas joias mais preciosas visitando sua mente e dando um remédio para aquela ferida. Não deixaria o vazio voltar nunca mais. Olhou para a irmã ao seu lado e balançou a cabeça em sinal positivo.

– Já pensei, sim. Já te disse que tive vontade.

– E o que acontece? Existe mesmo essa coisa de limbo?

– Você mesma viu o limbo. O que acha que é a sintonia da energia que a Iboga-7 abre? O que você canalizou da mamãe é o mesmo que eu vi e presenciei. O que você sintonizou da dona Ana é a mesma coisa que eu sintonizei. Interagimos, conversamos e ouvimos as mesmas palavras. Elas não são suicidas, e, ainda assim, o sinal que emitem e que nós captamos com a Iboga-7 é uma fração, uma repetição de um momento de culpa. Eu já captei alguns suicidas, e não é nada bonito. Eles ficam travados naquela energia agonizante, naquele conflito tenebroso que os levou a esse extremo. Existem os que escolheram dar um fim e deram esse passo com as próprias pernas. Outros foram devorados e não encontraram forças para continuar em frente. Eles ficam presos nesse momento final, repetindo o que faziam todos os dias. A mamãe costurava e está lá, costurando. A dona Ana gostava das flores e queria ver a filha, e está lá, esperando a Raoni voltar para casa, enquanto arruma um vaso que nunca será consertado.

– Mas isso é o limbo? Dos suicidas? Reviver a sua morte?

– Sim e não.

– "Sim e não"? Desembucha, Jéssica, explica. Isso é típico seu.

Jéssica ergueu uma mão trêmula, ainda comovida e agitada pela sucessão de encontros daquela noite. O que tinha visto no cemitério, o final de seu pai com cacos de um espelho no banheiro, a monstruosidade colossal daquele homem contra Teodora, a convivência adoecida das energias naquele lar que tinha resultado em feridas tão profundas que somente uma incursão no mundo dos mortos poderia trazer algum bálsamo, era um caminho invertido. Em vez de procurar na vida os remédios e as cadeias de elementos químicos que ela, Jéssica, costumava procurar racionalmente em seu trabalho como farmacêutica, agora vivia no rompimento de barreiras de pura emoção, de assombrações e visões energéticas, em um fluxo que reorganizasse sua mente e sua percepção do mundo. A viagem daquela noite era simplesmente inexplicável.

– Eles revivem suas emoções mais extremas, Teodora. Constantemente. Isso é uma prisão. A energia que deixaram impressa aqui, na matéria, do mundo dos vivos é a que reverbera quando a gente sintoniza os mortos com a Iboga-7.

– Um tanto injusto isso aí. – Teodora deu uma tragada no cigarro e tossiu por um instante enquanto pigarreava. – Não com seu pai, porque imaginá-lo se fodendo infinitamente me acalenta um pouco, mas vi muita coisa na polícia, na Homicídios. Já ouvi muita história de gente que não aguentou o tranco nessa merda de vida e acabou com tudo. Eu, particularmente, acho que é covardia, mas cada um faz sua escolha. Quando o cuzão me machucava, eu já pensei em acabar comigo, em cortar meus pulsos, mas ainda bem que eu tinha meus livros, que tinha as histórias para me refugiar, e esperar, e aprender. Se ele não tivesse sido encurralado, eu teria acabado com ele com minhas próprias mãos e por meus próprios meios. Eu queria acabar com ele. Por isso que tenho raiva do que ele fez no final. Eu só precisava de mais um ou dois anos para ter força de enfiar uma faca na garganta daquele monstro.

– É por isso que a Iboga-7 é tão importante! Ela vai libertar muita gente dessa agonia, Teodora. Não é um caminho apenas para ver os mortos, para curar saudades; é uma via para aprender, para entender com eles e curar a alma. Os médicos-coruja drenam energias ruins de nós, viajantes, mas o melhor de tudo é achar esse hospital de cura e nos curar nos dois sentidos, entende?

– Não. Do que você tá falando agora?

– Talvez a gente possa inverter o sinal e transmitir para eles o que aprendemos.

Teodora olhou para a irmã com a testa enrugada, sem entender exatamente o que ela estava dizendo.

– Gosto desse caminho filosófico, mas ainda não sei do que você tá falando.

– A gente poderia voltar no cemitério, por exemplo, e perdoar a mamãe, de todo o coração. Aí você se limpava dessa sua dor. Você viu como ela era fraca? Se você entender a mamãe e perdoá-la, você se cura, sara essa sua raiva. E talvez, não sei, só tô aqui brisando, quando a gente voltar lá outro dia, o que a gente capte dela seja um outro momento.

– Um momento em que nós fomos felizes?

Jéssica balançou a cabeça em sinal afirmativo.

– Não só felizes. Um momento em que eu, você e ela vivemos pacificamente, em harmonia. Talvez isso traga paz para a mamãe e paz para você. Uma cura de mão dupla.

– Você acha, então, que a mamãe conversou "de verdade" comigo hoje?

– Sei lá... eu acho que, em algum nível, os mortos lembram que a gente falou com eles, acho que o sinal que captamos aqui também reverbera para o além, o lugar em que as almas deles estão agora, a consciência... cada um chama de uma coisa. Foi isso que senti com Ravena e Alex, não era um eco lá no IML, eram eles. Isso é importante demais para mim e para a droga deste mundo infestado de gente doente da alma.

– É muito doida essa viagem. Você consegue fazer mais dessa droga?

– Consigo. Se acharmos essa fortuna da Raoni, vou melhorar a Iboga-7 e não vou deixar uma coisa tão poderosa e tão transformadora na mão de um grupo que só analisa números e lucro na indústria farmacêutica. Isso que aconteceu no IML, se eu descobrir como reproduzir aquele portal de vida no mundo dos mortos... Já pensou? Existe vida depois da morte!

– Mana, isso é muito louco e uma mina de dinheiro! A Raoni ia adorar trocar uma ideia com você, se estivesse viva. Aquela otária, traidora, filha da puta. Se ela soubesse que você manjava dessa Iboga-7... ela é um tubarão, Jé, ela não ia deixar isso passar, o dinheiro é a coisa que ela mais amava nessa vida.

Jéssica apertou o volante com as mãos novamente. Apertou os lábios e franziu a testa, desviando o olhar do caminho e encarando a irmã.

Teodora notou que a caçula estava nervosa. Sentiu os pelos de sua nuca se eriçarem. Depois de toda aquela noite, Jéssica não era mais a mesma e, apesar de ter descoberto tanta coisa sobre as duas, a caçula exalava um "cheiro" estranho.

– Você evoca isso o tempo todo, mas você também age de uma forma esquiva, Teodora. Por que você colocou a arma na minha cabeça?

– Lá vem essa história da arma de novo! Você não esquece nunca? Não estava falando de cura, de perdão, até agora?

– Não muda o hoje, não manipula essa conversa, Teodora. Eu achei que você ia atirar em mim no meu apartamento. Colocou essa arma bem na minha cara. E você fez isso de novo quando a gente estava com a dona Ana. Você finge bem, finge que é minha amiga, para tirar de mim o que você quer, só o que você precisa. Nem se importa que eu estava me cuidando para não usar mais drogas. Você me forçou a estar aqui, me forçou.

– Não seja dramática, Jés! Você está cheia de propósito depois do cemitério, está falando até que agora tem uma missão com a Iboga-7. Você parece uma pessoa forte, equilibrada. Olha que coisa boa eu fiz pra você! – Teodora soprou a fumaça para fora do carro. – Só que esta é uma noite muito especial pra mim também. É uma noite em que eu vou ficar milionária. Vou achar a Raoni custe o que custar, pegar a fortuna daquela desgraçada pra mim e sumir do mapa. A Helena nunca vai me achar, eu nunca vou ser presa na minha vida, nem vou ver o mundo por trás das grades, igual eu vi do fundo da cova da dona Dadá. Não vou pra cadeia, entendeu?

Jéssica ficou calada, entrando no bairro e indo ainda mais devagar.

– Entendi, Teodora. Entendi. Depois que eu fizer o que você quiser, esta noite acaba, não é isso?

– É. Você pode voltar para a sua vida de merda, de autocomiseração, se entupindo de milk-shake até pesar uns quinhentos quilos, que nem a Dadá. Ela tá que tá hoje! Não morre mais essa dona Dadá.

– Teodora...

– Ou... ou você faz o que você disse. Abre uma seita, começa um culto, seja a mensageira da Iboga-7. A vida é cheia de perspectivas.

– Vou voltar para a minha vida, sim, ficar longe do seu veneno, mas com meus cinquenta por cento do trato que, não sei por quê, você sempre esquece quando fala do seu plano incrível de passar o rodo na Raoni. Nessa história, estou vendo uma traidora, e não é a Raoni.

Teodora pegou a pistola e a segurou firme na mão, lutando para não erguer a arma.

– Você não tem ideia do quanto me esforço para me controlar do seu lado! Ninguém fala assim comigo, entendeu? Ninguém!

– Grite o quanto quiser, Teodora. Eu sei que, enquanto precisar de mim, você não vai puxar esse gatilho. Agora que o circo pegou fogo, que você viu a cagada que fez, sua razão voltou antes da ambição. Se liberte disso, Teodora. Ainda dá tempo.

– Não abuse da sorte, Jequinha. Acho lindo esse papo de cura da alma, mas ainda não chegou a minha hora.

– Não enche, Teodora. Cansei de você ser sempre a valentona, de ganhar tudo no grito. Cansei de ter medo de você. Cansei! É o que eu disse. Você precisa de mim e não vai atirar. Você é só uma aproveitadora, manipuladora. Tudo o que você consegue é assim, mexendo com o medo das pessoas, e, se depois de tudo o que passamos até aqui, você não mudou nem um centímetro o seu pé do lugar, não vai mudar mais. E eu não tenho mais medo de você.

– Pelo que você me disse, essa ibogaína no meu sangue vai durar até amanhã. Eu poderia enfiar uma bala no meio da sua cara agora. E o que ia acontecer?

Jéssica freou o utilitário e parou no meio da rua, olhando incrédula para a irmã.

– Você é a pessoa mais fria e impiedosa que eu conheço, Teodora.

– Eu tenho que ser assim. Eu fui forjada assim. Um tiro na sua cara é fácil pra mim. Jogava seu corpo aí atrás e esperava o seu fantasma aparecer. Você nem ia lembrar do tiro. Estaria presa na sua frequência, e eu conseguiria tudo o que quero e preciso, sem ter que dividir merda nenhuma de dinheiro com você. O que você acha disso?

– Você não se interessa pelo que eu acho. Só quer que eu fique com medo, mas vou dizer o que eu acho... Nem mesmo todos os livros que você leu, nem todas as vidas que você conheceu conseguiram te curar.

– E você continua a mesma chorona de sempre.

– Eu mudei, Teodora. Eu mudei. A morte não é só isso que vimos juntas, tem muito mais adiante. Talvez eu tenha piorado no começo e ficado parecida com você para conseguir ter força, sabe? Mas eu vou pegar minha parte dessa grana maldita e vou sumir também. Você nunca mais vai fazer isso comigo.

– Não sei, não. A gente está sentada em cima de uma mina de ouro com essa ibogaína. Tem gente muito maior que a Raoni que te deixaria milionária para ter a receita dessa sua Iboga-7. Não existe viagem assim, e olha que eu conheço tudo deste mundo.

– Depois de hoje, já vou ter minha metade da fortuna, não vou precisar de mais dinheiro que isso. E essa é a sua primeira vez aqui no mundo dos mortos. Ainda não caiu a ficha pra você, Teodora? Ficar vindo para cá quando se está vazio por dentro não faz bem pra ninguém.

Jéssica olhou pelo retrovisor e viu luzes de giroflex de uma viatura. Seu sangue gelou nas veias.

– Vai, Jés, anda. Eles vão me pegar.

Jéssica engatou a marcha e acelerou. Aumentou a velocidade, olhando pelo retrovisor de tempos em tempos para as luzes bruxuleantes da viatura que vinha atrás de seu carro, com os faróis altos, emitindo um brilho cegante nos retrovisores. Estavam entre muros altos de condomínios fechados que protegiam casas milionárias onde famílias adormecidas naquele exato momento não faziam ideia da aventura que as irmãs Cubas desdobravam navegando nas águas turbulentas entre o mundo dos vivos e o dos mortos.

Teodora apontou para a portaria, abaixando-se no banco.

– É ali. Condomínio Tiradentes.

Jéssica embicou o carro e parou em frente ao portão fechado, enquanto um vigilante saía da guarita, anotando a placa do veículo e falando alguma coisa pelo rádio.

– Se a corregedora já veio aqui, se a polícia já estiver sabendo da morte da Marília, esse cara vai entregar a gente.

– E o que você quer que eu faça, Teodora? Que eu passe por cima dele?

– Não seria uma má ideia. Eu vou espremer aquela vaca e descobrir onde elas iam se esconder.

– Por que você não veio aqui antes de tudo, então? Por que parou na dona Ana e no diacho do IML primeiro? As esposas sempre sabem de tudo.

– Nem sempre, maninha, nem sempre. Raoni deixava a mãe fora dos negócios, mas gostava de falar do futuro com a velha. A Marília só sumiu do escritório depois do nosso passeio no veleiro. Eu sou uma burra mesmo, como é que não me liguei no que elas estavam aprontando?

O vigilante parou ao lado da porta de Jéssica, que baixou o vidro bem quando o carro com giroflex aceso passou na avenida atrás delas. Era uma ambulância em alta velocidade, que freou brevemente em frente ao condomínio, mas seguiu adiante. Jéssica ficou tensa, segurando o volante e olhando para a frente. Teodora, grudada no banco e imóvel, para não chamar a atenção do vigia, tinha parado de respirar, fazendo de tudo para se mimetizar nas sombras e passar despercebida. As luzes da ambulância ganharam velocidade e se distanciaram, subindo uma rua paralela ao condomínio. Jéssica respirou aliviada e olhou para o homem armado, com uniforme preto da empresa de segurança. O logotipo era uma serpente naja, com a boca aberta e o pescoço dilatado, pronta para o bote, estampando o colete à prova de balas.

– Eu tenho que falar com a dona Marília.

O segurança enrugou a testa, estranhando o pedido àquela hora.

– Qual é o seu nome?

– Teodora.

Ele ergueu um tablet e digitou alguma coisa.

– Seu sobrenome, Teodora.

– Cubas. Teodora Cubas, sou comadre dela.

– Seu nome está aqui. A senhora já veio aqui ontem mais cedo? Os empregados da casa já foram todos embora...

– Vim.

– Mas não foi neste carro. E é estranho a senhora vir aqui a essa hora, não tem mais ninguém pra atender, os empregados...

– Amigo, eu mudo de carro toda hora. E tem outra coisa. No seu treinamento, não te deram educação, não? Não se fala mais empregados, são "colaboradores" da dona Marília e da Imperadora. Além disso, eu sou comadre dela, não sou empregada.

O homem enrubesceu na hora, talvez por vergonha ou pela bronca, baixou os olhos e voltou a olhar para o tablet.

– E não tô com tempo a perder aqui na portaria – continuou. – Se eu não entrar agora, acho que o compadre não vai ficar contente. Tá entendendo? Sacou meu compadre nessa história?

O segurança ficou olhando para Jéssica por um instante.

– Só tô fazendo o meu trabalho, dona. Não precisa meter pressão.

– Então faça direitinho. E vamos com isso que estou com pressa. Quem me chamou aqui de madrugada foi a Raoni, pra eu ver se está tudo bem com minha comadre grávida. Não estou aqui porque quero, meu chegado.

– Eu vou interfonar para ela.

– Interfona até para o papa. Se eu não entrar agora para ver como ela está, você vai ter que trocar ideia com a Raoni, não comigo. Foi ela quem me mandou aqui e disse para eu vir rápido. Se tem uma bicha que põe pressão é ela, meu amigo.

O homem olhou para o tablet novamente e para dentro do carro. Suspirou fundo e abriu o portão. Jéssica acelerou e tomou a alameda principal do condomínio, enquanto Teodora começava a gargalhar ao seu lado. Logo as duas estavam rindo.

– Você tá me incorporando agora? Tava parecendo a tiazinha no IML, com a Fifi no corpo.

– Você não vive dizendo que eu tenho que ser mais forte? Estou te escutando.

– Mandou bem. Eu vivo dando carteirada, já estão acostumados.

– Pra onde eu vou?

– Sobe até o final dessa colina. Elas moram lá em cima.

– Moravam. Já estão mortas, né? Você matou todo mundo.

– Eram elas ou eu. E ninguém vai me mandar pra cadeia. Mesmo que me peguem, e não vão pegar, tudo o que tiverem vai ser circunstancial depois da minha limpa. Não vão ter meu nome em nada disso.

– Ele anotou a placa do meu carro. Disse que você veio aqui mais cedo.

– Isso não prova que eu matei a Marília. Ele não olhou para a minha cara lá na portaria, ficou se borrando com você dizendo que ia chamar a Raoni. O nosso protocolo é o seguinte: ele não anota o nome de quem está na lista especial. Essa empresa de segurança aí, metade é dela. Neste exato momento ele está criptografando as imagens de circuito interno e passando para um provedor de seguro privado. Só a Raoni e os outros dois sócios têm acesso aos dados. A polícia nunca vai saber que eu estive aqui.

Jéssica aproximou-se da casa apontada por sua irmã e subiu com o carro no gramado, fazendo tudo chacoalhar e Teodora gritar irritada.

– Eeeii, o que você está fazendo? Para na calçada!

– Eu vi uma trilha aqui, um caminho. Assim a gente para perto da entrada.

– Você falou de *ghost trip*, acho que você está tendo uma agora, não tem caminho nenhum.

– Você viu coisas estranhas a noite toda, e eu fiquei do seu lado.

– Tá bom, maninha, tá bom. Deixa quieto, vamos falar logo com a mina e descobrir onde a Raoni escondeu o dinheiro.

A dupla saiu do veículo e andou em direção à porta. A casa era imensa, com um gramado de trinta metros até a escadaria, que terminava em uma elegante varanda toda de mármore. O jardim era inteiro desenhado e equilibrado. A van de Jéssica tinha traçado duas linhas retas sobre o tapete verde.

Jéssica sentiu a pele formigar. Uma sensação estranha a invadiu quando encarou as janelas e a porta daquela casa que tinha o interior escuro, com todas as luzes apagadas.

– O que foi? Vai amarelar agora?

– Não, Teodora. A ibogaína, acho que estou enjoada, quero vomitar.

– Passa mal depois, Jéssica. Estamos acabando com isso aqui.

Teodora ergueu a arma e atravessou a varanda, abrindo a porta.

– Me segue.

A sala estava com as luzes do mundo dos vivos apagadas, mas recoberta por flocos cintilantes, que se moviam na altura do chão, como vaga-lumes de outro mundo que flutuavam e piscavam. Jéssica mais uma vez sentiu aquele torvelinho por dentro. Aquelas esferas de luz esmeralda que tinham lhe trazido um presente no IML pareciam estar querendo dizer algo a ela agora, iluminando e desenhando um caminho.

– Você está vendo isso, Jéssica?

A caçula passou pela porta e sacudiu a cabeça em sinal afirmativo.

– Só vi isso hoje com você, Teodora. É tão misterioso pra mim quanto pra você.

– Estão cutucando minha pele – murmurou Teodora – como se tivessem vida e não fossem uma ilusão.

Jéssica andou até o meio da sala, ficando impressionada com o tamanho do espaço e com a escadaria larga, que subia junto a uma parede de vidros duplos. O ambiente estava frio, e a pele da caçula se arrepiou toda quando saiu daquele transe temporário e rememorou a missão sombria que tinham naquela casa.

– Onde você a matou?

Teodora apontou para a escada, para a trilha de vaga-lumes que desciam como um arroio vivo, fluido, desaguando no imenso hall da sala, até se apagarem quando colidiam com os rodapés.

– Usei meu silenciador, para ninguém dar com a língua nos dentes. Não sabia que ia ter que voltar aqui, mas veio a calhar. O coração de ouro da Marília só me ajudou.

– O que você quer dizer com isso?

– Ela dá um dia de folga no meio da semana para os "colaboradores".

– A Raoni deixa ela sem segurança?

– Ninguém vem aqui, Jés. Ninguém mexe com a família da Raoni. Acredite em mim, traficante não mete a família do outro no meio.

– Onde você a matou?

– Ela estava me mostrando o berço. Foi andando na minha frente, e eu fiz o que tinha que fazer. Sem lero-lero, foram dois coelhos com uma cajadada só.

Jéssica subiu as escadas e viu que havia apenas uma luz acesa desenhando um retângulo dourado no chão de madeira. A luminosidade confortável de um ninho competia com a dos impressionantes vaga-lumes espectrais que saíam de uma parte adiante, vindo do fundo do corredor, como um riacho verde luminoso, passando, revoluteante e rasteiro, primeiro pela frente do quarto de luz acesa e avançando corredor afora, batendo nos rodapés de forma fluida e descendo pelas escadas, esparramando-se na sala de baixo. Era um espetáculo de luz fantasmagórica de brilho brando e efêmero, de cor esmeralda, muito parecido com as joaninhas que tinha testemunhado havia pouco, quando se reencontrou com sua pequena Ravena e com Alex, recebendo, com o uso da Iboga-7, uma das mais emocionantes recompensas que qualquer ser humano poderia ter.

Seus amados, de alguma forma, ainda existiam e continuavam. Jéssica recostou-se na parede ao fim da escada, ainda abalada ao reviver por alguns segundos aquele momento, ao sentir seu coração aquecido como nunca, percebendo-se completa de novo. Aquelas joaninhas de cor esmeralda significavam vida. As que percorriam o chão do corredor da casa de Marília eram diferentes, não eram esféricas, mas mais espichadas, e, como vaga-lumes de brilho intermitente, eram um novo lembrete da Iboga-7 de que havia muito que se ver ainda naquela fenda feita no tecido fino entre o mundo dos vivos e o dos mortos.

Aquilo era bem diferente do espetáculo iniciado por uma médium, uma mulher que já tinha nascido com as antenas aparelhadas para colher e emitir sinais dos dois lados, e que tinha, inadvertidamente, oferecido um espetáculo ao filho dela, recém-morto, Erasmo, e a Jéssica, ao mostrar o poder daquele redemoinho negativo, invertido, daquele buraco negro iluminado, que sugava as coisas em suas ondas, em seus caracóis rodantes, para cima, sempre para cima, levando luz esmeralda para outro patamar, em um nível de *ghost trip* que Jéssica nunca tinha experimentado ou anotado em seu caderninho de Darwin fajuta. Era um nível de "metacoisas" no qual as joaninhas e os pirilampos verde-esmeralda faziam sentido, como um ecossistema espiritual, talvez cada um com um propósito ou com a missão de realizar uma reação dentro dos órgãos vitais dos que ainda estavam encalacrados na casca de interação com os outros viventes.

Jéssica caminhou lentamente pelo corredor, escutando o solado da botina de Teodora estalar logo atrás dela e, mais uma vez, sentiu seus poros se contraindo e seus pelos se arrepiando ao escutar uma voz sussurrada e cúmplice, que vinha através da porta do cômodo aceso, no meio do corredor, em um tom que as mães usam para falar com seus filhos. Como aquele timbre que cria uma criptografia própria entre bebê e mãe e que é impossível de se romper ou decifrar nos primeiros meses.

Naquele exato momento em que Jéssica parava junto à porta, ficou comovida com o tom de voz da mãe de outra menina que deveria chegar ao mundo e experimentar toda aquela convulsão de pensamentos que assombravam a necromante naquele instante. Viu então a mulher com a cabeça abaixada, a fantasma que chorava parada à porta. Duas lágrimas desciam por rostos diferentes, mas o sal das lágrimas era o mesmo, aquele sal presente na despedida e na morte era igual ao sal diluído em nossas águas, que minavam de nossas glândulas, de nossa carne, para embriagar a sede da vida e convidar para o baile os que ainda iam ser, enquanto juntamos nossas sementes para um novo passeio começar.

A mãe que teve o baile interrompido por Teodora encontrou os olhos de Jéssica, e ela encontrou Marília. A mãe fantasma estava lá, no quarto iluminado, presa na sintonia de seus momentos finais, no ninho da criança que estava perto de chegar e que tinha sido pivô de toda aquela transformação. Jéssica olhou para trás.

– Não vai ser nada bonito... já vou logo avisando. Grávidas mexem com a opinião pública.

Ela sentia um aroma de talco no ar, um cheiro de coisas de criança. Dois móbiles pendentes tinham estrelas e planetas que desciam do teto e, no centro, um pequeno asteroide com um garotinho sentado ao lado de uma rosa feita de arame e tecido. A mobília era delicada, decorada com sereias e arco-íris que davam cor para o ninho que jamais seria preenchido, destruído por ganância, ódio e loucura.

– Ela está na frente do berço que ia me mostrar. Ela não sabe o que aconteceu, certo?

Jéssica balançou a cabeça em sinal negativo, e sua irmã continuou falando e andando devagar:

– Não quero que ela se lembre. Eu gostava dela. Era uma ingênua, a pobre coitada, mas eu precisei fazer assim, não tive escolha.

– Você não precisava ter matado uma mulher prestes a ter um bebê, Teodora. Não precisava! Você ia ser madrinha dessa criança!

– Deixa de melodrama, Jéssica. A Raoni e a Marília é que tinham que ter pensado nisso antes. Agora eu fico parecendo a vilã dessa história. Ela ia me denunciar, a mulher dela ia me denunciar, esqueceu por que estamos tendo uma noite de merda? Elas colheram o que plantaram. Eu só fiz o que sempre estive pronta para fazer. E daí que tinha um bebê no meio? Não posso salvar todo mundo, não posso dar mole. Primeiro minha carne, depois o couro dos outros. Sempre fui assim e não vou mudar agora.

Jéssica ainda encarava aquele olhar melancólico. Marília estava lá, sentada em uma poltrona, acarinhando a barriga enorme e segurando um livro com um carneirinho e o mesmo garotinho do asteroide na capa, *O pequeno príncipe*, enquanto cantarolava para a criança em seu ventre, inadvertida de que a jornada no mundo da carne, para as duas, já tinha acabado.

A luz dourada era filtrada por uma luminária em forma de asteroide, cheia de crateras, com uma plaquinha que dizia "B-612". Algo cintilou nas mãos da mulher enquanto ela acariciava repetidamente a barriga. A única luz acesa dentro do quarto imerso na penumbra era a de um abajur que ficava ao lado da poltrona. Jéssica percebeu que o brilho vinha das unhas da fantasma.

– Se te tranquiliza, foi rápido e indolor. Não ia deixá-la sofrer – continuou Teodora, vindo às suas costas, pelo corredor, passo ante passo. – Foi um tiro só, bem preciso, certinho na nuca.

Jéssica ficou fascinada por aquela barriga imensa, pela mão lenta, pelas unhas verde-esmeralda que afagavam a pele curva por baixo da longa camisola perolada. Pela milésima vez, estava arrepiada, e sua respiração começou a se alterar. Estava conectada com Marília e observava o quarto, enquanto mil alarmes disparavam em sua mente, como o do incêndio encenado, as criaturas cintilantes que giravam acima da cabeça de dona Glória, a visita inesperada de Ravena e Alex, e a mensagem repetida.

A mão de Marília, com todos os dedos, alisava mais uma vez a barriga em um ritmo hipnótico, encantando com sua voz, que cantarolava uma cantiga de ninar. Tinha algo de errado na sintonia daquele fantasma, algo diferente. Jéssica olhou para o berço vazio e espantou-se ao ver um rastro de sangue sobre o piso de madeira, que partia do berço e ia até seus pés, ali no batente da porta, seguindo até desaparecer logo abaixo do ribeirinho de vaga-lumes esmeralda que fluía pelo piso do corredor. Marília sorriu para Jéssica.

– Ainda dá tempo.

Teodora franziu a testa ao ouvir as palavras do espectro de Marília. Jéssica saiu da porta e deixou Teodora ter a visão do quarto e do rastro de sangue.

– Acho que você não foi tão precisa quanto calculou, mana.

Teodora viu os pés de Jéssica sobre uma poça de sangue. Um rastro ferruginoso ia da porta do quarto da bebê até o quarto do casal.

– Merda! – ruminou a policial.

– Ela lutou para ficar com a bebê!

– Do que você está falando? – indagou Marília. – Você está me assustando.

O rosto de Marília se enregelou quando ouviu e viu Teodora, e seu primeiro reflexo foi colocar a mão sobre a barriga. Seu olhar ficou estático sobre o livro que estava em suas mãos. Uma sombra soltou-se do teto, como um tentáculo de um imenso polvo, que foi tomando todo aquele canto, escurecendo todo o ambiente, chegando ao chão e tocando Marília. A pele do fantasma encheu-se de veias escuras, nas quais o sangue parecia ter coagulado. Uma gota negra pingou do seu olho esquerdo saltado para fora, enquanto o outro olhava para Teodora.

Jéssica olhou para o chão do corredor e correu em direção ao quarto do casal.

– Aonde você está indo?

– Ainda dá tempo! – gritou Jéssica do fim do corredor.

Teodora olhou para a assombração deformada e deu um passo para trás, indo na direção da irmã.

– Não! – bradou o fantasma.

Teodora encarou Marília mais uma vez e, em reflexo, sua mão foi até o cabo da pistola.

– Você já me matou, desgraçada. Não vai conseguir matar de novo.

– Como você sabe que está morta?

Marília, com o olho arrancado da órbita pelo disparo daquela mesma pistola, abriu um sorriso sangrento e jogou sua mão em direção a Teodora.

A policial deu um salto para trás, mas não conseguiu evitar o braço fantasmagórico que se esticou, enegrecido, terminando com um aperto potente em seu pulso, nascendo de uma mão espichada e de dedos como tentáculos grudentos que a fisgaram para dentro do quarto, enquanto a porta batia às suas costas.

– Jéssica! – gritou Teodora.

Marília trouxe a policial até sua barriga e agarrou sua cabeça, comprimindo-a contra seu abdômen dilatado.

– Ela se mexeu. Eu senti o pezinho dela empurrando. Ela quer ficar comigo, ela quer vir com a mamãe. Acho que está chegando a hora de conhecer sua afilhada, comadre.

Teodora ergueu os olhos e viu sangue negro pingando grosso como piche do olho pendente da face de Marília, e também vazando de sua boca e pingando em cheio em seu rosto. Apavorada, tentou se desvencilhar daquele tentáculo em sua cabeça, mas Marília empurrou-a ainda com mais força, sufocando-a contra a sua barriga, e seu sangue coagulado obrigou Teodora a se debater.

– Me larga, Marília! Me larga!

– Vem conhecer sua afilhada, sua protegida.

Marília fez suas unhas afiadas ganharem volume e penetrarem na carne de Teodora, afundando com mais força e selvageria o crânio da policial, até sua fina pele de parturiente a termo se romper e mergulhar a cabeça de Teodora dentro de seu corpo. Teodora tentou outro grito, mas sua boca foi preenchida pelo líquido amniótico fétido e turvo, engasgando-a e fazendo a policial redobrar seus esforços para escapar daquelas garras verde-esmeralda e salvar-se de ser afogada pelo fantasma de Marília.

***

Jéssica foi andando até o quarto do casal, sentindo os pés gelados, visitados pelas partículas de luz vibrantes que percorriam a rés do chão. Ali, junto à porta, aquele riacho parecia ganhar mais força e mais brilho por conta da escuridão do fim do corredor. Ela estremeceu e olhou para trás, quando ouviu o grito desesperado da irmã vindo do quarto do bebê. Jéssica sabia que havia algo de errado, que a perturbava e tornava seu medo da irmã mais velha uma coisa pequena.

"Ainda dá tempo" era outra coisa fora do trilho. Há quantas horas Teodora tinha estado naquela casa e dado um tiro na nuca de Marília? A irmã havia deixado a casa superconfiante, acreditando ter exterminado a esposa de Raoni com um único disparo, mas a verdade é que Marília não tinha morrido imediatamente. A mulher, muito provavelmente, ainda agonizante, conseguiu se arrastar para fora do quarto do bebê e rastejou até seu quarto, aguardando algum tipo de salvação ou tentando alguma coisa, um chamado de socorro, fazendo de tudo para manter-se viva até que sua filha fosse salva de seu ventre. Queria sua princesinha fora daquele rastro de morte e traição.

Entretanto, o bebê não estava lá, nos braços da mãe fantasma. Só havia uma resposta lógica dentro da coleção fantasmagórica que a doutora Cubas tinha catalogado. Se não havia fantasma, não havia cadáver, e se não havia um cadáver, talvez houvesse vida. As joaninhas esmeralda tinham perpetrado um milagre de vida. Então, aquele riacho de insetos cintilantes podia muito bem ser o sinal de outro milagre que estava acontecendo ou, para seu desespero, mirrando. Jéssica nunca tinha passado por aquela situação nem sabia o que aquele tipo de transição poderia trazer para o mundo dos mortos. Ela sentia uma vibração poderosa atravessando aquela porta, o formigamento em seus pés começou a aumentar, e as joaninhas cintilantes começaram a subir até a altura de suas canelas, escondendo seus pés e fazendo-a transpirar.

Teodora gritou de dentro do quarto do bebê mais uma vez. A caçula escutou algo como o sacudir de móveis e de coisas caindo. Algo estava acontecendo entre ela e o espectro que ainda tinha alma e que, de alguma maneira, fazia os objetos no ninho da criança prometida se sacudirem e se moverem. Línguas da escuridão do mundo dos fantasmas saíam pelas portas e batiam nas paredes, se alastrando. A força impregnada em Teodora naquele mundo era impressionante. Ela conseguia trazer todas as trevas, fazia toda a escuridão existente na vizinhança senti-la e encontrá-la onde que quer estivesse, como se fosse uma visitante bem-vinda, alguém que, por tanto tempo, alimentou o chão com mais carne, com mais matéria, e deu ao limbo o que comer.

Jéssica girou a maçaneta e atravessou para dentro do quarto. Um brilho azul intenso cegou seus olhos por um momento, e ela viu uma figura feminina soltar delicadamente a cabeça e os cabelos do corpo de carne de Marília. A aparição, muda e resplandecente, sorriu para ela, desprendendo-se do chão e subindo, atravessando o teto e desaparecendo, deixando para trás somente a luz esmeralda novamente.

As joaninhas cintilantes vinham do meio do corpo caído de Marília, abriam-se no vão de suas pernas e, depois, alargavam-se novamente ao se libertarem dos calcanhares da mulher. Era a vida se esvaindo, escapando do corpo dela. Era a primeira vez que Jéssica presenciava aquilo em seus passeios no mundo dos mortos, deixando sua respiração curta e seus olhos mergulhados em um misto de fascínio e agonia.

Era um veio de vida que minava de um corpo em agonia. Ao menos o que tinha sobrado de vida daquela mulher, que tinha lutado por sua filha, efluía, vazava, indo embora com cada pontinho cintilante. Jéssica ainda estava bestificada e tomada por aquela visão, quando o fluxo parou de repente, como se tivesse sido represado no meio das pernas da mulher. O quarto voltou à escuridão, e a falta de luz foi adensando-se cada vez mais. Ela bateu a mão em um interruptor longo, que lembrava um teclado, passou os dedos sem entender o aparelho, mas conseguiu o que queria, e arandelas acenderam-se dentro do ambiente, jogando uma luz suave, amarelada, sobre o corpo morto de Marília. A garota se aproximou do cadáver, que ainda estava com a barriga imensa e as mãos sobre a virilha. Quando chegou mais perto, os olhos de Jéssica se arregalaram, e ela compreendeu por que o riacho de vida havia parado. O topo peludo da cabeça do bebê tinha apontado na vagina de Marília, empurrando para sair.

– Ó, meu Deus! – gritou Jéssica, levando a mão até a boca e depois aos cabelos violeta. – Aiiii, Deus! Ela ainda está viva! Deus me acuda! O que eu faço agora?

Por aquilo ela não esperava.

– Teodora!!! – gritou a irmã, trêmula, andando até o lado do corpo de Marília e abaixando-se ao seu lado.

Quando Jéssica se ajoelhou junto à mulher de Raoni, não sabia exatamente o que fazer com aquele bebê que coroava e escapava do útero da mãe morta. Arfando, agitada, tentou imaginar como ajudar a bebezinha. Marília tinha um olho totalmente tomado por uma esclera vermelho-sanguinolenta, com um líquido viscoso pingando dele, enquanto o outro flutuava em algum lugar que não era mais aquele quarto. Por instinto, Jéssica segurou a mão de Marília, que ainda estava perturbadoramente quente e segurava um smartphone empapado em sangue coagulado. Soltou um gritinho fino e rápido quando sentiu a outra mão da mulher apertando a sua, fazendo com que Jéssica visse o olho bom de Marília virar-se para o seu lado. Ela rastejou para o canto do quarto, batendo as costas contra a parede.

Ainda dá tempo. Salve-a.

Jéssica ouviu uma voz dizer em seu ouvido, enquanto assistia a Marília exalar seu último hausto de vida, relaxando todos os seus músculos de uma vez, soltando o smartphone no chão acarpetado. A cabecinha da bebê desceu mais um pouco e apareceu entre as pernas da mãe, agora plenamente morta. Jéssica tremia e estava com medo de olhar para o lado. Quando finalmente tomou coragem para olhar para a porta, viu o final da camisola perolada perdendo-se para o corredor. Jéssica levantou, limpou as lágrimas dos olhos e encarou as duas. A bebezinha se contorcia, escavando seu caminho para fora do corpo da mãe. Jéssica esfregou as mãos repetidas vezes para esquentar as palmas e, então, socorreu a criança, que inaugurava seu passeio no mundo dos vivos de uma forma tétrica.

***

Teodora também vivia sua descida à casa assombrada, quando viu Marília virar cinzas e dissolver-se no chão do quarto da Princesinha até desaparecer completamente. A policial ficou de joelhos, vomitando por mais de um minuto aquele líquido amniótico ectoplasmático, e finalmente conseguiu respirar fundo, caindo de costas, com o coração disparado e a pistola inútil em sua mão.

– Puta que pariu. Preciso fumar – disse com uma voz ruminante.

Ouviu Jéssica gritar seu nome, mas continuou no chão, com os cabelos longos soltos, empapados por aquela água fantasma, com a jaqueta ensopada e olhando para o teto. O rio de luz cintilante tinha parado do lado de fora, e Teodora só se levantou assustada, erguendo a pistola, quando voltou a olhar para a poltrona e viu o fantasma de Marília materializado mais uma vez em frente ao berço. Ela estava diferente, com a barriga enorme mais uma vez, a camisola limpa e o rosto perfeito. Calmamente, Marília pegou o livro *O pequeno príncipe* novamente.

– Teodora! Voltou para visitar sua afilhada?

A policial levantou-se e ajeitou os cabelos para trás, o líquido espectral parecia nebular, esfriando sua pele. Teodora, dissuadida pela calma da assombração, resolveu fazer seu jogo. Tinha ido até ali para se libertar.

O fantasma notou a arma na mão da mulher.

– Preciso saber onde Raoni está, Marília. E precisa ser rápido.

– Ela não me disse aonde ia. Não me falou.

– Onde ela escondeu o dinheiro? A grana?

– Não sei do que está falando, Teodora. Essa arma me deixa desconfortável.

– Ah? Desconfortável? Você me deixou desconfortável agora há pouco ali no chão, não lembra?

Marília balançou a cabeça em sinal negativo.

– Não lembro.

– E sua bebê? Como ela está?

Marília passou a mão sobre a barriga.

– Não consigo senti-la mais. Não consigo, é estranho e misterioso ser mãe, Teodora; quando ficam quietos dentro de nós, é como se ficassem quietos em nossa alma, dá um vazio... Quando a Raoni chegar, eu vou ao hospital.

– Acho que você quer ficar com sua família, não é? Sua filha, Raoni. Eu posso ajudar todas vocês a ficarem juntas, sabia? Me ajuda, dizendo onde está o dinheiro, e vocês ficarão unidas para sempre, sem nenhum vazio.

– Nós vamos ficar. Desde que você não fique perto da gente, Teodora.

– Mandona, não é? Você é a mulher da Imperadora, o que faz de você o quê? Uma imperatriz?

– Você sempre quis mais do que te cabia, Teodora. Esse é o seu problema, era a única reclamação da Raoni. Não tem fim. Nunca terá o bastante de nada. A Raoni estava preocupada com você.

– Sério? Por isso quer me dar de mão beijada para a Corregedoria?

– O combinado era você ser avisada antes e fugir. Ainda dá tempo, Teodora.

– A gente já passou desse ponto; vamos dar uma acelerada, Marília? O que você quer? Ficar com a sua família, não é? Eu posso te dar isso, posso te garantir isso. Na vida e na morte. É só me dizer onde está a Raoni ou o dinheiro que ela guardou para escapar desta vida e virar uma mãe de família comum. Só vai ficar um pouquinho mais caro do que ela calculou.

– Ela não me conta essas coisas – Marília gemeu, passando a mão pela barriga. – Ela não está se mexendo mais, é muito estranho...

Teodora tirou a chave peculiar de seu bolso.

– Um portão e uma pomba, Marília. Eu já vi isso. Que portão essa chave abre?

Os olhos de Marília brilharam.

– Teodora! – chamou Jéssica da porta do corredor. – A gente precisa ir embora agora!

Teodora e Marília olharam para Jéssica, que estava parada no corredor, com uma manta rosa enrolada em seu colo. Um tufo de cabelo negro podia ser visto na extremidade da mantinha de crochê.

Marília levou as mãos à boca e deu passos em direção à porta.

A policial fechou o caminho do fantasma, mas foi atravessada, como se fosse feita de fumaça. Marília avançou até o corredor e parou colada em Jéssica.

– Ó, meu Deus! Meu Deus! É minha Princesinha? Ela conseguiu? Eu senti alguém comigo aqui. Eu senti alguém me amparando, me ajudando a esperar. É ela? É por isso que não se mexe mais em mim?

Os olhos de Marília brilhavam.

– Sim. É, sim. A ambulância já está chegando. Vão levá-la para o hospital. Vai ficar tudo bem. Quer que eu avise alguém?

Marília soluçou e levou as mãos ao rosto, em concha, enquanto Jéssica abriu a manta para ela ver o rostinho sujo e manchado pelo vérnix natural dos recém-nascidos.

– Ela está...

– Viva? Sim. Está viva. Ela saiu do corpo... do seu corpo. Eu cortei o cordão umbilical. Ela não está engasgada, está respirando bem. Ela é perfeita, Marília.

– Queria tanto que Raoni estivesse aqui. – A mãe olhou com rancor para trás, e sua feição se transformou ao encarar a policial corrupta. – O que você quer com nossa família, Teodora? Eu gostava de você.

– Jéssica! Você que vive dizendo para não revelarmos essas coisas! – repreendeu Teodora.

– Ela está bem, muito bem. Tá rolando uma coisa bizarra agora, Teodora. Vamos salvar a criança e sair daqui. A gente deixa a bebê com o SAMU.

Teodora adiantou-se e tomou bruscamente a bebê da mão da irmã, deixando Marília irritada.

– Teodora?

– A gente não tem tempo pra blá-blá-blá. Adoro essa coisa de ser madrinha, mas estou com pressa, Marília. A Jéssica disse que você chamou uma ambulância. Eu não vou ser presa hoje. Eu quero saber, agora, onde o corpo da Raoni está!

– A Raoni também está morta? – perguntou Marília, estendendo as mãos diante do corpo, pedindo para segurar a filha.

– Está morta, igual a você. E você não está aqui conversando comigo, com a sonsa da minha irmã e vendo a sua filha viva? Vocês três podem ficar juntas se você disser o que eu quero. Eu posso reuni-las.

– Como?

– Eu levo vocês três para o mesmo cemitério. Pego o corpo da Raoni, o seu e o da pipoquinha aqui e deixo lá com vocês. Serão felizes juntas para todo o sempre.

– No nosso mausoléu.

Teodora ergueu as sobrancelhas e balançou a cabeça em sinal positivo.

– É pertinente. Ninguém vai incomodar vocês três por toda a eternidade.

– Minha filha está viva, Teodora. Não sei como está em seus braços, mas ela está viva e deve continuar assim. Não quero que ela morra como eu e como a Raoni.

– Viva com quem, Marília? Cai na real.

– A dona Ana pode...

Teodora balançou a cabeça em sinal negativo.

– A dona Ana já era – resmungou Jéssica.

Teodora colocou a bebê no berço, e Marília voou para lá, enrolando-se em sua criança.

– Princesinha, desculpe a mamãe!

Teodora ergueu a pistola.

– Me conta onde Raoni está que eu a deixo com você.

O som da sirene de uma ambulância encheu a madrugada e veio se aproximando pela rua.

Jéssica entrou na frente da irmã, com os olhos arregalados, e falou firmemente com Teodora.

– É sério? Você não aprendeu nada hoje?

– Eles chegaram, meu bebê. Tudo vai ficar bem. Eles vão levar você para a família da mamãe.

– Não vão, não, Marília! Deixa de ser burra. Se eu der um tiro nela agora, você não vai ver o corpo da sua filha. Ela não vai sentir nada, vai virar um bebê fantasma e ficará com você para sempre. Me diz agora onde a Raoni está!

Marília olhou para a filha, que estava com as mãozinhas minúsculas sobre o narizinho. Os cabelos pontudos e negros lembravam o cabelo de Raoni. Marília olhou para Jéssica, que balançou a cabeça em sinal negativo.

– Ela está no escritório. Ela vai chegar a qualquer momento.

– Não, Marília! Ela não vai chegar nunca mais! – gritou Teodora. – E fala logo onde ela escondeu o dinheiro garantido de vocês ou eu estouro a cabeça dessa neném!

– Não faz isso, Teodora! Não faz isso com minha filha! Eu te imploro. Deixa minha filha viver.

– Se esforça, Marília. Quem pegou a Raoni? Onde o dinheiro está? É só isso que eu preciso saber.

– Ela está no escritório, está vindo pra cá, já falei.

Teodora enervou-se com o som da sirene da ambulância aumentando. Seu tempo estava acabando.

– Eu acabei com a raça dela, Marília. É uma pena você não querer ajudar. Se eu não tiver o meu dinheiro, vocês também não vão ter nada.

O espectro da mãe da criança, trêmulo, caiu aos pés de Jéssica em um pranto desbragado, enquanto Teodora, cega de ódio, engatilhava a pistola e apontava para o berço.

– Vai, Marília! Abre o bico – tornou a policial.

Teodora aproximou a pistola da cabeça da recém-nascida.

– Não faz isso, Teo! Ela é uma bebezinha. Uma menininha – Jéssica gritou.

– E?

– Você já me defendeu de gente ruim. Você está sendo a gente ruim agora!

– Tá maluca, Jequinha? Eu não vou pra prisão e não vou fugir com uma mão na frente e outra atrás.

– A Raoni já te deu aquela mochila cheia de grana. Sossega! – Jéssica argumentou.

– Mas ela tem muito mais. Não vou desistir. Não depois de chegar até aqui!

A sirene intensificou-se, sinalizando estar na frente da casa.

– Acabou, Teodora. Os médicos vão entrar e levar o bebezinho.

– Deixe minha filha viver, Teodora! Eu te suplico!

– Raoni está morta, igual a você – resmungou Teodora – e igual a filha de vocês vai estar. Eu não vou deixar isso quieto, Marília. Não vai ter final feliz essa porra.

O fantasma abraçou os pés de Jéssica e olhou para cima com o rosto lavado de lágrimas espectrais.

– Pelo amor de Deus, Jéssica, não deixa ela fazer isso com a minha filha! Me ajuda, Peixinho!

Teodora franziu a testa ao ouvir as palavras do espectro de Marília.

– Peixinho?! Que história é essa? – Teodora enfureceu-se.

– A ambulância está perto! A gente precisa ir! – Jéssica exclamou para a irmã, tentando desviar do assunto.

Teodora, ainda mais nervosa e descontrolada, olhou para a porta.

– A desgraçada da Helena pode estar com o pessoal da ambulância. Ela não vai me prender! Eu nunca serei detida, nunca ficarei engaiolada. Nunca!

– Leve-a, Peixinho. Leve minha filha com você. Se você deixar Raoni ver nossa criança, nem que seja por um instante, uma vez em sua vida...

– Que porra de história é essa de Peixinho, hein, Jéssica? Como é que ela também te chama de Peixinho? A Treta te chamou assim. O que vocês estão escondendo de mim? Jéssica, o que você fez que eu não sei?

– A Princesinha era tudo o que ela queria proteger, Peixinho. Leva meu bebê para conhecer Raoni e depois ela será sua filha, é meu presente para você. Ela é sua filha agora – declarou Marília.

Jéssica estava com o coração disparado no meio daquele palco de ilusões. Uma descarga de adrenalina jorrou em sua corrente diante do pedido de Marília, o que a fez responder no impulso.

– Fica tranquila, Marília. Eu vou levar a criança até a Raoni!

– Para de mentir, Jéssica! Vai levar como? Ela não vai levar coisa nenhuma, Marília. Ela está blefando, ela não sabe onde está o corpo da Raoni. Eu vou acabar com isso agora! – gritou Teodora.

– Eu não estou mentindo, Teodora. Eu sei onde está o corpo da Raoni.

– O quê?!? Você acha que eu sou otária?

– Eu sei, sim, Teodora. Fui eu que tirei o corpo dela daquele escritório – Jéssica confessou.

Teodora emudeceu e paralisou.

Os sons da ambulância já estavam dentro da casa e fizeram Jéssica agir rapidamente. Ela se abaixou, passou a mão sobre o rosto de Marília e abraçou o espectro, que bateu contra seu corpo, sentindo a energia daquela alma perdida e cheia de dor. A dor de uma mãe que tinha perdido uma filha e a dor de uma mulher perdida que tinha acabado de encontrar um novo tesouro, uma segunda chance. Ela, então, segurou o pulso de Teodora e baixou a arma que ela segurava.

– Ainda dá tempo de sairmos daqui, Teodora. Você não quer o dinheiro?

Teodora estava com os olhos injetados de ódio e medo e, ao mesmo tempo, parecia abobada, atordoada com as informações que havia acabado de assimilar, e também com o barulho das pessoas que estavam entrando na casa. Os pensamentos na mente da policial fritavam seu cérebro. Então Jéssica havia tirado o corpo de Raoni do escritório? O que aquilo queria dizer? Se ela sabia o tempo todo onde estava o corpo, por que a fez vagar por tantos lugares?

Repassando aquela noite assombrada, a mais estranha que já tinha vivido, Teodora procurava os fatos e as pontas que se esfiapavam e a impediam de juntar toda a trama daquela história. Onde as coisas estavam se soltando, e que ela não estava dando conta de unir? Seu coração se enregelou quando olhou para Jéssica e a viu tirando a bebê do berço e apontando com o queixo para a porta.

– Vai, Teodora.

– Se você estiver armando para mim, dessa vez eu te mato de verdade! *Peixinho...* – ameaçou a irmã.

***

Os médicos subiram pela escada suntuosa e chegaram a um corredor escuro. Levantaram a lanterna e esperavam encontrar alguém ali. O médico que seguiu na frente iluminou o rastro de sangue que saía do quarto do bebê. O restante da equipe acelerou o passo e foi para o quarto dos fundos, encontrando o cadáver ainda morno da dona da casa, mas já sem vida, e com restos de placenta e um cordão umbilical saindo do meio de suas pernas. Depois de olharem o quarto do casal e o quarto da criança, fizeram um chamado pelo rádio, pedindo uma viatura da polícia técnica. Aquela mulher tinha sido assassinada e, ao que tudo indicava, havia um bebê desaparecido.

CAPÍTULO 9

Teodora e Jéssica entraram no carro com a bebê recém-nascida de Marília embrulhada na manta cor-de-rosa. A irmã mais velha olhava para a mais nova, que estava ao volante, atenta à rodovia, aparentemente sabendo para onde ia. Não usava GPS ou aplicativo de navegação do smartphone e, o mais inquietante... não mostrava medo. Quando ela tinha se transformado naquela pessoa? Era agora uma mulher decidida, sua motorista na fresta entre o mundo dos vivos e o dos mortos, sua guia e condutora nas sombras. E tinha tido a petulância de fazê-la baixar sua arma e salvar aquela criança maldita.

Teodora conhecia rostos, tons de voz, confissões, pessoas encostadas na parede em salas de interrogatórios, e sabia quando um criminoso estava mentindo e quando estava falando a verdade. Conhecia Jéssica como a palma de sua mão, mas, quando a irmã soltou aquela bomba, dizendo que tinha tirado o corpo da Raoni do escritório, tudo nela, seus olhos, seu cheiro e seu jeito, apontava que estava dizendo a verdade. Jéssica parecia mesmo ter enfiado uma faca em suas costas, era uma traidora, uma desgraçada, filha da mãe. Como ela, Teodora, a que estava sempre cinco passos adiante de seus oponentes, tinha deixado aquilo passar?

– Jéssica, você não está blefando, está? Você sabe mesmo onde está o corpo de Raoni? – bradou Teodora, irritada.

Jéssica não era de correr riscos, e o que mais fustigava a alma de Teodora agora era aquela realidade, amarga como fel, que descia por sua garganta e esparramava-se por todo o seu corpo. Será que a irmã tinha dito a verdade? Ela sabia mesmo onde estava o cadáver da traficante e a tinha feito de joguete aquela noite inteira? Mas para quê? Seria apenas uma vingancinha escrota no fim das contas?

– Você não acredita ainda, não é, Teodora? Eu te disse, fui eu que tirei o corpo dela do escritório.

– Mas eu não consigo entender por que você fez isso. Por que tirou Raoni de lá? Queria que eu fosse presa? Queria que me encontrassem antes de eu escapar?

Jéssica balançou a cabeça em sinal negativo.

– Não é nada disso, Teodora. Eu precisava saber se você ia me passar para trás em nosso trato, e precisava de indícios. Eu precisava saber se você estava falando a verdade ou se só queria me enganar de novo, como em todas as vezes ao longo da nossa vida.

– Eu só vou acreditar em você quando vir Raoni na minha frente. E eu tenho palavra, apesar de ser você quem não acredita em mim. Eu vou te dar metade da grana, sim, eu cumpro o que combino. Mas se você estiver com alguma gracinha, com alguma armação, blefando, acabou pra você, maninha! – gritou a mais velha.

– Não tem gracinha nem jogo, Teodora. Na verdade, depois de tudo o que aconteceu esta noite, o dinheiro é o que menos importa. O que eu queria mesmo era que você curasse a sua alma de tudo o que já fez de errado, falando com todas aquelas pessoas.

– Ah, se a gente vai falar em curar a alma do que fez de errado, por que não começamos por você, hein, Jequinha? Essa porra de história de *Peixinho*... Esse apelido idiota saiu da boca do fantasma da Treta com uma intimidade muito esquisita, e agora a Marília te chamou de *Peixinho* também, como se já fizesse isso faz tempo. O que é, hein? O que você me escondeu esse tempo todo? Não vai me dizer que você foi otária o suficiente para tentar vender a fórmula da Iboga-7 pra Raoni pelas minhas costas, sem falar comigo...

Na cabeça de Teodora, aquilo só podia ser por causa da Iboga-7. Sua irmã estaria tão desesperada em uma época, que era provável ter vendido a alma para o diabo para tentar reconstruir sua vida. E era irônico que elas fossem tão parecidas nesse ponto, afinal de contas, mas sua mente girava em um torvelinho, e sua vontade era de estrangular Jéssica com as próprias mãos, ali, dentro daquele carro, naquele momento, mas ela não ia fazer isso porque precisava do dinheiro antes. Tinha de saber se a irmã a levaria ao final do arco-íris, ao pote de ouro, ou se havia feito uma *poker face*, mandando um blefe genial.

– É verdade, Teodora, eu fui otária, sim. Fui otária, mas eu estava desesperada. Eu não queria você no meio, porque você sempre acha um jeito de me passar a perna. E eu não estava pensando direito naquela época.

– Que época? Quanto tempo faz?

Jéssica ficou muda por um tempo, só olhando para a rodovia, acelerando o carro e seguindo em frente. Teodora não queria acreditar e olhava espantada para a irmã, sentindo-se ao lado de uma desconhecida. O mundo dos mortos a estava devorando com tanta força que ela parecia pisar em areia movediça.

– Ah, faz meses.

– É, eu tinha certeza de que era isso mesmo, que você tinha oferecido a Iboga-7 para a Raoni! Queria vender só a receita ou dar uma de Walter White e virar a dona da porra toda, igual em *Breaking Bad*, hein, Jequinha? Ou queria trocar de lado, deixar de ser viciada e viciar os outros?

Jéssica não deixou as palavras enroscadas na garganta.

– Ela não quis, já estava em outra. A Marília já estava grávida, e ela estava falando sério quando disse que queriam mudar de vida, que queria sair desse mundo para ficar com a família. E eu fiquei com vergonha de mim mesma quando ela disse que eu era "peixe pequeno" no jogo. *Peixinho*... E com raiva também. Ela me tratou igual você me trata. Só que você não está certa, Teodora. Mesmo que fique puta da vida quando alguém discorda de você, essa sua linha de pensamento não passou nem perto da real intenção que eu tinha. Eu só queria vender a Iboga-7 para que as pessoas tivessem a chance de fazer o que fizemos nesta noite, de se encontrar com o passado, de entender suas maldições e suas bênçãos e saber que, de um jeito ou de outro, a vida continua.

Teodora deu outra tragada e soltou a fumaça no rosto da irmã.

– Deu sorte de ser minha irmã; do contrário, ela nem teria te escutado e, se fizesse a burrice de insistir, teria te colocado num Uber para o inferno, com a Treta e a Fifi, e te tacado no fundo do poço, onde você ia, simplesmente, desaparecer. Mas olha... eu podia esperar uma facada nas costas dessas de qualquer pessoa, Jéssica, menos de você. Depois de tudo o que eu fiz por você?

– O que você fez por mim, Teodora? Além de sempre pisar em mim? De sempre me diminuir? Eu não tenho culpa das escolhas da mamãe. Eu era só uma criança! Se eu fosse grande, não deixaria nada daquilo ter acontecido com você.

– Eu não deixei acontecer com você! Eu não deixei. E foi seu próprio pai! E ainda limpei sua barra quando você ficou bem louca, encheu a cara e matou sua filha e seu marido, sua irresponsável, sua fraca, medíocre!

A bebê começou a chorar enquanto Jéssica limpava as lágrimas que manchavam seu rosto e abriam trilhos escuros em seu rímel desfeito desde o começo da noite.

– Você está assustando a menina, Teodora, para de gritar! E não adianta, seus gritos não me assustam mais!

Teodora olhava agora pela janela, e o diabo era que Jéssica parecia mesmo saber para onde estava indo. Não parecia um disfarce melodramático para salvar a recém-nascida. Sentia-se uma das bonequinhas da irmã naquela casinha encalacrada em sua infância. Teodora nunca tinha brincado de boneca com a irmã. Tinha ciúmes de Jéssica. Desde que ela surgira em casa, depois de sair da barriga da mãe, tudo era para Jéssica. Aquele monstro novo na casa que ainda não tinha se transformado, que tinha chegado em pele de cordeiro, como o salvador da mãe, como o provedor, não demorou a iniciar sua mutação.

O ressentimento de Teodora com a nova criança da casa foi crescendo à medida que ela era esquecida e colocada em segundo plano, e a memória de seu pai dentro daqueles cômodos, escutando-a e protegendo-a, ia esvanecendo. Aprendeu rápido o que era ser ignorada, como um fantasma que fica perambulando entre as paredes da residência. Se compravam doces e iogurtes, primeiro era para a caçula. Para ela, ficavam as sobras. Muitas vezes, parou em frente ao berço de Jéssica, pensando em como queria que ela nunca tivesse nascido. Seria fácil acabar com aquele estorvo. Ela era só um bebê em um berço, e por duas vezes Teodora chegou a colocar o travesseiro sobre o rosto da irmã. Se segurasse um pouco, se tivesse coragem, ela não ia durar muito tempo, nem ia chorar. Tinha escutado uma vez que o filho de uma vizinha tinha morrido dormindo.

Se a vida era injusta e pregava peças em pais que amavam suas crianças quando, do nada, elas tinham sua existência interrompida por uma inesperada parada respiratória, por que não poderia acontecer na sua casa? Só muito mais tarde iria entender o que era a morte súbita de bebês, quando já não via Jéssica como algo a ser destruído, e sim como uma coisinha que tinha que ser protegida contra o verdadeiro monstro dentro do seu lar. Era a primeira vez, em décadas, que ela se lembrava de ter ficado olhando para a caçula enquanto dormia no berço.

Baixou os olhos para a filha de Raoni, outra recém-nascida, outra presa indefesa. Só que ela não era Jéssica, nem era sangue do seu sangue, mas seu passaporte para a fortuna e a fuga. Teodora suspirou mais uma vez e deu outra tragada no cigarro, enquanto Jéssica lançava um olhar de reprovação para a irmã. Ainda que Teodora quisesse arremessar a irmã pela janela do carro, não poderia cometer o mesmo erro duas vezes na mesma noite. Não podia matar a irmã, pelo menos não agora. Se ela ia mesmo levá-la até Raoni ou até o dinheiro, tinha que esfriar a cabeça e domar a cólera e o rancor.

– Relaxa, Zé Gotinha. Essa fumaça aqui não vai matar a bebê.

Jéssica continuou conduzindo o carro calada, mal olhando para Teodora. A irmã mais velha estava com a mente completamente nublada por conta da raiva por saber que a ardilosa caçula conhecia o tempo todo o paradeiro do corpo de Raoni. Mas também estava insegura e confusa, pelo medo de ser encarcerada pela corregedora Helena. Não era comum, em sua vida adulta, sentir aquilo circulando em suas veias, passeando em seus nervos e habitando sua mente. Teodora estava com raiva, mas também estava com medo. E não parava de pensar em todo o acontecido, tentando entender os fatos.

– Em que momento você pegou o corpo dela, hein? Foi quando eu apaguei, depois que você injetou esse pesadelo nas minhas veias? Acha que isso vai fazer bem para alguém?

– Eu falei que isso ia acontecer. Você dorme para entrar na viagem, e você dormiu bastante. Ficou grogue antes de apagar e colocou essa pistola na minha cabeça, e disse, com todas as letras, que nunca ia dividir nada comigo. Só ia me usar. Eu sabia, Teodora, desde o começo. Você nunca quis dividir a grana. Admita. O que eu fiz, dar um sumiço na Raoni, foi só uma garantia. Você brada tanto sobre lealdade e sobre traição, mas não olha para o seu próprio umbigo.

– Eu só estava com medo, e você era a única pessoa em quem eu confiava para me ajudar. Eu pareço de ferro, mas não sou. Queria ter tido uma mãe que cuidasse de mim, uma irmã que viesse e que resolvesse as minhas cagadas assim como eu resolvi as suas. Quem mais neste mundo pode falar com os mortos? Só conheço você, e veja o que você fez comigo. Fica aí cheia de mimimi porque apontei minha pistola pra te ajudar a pensar mais rápido, mas você é quem me deu um tiro pelas costas. Me traiu, me usou. Sabia o tempo todo que eu não ia encontrar a Raoni no escritório dela, nem na casa da mãe dela. Eu só precisava falar com a porra do fantasma da Raoni, e você ia me guiar nessa *ghost trip*.

Jéssica deu de ombros.

– Médiuns. Médiuns falam. Necromantes se comunicam...

– Corta essa parada de esoterismo. Você foi além disso. Você provou com ciência que dá pra entrar em contato com os mortos.

– Dá pra sintonizar, já falei... dá pra se conectar com as vibrações deles. Eles não sabem o que aconteceu e só depois se desvinculam do corpo, daí só sobra a sintonia, como uma gravação do passado.

– Você já me explicou essa treta das primeiras horas. Em vez de usar isso pra gente se dar bem, você plantou o quê? Uma vingança de uma irmã de merda que não conseguiu nada na vida e quis passar a perna na irmã mais velha? Quer que a Helena me tranque atrás das grades? É esse o seu plano? Quer ficar com a grana toda para você? Qual é o propósito dessa noite toda dentro do seu carro fedorento, decrépito? Por que essa *via crucis* inútil? Era o seu joguinho para me fazer de palhaça até que a Helena me encontrasse?

Jéssica olhou para a irmã e balançou a cabeça em sinal negativo.

– Não, Teodora! Não é nada disso! Eu só estou tentando cuidar de você, cuidar de mim. Confesso que eu queria o dinheiro, mas olha tudo o que aconteceu! Eu não sabia que você tinha matado mais gente. Eu não sabia onde isso ia dar. Você está sobrecarregada com o mundo dos mortos, e estou vendo coisas acontecerem aqui que nunca tinha visto antes. Nunca vi tantos médicos-coruja. Nunca vi os pirilampos esmeralda. É sua energia que está revelando tudo isso. Dá tempo de você sair dessa escuridão em que vive e colocar um pouco de luz ao seu redor.

– Eu acho que você tá querendo me enrolar...

Jéssica continuou, pondo para fora tudo o que parecia engasgado.

– Eu tinha esperança em você, Teodora, mas você só quer o dinheiro mesmo, só isso. Quando tiver o dinheiro nas mãos, vai me matar, vai matar essa criança e não vai curar a sua alma. Vai viver para sempre assim, nessa espiral autodestrutiva e sem compaixão. Você nunca perde uma chance de esfregar na minha cara que eu matei Ravena e Alex. Eu sou culpada disso, eu sei que sou, e sei que eu deveria ter pagado a minha pena. Eu devia ter assumido a responsabilidade pelos meus atos. Só que eu tive amor, Teodora, eu tive uma filha. Eu sei o que é isso que está aí nesse banco, uma vida nova, uma criança nova, um coração para aprender o que é amar e ser amado. Infelizmente, destruíram isso em você, e é uma pena, minha irmã, porque amar alguém é algo tão bom que é a única coisa que faz este passeio pela Terra valer a pena. Nenhum dinheiro paga isso, e nenhuma bala apaga isso.

A policial olhou para a criança e ficou calada com as palavras da irmã. Ela estava falando a verdade. Não em relação àquele rame-rame de amor e de amar e de dinheiro, mas sobre a bala. Aquilo era verdade. Ela não ia mesmo dividir porcaria nenhuma com aquela ingrata, muito menos depois de ela tê-la colocado contra a parede, exigindo cinquenta por cento de sua grana por isso. Teodora tinha jogado pesado com a irmã, não lhe dando escolha ao colocar uma arma na sua cara para que a acompanhasse naquela jornada macabra. Não aceitava e não aceitaria um não como resposta daquela petulante da caçula, daquela mulher que tinha deixado sua vida e seu tempo na Terra se esvair porque carregava uma montanha de culpa nas costas depois de arrebentar seu carro na estrada, ceifando a vida da filha e do marido.

Teodora sabia que Jéssica não suportava ter saído ilesa daquela tragédia, sendo cuspida para fora do carro porque estava sem o cinto de segurança quando, ironicamente, o marido e a filha, atados aos cintos, queimaram até a morte. A caçula teria ido para a cadeia se ela, Teodora, não tivesse feito o que fez, se não tivesse acobertado, se não tivesse coagido gente no meio do caminho, pagando uma propinazinha para que o laudo da perícia livrasse a cara de Jéssica.

A caçula devia muito a ela, muito, e devia agora muito mais por ter aprontado aquela trapaça, aquela presepada, que tinha sugado seu bem mais precioso naquele instante: tempo. Teodora tinha pavor de ser encarcerada, de terminar atrás das grades, e não deixaria o sentimentalismo de Jéssica atrapalhar seus planos. A bebê seria seu trunfo, sua defesa, quando o circo armado por Helena para dar fim em sua carreira e em sua jornada ao lado de Raoni a colocasse no centro do picadeiro e a exibisse com algemas para toda a plateia. Não ia ser a palhaça naquele circo, não deixaria o trem descarrilhar. Jéssica achava que estava no controle, mas não estava. Quem ia decidir o final da história era ela, Teodora.

Jéssica olhou para a criança e voltou a olhar para estrada. Então, se virou para a irmã. Sabia que Teodora era capaz de tudo, e que salvar a vida daquela criança agora estava em suas mãos. Tinha que dar um jeito de tomar a bebê e escapar daquele pesadelo sem deixar de cumprir sua promessa feita a Marília.

– Por que você achou que ia conseguir me enganar, *Peixinho*?

– Eu não tive opção. Foi você que me arrastou pra cá, Teodora. Já esqueceu?

– Olha, é melhor que você me leve até a Raoni de uma vez por todas. E que não seja só uma invenção para...

– Salvar essa criança?

– É. Eu te conheço. Esse seu coração mole nunca te levou a lugar nenhum. Para onde está te levando agora? Acha que mexer com esse mundo trevoso do tráfico sai barato? Que você pode se aproximar dessa gente e sair numa boa, *Peixinho*?

– Para de me chamar de Peixinho, tá legal? Mesmo mole, pelo menos eu tenho coração. Olha só o que você fez hoje só para pôr a mão no dinheiro da Raoni!

– Ela me deve, Jéssica. Ela esfacelou tudo o que eu mais presava: lealdade. Mostrou que essa podridão da gente que te ataca como víbora pode vir de qualquer lugar. E olha só você, percorrendo esse mesmo caminho. Como não liguei as pontas antes? Como?

– Vacilou, Teodora. Passou a noite inteira se gabando de que está sempre à frente de seus inimigos, mas hoje você não está enxergando um palmo diante do nariz.

– Tá valentona, né, Jequinha? Tô gostando de ver. Só quero ver essa sua valentia aí na hora de eu entregar para a Raoni esse saquinho de carne que fica gemendo desde que saiu da barriga da mãe dela morta.

***

Jéssica parou numa bifurcação. Para a esquerda, a estrada de terra subia e se embrenhava mais na montanha. Para a direita, havia uma descida longa e uma placa indicando o hospital mais próximo, a treze quilômetros.

– A gente pode salvar essa criança. A estrada se divide aqui, minha irmã. É hora de fazermos nossas escolhas. Chega de mortes por hoje. Se ainda existe algo de humano dentro de você, se sobrou alguma coisa que lembre o que é ser gente e o que é proteger alguém que precisa de ajuda, me deixe dar um final feliz para essa história. A gente tem que levar essa bebê para um hospital. Ela precisa de cuidados.

– Final feliz é para os otários, Jéssica. A vida não dá final feliz para ninguém. Nada de hospital. Vamos aonde está a Raoni. A sua batata tá assando, maninha, em banho-maria, mas tá assando. A dessa pirralha também.

– Ela não precisa ir com a gente.

– Ah! Ela vai, sim! Ela é minha moeda agora. E você não prometeu para mamãezinha Gasparzinho que ia levar a criança para Raoni ver? Não vai cumprir sua promessa?

– Eu vou cumprir. Eu vou levar, mas a criança precisa estar sadia. Eu sei onde Raoni está sepultada, eu a levei para lá, e ninguém mais sabe. Depois que a Princesinha estiver bem, eu dou meu jeito de levá-la até a sua outra mãe.

– Sem xavequinho, Jéssica, sem papo de coração mole. Eu não vou precisar de mais nada além desse bebê no meu colo para forçar Raoni a me dizer onde o dinheiro está. Eu resolvo isso e acerto essa história com você quando tiver a grana.

– Pensa bem, olha a fila de cadáveres que você deixou pra trás, Teodora! Ela só queria ficar com a filha e a esposa. Logo você, que se gaba tanto de ser dona do seu nariz, do seu destino... por que não aceita que os outros queiram mudar seus caminhos?

– Estou cagando para o seu julgamento. Ela podia mudar pra Marte se quisesse. Rica do jeito que estava, não tinha onde enfiar mais dinheiro desse império construído com drogas. E eu segurava as costas dela, eu cuidava dela, e o que recebi? Ela ia me entregar de bandeja para a Helena. Você sabe o que acontece quando uma policial civil cai na cadeia? Você tem ideia de quanta gente eu tive que apagar para aquela cadela mudar meu destino só por causa de uma filha?

– A Marília não merecia o que você fez. Essa criança agora é órfã, Teodora. Ela não tem mais ninguém neste mundo, só nós duas. Eu senti a Ravena e o Alex no IML, eles falaram comigo. Eles querem que nos salvemos. Você pode se salvar, salvando essa bebê.

Teodora cerrou os punhos e esmurrou o painel do carro, fazendo a bebê espernear assustada.

– Você enlouqueceu, Jéssica? Do que está falando? Eu não sou a doente aqui. Foi sempre você a fraca nessa família. *Isso* é uma *ghost trip*, Jéssica! Você acha que viu os dois, que os sentiu, mas aquilo não foi real!

– Não! Não, Teodora. Aquilo foi a coisa mais real que eu já senti deste lado. Essa sua energia, Teodora, isso tudo que a gente acumulou esta noite, a visita à mamãe, isso se desdobrou. Eu entendi você e te perdoo por tudo que me fez. Sentir minha filha e meu amor, sentir que eles continuaram, que eles não me culpam, mudou tudo em mim, Teodora. Eu queria ser mais forte que você pelo menos uma vez, mas isso não importa mais. Vamos arrumar nossas feridas, vamos nos redimir, Teodora. Eu não sou uma boa irmã, eu sei. Pensei no dinheiro primeiro, eu sei. Mas, no fim das contas, entendi. Nos juntamos para que eu te levasse ao hospital das almas, Teodora. Para o caminho que a ibogaína abre para a gente. Eu tive minha cura com Ravena e Alex. Você precisa encontrar a sua. Ainda dá tempo.

– No começo era só ciúmes de você, Jéssica... e raiva, essa raiva cresceu em mim.

– Você é a pessoa mais forte que eu conheço, irmã. A gente era pequena, a gente era criança, e ninguém cuidava de você.

– Eu culpava você por meu pai ter ido embora, sumido neste mundo, sem saber se ele estava vivo ou morto. Ele nunca escreveu pra mim.

– E dentro da polícia? Com todos aqueles programas de rastrear pessoas...

Teodora só balançou a cabeça em negação.

– Sabia que a mamãe nunca mais fez um bolo de aniversário pra mim depois que ele foi embora?

Jéssica sentiu os pelos dos braços se arrepiarem quando lembrou de todas as vezes que se reuniam e a mãe, naquelas raras ocasiões, chamava as outras crianças da rua para dentro de casa para se amontoarem ao redor da mesa da cozinha disputando tubaína e brigadeiros enquanto cantavam parabéns.

Teodora esfregou a testa como se o passado a estivesse arranhando por dentro e acabou soltando num grito:

– Eu sempre fui ferrada, só não vou deixar ferrarem comigo nunca mais. Essa raiva, esse ódio por quem me apunhala só cresceu em mim depois do que você falou na casa da viúva. Eu não estou pedindo o seu perdão, Jéssica! Eu não preciso do perdão de ninguém, Jéssica.

A criança assustou-se de um jeito que espichou os bracinhos e começou a berrar a plenos pulmões, atraindo o olhar preocupado da irmã caçula.

– Me perdoa, Teodora, eu não sabia de tudo isso. Perdoa a mim e a essa criança.

– Vamos acabar com essa história logo. Eu só queria essa droga para resolver o meu futuro, não para ser assombrada pelo passado. Toca esse carro para onde você escondeu a Raoni. Você foi uma ratazana, sabia? Esse tempo todo sabendo...

– Você está assustando a bebê. Ela está com frio, ela precisa de cuidados.

– Primeiro a Raoni – disse Teodora, apontando a pistola para a têmpora da criança.

– Admita que você só queria me usar! Admita que você ia pegar essa pistola e fazer a mesma coisa que fez com todo mundo! Está fazendo com um bebê recém-nascido! Fez comigo a noite toda! Você só usa os outros, Teodora.

– Eu só quero o dinheiro e não quero ser presa. Nunca mais.

– Nós perdemos tudo, Teodora. Eu não posso voltar para a minha casa. Eles vão vir atrás de nós duas. Vamos fazer a coisa certa. Vamos salvar essa criança.

– Vamos pegar o dinheiro primeiro. Com a fortuna da Raoni, a gente evapora.

Jéssica olhava apreensiva para a criança. O cano da arma estava tocando a pele da bebê, enquanto Teodora afundava em seu remorso e em sua dor. Jéssica precisava tirar a irmã daquela zona de agonia pura e fazê-la entender que ambas tinham sido vítimas dentro daquela casa. Ambas precisavam curar suas feridas. Ainda era tempo.

– A Marília falou comigo enquanto estava com você no quarto. Eu nunca vi isso, você sintonizou a energia do fantasma dela, mas ela ainda estava agarrada a um fiapo de vida e implorou para eu salvar a criança.

– Eu sou a novata aqui neste mundo de gente morta e gente viva misturadas, mas isso está errado. Ela estava no outro quarto, tentando me afogar, me matar. – Teodora olhou para a bebê aos berros. – Para de chorar! Você está me enlouquecendo! Você acabou de chegar neste mundo, acabou de entrar nesta brincadeira e já está gastando todas as suas lágrimas!

– Nem pense nisso, Teodora. Ela só está assustada e com frio.

Teodora baixou a pistola, e a bebê começou a balançar as pernas. A policial moveu a manta para cobri-la melhor, e a criança começou a se acalmar, diminuindo o choro, mas com o queixinho ainda tremendo.

– Ela pode estar com fome – resmungou Jéssica.

Teodora não respondeu, olhava para a bifurcação na estrada. Jéssica precisava ganhar tempo enquanto a irmã estava se conectando com a bebê. Era isso que ela tinha que incentivar. Com a voz mais baixa, Teodora voltou a falar:

– A mãe dela virou uma coisa escura, as veias... cadavéricas tomaram toda a pele... eu não me acostumo com isso, não, Jéssica. Quero pegar meu dinheiro e deixar essa merda toda ir embora na minha urina, sem nunca mais voltar pra cá.

– Tá vendo por que eu não queria usar a Iboga-7? Eu me viciei nesse mundo para procurar algum vestígio deles, mas, em vez de encontrá-los, eu me perdi. Arrumei forças para me afastar e hoje, do nada, quando eu menos esperava...

As lágrimas desciam dos olhos da mulher.

– Então você deveria me agradecer.

Jéssica olhou para a irmã profundamente nos olhos.

– Por mais estranho que isso seja, sim, eu deveria, e agradeço a você.

Teodora encarou a irmã, deu outra tragada e então olhou para a bebê. Jéssica olhou para a criança mirradinha e encolhida, vendo que sua pele estava vermelha e seus olhos se apertavam no típico rostinho inchado dos recém-nascidos. Um brilho estranho, como o dos pirilampos iluminados na casa de Marília, escapava do cordão umbilical da bebê e ia em direção ao porta-luvas.

– Vamos levar essa criança para o hospital primeiro, Teo. Ela não tem nada a ver com isso – insistiu Jéssica, enervando ainda mais a irmã mais velha.

– Que merda... está toda encolhida – rebateu Teodora, parecendo arrefecer um pouco de sua sanha por conhecer o paradeiro de Raoni. – E essa gosma no cordão umbilical dela? Você não amarrou?

– Amarrar? Amarrar com o quê? A mãe dela estava morta na minha frente enquanto o fantasma gritava no quarto com você!

– Até que ela parece com a Marília... e tem esse cabelo espetado da Raoni. Que sinistro. Até me arrepia.

– Deixa eu levar ela para o hospital, Teo. Vamos!

– Não vem com essa de Teo agora, sua patife. Você armou para cima de mim, e essa criança é tudo o que eu tenho para encurralar a Raoni agora. Ela vai abrir o bico assim que vir a filha. Vai querer ficar com ela, daí ela me fala onde escondeu a fortuna.

– Ficar com ela? Você está louca? Do que você está falando? A Raoni está morta.

– Sessenta metros, foi você quem disse. Eu apago a bebê e coloco do lado dela. Ela não vai ficar sozinha, vai ficar com a ratazana da mãe dela, ao seu alcance. Elas se verão todos os dias até o fim dos tempos.

Jéssica balançou a cabeça concordando.

– Raoni verá a filha, mas essa criança não vai crescer, não vai aprender a falar ou andar. Será sempre essa recém-nascida que você resolveu matar. Ela não merece isso, Teodora. A gente vem para a vida, e muita coisa acontece. A Princesinha pode fazer tantas coisas aqui! Pode ser livre e ser adotada por uma família sadia, que vai dar a ela o equilíbrio que nós duas nunca tivemos, ter a liberdade que Raoni nunca teve, mesmo com todo o dinheiro que ela conseguiu juntar. Estarmos juntas aqui, paradas nessa bifurcação, diante de uma escolha que só podemos fazer agora, não é uma coincidência, Teodora. Tudo isso foi minuciosamente tramado, planejado, para que você tivesse a chance de escolher se abandona a escuridão que te devora ou se deixa uma fresta de luz entrar para que enxergue que não precisa guardar tanto rancor e tanta raiva, irmã.

Teodora deu outra tragada no cigarro. As palavras estúpidas da caçula repicavam em seus ouvidos. Ela tinha acertado em cheio agora. Estavam as três dentro daquele veículo, paradas, com o som do motor cadenciado em inúmeras explosões, quase inaudíveis, dentro de seus cilindros, dando vida àquele organismo de ferro e plástico que envolvia as três almas, indiferente àquele momento em que a mente da irmã Cubas mais nova fervilhava, em busca de um jeito de ganhar tempo diante da crise, diante da vontade de virar à direita e descer até o hospital, evitando o caminho que levaria todas elas até a sepultura de Raoni.

Teodora olhava para a criança, e Jéssica ainda tinha esperanças de dissuadir a irmã e salvar a bebê daquele desfecho sombrio. De repente, uma intensa ventania começou, tão forte e repentina que Teodora baixou o vidro, olhando para o céu escuro logo acima. Nada de nuvens.

– Parece que o tempo está virando, Jequinha.

– Não me chama assim. Você sabe que eu não gosto.

– Te chamar de Jequinha me faz lembrar de quando você era pequeninha, igualzinha a essa aqui, indefesa, sem ninguém para cuidar de você. Uma fruta verde chegada ao mundo, que foi amadurecendo muito devagar e passou despercebida aos olhos da morte; ela que, de todas as coisas, crava seus olhos e seu desejo nas mais belas.

O vento aumentou do lado de fora, infestando a frente do carro com flores brancas que se desprendiam das árvores, arrancadas, pelo sopro potente, de seus talos, que as ligavam com os milhares de ramos ao redor, vindo da lateral esquerda da mata e criando um tapete branco diante do carro, um manto alvo e, de alguma maneira, pacífico e apaziguador. Era sempre bom ver as flores e sentir seu perfume, o cheiro do desabrochar, da vida, o manifesto da beleza. Para Jéssica, seria até bonito e incitante deslizar por aquele chão pavimentado com pétalas efêmeras e bailarinas, mas aquela estrada, a da esquerda, era a que mais queria evitar.

Estavam as duas irmãs enredadas, cada qual em seus pensamentos, quando, sob a luz dos faróis, o mato à beira da estrada se sacudiu de forma misteriosa.

– É o vento? – perguntou a mais nova.

– Shhhh! Não fala alto. Vai acordar a menina.

Jéssica olhou para a criança no banco e sentiu um arrepio subir-lhe a espinha. Não sabia se era a luz fraca que chegava ao carro ou o reflexo da brasa do cigarro que Teodora tragava, mas a criança parecia estar com a pele esverdeada, como um prelúdio do toque, a niveladora de todos os seres viventes, como se seu destino já tivesse sido selado por Teodora e, agora, a Dona Aranha já tecesse sua teia, carregando a pequena, garantindo que sua vida fosse eternizada ainda em flor. Sentiu náuseas e uma vontade súbita de abrir a porta e pôr fim àquilo tudo.

Então, o mato se moveu de novo, e os olhos das irmãs voltaram-se para a beira da estrada. Uma capivara, que chafurdava o focinho na terra, comendo das flores que tinham acarpetado o caminho, ficou parada no meio da via, hipnotizada pelos faróis do carro, com os olhos esbugalhados, vítreos, refletindo o brilho vindo do automóvel.

Jéssica e Teodora permaneceram caladas, observando aquele animal corpulento, paralisado, talvez de medo, talvez de curiosidade, ainda com algumas flores presas na boca e no focinho, que também luziam, refletindo os faróis. Mais uma lufada da ventania fez chover mais flores e derrubou da ponta do nariz da capivara as que estavam grudadas em sua boca úmida. Jéssica abriu um sorriso, e um pouco da tensão se dissipou quando três filhotinhos pularam do mato e começaram a mastigar as flores como a mãe e, igual àquela que trouxe a ninhada à vida, pararam e ficaram com os olhinhos brilhantes, luzidios, encarando a van Kangoo.

– São capivaras, Jéssica?

– São. Já se esparramaram para todo lugar, Teo.

– Por que estão verdes? Elas não são marrons?

– Não sei – respondeu a caçula, sentindo um arrepio ao notar que estavam tão verdes quanto a bebê no banco. – Acho que é efeito...

Antes que a caçula pudesse completar a resposta, inesperadamente, algo muito veloz cruzou a frente do carro, projetando uma sombra ligeira, e passou entre os roedores no meio da estrada. Dois dos filhotes correram para dentro do mato, enquanto a mãe capivara corria no meio da estrada, perseguindo a sombra, que subia cada vez mais alto, com sua cria menor guinchando, em um alarido de desespero e incompreensão, já que um segundo antes mascava uma flor caída de uma árvore que nunca se tornaria uma fruta, por ter sido ceifada do galho pela ventania, e agora ela, filhote, sentia as garras do ser alado que a apartavam de sua mãe, tentando abreviar sua vida.

– Puta que pariu, Jéssica! O que foi aquilo?

Jéssica estava hirta, congelada em sua posição. Apenas seus lábios tremiam. Teodora notou que a irmã estava com os olhos molhados e, mais uma vez naquela noite, se deixava levar por emoções e começava a chorar. Como a irmã estava muda e a policial tinha escapado do transe daquele instante, indagou:

– O que foi agora, mana? É só um bicho se alimentando de outro bicho.

– Era uma harpia. Imensa. Elas não esperavam por aquilo.

– Hum. A gente nunca sabe como ela chega, não é mesmo? A gente nunca espera. Ela pode vir do céu, do chão, pode explodir por dentro, mas esse caminho é o de todos, minha irmã. Por isso, antes que essa ave me pegue também, quero meu dinheiro e minha vingança. Não acredito que está chorando por causa de uma droga de uma capivarinha que foi levada por um pássaro! Você é muito mole mesmo.

– Você mesma disse que me viu como uma fruta verde que um dia ia amadurecer. Não vê o que o destino está fazendo com nós duas esta noite? Eu tive minha fruta verde arrancada por uma harpia que fui eu mesma. As flores na frente do nosso caminho nunca serão frutas – foram colhidas quando ainda estavam nos ramos das árvores, quando ainda eram a coisa mais bela.

– Mana, você viaja grandão.

Jéssica olhou para a bebê no carro. Ela movia os braços, e parecia que sua coloração tinha voltado ao normal.

– Não vê, Teodora? A Princesinha aqui é como eu era, uma fruta verde que você não vai deixar amadurecer. Teodora, a gente pode se salvar. Você mesma disse quando estava se despedindo do Reinaldo: "A morte também é um banquete de consequências".

– Lovecraft! Ele ia adorar passear neste carro. E ia amar os médicos-coruja.

– Ia.

– Você sempre foi mole, Jéssica, mas raciocina só uma vez. Ela é o meu passaporte para a fortuna e para a liberdade. Ela é a filha da Imperadora e da Imperatriz, a Princesinha. Não é assim que a Marília a chamava?

– Era. Era assim.

– Vai ser fácil fazer isso. Ela é pequena. A Raoni vai ver o fantasma da filha, e eu enterro as duas juntas. Se a Marília tivesse escutado, enterraria as três juntas. Tá vendo? Eu não sou tão ruim.

A policial pegou a pistola novamente e colocou em seu joelho.

– Ela é só um bebezinho, Teodora.

– Se você repetir mais uma vez que ela é só uma criança, só mais uma vez, eu puxo esse gatilho.

– Mas, Teodora...

– Eu não tenho escolha, Jéssica. Eu tenho essa coisa dentro de mim. Eu não vou ser presa, não vou. Ela não tinha o direito de abusar de mim, de me machucar. Para a direita é o caminho até Santana de Parnaíba. Para a esquerda, você vai para o poço onde foi batizada de *Peixinho*. Eu conheço aquele lugar, Jéssica. Sei o que a Raoni fazia lá. Faz sentido. Quando você conheceu esse lugar?

– No encontro para mostrar a Iboga-7.

– Ela experimentou?

– Não. Nem a pau. Ficou com medo do efeito da droga.

– Cuzona. Mas você é foda, mana. Você é extremamente foda. Devia ter confiado em mim e me chamado nessa parada. Nós, juntas, somos uma coisa complicada.

Jéssica olhava para a criança e sentia-se culpada por aquele bebê estar vulnerável à sua irmã descontrolada e completamente enfurecida e perdida. Teodora era agora a harpia espreitando na noite, voando silenciosa, com as garras prontas para levar aquele filhote, aquela coisinha pequena que nada tinha experimentado da vida. Seria ela tão terrível quanto o demônio que chamava de irmã? Seria ela tão destrutiva e daninha quanto Teodora?

Teodora ergueu a pistola, encostou na criança e deu outra baforada pela fresta da janela.

– Dirija, sua ratazana! Você é igualzinha a todas elas! Dirija, Jéssica. Essa sua brincadeira de gato e rato já custou caro demais. Me leve até Raoni, vamos acabar com esse jogo. Segue para o poço.

– Eu não tenho medo de você, Teodora. Eu tenho é pena.

Teodora ficou olhando para a irmã por um instante.

– Você pode até ter aprendido a me peitar, meu anjinho, mas eu sei que você tem um coração mole. Você não vai querer ser culpada pela morte de duas crianças.

– Só tem um bebê aqui, Teodora.

– Você já matou a sua. Não quer que esta aqui morra também, eu sei. Se não quer ver o cérebro desse bebê voando e se esparramando no seu colo, me leva para a Raoni.

Jéssica apertou o volante entre as mãos. Seus braços estavam trêmulos, seus músculos rijos, e sua respiração tornou-se curta, enquanto engatava a marcha e fazia os pneus patinarem pela estrada de terra, tomando o caminho da esquerda e passando por cima do tapete de flores arrancado das árvores pela ventania. Flores que nunca seriam frutos, frutos que nunca chegariam a ser maduros. Eram agora apenas flores, que instantes atrás tinham a vida circulando em seus vasos, mas que foram perdendo o viço e a conexão com o mundo dos vivos e, até o raiar do sol, já estariam murchas e mortas para todo sempre.

– Eu vou dirigir, Teodora. Vou te levar até a Raoni. Não tenho mais medo de você, nem da sua arma, nem dos seus gritos, nem das suas ameaças.

– Ah! É mesmo? Se está tão segura e valentona desse jeito, por que está me obedecendo direitinho? Isso não é medo, não? Deram outro nome pra cagaço agora?

Jéssica olhou para a irmã e para a criança.

– Estou indo para acabarmos com essa história, Teodora. Você precisa abrir seus olhos antes que seja tarde demais. No IML, eu abri os meus, agora é a sua vez. Nós duas seremos curadas de nossas dores.

– Vamos ver até onde vai essa sua coragem, Jequinha. Vamos ver.

***

Teodora reconheceu o final da estrada de terra e viu o novo portão entre os eucaliptos. Fazia tanto tempo que não pisava ali! Raoni parecia ter incorporado realmente a figura de uma imperadora ao construir aquela edificação no meio do nada, um mausoléu para receber sua família. O portão era imponente e encimado por um arco com a figura metálica de uma pomba. A chave em seu bolso certamente daria acesso à necrópole particular da traficante. Para ela, uma policial que vivia de decifrar enigmas, era óbvio que a chave deixada na casa da mãe da Imperadora a levaria ao dinheiro, mas a danada tinha escondido muito bem toda aquela construção. Raoni também sabia fazer aquele jogo de manter seus segredos, e isso só aumentava seu rancor e a certeza de que tinha feito o que a traficante merecia. Tinha acabado com aquela vaca egoísta com um tiro no meio de sua testa. Agora, com a chave nas mãos, era hora de colher os frutos depois de suportar a imbecil de sua irmã a noite inteira.

Jéssica diminuiu a velocidade e olhou para a bebê, que tinha adormecido com o balanço do carro na estrada.

– Já que você conhece tão bem a nova casa da Raoni, faça as honras – disse a policial, apontando a chave para a irmã.

– Essa chave é para o segundo portão. Aqui vamos precisar de outra coisa.

– Você armou direitinho para mim, não é mesmo, Jequinha? Só não contava que eu não ia dar mole, que estou sempre cinco passos à frente de qualquer pilantra que tenta me sacanear.

– Se você fosse tão foda assim, tão "vidente", teria esfriado sua cabeça antes de atirar na da Raoni.

A caçula parou o carro em frente ao portão. O barulho do motor era tudo o que escutavam, e os faróis iluminavam o que parecia ser a frente de uma fortaleza.

– A cachorra já estava pensando em tudo, Jequinha. Olha só isso! Ela nunca me falou do mausoléu. Cinco passos à frente e me passou a perna. Como pude ter sido tão estúpida?

Jéssica puxou a bebê para o seu colo e a enrolou melhor na colcha. Pegou as chaves e o saco com os polegares arrancados por Teodora e seguiu com a criança, que estava quietinha e parecia aquecida. Ela não queria que a bebê tomasse o vento frio da madrugada e se agitasse novamente quando descessem do veículo.

– Não tente nenhuma bobagem, Jéssica. Eu tô colada em você.

O carro ficou com o motor ligado enquanto elas se aproximavam da trava sofisticada que selava a entrada. Jéssica procurou o dedão da Imperadora dentro do saco ensanguentado e colocou a digital sobre um leitor vítreo. Assim que o dedo se encaixou, uma luz vermelha acendeu dentro do dispositivo e um rangido metálico rompeu a entrada, mostrando que um portão metálico imenso deslizava e abria a passagem. A caçula conduziu a van lentamente pela pequena abertura do portão metálico. O som produzido pelos pneus mudou quando subiram no calçamento de concreto e adentraram o terreno do mausoléu privado.

Jéssica parou o carro em frente a um espelho d'água, que refletiu a luz dos faróis. O poço ficava em um pavimento liso, de cimento queimado, que se rebaixava em uma rampa, formando uma bacia d'água, com uma entrada larga e convidativa para quem se aventurasse a um mergulho. Jéssica parou o carro e puxou o freio de mão, deixando o veículo engatado, para que não descesse, já que a frente do poço era larga o suficiente para engolir o veículo.

A mulher respirou fundo, olhando para o entorno ornamentado com pedras, subindo em muretas que se encontravam com o arrimo principal. Viu estátuas de pedra em formas humanas, que imitavam três mulheres, com uma criança ao meio, uma menina. Ao redor das simulações de seres humanos, havia também galhos e aves esculpidos e modelados em forma de corujas, com suas cabeças enormes e seus olhos vigilantes sobre os visitantes da borda do poço, tudo talhado em mármore, emprestando um aspecto de fonte italiana. Jéssica não tinha tido a oportunidade de admirar todo aquele cenário quando esteve ali a primeira vez, e agora se pegava deslumbrada pelas linhas humanas, pelas mulheres que seguravam a mão da criança. A criança imutável, feita de pedra, presa em sua forma de aparentemente uns cinco anos de idade.

A Imperadora não tinha economizado para adornar a entrada megalomaníaca da necrópole. Mesmo vivendo a noite mais sombria de toda a sua vida, Jéssica sentiu uma ponta de repulsa e temor com o olhar fixo daquelas testemunhas imóveis presas à edificação megalomaníaca de Raoni.

– Ela era sempre muito discreta, por essa eu não esperava – ruminou Teodora, olhando para o poço de águas cristalinas, onde peixes ornamentais nadavam na flor d'água e afundavam até se perderem na escuridão. – Tem mais de trinta metros esse buraco. O fundo deve estar forrado de ossos.

Jéssica desceu com a bebê no colo e parou ao lado da irmã, que ainda admirava o poço. As pedras nas laterais e no fundo, que cobriam a parede da muralha até sua metade, tinham as superfícies esverdeadas, recobertas com limo e liquens. A bebê se remexeu no colo de Jéssica, aninhando-se entre seus seios, roçando sua boquinha instintivamente.

Ela, ainda deslumbrada com o entorno do poço, rebateu:

– Elas escolheram ser menina.

Teodora olhou para a bebê no colo de Jéssica e para as esculturas ao redor, que serviam para dissimular a finalidade sombria daquele poço.

– É. Pode ser. Ela tinha dinheiro para tudo. Até para criar uma filha delas de verdade e colocar na barriga da Marília.

A bebê foi ficando inquieta.

– Calma, gatinha. Está quase acabando. Estamos aqui para te proteger, não é, madrinha Teodora?

Teodora balançou a cabeça em sinal negativo.

– Não se apega, Jéssica. Você sabe como isso vai terminar.

– Ela está aqui, Teodora.

A policial olhou para o prédio à sua frente.

– É aqui?

– É. Passando o bosque.

As duas se aproximaram de um primeiro prédio largo feito de um pavimento. Quando Jéssica pisou na varanda, luzes se acenderam automaticamente, detectando a presença de visitas e iluminando todo o entorno e interior do salão. Adentraram a galeria, onde esculturas eram expostas em nichos de madeira negra e na qual quadros, pendurados nas paredes, recebiam um bafo de iluminação.

– Só aqui já tem uma boa grana – soltou Teodora. – Câmeras aqui e ali. Detectores de movimento que captaram nossa entrada. Deve ter um alarme também. Estamos sendo gravadas na nuvem da Raoni, querida.

– Não tem. Já estive aqui. Quem ia ser doido de roubar da Raoni?

Jéssica apertou mais o bebê e seguiu adiante. A parede do fundo tinha portas amplas de vidro, e um rastro de luz indicava uma trilha de vinte metros entre as árvores.

– Ela levou a sério essa coisa de mausoléu e de ser imperadora. Acho que queria enterrar todos aqui e... – Teodora franziu a testa – toda a sua fortuna. A grana só pode estar em algum lugar aqui, Jéssica. A mãe dessa bostinha era vaidosa o bastante para imitar um faraó.

– Você está prestes a perguntar a ela diretamente, cara a cara.

Teodora parou e puxou seu maço de cigarros. Chacoalhou o invólucro e retirou o último. A faísca do isqueiro brilhou nas sombras do bosque, e seu rosto se iluminou de dourado por um breve instante. Ela apontou o cigarro com a ponta vermelha para a irmã e balançou a mão repetidamente.

– Até que enfim. Você podia ter economizado um tempo danado desembuchando logo a sacanagem que tinha feito.

– E perder a chance da sua companhia?

As irmãs atravessaram o pequeno bosque de eucaliptos e trilharam silenciosas até ficarem de frente para um retângulo de concreto com seis metros de altura e o dobro de largura, bastante austero, também margeado por uma iluminação discreta ativada com a aproximação delas.

Jéssica abraçou mais uma vez a criança, que permanecia em silêncio. Aquela coisinha pequena em seus braços, com poucas horas de vida, já enfrentaria um momento decisivo que, dependendo do resultado, poderia permitir-lhe crescer e viver todo o ciclo, com uma miríade de possibilidades doces e amargas que todos os viventes experimentavam durante sua experiência na Terra, ou terminar sua participação neste palco feito de átomos e coisas duras, partindo para o próximo passo da existência fora deste casulo de carne, ossos e nervos.

As duas depararam-se com o desenho da pomba acima do portão do prédio. Jéssica tirou a chave do bolso e a rodou na tranca, abrindo a grade e mergulhando em um curto corredor. Teodora a seguiu, e novamente as luzes foram se acendendo e revelando o interior da cripta e os nichos marmorizados, onde caixões deveriam ser encerrados. Um cheiro forte de pinho infestou suas narinas, e as luzes especialmente projetadas para causar aquele efeito pareciam tochas ligeiramente bruxuleantes, fazendo as sombras dos visitantes dançarem pelas paredes. Logo à sua direita, no primeiro deles, uma trilha de sangue descia da parede e empoçava no chão.

Teodora sentiu a nuca se arrepiar ao perceber as paredes de mármore desaparecendo e a reprodução do interior do escritório de Raoni se materializando com a delatora, que estava sentada em sua mesa, erguendo a cabeça para encará-la.

CAPÍTULO 10

Raoni surgia diante dos olhos de Teodora, sentada detrás de sua mesa no escritório, como se todos os acontecimentos daquela noite nunca tivessem existido.

– Teodora, o que você está fazendo aqui ainda? Já resolvemos o que tínhamos que resolver! Vaza!

A policial olhou para a irmã e perguntou:

– Serviço mal feito, hein, minha irmã? Não tinha como lacrar essa tumba melhor?

– Do que você está falando? – indagou Raoni, levantando-se de sua poltrona. – Que mané tumba, Teodora? E o que sua irmã está fazendo aqui?

– Hoje é o dia oficial de fechar negócios de família.

– Mas é a sua cara mesmo vir atrás de mais dinheiro, hein, Teodora? Tinha achado até fácil demais riscar o seu nome da lista de pendências antes de me acertar.

– Ah! Mas eu vim agregar uma joia preciosa para a sua coleção mortuária, Raoni. Você deveria é me agradecer, e não me atacar.

Raoni franziu a testa, sem compreender a policial.

– Vai direto ao ponto, Teodora. Estou na correria hoje, não tenho tempo pra papo furado.

– Família não é papo furado. Olha aqui quem veio te visitar.

A traficante, ainda segurando seu tablet, acompanhou o movimento de Teodora e finalmente olhou para o volume nos braços da irmã caçula.

– Um bebê?

– Não é um bebê qualquer, Raoni. É uma criança muito especial. Uma criança que disparou esse inferno todo que estamos vivendo hoje.

– Não tem inferno nenhum, Teodora. Eu te dei dinheiro suficiente para viver uma boa vida. Conhecendo você e sua fome, coloquei naquela mochila até mais do que você merecia. Viu as barras de ouro?

– Como não tem inferno? Você ia me denunciar para a corregedora Helena...

– Teodora... – murmurou Jéssica.

A policial esfregou a testa, irritada com a intromissão da irmã, mas lembrou-se das consequências de rasgar aquele véu. Ainda precisava de Raoni.

– Eu vou te denunciar. É parte do trato.

– Pra cima de mim que você não ficou puta com o dinheiro? Você fica aí com esse rame-rame todo, mas sabe que no nosso mundo as coisas não terminam de um jeito bonito. Eu fiz o melhor que pude, em consideração a nossa amizade. Eu lembro do dia em que te conheci. Estava lá toda com medo, encolhida no abrigo do Conselho Tutelar, mas eu vi nos seus olhos que você tinha veneno, que você era das minhas. Eu criei essa cobra e ainda te dei asas.

– Eu aprendi a me virar. Não deixei ninguém mais me ferrar, Raoni. Eu te defendi, matei gente por você, defendi todo o seu negócio. Você podia contar comigo a qualquer hora do dia ou da noite. Eu era sua parceira, protegia você, sua mulher e sua mãe, sua ingrata. Eu mantive todas vocês a salvo.

Raoni balançou a cabeça em sinal negativo.

– Você mistura as coisas, Teodora. Era o seu trabalho. Garantir que ninguém me pegasse pelas costas.

– Viu? É disso que estou falando! E que palhaçada é essa de me chamar para ser sua comadre? Batizar sua filha? Eu misturo as coisas? Você me chamou para entrar para a sua família e faz isso comigo?! – Teodora deu outra tragada no derradeiro cigarro e andou até perto da mesa da Imperadora, apontando para o embrulho no colo de Jéssica.

– Taí o ponto, comadre Teodora. Eu não quero essa vida para a minha pequena. Tem gente que chama de epifania. Eu só senti vontade de largar tudo, de mudar de vida. Eu tenho esse direito também. Ser uma traficante não me faz menos humana do que ninguém.

– Ter me dado essa facada nas costas fritou os meus miolos. Eu não queria ter feito nada disso que fui forçada a fazer.

– Teo, se acalma. Não deixe a raiva te consumir de novo. Você ainda pode mudar tudo.

Teodora olhou para a irmã, e Jéssica sentiu um frio no estômago ao notar um fosso em cada uma de suas pupilas, um vazio de empatia. A irmã mais velha estava mais uma vez dominada pelo ódio puro, e as sombras do mausoléu começavam a convergir para o solado das botas da policial. O olhar entre as duas foi ceifado quando a voz de Raoni voltou a reverberar na tumba:

– Teodora, a gente já resolveu isso. Vou ter uma filha e quero construir uma família. Quero sair do crime e desaparecer do Brasil. A vida de traficantes que saem não costuma ser muito longa, nem a de seus familiares, então eu precisava fazer isso pelas vias oficiais, precisava dar o dinheiro do tráfico para o Estado e entregar minhas conexões. Eu só quero uma vida nova.

A policial voltou a encarar a traficante.

– E para isso vai ferrar com a minha vida. Você sabe que não vão querer nada de mim além de me trancar num buraco?

– Salve-se enquanto é tempo. Eu te dei esse tempo e dinheiro.

Teodora balançou a cabeça em sinal negativo e andou até o lado da irmã mais uma vez, dando outra tragada no cigarro.

– Você, sua mulher, a pentelha da minha irmã estão falando isso a noite inteira. Tempo. Salvação. Eu sou tão ruim assim?

Raoni expeliu o ar pelas narinas com indignação.

– Você é a Teodora! Eu disse! Cobra criada! A melhor parceira que uma traficante como eu poderia ter tido. Você fazia o que precisava fazer e não se importava com quem estava do outro lado do seu berro.

– Um pouco tarde para esse reconhecimento, Raoni. Se tivesse falado assim, colocado dessa maneira, quem sabe meu sangue não tivesse fervido tão rápido? Quem sabe esse vulcão que eu sou não tivesse entrado em erupção? Eu não sei lidar bem com esse negócio de traição, de fazerem mal pra mim, de porem cabrestos nos meus passos... e o que me sobra agora? Devolver o dinheiro para o Estado... bonito isso, mas sei que você não ia devolver tudo. É por isso que estou aqui. Onde está o resto, Raoni?

– O "resto" é o meu sossego e o sossego da minha família. Marília vai ligar a qualquer instante. Estou aqui só esperando ela me chamar. Nossa Princesinha pode nascer hoje, uma data linda, a data em que mudamos tudo, mudamos de vida, saímos das trevas, desse mundo de morte e vício, deixando tudo isso para trás. Já cumpri minha missão nessas ruas, alimentando bocas e fazendo *noias* um atrás do outro. Não sei quanto tempo me resta nessa vida, mas quero passar cada segundo com Marília e minha Princesinha.

– Se estava tão preocupada com elas, por que está aqui ainda? Devia estar com Marília, não aqui.

Teodora olhou para Jéssica quase que pedindo uma confirmação da irmã. A hora era aquela. A hora de revelar tudo para Raoni. O que ia acontecer com aquela cripta? Ia voar tudo pelos ares? No que Raoni ia se transformar? Em algo mais assustador que Marília, que quase a afogou em seu ventre, em sua bolsa amniótica?

Jéssica notou aquele átimo, aquele vacilo no impulso da irmã que a encarava. Teodora tinha que fazer sua escolha.

– Faz a coisa certa, Teodora. Salve a sua alma. Eu estou aqui para isso. Eu vou te proteger, vou ficar ao seu lado até o fim. Nos perdoe, Teodora.

Raoni encarou Jéssica e a criança. Notou Teodora andando de um lado para o outro, e aquilo nunca era coisa boa. Tinha achado o desfecho da manhã fácil demais para ter sido real.

– Eu não preciso da sua proteção, Jéssica. Não preciso. Não sou uma perdida, uma traidora igual você e essa aí. Eu sou leal até o fim. Até o fim. Não é certo o que ela fez comigo nem o que você fez comigo. – Teodora, com a pistola fora do coldre, andou rápido até Jéssica, erguendo a arma. – Acontece que vocês estão acelerando as coisas, vocês trouxeram o fim para cá.

Raoni levou a mão à cintura, ia puxar sua arma. Estava sentindo uma vibração estranha, algo vindo de Teodora, como se as sombras contornassem a policial corrupta que tinha conhecido ainda pré-adolescente e sido seu braço direito, infiltrada na Polícia Civil, uma peça valiosa em sua escalada suja. Ainda que perturbada com aquela aflição, falou alto com a comparsa.

– Dobre a língua para falar comigo, Teodora. Aqui é o meu terreno. Essa é a sua última chance de sair daqui com dignidade.

Raoni virou-se e colocou o tablet sobre a mesa. Apertou um botão em uma caixa de madeira. O temido botão de "fim de conversa".

Teodora sorriu.

– Está esperando Treta e Fifi? Você ainda não se deu conta de que perdeu tudo e vim te trazer a única coisa que você ainda pode ter?

Jéssica começou a andar lentamente para trás.

– Não mexe com esse bebê! – ordenou a traficante. – Teodora, você é muito louca, mas o que vocês duas tão aprontando? Tem a ver com aquela droga maluca que sua irmã queria me vender? De ver assombrações? Sumam daqui com isso, pelo amor de Deus.

O trio ficou parado. A bebê resmungou no colo de Jéssica, passando a boquinha sobre o tecido do moletom, querendo mamar.

– Teodora, precisamos cuidar dela, ela está com fome, precisa ir para um hospital!

Raoni percebeu as sombras se agruparem ainda mais aos pés de Teodora e girarem ao redor daquela que já tinha sido sua segurança, enquanto seu polegar apertava sistematicamente o alarme.

– Elas não virão, Raoni. Não virão. Elas não estão aqui.

Raoni olhou para a sineta e viu sua mesa coberta de sangue. Sua mão doía, e o polegar que tinha empurrado o botão não estava mais lá. Ela ergueu a mão assustada, segurando com a outra, soltando o cabo da arma ainda no coldre.

– O que é isso? Meu dedo!

– Me diz onde está escondida sua fortuna. Você escondeu aqui, né? Eu sei que foi aqui. Você ergueu um mausoléu de Imperadora. A Imperadora Raoni de Osasco.

– O que vocês duas fizeram? O que fizeram com minhas seguranças? Que bebê é esse?

– Essa aqui é sua filha, Raoni. É sua filha – revelou Jéssica.

Raoni se aproximou ainda mais de Jéssica, vendo a cabeça felpuda da criança com fios grossos e negros.

– Meu Deus! É minha filha? O que vocês fizeram? Onde está Marília?

– Devagar, Raoni. Não se aproxima! Ela é a única família que te resta!

Raoni apanhou o tablet e deu um comando de voz:

– Ligar para Meu Amor.

O som de chamada era reproduzido pelo aparelho fantasma, como se aqueles objetos, como se aquela representação da sala onde estavam, ainda participasse do mundo material, naquele lugar distante do cenário real em que se encontravam, naquele instante já cheio de agentes da polícia.

– Eu posso arrumar as coisas para você, Raoni, mas você precisa me dizer onde está o dinheiro.

– Ela sempre atende... O que vocês fizeram com ela? O que aconteceu com a minha família?

Teodora ergueu a pistola e apontou para a traficante, que avançava passo a passo.

– Muito devagar agora, Raoni. Vamos fazer o jogo certo. Eu vou arrumar tudo para você. Vamos consertar essa coisa toda, mas você tem que confiar em mim.

Os olhos de Raoni mudaram, encarando Teodora.

– O que você fez, sua insana?! O que você fez com Marília, com minha filha?

O mausoléu estremeceu, e as lâmpadas perderam a força enquanto Raoni erguia os olhos injetados de ódio para Teodora e o cenário ao redor da assombração se dissolvia, revelando a cripta erguida para receber seus caixões.

Raoni olhou incrédula para a parede enquanto as sombras lançadas ao chão se dividiam entre ela e Teodora, contornando as duas e envolvendo-as com a vibração do reino dos mortos. A bebê começou a chorar no colo de Jéssica, que a aninhou ainda mais.

– Ela está com fome. Precisa ir para um hospital – interveio a caçula.

– Essa é a minha Princesinha?! O que aconteceu com Marília? Onde está minha mulher, Peixinho?

Jéssica balançou a cabeça em sinal negativo.

– Antes de morrer, ela pediu para eu cuidar dessa menina, Raoni. Ela queria que você a visse.

Raoni ficou imóvel um segundo. Lágrimas desciam da sua face.

– Morrer...? Do que você está falando, Peixinho? Deixa minha filha aqui.

– Não te disse, Jéssica? Raoni quer ficar com a filha. Vamos facilitar esse jogo. Ela é toda sua, Raoni.

– Quero! Ela é minha princesa. Tudo o que eu fiz, tudo do que abri mão, foi para poder vê-la crescer, estar ao lado dela.

– Isso pode acontecer, não é, Jéssica? Ela pode ficar com ela. Me diz onde está sua fortuna, onde escondeu, e eu te darei sua filha. Faça qualquer truquezinho e eu desapareço com ela e você nunca mais terá a chance de vê-la em sua morte.

– Em minha morte? Do que você está falando, Teodora?

– Aqui se faz, aqui se paga, Raoni! Você não achou que eu ia deixar barato, não é?

– Você não fez isso, Teodora! Você está maluca, ninguém faz isso comigo!

– Tarde demais, tá feito.

– Desgraçada!!!

– Eu não vou presa, Raoni, nem ia aceitar ficar com aquela merreca de mochila que você me deu. Você cutucou a onça com vara curta.

A cripta estremeceu mais uma vez, e as sombras ao redor de Raoni ganharam volume, girando sobre a cabeça da traficante e parecendo ter partículas físicas, que batiam e arranhavam as paredes, o chão e o mármore. Jéssica sentiu uma fisgada ardida na bochecha, e uma gota de sangue pingou sobre sua blusa com estampa de caveira de unicórnio. Raoni, do plano espiritual, a tinha atingido, cortado sua pele.

– Não é seguro ficar perto de vocês – murmurou a caçula.

Jéssica e Teodora começaram a andar para fora da cripta, dando passos de costas, encarando Raoni, que tinha adquirido olhos vermelhos e assustadores, com o vórtice de sombras acima de sua cabeça girando ainda mais rápido.

Enquanto Teodora e Jéssica alcançavam o exterior e trilhavam o caminho de pedras do bosque, o espírito da traficante jorrou pela fenda da entrada da cripta. O mausoléu inteiro estremeceu mais uma vez, e o clarão dos olhos de Raoni se intensificou, lavando todo o interior de escarlate, enquanto Teodora se esgueirava pelo estreito corredor para fora do mausoléu.

– Eu quero a minha família! – vociferou a traficante fantasma, voando de dentro para o bosque e colidindo com Teodora, que foi arremessada contra o tronco de uma árvore.

Jéssica gritou e correu atravessando o bosque, olhou para trás e viu Raoni rugindo como um urso, envolvida pela escuridão da morte. Ao contrário da energia de vida e paz que a caçula tinha testemunhado no IML, via acima dela um cordão rodopiante que se adensava e subia acima do mausoléu, girando e abrindo um funil como um tornado espectral. O ódio puro formava aquele vórtice. A bebê chorava em seu colo, e Raoni vinha flutuando em seu encalço.

Teodora saltou das árvores com a pistola em riste e atirou contra Raoni, que recebeu dois tiros no peito e caiu sentada. Raoni olhou para suas feridas, de onde fumarolas negras escapavam e subiam, e viu Teodora andando calmamente para o seu lado.

– Eu já não estou morta, imbecil? Vai me matar de novo?

Teodora, altiva, parada à frente da traficante, balançou a cabeça em sinal negativo.

– Não preciso te matar. Quando você e minha irmã se juntaram pelas minhas costas, ela não te falou do bloqueio da *ghost trip*?

– A distância.

Teodora balançou a cabeça em sinal positivo.

– Sessenta metros. Quanto tem do mausoléu até o portão?

– Acho que exatamente isso. Sessenta metros – balbuciou a traficante, dando espaço para a desolação em seu rosto.

Teodora estendeu a mão para Raoni.

– Eu posso te ajudar, Raoni.

– Você não ajuda ninguém, Teodora. Você só destrói. Destruiu minha família.

– Sua filha está aqui. Me dá a grana e eu conserto tudo o que eu fiz, trago a Marília pra cá, trago sua mãe. Elas vão ficar ao seu lado.

– Irei vê-las? Elas estarão aqui comigo? – O rosto da traficante iluminou-se enquanto ela se levantava, segurando a mão de Teodora.

A policial, fazendo cara de asco, chacoalhou os dedos que se mancharam com a gosma negra que escapou da amputação do dedo de Raoni.

– Eu sei como deixar a sua Princesinha com você. Me mostra o dinheiro. Garanto que será para sempre. Família reunida, todo mundo aqui no seu sarcófago.

– Eu não ligo para a porra do dinheiro, sua víbora. Você é louca. Eu só quero que sua irmã prometa que eu vou vê-las. Foi ela quem inventou essa merda que colocou a gente aqui. Se ela garantir que minha família fica comigo, eu penso no que vou fazer.

Teodora e Raoni atravessaram o bosque e o sombrio salão, com esculturas e quadros de arte, até alcançarem o pátio frontal. Jéssica estava dentro do carro, mas o motor não pegava. As lanternas iluminavam a superfície da água do poço em frente, e os peixes circulavam perto da margem, fazendo barulho quando saltavam para abocanhar um inseto.

– Tá querendo fugir, *Peixinho*? Não vai rolar. Acabou. Desce do carro agora – ordenou Teodora.

Jéssica tremia ao olhar para aquelas duas entidades ainda mais sombrias, como nunca tinha visto antes no mundo dos mortos. Sua irmã era perseguida por sombras que se uniam aos seus pés, e um breu denso e impenetrável formava-se em seu caminho. Já Raoni tinha os olhos vermelhos, brasis, com aquele vórtice de partículas caliginosas e funestas subindo do alto de sua cabeça e cobrindo o céu. Eram senhoras da morte diante de si. Ainda que trêmula, Jéssica desceu do carro.

Raoni se aproximou de Jéssica e apanhou a bebê dos braços da mulher. Depois do impacto brutal de descobrir a verdade, o instinto materno e o deslumbre com a vida faziam o seu jogo, mexendo com as emoções daquela mulher que, apesar de tudo, tinha sido só outro ser humano que via na sua continuidade uma extensão de sua vida carnal.

– Ela é tão linda, minha Princesinha. A razão do meu viver!

Os olhos vermelho-fogo de Raoni foram para Jéssica.

– Sua esposa, Marília, pediu que eu a trouxesse para você vê-la, Raoni. Para conhecer sua filha... – Jéssica sentiu o peso do olhar daquela alma ainda perdida. – E pediu que eu cuidasse dela. Pediu que eu ficasse com a criança.

Raoni explodiu num berro vociferado:

– Não! Eu construí tudo! Tudo para estar com elas. Eu não mereço a solidão.

Jéssica foi arremessada para trás por uma força invisível, batendo forte contra a lateral da van, que tinha ficado com o freio de mão solto e começou a deslizar lentamente pela rampa de cimento queimado, rumo ao poço.

Raoni virou-se para Teodora.

– Como ela pode ficar aqui comigo? Ela é uma criancinha, ela é um bebezinho.

– Você sabe, Raoni. Como você está aqui agora? Onde você está agora?

Raoni olhou em direção ao bosque e suspirou.

– Como você fará isso?

Teodora levou a mão ao coldre mais uma vez, e os olhos de Raoni intensificaram o lume vermelho.

– Ela vai ficar com você. Prometo.

– Não. Nada de pistola. Seja gentil e seja rápida.

– Onde está o dinheiro? Onde está a grana, Raoni? Me diz onde está, que dou sua filha para você agora, para sempre.

– Eu não ligo para o dinheiro, Teodora. E você está praticamente em cima dele todo.

– Você enterrou aqui, neste terreno?

– Sim.

– Eu sabia! Não te disse, Jéssica?! Uma porra de uma imperadora de verdade! – exclamou Teodora, sentindo-se vitoriosa.

– Não ligo para esse maldito dinheiro. Só quero minha família. Vocês ficam com o dinheiro e trazem minha família para cá. Isso vai funcionar, Peixinho? – questionou a traficante, assumindo novamente um olhar duro.

– Suas capangas, sua esposa e provavelmente sua mãe...

Raoni apertou os olhos quando ouviu a frase.

– ... elas foram apanhadas pela polícia – continuou Jéssica.

– Sua filha está aqui agora, Raoni – interveio Teodora. – Me mostra o dinheiro, e eu já te deixo com ela. Coloco do seu lado, na sua cripta. Sessenta metros, não é, Jéssica?

Jéssica olhou para Teodora. A frieza da irmã ainda causava incredulidade.

– Sim, sim. Sessenta metros e você fica com ela para sempre, Raoni – confirmou Jéssica. – Só que...

– Só que nada! – interveio Teodora. – Ela quer a bebê, deixe a bebê com ela. Não estrague o que eu vim fazer aqui.

Teodora sacou a pistola e levantou o cano contra a cabeça da criança.

– Não! – interveio Raoni. – Minha Princesinha é delicada. Não faz isso!

– O dinheiro, Raoni. Onde está o dinheiro? – Teodora gritava, com a arma na cabeça da criança.

– Abaixa essa arma. Vou te mostrar.

– Sem armadilhas, Raoni, ou meu dedo vai apertar o gatilho!

Raoni olhou para Teodora, andou até a beira do poço e pegou um seixo. Ergueu a mão e jogou-o na água. A pedra desceu veloz e logo desapareceu na escuridão profunda. O poço artificial tinha as paredes concretadas e lisas, e era impossível ver seu fundo.

– Está tudo aqui. Tem que drenar o poço e abrir uma escotilha. Embaixo do poço tem um salão. Está tudo lá. Pode pegar e enfiar tudo no seu cu corrupto e vingativo. Como pode ser tão cega, Teodora? Você que sempre me fala dos livros que leu, das coisas que aprendeu, como pode ser tão perdida dentro de sua ilusão? – Raoni aproximou-se da policial, encarando-a com seus olhos vermelhos e, agora, flamejantes. – Você tirou tudo o que eu amo, matou minha mulher, o amor da minha vida, matou minha mãe... por que eu não deveria acabar com você aqui e agora?

– Basta eu ir até o portão, Raoni. Sessenta metros. Você não pode se afastar dos seus restos mortais mais do que isso.

A Imperadora inspirou fundo, ainda encarando a policial.

– Tudo isso por causa do meu dinheiro? Se eu estou mesmo morta, agora estou virando pó em algum buraco, Teodora... e pó não precisa de dinheiro. Você quer tudo o que está lá embaixo. Vá e pegue, sua cega, eu não quero nada do que está lá, não preciso de mais nada se não tenho comigo quem eu amo. – Raoni tocou no peito de Teodora com o dedo indicador da mão em que lhe faltava o polegar e a empurrou para trás. – Mas nunca esqueça que um dia você também vai ser só um punhado de pó, infeliz.

Raoni virou-se para Jéssica e passou a mão na cabeça da bebê.

– Precisa ser muito delicada com ela, ela é muito pequenininha. Eu queria ensiná-la a soltar pipa, a jogar bolinha de gude. Hoje em dia, a molecada só quer saber dessas merdas de aplicativos, não sabe mais brincar na rua. Por isso eu queria uma vida nova. Pra andar de bicicleta sem ficar olhando para trás.

– Para ela ser assim, ela precisa estar aqui, no mundo dos vivos, Raoni. Ela poderá estar com você aqui um dia, mas, se ela ficar aqui agora, não vai ser nada, será sempre esse bebezinho, ela não vai crescer, Raoni – suplicou Jéssica. – Marília quer muito que ela continue do lado dos vivos.

– A gente ia sumir daqui. Depois da delação, estava tudo acertado para seguirmos com a Polícia Federal, passaporte, tudo certo para a nossa viagem. Traficantes não duram muito tempo depois que abrem o bico. Eles virão atrás de mim e não vão me encontrar, depois virão atrás dela, da minha Princesinha. Esse mundo é cheio de sangue ruim, e eles não perdoam nem as crianças.

– Deixe-a comigo. Eu cuido dela, eu prometi para Marília. A Teodora vai dividir sua fortuna comigo e nunca faltará nada para sua filha.

Raoni ficou calada, olhando para a filha.

– Sua irmã é uma escrota.

– Ninguém é perfeito – rebateu Teodora. – Mas eu estou viva e não vou ser presa, e, com toda essa grana, vou sumir, pode ter certeza, ninguém nunca mais vai me achar. Agora, se você, de alguma forma, sacanear, se eu chegar no fundo desse poço e não achar dinheiro nenhum, eu taco fogo nessa gracinha e em você. Vocês vão evaporar.

– Não é assim, Teodora – rebateu Jéssica. – Não é assim. Eu descobri hoje que quem se ama se reencontra. Eu curei minha dor desse vazio, e você... você pode se curar também.

– Para de falar asneiras, Jéssica. Eu não preciso de cura nenhuma. Só me dá a bebê.

– É Raoni quem decide. Você não vai tirá-la das minhas mãos. Sua loucura e seu descontrole acabam aqui, Teodora!

Jéssica deu dois passos para trás, batendo contra a lateral da van Kangoo na qual haviam navegado aquela noite inteira. O céu começava a ganhar os primeiros tons de roxo, e o manto negro e estrelado ia, lentamente, se dissolvendo com o amanhecer.

– Cuide dela. Cuide da minha filha, Peixinho.

Jéssica abraçou a criança e deu um sorriso.

– Jura?

Raoni balançou a cabeça em sinal positivo e apontou com a mão manchada de sangue e faltando um dedo para o vórtice sombrio que subia do mausoléu para o alto.

– Chega de tanta morte. Já tirei muitas vidas. Minha filha merece viver. Conte a ela como a amávamos e a esperávamos. Quando ela estiver pronta, e se você tiver como fazer isso por mim e pela Marília, traga-a, Peixinho, traga-a para nos conhecer neste mausoléu.

Os olhos de Jéssica estavam cheios de lágrimas, e tudo o que ela queria, naquele instante, era sair dali.

– O que vocês estão combinando tá muito bonito, mas ninguém perguntou o que eu acho.

– Não precisamos de você, Teodora, não precisamos da sua cobiça e do seu descontrole. Você clama por lealdade, mas é só uma assassina maluca que não aceita um não como resposta. Foca o seu dinheiro e como você vai tirar toda a água daí de dentro. Garanto que não vai ser hoje. E você, Jéssica, terá tudo o que for preciso para desaparecer da polícia e cuidar da minha Princesinha.

Raoni deu outro passo para a frente e então fechou os olhos, enquanto as sombras que rodopiavam ao lado de seus pés e o espectro fantasmagórico que revestia seu corpo desde que saíram do mausoléu começaram a evanescer e a formar fios escuros, sendo sugados para trás.

– O que está acontecendo comigo? – espantou-se.

– Sessenta metros, Raoni. É a nossa apólice de seguro de que o seu fantasma não vai chegar perto da gente para se vingar.

– Eu não preciso me vingar da Peixinho. Ela vai levar minha filha e vai se dar bem. – Raoni forçou um passo adiante e estendeu a mão para roçar a testa da filha. – Até um dia, meu bebê.

Um som de ventania contínuo e agudo começou a crescer quanto mais Raoni insistia e tentava se aproximar da filha.

Teodora, perplexa e imóvel com aquele espetáculo, sentiu-se aliviada quando Raoni virou-se para ela e deu seu último olhar, até que seu corpo inteiro começou a ser arrastado para trás, mesmo com a pesada traficante fincando as solas do sapato no chão de concreto.

– Não adianta lutar, comadre! Você vai voltar agora para aquela cripta e eu vou ficar aqui, com sua fortuna e sua filha. Depois eu decido se ela vive ou se a jogo neste poço. Olha que chato. Seu fantasma não alcança o fundo do poço, pelo que estamos vendo aqui.

– Não! – gritou Raoni – Jéssica!

A pele de Raoni continuou sendo puxada, até que ela se despregou do chão e se esfarelou no ar, sendo sugada de volta ao salão de portas de vidro e desaparecendo além do bosque.

Teodora virou-se para a irmã e se assustou. Ela estava na parte de trás da van, com as portas abertas, pegando a mochila preta com os maços de notas e as barras de ouro. Era o que precisava para começar.

– Ei! Tá maluca? Por que tá pegando minha mochila?

– Você menosprezou a mochila a noite inteira, Teodora. Fica com tudo o que está nesse poço, não quero mais nada de você. Mais nada! Você não muda!

Jéssica apertou as fivelas da mochila e voltou a colocar a criança em seu colo, novamente encoberta pela manta.

Teodora aproximou-se da irmã.

– Você não vai levar a criança, Jéssica!

– Acabou, Teodora. Você conseguiu tudo o que queria.

– E você também! Disse que preencheu seu vazio ao sentir Ravena e Alex. Não é ótimo?

– Teodora, abaixa essa arma e chega.

– Chega quando eu disser que chega.

– Você está com a fortuna da Raoni, era isso o que você queria. Nossa parceria acaba aqui, Teodora.

– Eu quero a bebê.

– Não! Eu não vou deixar você com ela!

– Deixa a bebê e essa mochila. O dinheiro está preso debaixo d'água. Não vou pegar nada agora, mas sei onde está. Está bem guardado, mas essa mochila é minha.

– Só metade! Vamos dividir o que tem aqui. Eu vou precisar fugir também, e vou precisar cuidar dessa menina.

– Não vou dividir nada com uma ratazana, você me enganou a noite inteira. A noite inteirinha me fez rodar pela cidade como uma palhaça, me fez ir até o cemitério ver a mamãe e quase deixou a Marília me matar afogada. Não vou dividir nada com você, Jéssica.

– Ainda dá tempo, Teodora. Você pode se libertar!

Teodora colocou a mão no bolso e pegou o maço de cigarros vazio. Amassou e jogou no chão. Um vento leve carregou o papel para o poço e, por causa do plástico, ele ficou flutuando e girando com o vento.

– Preciso comprar mais cigarro. Droga! Daria pra comprar uma plantação de tabaco com o que eu tenho agora.

A policial tirou a pistola da cintura.

– Solta a criança e solta essa mochila!

Jéssica balançou a cabeça em sinal negativo.

– Não vou ser usada por você, Teodora! Eu sabia que você ia fazer isso comigo. Eu sabia!

Teodora respirou fundo, prendeu o ar no peito, fez mira e atirou contra a irmã e contra a criança.

***

Jéssica tombou, dando um grito de pavor, enquanto a bebê, protegida em seu peito, rolou abrigada na manta pelo chão de concreto, chorando alto.

Teodora olhou para o corpo da irmã caída e imóvel. A mochila tinha feito o corpo de Jéssica ficar tombado de lado. A policial suspirou, olhando para a bebê envolta na manta, que tinha rolado até quase se descobrir completamente. Ela gritava a plenos pulmões, com os pezinhos balançando e as mãos tremendo.

Teodora parou a um passo da criança e olhou para o prédio em obras, então ouviu o vento balançando os galhos do bosque de eucaliptos. Arrancou a mochila das costas da irmã caçula, puxando as tiras e balançando o corpo imóvel de Jéssica. Levantou-se e andou até a traseira da van, abriu uma das portas do compartimento de carga e jogou a mochila lá dentro. Ficou segurando a porta por um instante, olhando para a mochila, que rolou até a metade. Um cobertor amontoado no fundo do compartimento chamou sua atenção.

– Você nunca cuidou do carro, não é, maninha? Que cheiro horrível está aqui dentro. Vou direto para um lava-rápido.

Teodora observou a irmã caída e olhou ao redor.

– Tá tímida? Não vai aparecer para a sua irmã como um fantasma? Ou essa merda de Iboga-7 já tá saindo do meu corpo?

O choro da criança rasgava a clareira do poço, irritando a policial, que mirou a bebê e respirou fundo, bateu a mão no bolso da jaqueta, comprimindo as pálpebras enquanto tapava os ouvidos por um segundo, voltando a experimentar o som distorcido do mundo, como se estivesse no fundo de uma piscina. Estava louca por um cigarro. Teodora tirou as mãos dos ouvidos e olhou para a filha de Raoni, ainda aos berros, pranteando assustada e com frio.

– Bichinha sortuda. Eu errei meus disparos, e isso é raridade. – Teodora bateu no bolso da jaqueta e tirou o isqueiro dourado. Girou a pedra com a mão rente ao corpo, demonstrando certo nervosismo. – Eu morreria por um cigarro agora, engraçado, não é? – comentou Teodora, abaixando-se e terminando de descobrir a bebê, enquanto olhava para as rugas em sua pele de recém-nascida, para as pelotas amareladas em sua pele.

A criança estava tremendo de frio, e sua linguinha não ultrapassava os lábios enquanto esperneava. Raoni tinha pedido para ser delicada, e Teodora tinha uma série de escolhas a fazer. Tapar as narinas com as pontas de seus dedos seria bem eficaz, bastava pinçar o queixo da criança e, em segundos, ela teria atravessado para o lado de lá. Podia também simplesmente arremessá-la para o fundo do poço, mas assim daria o gosto de Raoni compartilhar da presença do bebê. Seria um mausoléu um pouco assombrado. Estava entretida, pensando nas possibilidades que tinha, quando escutou gemidos às suas costas.

Teodora ergueu as sobrancelhas, intrigada com o que via. Jéssica estava em pé, com os ombros encostados na porta do compartimento da van, e empurrava o veículo, que girava lentamente em direção à frente do poço. Teodora levantou-se calmamente e abriu um sorriso.

– Resolveu aparecer, *Peixinho*? Quer ajuda com o seu cadáver?

Teodora olhou para o lado, para o chão, e não viu o corpo da irmã. Andou até onde ela tinha caído depois dos disparos e, mais uma vez, contorceu a boca, encafifada com o que via, analisando o que observava. Olhou o chão de concreto de onde ela se levantara, até o lugar em que tinha chegado, na traseira do carro. Não havia nenhuma gota de sangue. Teodora olhou para sua pistola e enrugou a boca.

– Que merda tá acontecendo aqui?

Apontou novamente para as costas da irmã e efetuou três disparos precisos, até a pistola engastalhar com o carro metálico para trás, indicando que a munição tinha acabado. Colocou a arma na cintura, inconformada com o que se desenrolava diante de seus olhos. Era incompreensível! Jéssica não tinha morrido, e isso era impossível! Ela não poderia ter sobrevivido a todos os disparos!

Quando mirou no peito dela, era para ter apagado a irmã e a menina, que ainda chorava no chão. Em vez de duas mortas pelo preço de uma, havia duas vivas, uma chorando e berrando, e a outra, como uma doida, empurrando seu próprio carro para a boca do poço. No segundo conjunto de disparos, a menos de quatro metros, não tinha como errar. Teria agrupado os três projéteis em um dos pulmões da irmã, e o certo era ela estar caída junto ao para-choque do veículo, toda mijada nas calças e implorando pela vida, enquanto seus pulmões se enchiam de fluidos que trariam uma morte lenta e horrenda.

Teodora olhou para trás assustada. O terreno estava vazio, a bebê ainda chorava no chão, e Jéssica continuava a grunhir, fazendo um esforço descomunal para empurrar o carro mais para a frente. Notou que a gravidade ajudava a irmã. A borda do poço tinha uma concavidade suave, e os pneus giraram mais depressa sobre o meio metro do pavimento que faltava para alcançar a água. Escutou o protetor de cárter metálico raspar contra o concreto da borda do poço, e Jéssica continuou com investidas duras, dando um passo para trás e tacando o ombro como um aríete contra a porta da van Kangoo, empurrando o veículo.

– Como eu vou embora daqui, ô babaca? Tá maluca?

Jéssica a ignorava, fazendo mais força, grunhindo e golpeando com o ombro a traseira do veículo, empurrando sofridamente o carro para a frente, insatisfeita com o encalhe na beira do poço. Ela estava determinada a jogar o veículo lá dentro.

– Eu posso ter errado com a Marília e a deixado agonizando por horas e horas até a gente chegar, mas não errei o tiro no meio do seu peito nem nas suas costas... Só que não vou ficar procurando respostas agora, só quero acabar com isso e sair daqui.

Teodora pegou outro magazine de munição e sacou mais uma vez a pistola, recarregando-a, enquanto via Jéssica abrir o compartimento traseiro da van e pegar a mochila.

– É isso? Essa teimosia toda, esse jogo todo, é para pegar esse dinheiro?

– Eu vou precisar dessa mochila, Teo. Tenho que salvar a criança e tenho que sumir do mapa.

– Essa mochila é minha, não vou te dar o gosto de ficar com um centavo da Imperadora.

– Chega, Teodora.

Teodora aproximou-se mais e garantiu que nenhum tiro seria desperdiçado. Encostou a pistola no peito da irmã, no meio da cabeça daquele esqueleto de unicórnio ridículo, encarando o olhar desafiador e irritante da caçula. Teodora puxou o gatilho da pistola automática até que a arma se descarregasse completamente mais uma vez, vendo as cápsulas vazias pularem no ar, até o mecanismo da pistola travar pela última vez, completamente descarregada.

– Terminou? – inquiriu Jéssica, jogando a mochila para o lado e voltando a empurrar a quina do carro, forçando-o para dentro da água.

Teodora estava com os olhos arregalados e surpresa.

– O que você fez, Jéssica? O que está acontecendo?!

– Você pode atirar em mim quantas vezes quiser, Teodora, que não vai conseguir me fazer parar. Você não vai conseguir me fazer mal nunca mais.

– O que está acontecendo, Jéssica? Você não pode sobreviver a isso!

– Eu cansei dessa sua doença, Teodora. Cansei de ser assombrada por você a vida inteira, de ser manipulada por você!

– Cala a boca, sua mal-agradecida! Eu venci a Imperadora, ela disse onde a grana está.

– Quem está pensando nesse dinheiro agora, Teodora? Você tentou me matar e quer matar a menina também. Se no começo da noite ainda tinha algo de humano em você, foi devorado aqui, do lado dos mortos. Chega, Teodora!

– Eu estou pensando! Preciso pegar tudo o que é meu e ir embora antes que a Corregedoria chegue aqui!

– Você não vai mais a lugar algum, Teodora. Seu tempo acabou – interferiu a voz fantasmagórica de Raoni.

Teodora girou sobre os calcanhares. A escuridão da noite ia se lavando cada vez mais com o avanço da aurora, mas mesmo assim ela não conseguia ver de onde vinha a voz da maldita traficante.

– Cinco passos à frente é o que você sempre diz, minha irmã. Cinco passos, não é?

Teodora olhou para Jéssica novamente, ouvindo a voz dela mesclada ao choro da criança.

– O que está acontecendo? – perguntou a policial atormentada.

Jéssica destravou a porta do compartimento de carga do carro, que se escancarou.

– Eu não devia fazer isso com você, mas quero que você veja. Veja, Teodora!

A irmã mais velha olhou para dentro do utilitário, enquanto Jéssica se afastava dois passos.

– O que está acontecendo, Jéssica?

– Você me obrigou a usar essa droga! Você apontou a arma para a minha cabeça na sala da minha casa. Você não me deu escolha...

– Jéssica! Para com isso! Vamos pegar o dinheiro dessa traidora e ir embora; tudo bem, eu vou dar a sua parte, não precisa ficar nervosa agora!

– Eu não quero mais parte nenhuma! Você nunca quis dividir nada comigo. Quando eu te espremi, quando disse que queria uma parte nessa herança maldita, vi nos seus olhos que você só queria me usar para chegar aqui e fazer exatamente o que fez agora: enfiar uma bala na minha cabeça no final dessa história. Cinco passos, Teodora, você diz que está sempre na frente dos outros, não é?

– Você sempre foi fraca, Jéssica, sempre precisou de incentivo para fazer as coisas...

– Eu vou ficar com a criança e com a mochila. Não quero mais nada com você.

Jéssica andou até a mochila e colocou as tiras nos ombros. O veículo desceu mais alguns centímetros e os faróis acesos entraram na água, revelando os peixes que nadavam em círculos.

Teodora se aproximou da porta aberta e olhou para o compartimento de carga. Não via nada ali. Só aquele amontoado de cobertores malcheirosos.

– Eu te disse que os mortos não podem ver seus próprios corpos – sussurrou Jéssica, olhando para o carro e fixando-se naquele amontoado. – Exceto se você mostrar para eles. E os fantasmas enlouquecem porque não sabiam que estavam mortos.

– Como?

– Eu te avisei que, depois de injetar a dose de Iboga-7, você ia adormecer na sua primeira viagem.

– Eu... Eu não acredito que você fez isso comigo, Jéssica! – Teodora levou as mãos à boca e caiu de joelhos diante do compartimento de carga do carro, que se inclinava para o alto, enquanto a ponta descia mais para dentro do poço, sendo ajudado pela gravidade.

– Você chegou na minha casa e começou a gritar comigo, me jogou contra a parede! Você colocou essa merda dessa arma na minha cabeça a noite toda! Depois que a gente falou com a mamãe, eu até tive pena de você, me arrependi do que tinha feito, mas você... não entendeu nada, Teodora!

Teodora virou o tronco para a irmã:

– Pena?! Você sentindo pena de mim? Faça-me um favor, Jéssica! Você é uma fraca, uma marionete assustada que não consegue dar um passo sozinha... tudo o que eu fiz nesta vida foi para te proteger...

– Não! Foi para me usar! Você sempre me diminuiu, Teodora, a vida inteira fez com que eu me sentisse um pedaço de merda.

– E quando eu te livrei do que você fez? Você estava drogada, bateu aquele carro e matou sua filha e seu marido! Quem te livrou da cadeia? Quem ficou do teu lado enquanto você virava um esqueleto na cama? Quem foi atrás de você nas bocas e te tirou de lá para não ser morta?

– Você jogou isso na minha cara todos esses anos, Teodora. Quando eu te procurava, todas as vezes você me diminuía, me tacava essas coisas na cara. Você colou isso na minha conta e nunca me perdoou.

– Sem mim, você estaria morta.

– A última coisa que você me disse antes de adormecer com a Iboga-7 no sangue foi: "Hoje a gente acerta as contas, maninha". Você já estava me ameaçando, dizendo como esta noite ia acabar pra mim. Foi por isso que eu te matei.

– O quê?! Você está mentindo! Como você fez isso?

Jéssica balançou a cabeça em sinal negativo.

– Você apagou rindo de mim, dizendo que eu era uma fraca.

– Eu não me lembro disso.

– Eu peguei um travesseiro e te prendi entre as minhas pernas.

Teodora olhou novamente para o compartimento de carga do veículo, que avançava lentamente para dentro do poço artificial, com a carroceria já parcialmente inundada, chiando e soltando borbulhas, enquanto a água invadia a cabine.

Então, a policial finalmente viu.

Naquele amontoado de cobertores, no volume no fundo do carro, enrolado em um cobertor manchado de sangue, seus cabelos revoltos e um pedaço de sua pele apareciam por uma fresta do tecido. Aproximou-se mais um pouco, incrédula. A fenda no tecido permitia que visse seu rosto pálido e sua boca roxa. Tinha sido sufocada. Seu cadáver tinha olhos baços, esbranquiçados, que olhavam diretamente para ela. Teodora, de joelhos, caiu sentada e se arrastou de costas, horrorizada.

– NÃO! NÃO! SUA VACA EGOÍSTA! O QUE VOCÊ FEZ COMIGO?

Jéssica escutou a frente do carro provocar um borbulhar maior e mais intenso ao deslizar, enchendo-se mais rapidamente com a água fria do poço e acelerando seu naufrágio. Jéssica aproximou-se da porta aberta e empurrou-a com o pé, forçando o carro mais para a frente, fazendo com que todo o seu bico mergulhasse naquele poço.

Teodora continuava se arrastando pelo chão manchado com as luminárias, gemendo e afundando as mãos em seus cabelos.

– NÃO! Não pode ser verdade!

O carro boiou por alguns segundos e então afundou completamente, formando um torvelinho na superfície do poço, soltando mais bolhas e espumando o espelho d'água. Teodora se arrastou pela rampa de concreto até a beira do poço e viu a luz dos faróis fazer seu caminho e se perder no fundo.

O fantasma de Raoni materializou-se próximo ao chão pavimentado, saindo da trilha que vinha do prédio com as obras expostas.

– Deixe-me vê-la uma última vez – pediu a segunda mãe da recém-nascida.

A irmã caçula aproveitou o torpor de Teodora e andou até a criança, tomando-a no colo, aquecendo-a e espanando a sujeira agarrada à manta. Andou até a beira da trilha e a mostrou para Raoni.

– Precisamos ir agora. Ela precisa de cuidados médicos.

Raoni tocou na face da filha, que se moveu lentamente, sem mais choro. Encarou a irmã caçula e balançou a cabeça.

– Cuide dela para mim, cuide muito bem dela. Sua irmã não vai mais sair daqui. Esse poço tem quarenta metros de profundidade. Mesmo sem a corregedora, ela encontrou a prisão que merecia.

Jéssica apenas aquiesceu e voltou para perto do poço, olhando para o fantasma de Teodora, que a tinha acompanhado a noite inteira sem se dar conta de que o tempo todo seu corpo estivera no porta-malas da van. Ela estava encolhida no chão, com as mãos enterradas nos cabelos e gemendo de agonia. Jéssica abaixou-se, pegou do pavimento o saco com os dedos amputados pela irmã e reconheceu, pela cor do esmalte, o polegar de Marília. Assim que ajustou a digital no portão, a tranca estalou. Ela empurrou aquela folha imensa de aço e cimento, fazendo esforço para conseguir uma fresta para se esgueirar e deixar aquele lugar maldito.

A bebê choramingou um pouquinho com a compressão de seu corpo, mas em um instante as duas estavam livres, na estrada de terra. Jéssica ajeitou a criança no colo, transpirando pelo impulso que havia feito com seus músculos, e encarou a estrada de terra, que já se tornava visível no lusco-fusco do amanhecer. Teria um longo caminho pela frente, carregando a pesada mochila e a criancinha em seus braços.

– Jéssica! – gritou Teodora às suas costas, vindo acelerada em sua direção.

A caçula cravou os ombros no portão, fazendo-o fechar mais uma vez, e escutou a tranca automática estalar. Acelerou os passos e começou a caminhar pela estrada de terra enquanto o fantasma de Teodora perpassava o portão.

– Eu vou acabar com você, sua fedelha! Sua ingrata! Você não vai conseguir fugir de mim! Não vai!

Jéssica começou a andar de costas, encarando a irmã e afastando-se do mausoléu.

– Eu não preciso fugir de você, Teodora.

– É por isso que você ficou tão valente de uma hora pra outra? Virou uma assassina, uma víbora? Eu vou acabar com você!

– Você não vai fazer mais nada, Teodora. Você não pode fazer nada. Eu tentei salvar sua alma.

– Ah, quanto altruísmo! Fico até comovida, sua ingrata!

Teodora crispou os lábios e correu para cima da irmã. Sua vontade era agarrar Jéssica pelo pescoço e estrangulá-la ali no meio da estrada, mas, repentinamente, quando estava prestes a agarrá-la, sentiu seu corpo ser imobilizado. Teodora gemeu e rosnou, fazendo um esforço brutal para arrastar mais um passo adiante, lutando contra uma parede invisível e impenetrável.

– Cinco passos à frente, Teodora. Sessenta metros, lembra?

– Não! Não! Não me deixe aqui com ela!

– Para sempre, Teodora. Para sempre.

– Não! Eu não quero ficar aqui! Eu não quero ficar presa neste lugar!

– Tchau, Teodora – disse a caçula, aferrando-se à bebê e dando as costas à sua irmã mais velha, partindo pela estrada de terra.

Teodora soltou um grito do fundo dos seus pulmões fantasmas, e sua visão se enegreceu enquanto ela teimava em forçar mais um passo para a frente. Queria alcançar Jéssica, queria sair dali.

– Jéssica, não me deixa aqui sozinha. Eu não quero ficar aqui sem você.

Teodora transformou-se em partículas negras, que foram drenadas por uma força invisível que carregou seus fragmentos de volta para dentro daquela muralha.

Quando seus olhos se abriram, ela viu novamente o carro diante de si, com a porta aberta e seus olhos cadavéricos a encarando pela fresta do tecido. Estava debaixo d'água, com o corpo todo gelado, mas não sentia falta de ar, apenas uma agonia sem fim. Gritou, emitindo borbulhas espectrais que subiram pelo poço enquanto ela tocava o fundo daquele tanque, pisando sobre ossadas e correntes, e vendo espectros emanarem das paredes de concreto. Ela olhou para a parede e também viu a escotilha. Seu tesouro. Toda a fortuna de Raoni estava ali, diante de seu fantasma.

***

Do lado de fora, escutando o último grito de sua irmã, Jéssica ajeitou a mochila pesada no ombro e a bebê no colo, andando acelerada pela estrada de terra. Logo viriam atrás de sua irmã e de Raoni, quando a traficante não adentrasse o prédio da Polícia Civil para ser ouvida pela Corregedoria. Não demorariam para ligar as pontas soltas se descobrissem seu carro no fundo daquelas águas negras, se se importassem com o seu paradeiro e com o da criança, se rastreassem os celulares de Teodora e de Jéssica. Tudo faria sentido e contaria uma história bastante interessante. Ela sabia que viriam atrás dela. Ninguém precisava ficar sabendo daquela mochila cheia de dinheiro vivo e quatro barras de ouro.

Ela sabia que a criança precisava de um hospital e de cuidados imediatos, mesmo que isso significasse o fim de sua liberdade. Depois de andar por quilômetros, encontrou um casebre abandonado e certificou-se de que ninguém estava por perto. De dentro da casa, um vira-latas veio lamber seu pé, balançando o rabo, e, na cozinha destruída do lugar abandonado, viu as ossadas do bichinho. Mais um fantasma em sua viagem insana com os resquícios da Iboga-7 em seu sistema. Teria muito o que anotar nos próximos dias.

Ela se ajoelhou do lado de fora da casa, abriu a mochila, apanhou três generosos maços de notas altas e os enfiou nos bolsos do seu moletom encardido. Fechou a mochila e empurrou, com as solas do tênis, o mais fundo que pôde, aquele embrulho, sepultando o dinheiro numa fenda rachada na fundação do casebre abandonado. Colocou a criança no degrau de cacos de azulejo por um momento, enquanto tapava o buraco com pedaços de entulho de pedra e tijolos velhos. Não era o melhor plano do mundo, mas sabia que precisava fazer aquilo. Além de aliviar a carga para a jornada de quilômetros a pé, diminuiria as chances de ser apanhada no meio da estrada.

Conversou com a pequena bebê por duas horas e meia até chegar ao asfalto e acenar para um carro de som, com grandes alto-falantes no topo e cartazes de um mercadinho. O motorista, que ia para o trabalho na cidade, ficou sensibilizado com a imagem de uma mulher suja que trazia um bebê no colo e ofereceu carona até o pronto-socorro de Santana de Parnaíba.

***

Jéssica explicou para a recepcionista do hospital que a pequena era uma recém-nascida e que precisava de cuidados médicos. A atendente, estranhando muito aquela situação, fez com que a médica de plantão viesse rapidamente, enquanto ela começava a preencher uma ficha, perguntando o nome de Jéssica.

– E a RN?

– O que tem?

– Qual é o nome dela?

Jéssica ficou entorpecida um instante, com o olhar persistente da mulher do pronto-socorro sobre ela.

– Marília. Marília Cubas.

A médica levou Jéssica e a criança para o consultório e sabatinou a moça sobre as condições do parto. Jéssica despejou um monte de respostas evasivas, tentando ganhar tempo.

– Ela está bem?

– Para uma criança que nasceu em casa, está ótima. Só que preciso saber da mãe e do pai dela. Você disse que não é a mãe.

– É uma longa história, doutora.

– Eu preciso de uma pediatra neonatal aqui para fazer exame do pezinho, essas coisas. Você pode esperar enquanto eu dou andamento nisso? Ela parece ictérica e precisa de tratamento de luz. É possível que fique internada por uns dois a quatro dias, mas, como disse, quem vai diagnosticar direitinho é a pediatra.

Jéssica só concordou com a cabeça e sentiu um frio na barriga ao ser separada da pequena Marília, mas estava feliz por ter feito o que era certo. Ninguém mais precisava morrer por culpa de Teodora. Esperaria a pediatra e também as consequências, que não tardaram.

Uma hora e meia depois, Jéssica era levada por uma viatura da Polícia Militar para a delegacia. Ficou em uma sala de interrogatório, detida e algemada até que Helena e a delegada de plantão entrassem. Queriam ouvir sua história e saber como o bebê da mulher morta tinha ido parar em suas mãos e onde Teodora estava escondida. Ela passou por um exaustivo interrogatório, cheio de idas e vindas, mas percebeu que o ceticismo e a descrença iam tomando contornos de assombro e curiosidade. Sua prisão preventiva foi decretada, e Jéssica foi encarcerada. Enquanto a delegada cuidava do seu inquérito, buscava testemunhas e, finalmente, checava cada passo que as irmãs tinham dado naquela noite.

***

Duas semanas depois de sua prisão preventiva decretada, Jéssica foi levada de sua cela no Centro de Detenção Provisória para uma sala, onde sua advogada a esperava.

– Oi, Jéssica, como você está? Me parece que até que bem.

– É... na medida do possível, Melissa. Mas me fala logo: conseguiu contatar a amiga que eu te indiquei? Entregou a carta? Você veio aqui para me dar boas notícias? Me fala!

– É, consegui, sim, Jéssica. Ela ficou resistente no começo, mas aconteceu o que você disse, ela lembrou dos tempos da faculdade, do quanto você a ajudou. Ficou preocupada em andar com as ampolas de Iboga-7, então expliquei do jeito que você falou. No começo ela ficou cética, desconfiada, mas me prometeu que ia ler e analisar tudo, e, o que nos interessa, que ia entregar sua carta para a superiora dela no Instituto de Criminalística. Agora é torcer e esperar.

– Sim, pelo menos você conseguiu. E minha bebê, você conseguiu ver? Ela está bem?

– Está com o Conselho Tutelar. Não cheguei a ver, mas consegui informações de que ela está saudável, está tudo bem. Mas não gosto de ver você tão preocupada com ela, tão entusiasmada. Eu sou obrigada a colocar seus pés no chão. Ela não é sua filha, e, com tudo o que aconteceu, as coisas pesam muito contra você.

– Eu poderia simplesmente ter fugido com ela, Melissa. Acontece que EU quis garantir a saúde da minha bebê em primeiro lugar. Isso não conta?

A defensora pública coçou a nuca e inspirou fundo.

– Conta. Claro que conta. Só que sua irmã matou a mãe da criança. No processo, pesa contra você homicídio qualificado, tentativa de ocultação de cadáver; você está sendo acusada de ser cúmplice no que estão chamando de "O massacre das irmãs Cubas". Olha, pela minha experiência, quando um crime ganha título próprio, fica difícil conseguir adotar uma criança. – A advogada fez uma pausa e suspirou lentamente, encarando sua cliente, que estava calada e contemplativa. – Mas força, garota! Eu consegui levantar uma dúzia de atenuantes, vou reduzir sua pena, você não tem antecedentes criminais e não é uma pessoa má. A melhor coisa a se fazer agora é ser positiva.

Jéssica voltou a olhar para a defensora pública.

– Ela... acabou a icterícia?

– Ela está ótima, Jéssica. Está ótima. Graças a você.

Jéssica abriu um sorriso largo e abaixou a cabeça, fazendo sua mecha de cabelo com pontas azul-esverdeadas balançar. Encarou Melissa e terminou o encontro com a defensora pública dizendo:

– Se ela está bem, então está tudo certo. Ela é pequenininha, eu já sei como me virar. Ainda que seja um recurso tão *vintage* mandar uma carta, lá tem as palavras certas para a pessoa certa. Eu vou sair daqui antes do que você imagina. Nem sei como vou te agradecer um dia por tudo o que você está fazendo, Melissa!

***

Dois meses depois daquele encontro com sua advogada, Jéssica foi transportada, sem algemas, para um prédio distante do CDP e colocada em uma sala espartana. Seis metros quadrados, chão e paredes pintados de cinza, duas cadeiras, uma lâmpada fluorescente de tubo longo com defeito, que ficava zumbindo e piscando intermitentemente, arrematada por um pequeno quadrado gradeado na parede, quase no teto, por onde entrava luz do sol e ar fresco, que se misturava ao cheiro forte de desinfetante com aroma de eucalipto. Jéssica ficou devaneando, olhando para as partículas de poeira que voluteavam pelo facho de luz dourada, sendo arremessada para a memória das joaninhas-esmeralda que, talvez, estivessem por ali, ao seu redor, sem que ela pudesse vê-las, uma vez que seu organismo estava limpo da Iboga-7.

Escutou o barulho da tranca externa e de uma chave que girava no miolo da fechadura, e então a porta foi aberta. Uma mulher loira, que ela nunca tinha visto antes, com cheiro de alfazema e cabelos presos em um coque, logo entrou e sentou-se à sua frente, calada, e ficou olhando para Jéssica da cabeça aos pés, literalmente, enquanto segurava um envelope.

– Minha carta?

A mulher balançou a cabeça em sinal positivo, lentamente, e depois desviou o foco de seu olhar de Jéssica para o entorno, virando-se um pouco na cadeira.

– Pelo visto você acreditou em mim. Mas não é assim que funciona. Você não sintoniza sem usar a Iboga-7 – tornou a detenta.

– Como você sabe que não usei?

Jéssica retesou-se sobre a cadeira, recuando até bater as costas no encosto, e encarou a mulher, enrugando a testa junto com um sorriso.

– É, não sei...

– Muito prazer, Iara Machado – disse a mulher, estendendo a mão para um cumprimento.

– Prazer... – Jéssica cumprimentou-a. – Você pegou as ampolas?

– Sim. Sua amiga nem precisou insistir muito no IC. A diretora do Instituto de Criminalística não é tão... *holística* quanto eu, digamos assim, mas essas coisas sempre vêm parar no meu colo, no fim das contas. Temos olhos e ouvidos para quê, afinal, não é mesmo?

– Interessante. Minha amiga tinha me falado de você por alto. Achei muito doido, parece uma coisa de "homens de preto". Mulheres, no caso.

– Ela não deveria ter mencionado, mas aqui estamos. E isso que você descobriu, isso que você fez, Jéssica, é fascinante. Foi você sozinha quem criou a Iboga-7?

– Fui eu, sim, eu a inventei; mapeei e modifiquei a ibogaína, só eu tenho as fórmulas da série 4 em diante.

– Ela funciona.

– Se funciona? Sim! Eu contei na mensagem...

– Não estou perguntando. Estou afirmando mesmo. Eu experimentei!

– Nossa! E eu achando que ia ser chamada de doida aqui...! Uau! Você tem ideia do risco que correu?

Iara balançou a cabeça em sinal positivo, daquele jeito injetado de certa encenação, com um pouco de charme e mistério.

– Tenho, mas não costumo ter medo do mundo dos mortos. Sou, digamos, naturalmente muito conectada com as probabilidades energéticas. Diferentemente do pessoal de Exatas do IC, eu, sim, sou *holística*. Isso que você criou é algo que vai mudar o mundo. Tem noção?

Os olhos de Jéssica se acenderam.

– Tenho. E estou pronta para ajudar a mudar muito mais. O que você achou da minha proposta?

– Olha, foram longas discussões, mas entendemos que seu caso é excepcional, uma exceção virtuosa, e que você foi obrigada por sua irmã a fazer o que fez. Sendo assim, é possível mexer uns pauzinhos, enquadrar como legítima defesa... Todo mundo na Civil de Osasco conhecia a Teodora e seus métodos.

– Eu me arrependo de ter feito isso. Aquela noite não era para ter começado nem terminado daquele jeito.

– Você sabe que ela ia te passar a perna no final, não sabe?

Jéssica balançou a cabeça em sinal positivo.

– Mesmo assim... eu não devia ter matado minha irmã.

– Só que você salvou a menina, fez a coisa certa, levou a criança para o hospital. Isso contou muito a seu favor.

– Eu sei. A Iboga-7, não.

Iara abriu um sorriso ainda mais largo.

– Olha, aceitamos sua proposta de acordo, mas queremos você no nosso time, do lado de cá. Existem crimes nesta cidade, neste país... Jéssica, você pode transformar o mundo com essa droga, e já está transformando a perícia criminal. Acho que você é inteligente o suficiente para saber o quanto isso é confidencial, sem hashtags "partiucaçafantasmas". Ninguém sabe que eu existo nem que esse arriscado departamento está se abrindo agora, com você, dirigindo algo que a gente ainda nem sabe como vai se chamar, mas no qual quero investir todas as minhas fichas neste exato momento. Com a Iboga-7, poderemos interrogar a própria vítima, e isso é muito potente. Se funcionar para solucionar assassinatos...

– Vai funcionar. Eu sei que funciona e como funciona.

Iara sorriu de novo e ergueu a mão, interrompendo Jéssica.

– Eu tenho um roteiro para seguir aqui, Jéssica Cubas, protocolos. Então... se a Iboga-7 funcionar para esse fim, nós esquecemos esse seu caso, limpamos sua ficha, você começa uma vida nova e nos ajuda a entender mais o funcionamento da substância e a validar isso no sistema judiciário.

– Eu não estou acreditando nisso.

– Então acredite. Tem gente muito importante esperando uma ligação depois deste nosso encontro.

– Isso é sério?

– Sério como a morte – soltou Iara, sorrindo novamente.

Jéssica respirou fundo e fechou os olhos, segurando o ar daquele momento em seus pulmões. Quando exalou lentamente e abriu as pálpebras, sua expressão passou de alívio para uma seriedade pétrea.

– Tinha um item na minha lista, um imprescindível, sem discussão. Eu quero a guarda da bebê. Eu vou cuidar da Marília.

– Tudo bem, achamos justo. Isso pode ser arranjado. Temos poder para isso.

– E eu quero mais uma coisa.

– Se for razoável...

– Quero colocar os corpos da esposa da Raoni e da mãe dela no mausoléu da Imperadora.

– Faço umas ligações, mas parece possível. O mausoléu já estava no acordo com a Helena.

– Eu vou ter um laboratório, equipamentos? Porque a Iboga-7 é só o começo.

Iara estendeu a mão novamente para Jéssica.

– Claro. Temos um acordo, então?

Jéssica retribuiu o gesto e apertou a mão da mulher.

– Se me levar até minha bebê, começamos agora.